Waar is ze?

www.boekerij.nl

Alex Marwood

Waar is ze?

Ze zeiden dat het meisje 's nachts verdween.
Ze logen.

ISBN 978-90-225-7920-6
ISBN 978-94-023-0776-4 (e-book)
NUR 330

Oorspronkelijke titel: *The Darkest Secret*
Oorspronkelijke uitgever: Sphere, an imprint of Little, Brown Book Group
Vertaling: Mariëtte van Gelder
Omslagontwerp: DPS Design & Prepress Studio
Omslagbeeld: Arcangel en Hannah Wood | LBBG
Zetwerk: Text & Image, Elp

De vertaling van het fragment uit *Othello* op pagina 7 is van Jurriaan Moulin, 1836.

Ik draag dit boek met liefde op aan
Sally en Bunny Frankland

Ik bid u, als u in uw brief
Verslag doet van deez' jammerdaad, spreek dan
Van mij zoals ik ben; verbloem niets, schrijf
Ook niets met hatelijkheid, nee, stel mij voor
Als iemand die, verblind, te hevig minde.

– William Shakespeare, *Othello*

Een man die met zijn minnares trouwt, schept een vacature.

– James Goldsmith

Aan: Cliënten, media, relaties
Onderwerp: dringend, kind vermist, doorgeven a.u.b.
Verzonden: 31 augustus 2004
Bijlagen: Coco.jpg, armband.jpg

Beste mensen,
Excuus voor de groepsmail, maar ik heb dringend behoefte aan jullie hulp.

Mijn peetdochter, Coco Jackson, is in de nacht van zondag op maandag, 29 op 30 augustus, het afgelopen lange weekend, verdwenen uit het vakantiehuis van haar ouders in Bournemouth. Coco is drie jaar oud.

De ervaring heeft de politie geleerd dat de eerste achtenveertig uur van cruciaal belang zijn in ontvoeringszaken, dus de tijd dringt. Als jullie deze e-mail alsjeblieft, alsjeblieft willen doorsturen aan iedereen die naar jullie idee zou kunnen reageren en hem ook zou willen doorsturen, kunnen we meer mensen bewust maken van Coco's benarde situatie en de kans verhogen dat ze weer veilig thuiskomt.

Coco is 91,5 cm lang en heeft blond haar tot vlak boven de schouders en een pony. Ze heeft een lichte huid, hoewel ze na de zomer iets bruiner is en een opvallende rij sproeten over haar neus heeft. Ze heeft blauwe ogen en donkere, duidelijk afgetekende wenkbrauwen. Ze is het laatst gezien in een SpongeBob-pyjama.

Belangrijk is dat ze ook een dooparmbandje om had dat ze

van Robert en mij heeft gekregen. Het is zo gemaakt dat het moeilijk af te krijgen is, dus misschien heeft haar ontvoerder het nog niet losgemaakt. Het is van 22-karaats goud, met goudkeur, en het heeft een patroon van gegraveerde hartjes langs de buitenrand. Haar naam en geboortedatum (11-7-01) zijn aan de binnenkant gegraveerd.

Ik voeg een foto van Coco bij die dit weekend in het vakantiehuis is gemaakt, en eentje van de identieke armband om de pols van haar tweelingzusje.

Stuur deze e-mail alsjeblieft aan zo veel mogelijk mensen door. Ik kan niet genoeg benadrukken hoe belangrijk dit is of hoe dankbaar we zullen zijn. Coco's ouders zijn radeloos van verdriet en we zijn allemaal gek van ongerustheid.

Als u na het lezen van deze e-mail denkt dat u haar gezien zou kunnen hebben, of dat zelfs maar vaag vermoedt, bel dan alstublieft naar rechercheur Nathalie Morrow van de politie van Bournemouth op nummer 555-6724, of neem rechtstreeks contact op met mij. We zijn allemaal de wanhoop nabij. Help ons, alstublieft.

Liefs, *namaste*,

Maria

GETUIGENVERKLARING

Emilia Pereira

Kindermeisje

17 september 2004

Ik wil om te beginnen zeggen dat mevrouw Jackson me de woensdag voordat ze weggingen had ontslagen, dus ik was er niet eens bij. Ze had me ontslagen omdat ze jaloers was vanwege haar man. Ze dacht dat elke vrouw die bij hem in de buurt kwam hem wilde afpakken, maar dat wilde ik niet. Ik vond hem een griezel. Hij stond altijd te dichtbij, vroeg of ik een vriendje had en dat soort dingen, zocht excuses om aan me te zitten. Het verbaast me niets dat ze wantrouwig was, maar ze had niet míj moeten wantrouwen.

Nadat ze me had ontslagen, ging ik naar mijn vriendin Lisa Mendes in Stevenage, want ze had me op staande voet ontslagen, met alleen mijn laatste loon contant en het bevel mijn biezen te pakken, en ik kon nergens anders heen. Ik sliep bij Lisa op de vloer en wachtte op een vlucht terug naar Lissabon, maar toen verdween Coco en pakten jullie me op alsof ik een misdadiger was. In de zes maanden sinds meneer Jackson het huis op Sandbanks heeft gekocht, ben ik er niet eens bij in de buurt geweest. Ik geloof dat ze er één keer een weekend zijn geweest, voordat de bouwvakkers kwamen, maar ze kwamen eerder terug, en heel chagrijnig, dus het verbaasde me dat hij zijn verjaardag daar wilde vieren. Ik had Dubai of zo'n soort plek gedacht, als u begrijpt wat ik bedoel.

Wat ik weet is dat het dat weekend de vijftigste verjaardag van meneer Jackson was en dat hij al maanden bezig was met de voorbereidingen voor een groot feest in het strandhuis. Toen bedacht hij zich, ongeveer een maand van tevoren, ik denk dat hij misschien besefte dat de mensen niet dat hele eind zouden willen reizen, en besloot het grote feest in Londen te houden en een kleiner feest op de dag zelf. Ergens was het wel een opluchting dat mevrouw Jackson me ontsloeg, want ik ken die feesten van hen en ik had dat lange weekend dagen van vierentwintig uur moeten maken. Hun vrienden kwamen, en dat zijn geen mensen die hun pret door hun kinderen laten bederven. Als ze me niet had ontslagen, was ik wel zelf opgestapt, want het zijn geen goede mensen.

Ik heb drie jaar voor ze gewerkt, sinds kort na de geboorte van de tweeling, maar het zijn geen goede mensen, zoals ik al zei. Ik ben gebleven omdat ze goed betaalden, maar ik heb mevrouw Jackson nooit gemogen. Ze is lui en ijdel en onaardig. Na drie jaar wist ze nog steeds niet wanneer ik jarig ben; ze wist eigenlijk niets van me. Ze praatte nooit tegen me, ze vroeg niets, ze maakte alleen maar aanmerkingen en gaf bevelen. Ze deed niets met de vrije tijd die ze dankzij mij had, behalve dan naar schoonheidssalons gaan, shoppen en zich optutten om 's avonds met hem uit te gaan. Ze waren altijd weg als hij in Londen was. Ze woonden in restaurants, maar ze leek nooit dankbaar voor alles wat ze dankzij hem had. En als hij weg was, was ze altijd chagrijnig. Ze sms'te hem de hele tijd en sloot zich op in haar kamer. Ik denk dat ze wel van de meisjes hield, maar uiteindelijk deed ze altijd wat hij wilde en bracht ze niet veel tijd met de kinderen door. Ik weet het niet. Misschien zijn rijke mensen zo, maar ik snap niet waarom je kinderen neemt als je ze toch niet wilt zien.

Ik had niet zo lang willen blijven, maar ik was heel dol op de meisjes. Dat iemand zelfs maar durft te denken dat ik Coco kwaad zou hebben gedaan maakt me rood van woede. Ik heb niet eens de kans gekregen om afscheid van ze te nemen toen ze me had ontslagen, en nu voel ik me vreselijk, want het was de laatste keer dat ik Coco zou hebben gezien.

Ik ging op woensdag naar Stevenage en bleef daar tot dinsdag, toen de politie bij mijn vriendin op de stoep stond. Ik had het grootste deel van de tijd mensen om me heen; ik heb vriendinnen in de omgeving en wilde wat tijd met ze doorbrengen voordat ik terugging naar Portugal. Ik ben nooit zó lang alleen geweest dat ik naar Bournemouth op en neer had kunnen reizen zonder dat iemand het merkte. Ik heb geen idee wat er in het weekend in het huis van de Jacksons is voorgevallen en ik heb geen idee wat er met Coco Jackson is gebeurd.

GETUIGENVERKLARING

Janusz Bieda

Aannemer

Opgenomen door de politie in Krakau

Vertaald 15 september 2004

Ik kende de Jacksons niet. Ik heb meneer Jackson maar drie keer gezien. Ik werkte met Karol Niemiec, Tomasz Zdanowicz en mijn broer Gabriel Bieda aan de aanleg van een zwembad bij Seawings, het huis naast Harbour View. We waren een week bezig en het project liep uit, want het zwembad moest speciaal worden gemaakt met een portret van de eigenaar als zeemeerman en het moest in één stuk met een kraan worden geïnstalleerd en het graven van het gat waar het in moest bleek lastiger te zijn dan we dachten omdat het onder de grondwaterspiegel kwam. We moesten pompen vinden en huren en we moesten dat weekend overwerken.

Meneer Jackson en zijn vrienden kwamen op donderdagmiddag aan, en vrijdag liep hij al over het lawaai te klagen. We vonden het grappig, want we weten dat hij die hele zomer bouwvakkers in Harbour View had gehad en zich niets had aangetrokken van de buren. Op zaterdagochtend kwam hij terug om te vragen hoe lang we nog bezig zouden blijven en toen we zeiden dat het waarschijnlijk tot in de avond zou duren, zei hij dat hij een verjaardagsfeest gaf en bood ons een aanzienlijk bedrag als we het werk tot de volgende middag wilden neerleggen. Aangezien de kraan toch pas dinsdag teruggebracht kon worden nadat we vrijdag hadden moeten overwerken, vanwege de vrije maandag, gingen we akkoord en verdeelden het geld onderling. Mijn broer en ik zouden zodra het werk erop zat voor een maand teruggaan naar onze gezinnen in Polen en Karol en Tomasz wilden best nog een paar dagen langer blijven om het zwembad af te kitten en de tegels rondom te leggen en te zorgen dat de kraan werd teruggebracht voordat ze achter ons aan kwamen. Op zaterdag gingen we cadeautjes kopen voor onze vrouwen en kinderen en op zondag kwamen we voor de middag terug. Het was stil bij de Jacksons, maar dat vonden we niet zo gek, want meneer Jackson had aangegeven dat ze van plan waren tot laat door te gaan met het feest.

Op zondagmiddag kwam hij terug, kort nadat we aan het werk waren gegaan, en gaf me een fles whisky om me te bedanken voor het onderbreken van het werk. Hij had Coco bij zich. Haar zusje had die nacht overgegeven en was er niet bij. Ze zagen er allebei opgewekt en ontspannen uit en hij was veel vriendelijker dan eerst. Zij was een schattig meisje, gekleed in het roze, en hoewel ze eerst wat verlegen was, draaide ze wel bij en leek vrolijk.

Het werk ging vlot en Gabriel en ik haalden de veerboot van half-twaalf vanuit Portsmouth op zondagavond, nadat we om acht uur 's avonds uit Bournemouth waren vertrokken. We hebben de kaartjes nog en er zijn vast wel bewakingsbeelden die kunnen bevestigen dat we aan boord waren. Pas de avond daarna belde Karol op om ons te vertellen wat er was gebeurd. Ze waren op maandagochtend de tegels rond het zwembad aan het voegen toen de commotie bij de buren begon, en aangezien ze rond zes uur 's ochtends waren begonnen om de verloren tijd in te halen, schatte hij dat het ergens rond half elf moet zijn geweest. Het spijt me dat ik niet meer kan vertellen, maar u begrijpt dat ik het land al uit was toen het meisje vermist raakte. We vinden het allemaal verschrikkelijk dat u zelfs maar op het idee komt dat wij er iets mee te maken zouden kunnen hebben.

De laatste keer dat ik Coco Jackson heb gezien was op zondagmiddag. Van een afstandje zagen de meisjes er goedverzorgd en gezond uit, al heb ik alleen Coco gesproken. Maar ik heb het andere meisje wel gezien en zij leek het ook goed te maken. Meneer Jackson was duidelijk een liefhebbende vader en hij hield Coco de hele tijd bij de hand terwijl hij met ons praatte.

GETUIGENVERKLARING

Charles Clutterbuck

Gast

Opgenomen door de Metropolitan Police

3 september 2004

[...] Imogen en ik gingen om een uur of drie naar bed en toen we zondag om elf uur opstonden, hoorden we dat Sean en Claire weer ruzie hadden gemaakt en dat zij naar Londen was gegaan. We vonden het geen van beiden verontrustend. Het was altijd al een vurig huwelijk en het was niet bepaald de eerste keer dat ze er woedend vandoor ging. Eerlijk gezegd, en dit moet onder ons blijven, vonden we dat hij er verkeerd aan had gedaan van zijn eerste vrouw te scheiden, die tenminste niet aanstootgevend was, en met haar te trouwen. Ze is geen gecultiveerde vrouw, als u begrijpt wat ik bedoel, en ze heeft een fantastisch talent om zich gepikeerd te voelen. Ik weet dat mijn vrouw Ruby's peetmoeder is, maar Imogen en ik denken al een tijdje dat het verstandig zou kunnen zijn een beetje afstand van die twee te nemen. Ik weet dat het hardvochtig klinkt, maar je politieke carrière kan geschaad worden door degenen met wie je omgaat, en ik ben het aan mijn partij verplicht die niet in opspraak te brengen.

Sean voelde zich duidelijk schuldig toen de tweeling en de kinderen van de Orizio's opstonden, en we brachten de dag allemaal stilletjes door. 's Middags stuurden we de kinderen naar zwemparadijs Neptune's Kingdom met de moeders die er nog wel waren, mijn vrouw, Imogen, en de tienerdochter van de Gavila's, en we zetten Ruby, die niet helemaal lekker was, voor de dvd-speler met de een of andere serie; *Dora the Explorer*, geloof ik. Het kwam niet in ons op dat het vreemd was dat de moeder van de tweeling de meisjes niet mee terug had genomen naar Londen; het lag eigenlijk wel in de lijn der verwachtingen. Ze stormt graag kwaad weg, zoals ik al zei, en waarschijnlijk dacht ze dat ze hem een soort lesje leerde. En we zullen wel allemaal een kater hebben gehad en niet helder hebben kunnen denken. We zaten het grootste deel van de middag in de woonkamer de overgebleven hapjes van het feest te eten en de weekendkranten te lezen. Er dreigde het een of andere partijschandaal uit te komen, en ik was opgelucht dat ik er niets over kon vinden.

De andere kinderen kwamen om een uur of vijf terug. Ze waren nogal ongezeglijk, logischerwijs, want het was een lang weekend geweest, en we overleefden het avondeten, bad en bed met moeite. Om acht uur lagen ze er allemaal in, duidelijk bekaf, en ze vielen allemaal meteen in slaap. De kinderen van de Orizio's lagen op luchtbedden bij hun ouders op de kamer en die van de Gavila's hadden in de aanbouw geslapen, al zouden zij die avond de boot terug naar Londen nemen. Coco en Ruby sliepen samen in het eenpersoonsbed in het meidenkamertje beneden. Ze slaapwandelen sinds kort en het leek ons allemaal veiliger ze weg te houden bij de trap, die open treden heeft, wat niet echt geschikt is voor peuters. Sean had een draadloze babyfoon op zijn kamer, maar hij hoorde niets en toen bleek dat Coco er niet meer was, kwam aan het licht dat de babyfoon ergens in het weekend was uitgeschakeld zonder dat hij het had gemerkt.

Mijn chauffeur kwam Imogen en mij op de vrije maandag om half negen 's ochtends halen en om half elf waren we terug bij het huis in Londen. Toen wij opstonden en ontbeten, sliepen alle anderen nog. Het kwam niet in ons op om bij de tweeling te gaan kijken; we hadden haast, want we waren al te laat. Ik zat in mijn kamer in Westminster aan de voorbereidingen voor de nieuwe zitting toen u belde, kort voordat de eerste berichten het vroege avondnieuws haalden [...]

GETUIGENVERKLARING

Maria Gavila

Gast

12 september 2004

[...] Het was een zalig weekend. Heerlijk weer en geweldig gezelschap. De kinderen waren dikke maatjes en vermaakten zich kostelijk aan het strand en op zondagmiddag in Neptune's Kingdom. Ongelooflijk dat zo'n mooi weekend zo akelig is geëindigd; ik geloof dat ik nog in shock ben. Mijn man, Robert, is al tientallen jaren bevriend met Sean, al sinds hun studietijd, en Charles Clutterbuck is ook zo'n oude vriend. Linda Innes is er later bij gekomen; ze werkt sinds een paar jaar als styliste bij Jackson Enterprises en er is een hechte vriendschap tussen hen ontstaan. Dit weekend zag ik haar partner voor het eerst, dokter James Orizio, maar ik heb begrepen dat hij alom bekend en gerespecteerd is en een praktijk in Harley Street heeft die door een aantal van mijn cliënten ten zeerste wordt aanbevolen. (Ik werk als media-adviseur en mijn man is jurist, en we hebben veel contacten in de showbusiness.)

We vertrokken op zondagavond, nadat we met alle kinderen behalve Ruby naar het zwemparadijs waren geweest. Robert was thuisgebleven om zijn krachten te sparen om onze boot, de Gin O'Clock, naar Brighton te loodsen. Ze ligt in de St Katharine Docks in Londen en dat is te ver weg om in een dag te varen. We hadden onze zoon, Joaquin, en Roberts dochter, Simone, bij ons, en we brachten de nacht door in de jachthaven in Brighton, waar we laat aten in een restaurant. De volgende ochtend gingen we op weg naar Londen. Op maandagmiddag om drie uur, net toen we de monding van de Theems binnenvoeren, belde Sean op. Toen we aan wal waren, ging ik regelrecht met een taxi naar mijn kantoor in Soho. Robert bracht eerst onze bagage en de kinderen naar huis en kwam daarna naar me toe.

Ik begon meteen met het op touw zetten en lanceren van de Waar is Coco-campagne. Ik heb veel ervaring in het op zeer korte termijn op stapel zetten van mediacampagnes, of ik nu een cliënt help een fortuinlijke gebeurtenis uit te buiten of zo snel mogelijk schade moet beperken, en ik ben me ervan bewust dat de tijd dringt als het om de ontvoering van een kind gaat. Op maandagavond had ik een e-mail opgesteld voor al mijn contacten, maar ik wachtte met verzenden tot dinsdagochtend vroeg, zodat hij bovenaan zou staan in de berichtenlijsten wanneer de mensen hun mail checkten [...]

GETUIGENVERKLARING

Camilla Jackson

Halfzus van Coco Jackson

2 september 2004

Ik geloof niet dat ik iets te melden heb wat zou kunnen helpen. Ik was donderdag met mijn zus India in Harbour View, maar we zijn op vrijdag teruggegaan naar Londen. We kunnen niet goed opschieten met mijn stiefmoeder. Het is niets ergs, ze slaat ons niet of zo, maar ze heeft nooit echt haar best gedaan om ons te leren kennen dus zien we er ook het nut niet van in om ons best voor haar te doen. We hadden de pest in omdat pap was vergeten dat we zouden komen terwijl het zijn verjaardag was en het al een eeuwigheid in de agenda stond, dus toen we in de gaten kregen dat Claire het kindermeisje de laan uit had gestuurd en wij het hele weekend voor onbetaalde oppas mochten spelen, zijn we weer vertrokken.

Ja, ik zei dat we niet goed met onze stiefmoeder kunnen opschieten. Waarom vraagt u dat? U denkt toch niet echt dat we daarom ons eigen zusje zouden ontvoeren, hè? Moet u horen, Claire is een trut. Ze heeft onze vader afgepakt van onze moeder en ons gezin kapotgemaakt. Zou u het normaal vinden als ik haar aardig vond? Niet dat ze ooit haar best heeft gedaan om aardig gevonden te worden, trouwens. Maar ik heb eerlijk waar geen sterke gevoelens als het op Coco en Ruby aankomt, of die had ik niet tot dit gebeurde. Het is verschrikkelijk. Dit is het ergste wat ons gezin ooit is overkomen. Ik word 's nachts steeds wakker doordat ik heb gedroomd dat ze dood is.

We namen de trein naar Waterloo Station en gingen naar huis. Onze moeder zat in Schotland want ze dacht dat we het hele weekend weg zouden blijven, dus vroegen we wat mensen te logeren. Ze bleven tot maandag. We hebben voornamelijk gegamed en dvd's gekeken. Dus ja, als u namen wilt van mensen die ons een alibi kunnen geven [...]

1

2004 | zondag | 4.45 uur | Sean

Hij wacht terwijl zij zich in haar jurk hijst en helpt haar dan met de rits. Ze ziet er flets uit in het grijze ochtendlicht, haar blonde haar eerder gelig dan warm van kleur, haar voorhoofd glimmend van te veel onderhoudsbehandelingen. Maar toch: beter dan de vrouw van bijna tien jaar jonger die voor hen uit over het gras is weggebeend. Opeens voelt Sean elk jaar van zijn vijf decennia. Over een paar uur krijg ik een helse kater, denkt hij. En ik wil wedden dat Claire me niet vrijuit zal laten gaan, alleen maar omdat het mijn verjaardag is.

'Shit,' zegt Linda. 'Shit, shit, shit, shit, shit.'

Hij steekt afwezig zijn hand uit en masseert haar nekspieren. Ze zijn gespannen, graniethard. Hij weet zeker dat ze nog niet zo aanvoelden toen hij zijn hand daar tien minuten geleden had liggen. Claire bederft alles.

'Het komt wel goed,' zegt hij.

Ze draait zich woest naar hem om, met samengeknepen ogen, al is er nog steeds geen rimpeltje te zien in die gladde, glimmende huid erboven. 'Hóé komt het dan goed, Sean? Nou? Zeg op. Wat, denk je dat ze dit stil gaat houden? Dat ze dit gedwee door de vingers gaat zien? Ze staat al bij haar advocaat op de stoep voordat zijn kantoor zelfs maar open is. Je kunt maar beter je huwelijkse voorwaarden nog eens nalopen, want die zullen waterdicht moeten zijn.'

Sean laat zich op de dichtstbijzijnde ligstoel zakken. 'Misschien is het maar beter zo,' zegt hij peinzend.

'Voor wie?' snauwt ze.

'Voor... Nou ja, we hadden toch al geen schijn van kans. Ik weet niet eens meer waarom ik met haar ben getrouwd. Ik vind het gewoon jammer voor de kinderen, meer niet. Die hebben dit niet verdiend. En weet je, als het allemaal uitkomt, kunnen jij en ik...'

Ze deinst achteruit, met open mond van verbazing. 'Kunnen jij en ik wát?'

Zijn mond zakt ook open. 'Ik dacht...'

'Wat? Dat dit een soort... belegen *Romeo en Julia* was? Dat dacht je toch niet echt, hè?'

'Nou, nee.' Hij lacht blaffend om zijn waardigheid te redden. 'Niet bepaald *Romeo en Julia*, maar...'

'O, godsamme,' zegt ze. 'Ik ben getrouwd, Sean.'

'Niet echt,' zegt hij, en hij probeert zijn ondeugendejongetjesglimlach op haar. 'En ik ook.'

De weerzin in de blik die ze hem toewerpt spreekt boekdelen.

'Oké,' zegt hij. 'Nou, dan weet ik tenminste waar ik sta.'

'O, ga nou niet het slachtoffer spelen. Daar trap ik niet in. Kom op. We kunnen beter teruggaan. Ik moet bij mijn *niet-wettige* echtgenoot en vader van mijn kinderen terug zijn voordat zíj hem vindt.'

Ze bukt om een goudkleurige sandaal met bandjes op te rapen die ze in de opwinding is kwijtgeraakt en die nu op zijn kant onder een stenen urn ligt waar lobelia uit stroomt. De kleur is exact hetzelfde als die van haar kanten jurk. Sean blijft zich verbazen over de tijd en concentratie die de vrouwen die hem omringen aan zulke zaken besteden, hoe ze zich van winkel naar winkel slepen, draaiend en kronkelend voor passpiegels, fronsend alsof het hele geheim van de kosmos afhankelijk is van hun beslissing. Ergens heeft hij er bewondering voor, anders zou hij zich niet aangetrokken voelen tot die onderhoudsintensieve vrouwen, maar naarmate hij ouder wordt begint hij meer en meer naar eenvoud te verlangen; naar een ongekunsteld wezen dat minder waarde hecht aan die flauwekul en meer aan hem als man. 'Shit, het is geknapt,' zegt ze met een droevige blik op een reepje verguld leer dat onbruikbaar in de klamme lucht hangt. 'Vijfhonderd pond, godbetert.'

'Van harte, Seanie,' zegt hij filosofisch.

'O, god,' zegt ze. 'Mannen, nou vraag ik je.'

Ze trekt de andere sandaal uit en loopt weg over het gras, haar voeten zettend waar Claire ze nog maar een paar minuten eerder heeft gezet. Sean zucht en loopt achter haar aan. 'Slof nou niet achter me aan,' sist ze over haar schouder. 'Ga een eind wandelen of zo. We kunnen beter niet samen binnenkomen. Misschien kan ik haar op andere gedachten brengen, als ik in mijn eentje ben.'

Ik betwijfel het ten zeerste, denkt hij. 'Denk je dat het zin heeft?'

'Ja! Hoor eens, jouw huwelijk mag dan naar de kloten zijn, dat wil niet zeggen dat het mijne er ook aan moet gaan. Schiet op!'

Ze gebaart naar rechts, naar de helling die afloopt naar het hek en de weg naar de veerboot. Sean haalt zijn schouders op en loopt weg,

Waarschijnlijk is het maar goed ook, uiteindelijk, denkt hij sjokkend in zijn overhemd, dat klam is van de dauw. Een lok van het dikke, donkerblonde haar waar hij zo trots op is, heeft zich bevrijd uit de laag gel en hangt voor zijn ene oog. Niet dat ik er trots op ben, maar ik ben liever de slechterik dan dat ik haar laat vallen omdat ze een kreng is. En dat is ze. Ik snap niet dat ik dat pas merkte toen het al te laat was.

'Je moet eens ophouden met achter je lul aan lopen, Seanie, ouwe jongen,' zegt hij hardop in de stilte om hem heen. Alsof dat ooit zou hebben geloond. Dat soort vrouwen kan de schijn niet eeuwig ophouden. Als ze hun boterbriefje eenmaal hebben, is het gedaan met de pijpbeurten en komt de hoofdpijn opzetten. Mijn god, denkt hij, ik heb niet eens een verjaardagsbeurt gekregen dit jaar, en het is een kroonjaar. Je zou denken dat ze toch op zijn minst een beetje haar best had kunnen doen vandaag. Geen wonder dat ik het elders moet zoeken.

Het prieel ligt nog vol resten van het feest. Vergeten champagneglazen liggen op hun kant op de tafel en naast de bank staan drie lege flessen Bolly. Er ligt een half opgerookte Cohiba in de asbak van eerder en hij pakt hem in het voorbijgaan en steekt hem op, om iets te doen te hebben onder het lopen. Het geeft hem een beetje een verlopen gevoel dat hij dat doet, maar verlopen past prima bij zijn huidige stemming.

Hij besluit het werk in wording bij Seawings te gaan bekijken. Zelfs wanneer hij in een netelig parket zit, kan Sean geen weerstand bieden aan een mooi bouwterrein, en zijn omgang met de Polen die hier werken is tot nog toe niet zo hartelijk dat hij eens lekker rond zou mogen neuzen. Hij glipt door het hek van Harbour View en haast zich naar de schaduw van de graafmachine op de gedeelde oprit. Hij doet niet echt iets verkeerds, een beetje lichte huisvredebreuk, maar daar wil hij niet om vijf uur 's ochtends op betrapt worden, want hij kan het moeilijk goedpraten.

Aan de huiskant van de graafmachine staat een kleine kraan, de lange ketting met grijparmen al afgerold en over de helling gedrapeerd, klaar om aan de gaten in de rand van het zwembad vastgemaakt te worden. Het zwembad staat op zijn kop boven de kuil, als een koepel, om de regen buiten te houden, die niet is gevallen. Hij klautert omhoog op zijn nette schoenen met leren zolen, die wegglijden in de zanderige modder, en inspecteert het zwembad. Het is goed, degelijk, hoewel het blauwe polyester veel dikker en zwaarder is dan nodig. Typisch een amateuraannemer, denkt hij met de zelfvoldaanheid die het zo'n genot maakt om andermans werk te inspecteren. Het zwembad van Harbour View is half zo dik en kostte maar de helft, en kon ook zonder al die dure machinerie op zijn plaats gemanoeuvreerd worden; acht potige bouwvakkers en een hoop gevloek waren voldoende. Hij geeft er in het voorbijgaan een klap op en hoort een bevredigende holle dreun.

De chaos boven is van het vertrouwde soort. Bouwgerei: ladders en emmers en hoge stapels tegels, klaar om gelegd te worden, een betonmolen die wacht om de rand van het zwembad af te dichten als het eenmaal is geplaatst, een berg nog niet afgevoerde ruwe pleisterkalk en allerlei puin van een terras van verschillende soorten flagstones uit de jaren zeventig dat plaats heeft moeten maken voor de kuil. Spaden en pikhouwelen en troffels liggen op een hoop bij de voordeur, een uitnodiging aan passerende dieven. Het zou zijn eigen aannemers op een opvoedkundige boete komen te staan als hij het bij een van zijn eigen projecten zag. Een nieuwe duikplank ligt op zijn kant op het gras, met de achterkant in een bloembed, de hortensia's vermorzelend. Hij sleept hem weg als hij erlangs loopt, met zijn tong klakkend omdat iemand iets zo moois, zo teers, met zo'n achteloze minachting behandelt. Sommige stengels zijn bijna helemaal doormidden geknakt.

De tuin is aan de binnenkant van het hek afgezet met *leylandii*-haagconiferen. Lastige struiken, in het algemeen, maar de arme grond hier houdt ze in het gareel, althans voorlopig, en het zal nog een tijd duren voordat ze hoog genoeg zijn om de tuin van Harbour View aan te tasten, en dan is het huis allang verkocht. Beuken. Geef hem maar statige beuken. Over een paar weken zal hun groen in goud veranderen en zullen ze als lichtende bakens in het landschap staan, terwijl deze gevallen het hele jaar zwartachtig groen blijven. Wat gaat het allemaal snel voorbij, denkt hij. Die afgelopen tien jaar: het lijkt nog maar gisteren dat ik veertig werd, en ik heb nog niet de helft gedaan van de dingen die ik me vast had voorgenomen dat ene jaar te doen. Ik heb nog steeds geen ijskoude cocktail gedronken aan de voet van Ayers Rock, nog steeds mijn eigen helikopter niet bestuurd, nog steeds niet met haaien gezwommen, afgezien dan van die in het zakenleven. Ik dacht dat het Heather was die me tegenhield, die mijn dromen de kop indrukte, maar toen deed Claire het ook, en ik loop nog net zo in de tredmolen als altijd. Misschien moet ik onder ogen zien dat ik mezelf uiteindelijk tegenhoud, niet zij. Ik ben niet de vrijbuiter uit mijn fantasie, maar gewoon een man van middelbare leeftijd die hoopt dat zijn volgende scheiding hem niet al zijn spaargeld gaat kosten. Goddank ben ik deze keer inderdáád op huwelijkse voorwaarden getrouwd.

Hij bereikt de rand van de kuil die ze voor het zwembad hebben gegraven. Die is schrikbarend diep, maar dat is het bad ook, aan de diepe kant. Toch betwijfelt hij of het de bodem wel zal raken. Misschien willen ze de kuil tot het grondwaterpeil opvullen met dat puin. Het zou beslist een zuinige manier zijn om ervan af te komen, vergeleken met betalen voor de stort.

De bouwvakkers hebben woord gehouden en zelfs de pomp uitgezet tijdens hun afwezigheid. De bodem van de kuil staat vol water: zwart, brak, met een laagje zilt schuim erop. De gemiddelde huiseigenaar moest eens weten, denkt hij, hoeveel van zijn gladde, dure muren niet meer zijn dan kooien van draadgaas, gevuld met puin en bedekt met gipsplaat. Dan zou hij niet met geld smijten alsof ze eeuwig overeind zullen blijven.

Op de oprit hoort hij het piepen en dichtslaan van een portier, en een paar seconden later start er een motor en rijdt er een auto achteruit weg. Ik hoop dat het Claire is, denkt hij, dat ze er weer eens vandoor gaat, gewoontegetrouw. Goed zo. Het is te laat en ik ben te moe om nu nog de tweede ronde in te gaan.

Hij fleurt op en loopt terug naar het huis. Hij merkt vaak dat als er eenmaal beslissingen voor hem zijn genomen, zoals vannacht, zijn eerste gevoel een overweldigende opluchting is. Het is niet makkelijk geweest, er een minnares en een zeur op na houden. Als de minnares hem inderdaad heeft gedumpt, kan hij schoon schip maken. Niemand die nog illusies koestert met betrekking tot hem, geen dromen meer die hij aan gruzelementen kan laten vallen. Ik zal de kinderen missen, denkt hij, maar als ik eenmaal met haar klaar ben, lijdt het geen twijfel dat zij de volledige voogdij krijgt. Als er iets is wat een troeteladvocaat als Robert wél kan, is het een andere advocaat zoeken die goed in scheidingen is. En dan ben ik vrij.

Geen geknies meer, geen verwijten, geen kan-niet-vanwege-de-kinderen, niet meer naar restaurants om even afleiding te hebben van onze wederzijdse haat. Zij mag het huis in Londen hebben. Ik heb zelf toch niet meer nodig dan een appartement. Ik kan het rustiger aan gaan doen. Een groot huis in de provincie kopen, een paar feesten geven, me door mijn wijnkelder heen beginnen te werken. Ik heb goed geboerd. Zelfs nadat ik Claire heb afgekocht, heb ik nog genoeg over om er heel lang heel goed van te leven.

Dichter bij het huis begint hij het geluid van harde stemmen op te vangen. Zijn gasten: Robert en Maria, Linda, Charlie en Imogen: allemaal wakker, allemaal aan het roepen en gillen, de vrouwen hysterisch. O, jezus, het is al begonnen, denkt hij, en hij gaat langzamer lopen. Je zou denken dat ze zo chic zou zijn de anderen erbuiten te houden. Die verdomde Claire. Nooit tevreden met een crisis als ze er ook een drama van kan maken. Misschien ga ik maar...

En dan beginnen de woorden zich los te maken uit het rumoer. 'Mijn god, Jimmy! O, mijn god, doe iets! Jimmy!'

Sean zet het op een rennen.

2

Als kind hoorde ik het vaak, maar ik schrik er nog steeds van als ik mijn moeder hoor huilen.

Ik ga rechtop zitten. Een oud, verschoten jongensdekbedovertrek met een Schotse ruit, kussens die zo dun zijn dat het afdankertjes moeten zijn, want niemand zou ze zo kopen. Zwak, grijs winterdaglicht dat door armzalige huurhuisgordijnen piept, een verzameling kartonnen dozen en een crosstrainer die dienstdoet als kledingrek. Ik zou overal kunnen zijn. Ik weet niet veel meer van gisteravond. Ik bedoel, waar bén ik eigenlijk?

'Mam? Wat is er?' vraag ik.

'Het spijt me, lieverd,' snikt ze door de telefoon. 'Ik wilde niet huilen. Ik bedoel, ik weet niet eens waarom ik huil. Omdat het zo zonde is, denk ik. Al die beloften die niet zijn ingelost. Ik dacht dat ik het me niet meer aantrok.'

Ter zake komen. Niet haar sterkste punt. Ze bazelt om onderwerpen heen met de onbegrijpelijkheid van een zeventiende-eeuwse dichter. 'Mam, wat is er? Gaat het wel?'

Degene naast me in het bed komt in beweging. Hij heeft een van die sneue kussens over zijn hoofd getrokken tegen het licht, dus ik heb geen idee hoe hij eruitziet. Ik heb een vage herinnering aan lang donker haar en een jezusbaardje, van haar in mijn mond waar ik de slappe lach van krijg, maar het zou een in de genen opgeslagen herinnering kunnen zijn uit een andere nacht, een andere kater. Ik weet niet eens meer hoe hij heet. Het zou een bekende kunnen zijn. Ergens hoop ik dat maar. Het is wel vaker voorgekomen. Maar deze witte kamer vol xboxen geeft niets prijs, behalve dan dat de bewoner waarschijnlijk een man is, en waarschijnlijk in de twintig.

Ze zucht en vervolgt met vastere stem: 'Sorry, schat. Aan mij heb je niets, ik weet het. Ik heb slecht nieuws, vrees ik. Maria Gavila heeft gebeld. Ze probeert al sinds gisteren je te pakken te krijgen, maar ze kon je niet vinden, dus heeft ze mij gebeld.'

Maria Gavila? Wat zullen we nou krijgen? Ik weet dat ze al die jaren contact heeft gehouden met mam, maar op de een of andere manier voelt het nog steeds vreemd om haar naam te horen. 'Hm-hm,' zeg ik vrijblijvend. Ik weet nu in elk geval dat het slechte nieuws niet over mam of India gaat, en de angst die me overweldigde toen ik haar hoorde huilen begint al te zakken. Nu ik rechtop zit, word ik duizelig. Ik ben misselijk en ik heb een droge mond. Te veel ochtenden zoals deze, Mila. Je moet de balans opmaken, greep op je leven krijgen. Heb ik alleen maar gedronken gisteravond? Ik weet dat het begonnen is met bittere bruine cocktails in een besloten club in Shoreditch, wat altijd een slecht begin is. Geen eten. Zeer zeker geen eten. Er moeten dus drugs aan te pas zijn gekomen, anders had ik op een gegeven moment wel honger gekregen. Dat is de reden waarom je dik wordt van drank; dat er veel calorieën in zitten, is minder belangrijk. Ik wil hier niet zijn. Ik wil als bij toverslag weer thuis zijn. 'Wat had ze?'

'Milly,' zegt ze, 'ik weet niet hoe ik dit moet brengen, dus zeg ik het maar gewoon. Je vader. Ik ben bang dat je vader gisternacht is overleden.'

Een dreun, ergens in mijn borstkas. 'O,' zeg ik. Ik weet niet goed hoe ik me hoor te voelen, maar op dit moment voel ik alleen een bizar soort nieuwsgierigheid. Dus zo is het als je vader doodgaat, denk ik. Ik voel helemaal niets.

Ze wacht op mijn reactie. Ik voel het door de ether. Maar ik weet niet hoe ik moet reageren. Ze zijn al bijna twintig jaar niet meer getrouwd, dus ik zal wel niet tegen haar hoeven te zeggen dat ik het erg voor haar vind. 'Weet India het al?' vraag ik uiteindelijk. Mijn stem klinkt vreemd mat en veraf.

'Nee. Ik ga haar hierna bellen,' zegt ze.

'Wat is er gebeurd?'

'Ik ken het hele verhaal niet,' zegt ze, en ik hoor aan haar stem dat ze liegt. Mijn moeder heeft altijd slecht kunnen liegen. Ze schraapt haar keel altijd, alsof de onwaarheid daar ergens is blijven steken en eruit moet worden geholpen. 'Hij was in een hotel. Het Dorchester. Hebben ze het huis in Londen verkocht of zo? Ik wist dat ze naar Devon waren gegaan, maar hij is zo vaak in Londen... Enfin, daar was hij. Ze hebben hem naar het Chelsea & Westminster gebracht, schijnt het. Een hartinfarct in de loop van de nacht, denken ze. Het kamermeisje heeft hem gisterochtend gevonden.'

Ik heb een flesje water in mijn handtas. Ik wip de dop eraf en zet het flesje aan mijn mond. Om mezelf wat tijd te geven om na te denken. Om naar de witte muur te kijken en me af te vragen wat er nu van me wordt verwacht. Ik zou nu wel een sigaret kunnen gebruiken, maar als dit een huurhuis is, gaat er binnen een paar seconden een rookmelder af. Sean Jackson, mijn afwezige vader, kan niets meer beginnen met zijn fameuze charme en zijn dure maatpakken.

'Lieverd?'

'Sorry,' zeg ik. Dan: 'Shit.'

'Ik weet het,' zegt ze. 'Het komt hard aan.'

'Ja,' zeg ik vaag.

'Je kunt Maria bellen,' zegt ze. 'Ze is de hele dag op kantoor, heeft ze gezegd. Ze zullen sectie moeten verrichten en een onderzoek moeten instellen omdat hij alleen was. Of tenminste...' Ze maakt haar zin niet af. Ze heeft zich duidelijk bedacht met betrekking tot de rest. 'Maar goed, er waren geen getuigen, dus zo gaat dat dan, blijkbaar. Je moet haar bellen. Ik ben bang dat jij hem misschien zult moeten identificeren.'

Nu schiet ik recht overeind. 'Nee!'

'Ja,' zegt ze.

'Waarom ik?'

'Iemand moet het doen, Milly. En ik denk... Misschien kan Maria het doen, of Robert. Ik weet het niet. Moet het familie zijn? Misschien wel. Maria zal het inmiddels wel weten. Ze lijkt elke vraag binnen een paar minuten te kunnen beantwoorden.'

'Maar waarom kan... waarom kan zíj het niet doen?'

Ik kan het niet opbrengen haar naam uit te spreken, zelfs nu niet. Niet tegen mijn moeder. Ook na al die jaren voelt het noemen van de latere echtgenotes een beetje alsof ik haar een klap in haar gezicht geef.

'Lieverd,' zegt ze, kennelijk zelf niet gehinderd door zulke scrupules, 'Simone zit met een klein kind in Devon en me dunkt dat ze wel zal zijn ingestort. Robert is er nu naartoe en Maria gaat vanavond. Je wilt haar toch niet dwingen naar een mortuarium ergens in Londen te komen om haar dode echtgenoot op een snijtafel te zien liggen, zeker?'

Nee, denk ik. Het is natuurlijk veel beter als ik naar mijn vader op een snijtafel ga kijken. Ze is volwassen. Ze heeft er zelf voor gekozen om met hem te trouwen. Ze moet volwassener zijn dan ik. Ik kan me niet voorstellen dat ik ooit volwassen genoeg zal worden om getrouwd te willen zijn, laat staan dat ik een kind zou willen. 'Nee,' zeg ik onwillig, want dat hoor ik te zeggen. De etiquette doet ertoe, in mijn familie. Je moet in elk geval de schijn wekken het goede te doen, oppervlakkig gezien. 'Maar ik weet niet wat ik moet doen.'

'Ik denk dat Maria je dat wel kan vertellen,' zegt ze. 'Waarschijnlijk laat ze dat nu allemaal uitzoeken door haar assistente. We mogen blij zijn dat we haar hebben. De middelen van het Gavila-imperium.'

‘Oké,’ zeg ik.

‘Het spijt me voor je, lieverd,’ zegt ze. ‘Ik kan nu beter India bellen. Red je het wel?’

‘Ja hoor,’ zeg ik, al weet ik niet of ik de waarheid spreek.

‘Ik bel je later nog om te zien hoe het met je is.’

‘Oké.’

‘En, schat?’

‘Ja?’

‘Ik hou van je. Heel veel.’

‘Weet ik,’ zeg ik werktuiglijk. ‘Ik hou ook van jou.’

Ik hang op en laat de telefoon weer in mijn tas vallen. Mijn bedgenoot ziet zijn kans schoon, trekt het kussen van zijn hoofd en kijkt me met één oog aan. Ja, nu weet ik het weer. Het was niet alleen de drank; het nieuws van mijn moeder moet harder zijn aangekomen dan ik dacht. Donker haar en een jezusbaardje en een heerlijk gladde, bruine huid. Tom. Werkt in een galerie naast de club in Shoreditch waar ik gisteren onuitgenodigd een vernissage heb bezocht, woont in Kentish Town. Godver, ik ben in Kentish Town. Een miljoen metrohaltes van huis. Had ik maar een teleporter. Waarom kunnen ze die nou niet eens een keer uitvinden, verdomme?

‘Gaat het?’ vraagt hij. Hij hoopt waarschijnlijk gebruik te maken van die ochtenderectie, aangezien ik er nog ben.

‘Ja hoor,’ zeg ik opgewekt. ‘Mijn vader is overleden.’

Hij kijkt me met open mond aan en ik zie zijn ogen groot worden van paniek. Hij heeft geen idee wat hij moet doen, wat hij moet zeggen. Door mijn toon weet hij niet eens of het niet een soort practical joke van een krankzinnige is. Dit is geen goede situatie om in te belanden met een naakte onbekende. Maar toch. Het is een mooie anekdote als je eenmaal over de angst heen bent, denk ik. Niet over inzitten.

‘Kolere,’ brengt hij uit. ‘Rot voor je. Gaat het wel?’

‘Ja hoor,’ zeg ik. ‘Hij was een klootzak. Ik had hem al jaren niet meer gezien.’

3

2004 | donderdag | Claire en Sean

Een geschrokken kreet vanaf de achterbank en het verraderlijke gespat van vloeistof.

'Nee,' zegt Sean. 'O, god, zeg me dat het niet waar is.'

Claire schuift haar zonnebril op haar hoofd en kijkt reikhalzend achterom. Coco, in haar autozitje gegespt, houdt haar handen op, met gespreide, gestrekte vingers: Wile E. Coyote die naar het steeds korter wordende lontje aan de staaf dynamiet kijkt. De kartonnen beker ligt omgekeerd op haar schoot. Het deksel is er met het rietje af gesprongen, er glijdt ijs over haar dijen en er vormt zich een plasje Sprite light op het crèmekleurige leer van de achterbank van de Range Rover. Ruby hangt uit haar stoelverhoger om het te zien, met een vreemd triomfantelijke uitdrukking op haar kindergezicht.

'Ik had toch gezegd dat het een slecht idee was,' zegt Claire. Ze kan zich niet inhouden. Want ze heeft het gezegd, en hij heeft zoals altijd niet geluisterd. 'Ik had gezegd dat we de tuitbekers moesten nemen. Die vlek krijg je er nooit meer uit.'

Seans vingers knijpen in het stuur. 'Het oorspronkelijke plan,' zegt hij met zijn zorgvuldig afgemeten stem-voor-waar-de-kinderen-bij-zijn, ‘was natuurlijk dat ze in de Prius zouden gaan, met Emília.’

‘Ja, nou,’ snauwt Claire, ‘als sommige mensen te vertróúwen waren met Emilia, was dat super geweest.’

‘Hoe vaak moet ik nog...’ begint hij en dan zucht hij, als een geduldige leraar die het tegen een peuter heeft, en beheerst zich. ‘Je bent paranoïde.’

Claire werpt hem een blik toe.

‘Jezus,’ vloekt Sean, en hij zwenkt de vluchtstrook op. Het verkeer kruipt bumper aan bumper over de M3, want het hele land wil het laatste lange weekend van de zomer ergens anders zijn dan thuis, en god mag weten hoe ze het allemaal voor elkaar hebben gekregen om op donderdag al vrij te krijgen, maar het gaat waarschijnlijk wel tien minuten duren voordat iemand ze weer laat invoegen. Dat is hem opgevallen, in de provincie. Londense automobilisten laten elkaar continu invoegen (de hele stad zou knarsend tot stilstand komen als ze dat niet deden), maar voorbij de Londense ringweg gedragen ze zich alsof je hun weg wilt stelen. Zo raar, denkt hij. En maar beweren dat Londenaren zo onbeschoft zijn.

Hij zit achter het stuur en wacht tot zijn vrouw in beweging komt. Nee, denkt Claire. Het is jouw troep. Jij wilde zo nodig een grote beker fris voor ze kopen en had geen tijd om het over te schenken. Het is jouw troep. Jouw beurt om op te ruimen. Ze blijft zitten, met haar handen op haar schoot, haar zonnebril weer voor haar ogen, haar blik gericht op het afval in de berm.

‘Nou?’

Ze draait langzaam haar hoofd. ‘Wat “nou”?’ Ze wacht twee tellen. ‘Het zijn ook jouw kinderen, Sean.’

Sean voelt een driftaanvalletje opkomen, maar maakt zijn gordel los en stapt uit. Haalt vijf keer diep adem tussen de paardenbloemen en de snackverpakkingen voordat hij iets doet. Ik moet me beheersen, denkt hij. Ze kan er niets aan doen. Ze is drie. Dit doen kinderen van drie. Haar moeder is haar schuld niet.

Achter het glas ziet hij Coco's mond vierkant worden en hij hoort het begin van een loei, als een politiesirene in de verte. 'Stil maar, liefje,' roept hij door de hete augustuslucht, 'volhouden. Ik kom eraan.'

Hij loopt naar de achterkant van de Range Rover en trekt de kofferbak open. Zijn brein klikt in zijn vrij als hij de puinhoop overziet. Claire heeft geen greintje organisatietalent. Hij herinnert zich dat hij het charmant vond in het begin, excentriek, klassiek bohemien, zorgeloos, maar nu maakt het hem alleen maar kwaad. Ze heeft niet bepaald iets anders te doen, de godganse dag, denkt hij. Hoe is het zo geworden? Wat is er met mijn leven gebeurd? Heather bracht tenminste nog orde aan in de immense hoeveelheden spullen: de kleren, het speelgoed, de medicijnen en boeken, de onmisbare teddyberen, mysterieuze elektronische piefjes, vochtige doekjes, zonnebrandcrèmes en zonnehoedjes, de slabbetjes en tuitbekers die elk kind tegenwoordig lijken aan te kleven. Achter haar rug om hoonde ik haar verzameling Cath Kidston-tassen, haar liefde voor zakken en vakken en hersluitbare plastic zakjes, maar alles, echt alles zou beter zijn dan dit.

'Waar is het schoonmaakspul?'

Claire houdt een hand voor haar gezicht en kijkt naar haar nagels. Ze heeft ze donkerblauw laten lakken, waar hij van gruwt. Alsof ze het doet om mij te pesten, denkt hij, omdat het haar ergert dat ik een vrouw graag met fatsoenlijk gemanicuurde nagels zie. Die donkere kleuren: je weet nooit wat zich eronder schuilhoudt. Toen we net iets hadden, toen zij de rivale nog was, luisterde ze wel naar me; ze koos tinten roze en goud en zilver zodat haar nagels in het kaarslicht flonkerden als edelstenen. Ze deed alles om mij blij te maken, toen ze het nog deed om Heather te pesten. Nu ze me heeft, is het een heel ander verhaal.

'In de tas,' zegt ze op die '*tsk*, mánnen'-toon.

Hij kijkt naar de hoog opgetaste chaos, trekt moedeloos aan de gapende rand van een Harrods-tas. Het enige wat hij herkent is Claires leren beautycase, die ze van hem heeft gekregen toen hij voor het eerst met haar naar Parijs ging, om haar een beetje chic te geven. Daarbinnen zal wel dezelfde chaos heersen, kleuren en smeersels en wimpers die er gedachteloos in zijn gesmeten, maar de buitenkant is tenminste glamoureus. Een metafoor voor ons leven, denkt hij, en hij voelt zich even spitsvondig. Hij wroet in de tas. Een zwarte vuilniszak onthult opgepropte kinderkleertjes, ongestreken. Waar heeft dat door mij betaalde personeel het de godganse dag zo druk mee, vraagt hij zich af, dat mijn kinderen als vogelverschrikkers moeten rondrennen?

Hij steekt er een hand in en vist er een corduroy overgooier met een OshKosh-label uit. Het ding moet meer hebben gekost dan zijn moeders hele kledingbudget voor een jaar, en het is als een oud vod in de zak gestopt. Hij slaat hem uit om de ergste kreukels eruit te krijgen, rommelt verder tot hij de babydoekjes heeft gevonden, waarvan de hersluitbare flap opengevouwen is, en loopt terug naar de achterbank.

Coco blèrt nu, en Ruby heeft haar vingers in haar oren gestoken. 'Stil maar,' zegt hij, overlopend van zijn eigen vaderlijke deugdzaamheid, 'niets aan de hand, Coco, liefje. Niets aan te doen. Die dingen gebeuren. Kom op.' Hij gespt haar los, pakt haar onder haar oksels en tilt haar met een 'Hopsakee' uit het stoeltje. Ondanks de airco in de auto voelt ze warm aan; haar goudblonde krullen plakken aan haar voorhoofd en haar wangen zijn vuurrood. Hij legt een hand op haar voorhoofd. Zegt een schietgebedje: laat haar niets onder de leden hebben. Niet dit weekend, uitgerekend dit weekend.

Hij gooit de vochtige doekjes naar Ruby. 'Kom op. Maak je nuttig. Veeg die troep op.'

Ruby kijkt hem met grote ogen aan. 'Ze is pas drie, Sean,' zegt Claire, maar ze pakt de doekjes en begint zelf de plakkerige plas Sprite op te deppen. Ze gooit de lege beker door het portier naar buiten, in een vervuilde haagdoorn. Die blijft daar altijd hangen, denkt Sean, en hij vergeet het weer als hij zijn dochter op de hard opgedroogde modder zet en haar jurk open begint te knopen.

Even voorbij Southampton begint er een verdachte lucht op te stijgen uit een van de luiers. Claire kijkt via de binnenspiegel naar de kinderen. Het is Ruby, denkt ze. Haar wangen beginnen er schilferig uit te zien. God sta me bij, hoe kan een eeneiige tweeling uit twee zo van elkaar verschillende individuen bestaan? Coco is bijna uit de luiers, hoewel hij natuurlijk beweert dat ze een eeuwigheid geleden al zindelijk hadden moeten zijn, dat India en Milly alles al op het potje deden tegen de tijd dat ze begonnen te praten of zo, en ze babbelt twee keer zo veel als Ruby, en ze lacht altijd, terwijl Ruby de helft van de tijd alleen maar voor zich uit staart. Als ik ze er niet zelf uit had geperst, zou ik moeilijk kunnen geloven dat die twee vlak na elkaar uit dezelfde baarmoeder zijn gekomen. Ik hoop dat ze zelf kan poepen tegen de tijd dat ze naar school gaat. Ik weet zeker dat het niet normaal is. Het lijkt wel of ze het doet om ons te pesten.

Haar man trommelt met zijn vingers op het stuur. Hij trommelt altijd met zijn vingers als hij stil moet zitten, en het maakt haar horendol. Hoe kan liefde binnen zes jaar omslaan in geïrriteerde onverschilligheid, vraagt ze zich af. Ik snap het niet. Maar tegelijkertijd ook wél. Ik snap het echt. Dat krijg je als je met iemand trouwt die deed alsof hij iemand anders is. Iemand die zich ellendig voelde onder het gebrek aan interesse van zijn eerste vrouw omdat hij alleen maar in zichzelf geïnteresseerd was. Ik ben getrouwd met wat ik aanzag voor een man die was beschadigd door liefdeloosheid, en ontdekte dat liefdeloosheid van twee kanten komt.

De airco staat in de toendrastand, maar toch kan ze de hitte van buiten op de getinte ruiten voelen beuken. Een fantastisch weekend voor een verjaardagsfeest. Alleen jammer dat ze het met al zijn vrienden moet doorbrengen. Niet dat ze zelf nog vrienden heeft. Die zijn een voor een weggevallen. Sean heeft natuurlijk nooit moeite gedaan om ze gastvrij te onthalen. Ze had het niet vreemd gevonden dat hij ze niet wilde ontmoeten toen ze nog een verhouding hadden: discretie, geheimhouding, de noodzaak dingen buiten de openbaarheid te houden... redenen te over.

Het was niet in haar opgekomen dat de echte reden was dat het hem niet boeide.

Ze zucht. Vier dagen. Vier lange dagen met mensen die amper de moeite nemen iets tegen haar te zeggen, die Heather allemaal hebben gekend en haar, hoewel ze het niet hardop zeggen, allemaal duidelijk als iets tijdelijks beschouwen. Maar ik moet aardig doen, denkt ze. Als ik dit huwelijk wil redden, moet ik aardig doen.

Zaterdag, denkt Sean, word ik vijftig. Het spreekt vanzelf dat je over je leven nadenkt als je vijftig wordt. Ik kijk naar mijn leven en ik zou tevreden moeten zijn. Elk doel dat de westerse wereld na aan het hart ligt, heb ik bereikt. Ik ben rijk naar maatstaven waar mijn ouders niet eens van zouden hebben gedroomd. Mijn kinderen zijn gezond en verwaardigen het zich nog met me te praten. Ik ben heer en meester over een bloeiende onderneming en degenen die geen respect voor me hebben, zijn door de bank genomen nog altijd wel bang voor me. Ik zit in een nieuwe, dure auto, op weg naar mijn huis van miljoenen op een van de meest gezochte locaties van het land. Over een paar weken ben ik weer een miljoen rijker. Mijn vrienden zijn invloedrijk, bekend en welvarend. Mijn vrouw is drieëndertig en naar alle normen een schoonheid, ook al heeft ze zich laten gaan. Ik heb een zwembad. Mijn leven is een daverend succes. Waarom ben ik dan zo ongelukkig?

4

Terwijl ik door Clapham High Street loop, belt India. Het moet tegen werktijd lopen in Auckland, schat ik. Hoogzomer, dus ze zal een mouwloos topje dragen onder haar behoudende advocatenpak, haar haar naar achteren getrokken in een strenge kindermeisjesknot, terwijl ik me een weg ril door de ijskoude motregen, diep weggedoken in mijn leren jack, met een sjaal als een *dupatta* over mijn hoofd getrokken. We zouden geen grotere tegenpolen kunnen zijn, mijn zus en ik. De chaos van onze opvoeding heeft haar ertoe aangezet orde aan te brengen tot in de verste hoeken van haar leven, terwijl ik die chaos in de armen heb gesloten, weiger plannen te maken, er amper om kan denken mijn sleutels mee te nemen als ik van huis ga en geen idee heb waar de documenten liggen waarin staat dat mijn appartement van mij is. Zij is gek op de wet, de onbuigzame grenzen ervan, de minutieuze detaillering waarop alles tot op de millimeter kan worden vastgepind. Ze heeft de erfenis van onze grootmoeder gebruikt om het land uit te komen en zich een appartement aan het water te verschaffen met lichte houten vloeren en glazen wanden, waar ze elke dag begint met yoga bij zonsopkomst en besluit met een glas sauvignon blanc op haar balkon. Ik heb net de tegenwoordigheid van geest gehad een paar kamers te kopen in de straat waar ik destijds een huis met anderen deelde en waarschijnlijk word ik er op een dag uit gedragen, als ze mijn lichaam ooit kunnen vinden onder de papierzee.

'Hé,' zeg ik.

'Hoi. Hoe gaat het?'

'Gaat wel,' zeg ik. 'Je weet wel. Het leven gaat door, hè?'

'Ja.' Zij klinkt ook niet echt overstuur. Wat zou hij voelen, vraag ik me af, als hij wist dat de enige die tot nu toe ook maar een traan om hem heeft gelaten, de eerste van de echtgenotes is die niet goed genoeg waren? Pap kennende zou hij het niet eens merken. Uit het oog, uit het hart, was altijd zijn beleid. In de tijd dat ik hem nog wél plichtmatig opbelde, klonk hij altijd verbaasd iets van me te horen.

'Ik ga het lichaam morgen identificeren.'

'Kolere. Hoe voelt dat?'

'Eng. Ik kan maar niet beslissen of ik voor of na de lunch zal gaan.'

'Ik zou ervóór gaan, als ik jou was. Je kunt je lunch beter uitstéllen dan uitkótsen. Zo, hoe zit het met lijkschouwingen en begrafenissen en alles?'

'Ze gaan sectie doen nadat ik ben geweest. Als ze de doodsoorzaak kunnen achterhalen, schijnt het lichaam voorafgaand aan het onderzoek te kunnen worden vrijgegeven.'

'Ondanks al... het andere?'

'Ja,' zeg ik. 'Ondanks dat. Als hij een hartaanval heeft gehad of zo, maken de handboeien en alles niet veel verschil. Het blijft een natuurlijke doodsoorzaak.'

'Oké...' zegt ze weifelend.

'Al schijnen er poppers op het nachtkastje te hebben gelegen, dus dat is leuk.'

'O, god,' zegt ze. 'O, gottegot, kan het genânter?'

'Iets met boerderijdieren?'

'Oké. Kappen.'

'Wanneer kom je over?'

Een korte stilte. 'Milly, ik kom niet.'

'Je komt niet?'

Ze zucht. 'Wat heeft het voor zin? Hij is toch al dood. Hij zal me niet missen. Er komen geen aangrijpende verzoeningen aan het sterfbed. Het zou alleen maar... Nee. Ik ben niet van plan naar de andere kant van de wereld te vliegen om de Trouwe Nimf een aai te geven en te doen alsof ik het erg vind. Ik weet dat hij mijn vader was, maar ik kende die gast amper.'

Een herinnering flitst door mijn gedachten. Wij vieren in een zwembad op een warme plek, Indy en ik nog zo klein dat we zwembandjes om hebben. Mam lacht en lacht en pap gooit ons hoger en hoger de lucht in. De verrukte kreten waarmee we in het water stortten, zonlicht brekend op het blauw. Hij heeft van ons gehouden, ooit, denk ik. Echt. Of anders kon hij goed doen alsof.

'Ik...' zeg ik.

'Ik zal bloemen sturen,' zegt ze. 'Maar ik ben geen hypocriet.'

Maar ik dan? Hoe zit het met míjn gevoelens, India? Ik zal voor ons allebei moeten gaan, en in dat geval maak je van mij een dubbele hypocriet. Een dubbele hypocriet die er helemaal alleen voor staat.

'Oké,' zeg ik. Ik ben benieuwd wat we aan elkaars begrafenis zullen doen, als het zover is. Kennen we elkaar dan zelfs nog maar? 'Maar je komt toch wel terug voor mams begrafenis?'

'Doe niet zo stom. Dat is totaal anders. Hoor eens, ik moet ervandoor. Ik heb een verklaring onder ede om half tien.'

'Oké.' Het heeft geen zin om erover te bekvechten. India is zo iemand die als ze eenmaal een besluit heeft genomen, er nooit meer op terug zal komen. En ze heeft besloten zo ver hiervandaan te gaan wonen als maar kan zonder dat ze tussen de ijsbergen moet zitten.

'Ik neem aan dat je zo gaat stappen?'

Ik lach. 'Het is dinsdag. Wat zou ik anders moeten doen?'

'Milly,' zegt ze, 'heb je ooit overwogen een baan te zoeken?'

Ik lach. 'Hou op, zeg. Wat zou het nut van een trustfund dan nog zijn?'
Ik hang op en duw de deur van de Handful of Dust open.

Ik ben een dochter van mijn vader. Hij hield wel van een feestje en ik ook, zeker in extremis. Hij was er ook goed in. Niemand kon een gezelschap zo bewerken als Sean Jackson, door iedereen gezien worden, iedereen het gevoel geven speciaal te zijn. Je zag de gezichten letterlijk oplichten als hij ergens binnenkwam. De handjesschudder, de moppentapper, de man met invloed, de charmeur. Er waren veel, heel veel mensen die hem hun vriend noemden, mijn vader Sean. En hij vergat nooit een naam.

Het is druk in het café, zoals altijd. De brave trustfundhipsters van Clapham Common: niet zo rijk als die in Chelsea, niet zo snakkend naar aandacht als die in Notting Hill, niet zulke gedreven trendsetters als iedereen ten oosten van de Old Street-rotonde. Maar wel zo betrouwbaar en voorspelbaar als een opwindpoppetje: kleren die door hun snit (rafelige zomen, te lange mouwen) en kleur (zwart met een klein accent in een andere tint) het lidmaatschap kenbaar maken van de tegencultuur, maar die nooit een scheur, brandgaatje of vlek vertonen die erop zou kunnen duiden dat ze uit een kringloopwinkel komen. Mensen die zeggen dat ze kunstenaar zijn, mensen die zeggen dat ze schrijver zijn, mensen die zich journalist noemen en mensen die de hele dag door het internet klikken en denken zich daarom 'viral visionair' te mogen noemen. Mijn clan, de club waar ik bij hoor. Het personeel hier spuugt op ons. Je ziet het aan de manier waarop ze hun schouders naar hun oren optrekken zodra iemand iets bestelt. Maar daar zitten wij niet mee. We geven zo veel geld uit dat ze toch niets tegen ons kunnen beginnen. En trouwens, wie ergens werkt waar ze Indisch-Peruaanse knoedels als borrelhapje hebben, vraagt er zo'n beetje om.

Ik zigzag me een weg door de massa en bestel een Skinny Bitch bij een vrouw met een lipringetje dat eruitziet alsof het ontstoken begint te raken, bedenk me en maak er twee van. Het lievelingsdrankje van de zuipschuit op dieet: vrijwel geen calorieën en door het koolzuur word je sneller dronken. En vanavond moet ik dronken worden. Als ik ook maar iets kan doen om het leven van mijn vader te gedenken, is het dat. Ik leun tegen de bar en kijk om me heen terwijl ik het eerste glas zo snel mogelijk leegzuig door een rietje, zoekend naar iemand die ik ken, of in elk geval zou willen kennen. Er zal straks wel iemand komen. De mensen die ik ken doen niet aan thuisblijven. En trouwens, ik ken véél mensen, net als mijn vader voor mij.

Onder het wachten amuseer ik me met mijn favoriete spelletje: zoek de persoonlijkheidsstoornis. Het is een goed spel, zeker als je alleen in een menigte bent. Als je met zijn tweeën bent, kun je elkaar aftroeven, maar dit is prima voor die stille momenten voordat de pret begint. Ik heb het *Handboek voor de classificatie van psychische stoornissen* bij mijn bed liggen en raadpleeg het dikwijls. Was ik maar psychologie gaan studeren. Ik speel nog steeds met het idee. Ik heb zelfs de inschrijfformulieren een paar keer in huis gehaald, maar op de een of andere manier verstrijkt de tijd terwijl ze in de keuken op het aanrecht blijven liggen en dan is er opeens weer een jaar voorbij en sta ik me nog steeds tegen de bar geleund af te vragen wat ik eens met mijn avond zal doen. Ik zal toch geen Mijder zijn? Nee, ik ga er continu op uit, en je ziet bijna nooit Mijders in mensenmassa's. Al zie ik ze wel weggedoken in hoekjes van donkere restaurants, waar ze monosyllabische onderonsjes houden met Afhankelijken of wrokkig luisteren naar Borderliners die vertellen hoe ze weer tekort zijn gedaan.

Nee, een tent als de Handful of Dust is een trefpunt voor Narcisten. Langs de wanden staan crèmekleurige leren poefjes en aan elke gestripte muur hangen minstens drie spiegels. Je kunt jezelf hier van alle kanten bekijken. Ik word omringd door vrouwen die met ingehouden buik opzijkijken, door mensen die hun hoofden tegen elkaar drukken als ruimterobots die data uitwisselen, poserend voor selfies om op Instagram te zetten, door mensen die openlijk hun telefoon checken om te zien of het ergens anders leuker is. Mensen die het zo druk hebben met aanhaken dat hun brein afhaakt. Ik weet zeker dat er een enkele psychopaat tussen moet zitten, maar die zijn moeilijk te herkennen, tenzij er zich ergens een drama afspeelt. Dan pik je ze er zó uit: zij zijn de enigen die nog glimlachen.

Ik ken een paar mensen hier, of ik heb ze gekend, maar er is niemand met wie ik wil praten. Een stukje verderop staat Anne-Marie, met haar donkerbruin geverfde haar als een berg zeewier die na het noodweer op een rots is achtergebleven, omhoog te pruilen naar een man in Armani die duidelijk de krankzinnige schittering in haar ogen nog niet heeft opgemerkt. Ik heb haar narcisme een paar jaar verdragen omdat het zó extreem was dat het amusant werd, maar toen ze er orthorexia nervosa bij nam en over niets anders meer kon praten dan haar stoelgang was het niet leuk meer. Aan de bar hangt Anthony, te oud om hier te zijn maar te ijdel om het toe te geven, zijn zilvergrijze manen omhoog en naar achteren gekamd in twee losse vleugels om de luister ervan beter te laten uitkomen. Hij laat zijn blik langzaam van onder tot boven over de vrouwenlijven glijden, als een scanner. Ik heb hem nooit gedaan. Zó dronken ben ik nooit geworden.

Ik heb mijn glas leeg en ga met het tweede aan de wandel. Een jong stel zit elkaar aan te staren alsof ze in de spiegel kijken, druk in gesprek over hun wenkbrauwen. 'Laat jij ze waxen?' vraagt zij bewonderend.

'Nee, ik laat ze epileren met een touwtje,' zegt hij. 'Dat ziet er veel natuurlijker uit.'

Ik begrijp niets van de hedendaagse wenkbrauwen. De zijne zien eruit als plastic neppers; de huid ertussen en rondom is zo kaal alsof hij chemotherapie heeft gehad en de uiteinden zijn met geometrische precisie recht gemaakt.

'Ze zien er fantastisch uit.' Ze lijkt het te menen.

'Je zou die kleurloze mascara eens op de jouwe moeten proberen,' zegt hij. 'Om ze in model te krijgen.'

Ik kan de verleiding niet weerstaan en laat me door de massa meevoeren tot achter Anne-Marie.

‘O, nee, daar kom ik nooit,’ zegt ze, ‘en ik zeg tegen mijn cliënten dat ze er ook weg moeten blijven. Ik zei tegen hem: grote fout, een beroemde journalist en een organisator van chique evenementen tegen je in het harnas jagen.’

‘O, oké,’ zegt haar prooi. ‘Ik dacht dat het best goed was. Ze hebben waanzinnig eten.’

‘Dat zou kunnen,’ zegt Anne-Marie, ‘maar ze weten niets van service.’

‘En hoe ging de fotoshoot gisteren?’

‘O, god,’ zegt ze, ‘wat een nachtmerrie. Ik had een fotograaf voor bij het restaurant geregeld, maar die belde op het laatste moment af. Zijn zoontje was overreden, zei hij.’

‘O, mijn god,’ zegt de man, ‘wat verschrikkelijk!’

‘Vertel mij wat,’ zegt ze, ‘weet je wel hoe moeilijk het is om op stel en sprong een paparazzo te laten komen?’

Ik zie hem iets in elkaar krimpen. O, Londen, denk ik. Wat hou ik toch van je. En dan zie ik Sophie en Vickie in de tuin, en dan, aan dezelfde tafel, Jono, Luke en Sam, en ik baan me een weg door de drukte naar hen toe.

Ze juichen als ze me zien aankomen. In mijn wereld is het zo dat als er niet wordt gejuicht als je eraan komt, je een nul bent.

‘Ik ben er,’ zeg ik. ‘Begin maar lol te maken.’ Ze lachen allemaal. Ze lachen er elke keer weer om. Het is de grap die nooit afgezaagd wordt. Ik schuif op een bank en zet mijn glas neer. Ik voel me raar vanavond. Ik ben er, maar ook weer niet; ik ben blij met het gezelschap, maar veracht het hele stel. Er gaat een joint rond en ik neem een hijs. Sinds er niet moeilijk meer wordt gedaan over wiet, maar roken wordt afgekeurd, beklaag ik mensen die naast een café wonen. Het is geen hemelse geur, hè? Ze noemen het niet voor niets shit. En nu houdt zelfs de winter de schreeuwerige zatlappen niet meer binnen. Ik draag een zwarte halterjurk, een panty van 50 denier en cowboylaarzen bij mijn leren jack. De buitenverwarming moet de ergste kou op afstand houden.

‘Wat is er vandaag gebeurd?’ vraag ik. ‘Nog een schandaal? Iemand opgepakt?’

Ze kijken me allemaal een beetje bevreemd aan. O, zeg nou niet dat ze het weten, denk ik, maar weet je, het heeft ergens vanmiddag de roddelkolom gehaald, dankzij een klootzak in het hotel die zijn minimumloontje wilde aanvullen, en hoewel deze mensen nooit een krant lezen, hebben ze de *Mail* zo ongeveer stand-by staan op hun telefoon. Wanneer je niet over je eigen dingen wilt praten, helpt het de stilte te vullen als je je kunt verkneukelen over de misstappen van wildvreemden.

‘Vickie is jarig,’ zegt Luke.

‘O, nee!’ zeg ik. ‘Dat wist ik niet! Gefeliciteerd!’

Vickie straalt. Ze is echt een schatje, Vickie; oerstom en goedmoedig, verdient de kost met het maken van *colour moodboards* voor andere mensen. In gedachten noem ik haar Vickie-dikkie. Als ik al aan haar denk. Zij is beslist geen narcist. Narcisten verheugen zich op hun verjaardag, kunnen aan niets anders denken dan dat ze deze keer, déze keer, de hele dag in het middelpunt van de belangstelling zullen staan en dat iedereen ze alles zal geven wat ze willen. Op de dag zelf zitten ze er altijd als een geslagen hondje bij, teleurstelling over het gedrag van anderen uitwasemend, wrok koesterend tegen degenen die geveld zijn door de griep of lange werkdagen. Ik voel aan mijn pols en kies een zilveren armband uit. Ik koop ze per dozijn van een sieradenontwerper die elk seizoen uitverkoop houdt in een magazijn in Southfields. Het zijn goede cadeaus; mensen schatten ze altijd duurder dan ze waren.

‘Hier.’ Ik doe hem af. ‘Sorry. Als ik het had geweten, had ik je wel iets in cadeaupapier gegeven.’

Ze zit er verbluft bij. Het is een leuk armbandje, simpel en glimmend. Het zal iets van vijf pond hebben gekost. ‘O, nee,’ zegt ze. ‘Dat kan ik niet aannemen.’

‘Nee, toe nou,’ zeg ik. ‘Ik schaam me alleen dat ik geen echt cadeautje voor je heb.’

'Maar...' Ze kijkt met grote bruine ogen naar me op. 'Dit ís echt. Het is van jóú.'

'En nu is het van jou,' zeg ik gedecideerd, en ik vouw haar vingers eromheen. Ze schuift de armband stralend om haar pols, draait haar hand heen en weer om het licht in het zilver te laten weerkaatsen. Ik pak mijn sigaretten en steek er een op. De asbak is al vol. Ik leun opzij naar de buurtafel en ruil onze asbak voor de lege die daar staat. Vickie glimlacht naar me alsof ze me voor het eerst ziet. Verbijsterend hoe makkelijk je een nieuwe BFF kunt maken met een goedkoop sieraadje.

Het gesprek gaat door. Katers, vernissages, vakanties. Sam probeert me te pesten met de jezusfiguur met wie ik het vannacht heb gedaan. 'Had hij geen knotje?' vraagt hij.

'Nee,' zeg ik, 'ik zou nooit een knotje doen. Waar denk je dat ik vandaan kom, Shoreditch?' En iedereen lacht.

Luke is net terug van een rugzakvakantie in Thailand. Hij zegt dat de stranden er fantastisch zijn en dat de Full Moon-party's nog altijd rockten.

'O, je zou naar Mozambique moeten gaan,' zegt een woest uitziende Australische die iets als Gaia of Euphrosyne heet, in elk geval zo'n naam die ze uit een hoed heeft geplukt. 'De partyscene daar is super.' Ze heeft een bedoeïenensjaal als een tulband om haar hoofd gewikkeld en ze heeft wel tien piercings. Ze ziet eruit alsof ze door een ruimte-tijdcontinuüm uit de jaren negentig is gevallen.

'Was daar geen oorlog of zo?' vraagt iemand.

'Ja, nou, die is nu voorbij en nou willen ze alleen nog maar feesten,' zegt ze. 'Het is verbazend hoe blij eenvoudige mensen die niets hebben zich kunnen voelen. Ik sliep op het strand. Je moet de landmijnen laten zien dat je niet bang bent.'

Schizotypisch. Geen twijfel mogelijk. Heeft zich waarschijnlijk ook homeopathisch tegen malaria beschermd. Als Sam zegt dat hij naar de bar gaat, drink ik mijn glas leeg en bestel er nog twee. Ik geef hem twintig pond, want dat kosten twee drankjes in een tent als deze, zelfs tegen het eind van een nietsontziende recessie.

Sophie kijkt me aan en zegt op vertrouwelijke toon: 'Ik heb het gezien, van je vader. Rot voor je. Gaat het wel?'

'Prima.'

'Want, weet je... Ik weet hoe ik me zou voelen...'

'Ja, nou, maar jij bent mij niet,' snauw ik, en dan denk ik: god, dat was een rotopmerking, Mila. Maar ik weet het nooit. Iedereen vraagt altijd naar mijn familie, maar meestal alleen om erover te kunnen roddelen. Oké, dan ben ik maar paranoïde. Maar ik ben tenminste niet obsessief-compulsief, zoals mijn zus. 'Sorry,' voeg ik eraan toe. 'Ik heb gewoon geen zin om erover te praten, oké?'

'Oké,' zegt ze. 'Maar als je behoefte hebt aan... je weet wel. Ik ben er voor je.'

O, hemel, een Verzorger. God behoede me voor die mensen die hun eigen problemen oplossen door die van alle anderen op zich te nemen. Narcistische ouders, natuurlijk. Narcisten produceren altijd minstens één Verzorger, als ze iemand zo gek kunnen krijgen met ze te fokken.

'Dank je wel,' zeg ik, en ik wend me af om een eind aan het gesprek te maken. Ik wil er niet over praten. Ik wil het niet. Ik wil er niet aan denken. Waarom zou ik? Ik zal er voortdurend aan moeten denken, de komende paar weken. Vanavond wil ik mezelf verliezen en het vergeten. Dat is toch waarom je gezelschap zoekt? Om jezelf te vergeten?

'En, ga je hem nog een keer zien?' vraagt Jono.

'Wie?'

'Jezus-jongen.'

O, Tom. Het zit er niet echt in. We wisten niet hoe snel we uit elkaar moesten gaan, hoewel de beleefdheid hem gebood me nog een beker instantkoffie aan te bieden, zonder melk want de melk was zuur, en de beleefdheid mij gebood die op te drinken terwijl ik het ontbreken van melk betreurde omdat ik dan sneller had kunnen drinken.

'Nee, joh,' zeg ik. 'Wat denk je dat dit is, een film met Richard Curtis?'

Ze lachen allemaal weer. We hebben allemaal een pesthekel aan Richard Curtis omdat onze moeders wild van hem zijn. 'Nou, Hugh Grant was hij in elk geval niet,' zegt Jono.

'I-I-I-I say... fuckitty fuck,' zegt Vickie met een accent dat geen Brit de afgelopen dertig jaar buiten de film heeft gebezigd, en we lachen allemaal weer. Sam komt terug met mijn drankjes en ik drink het eerste glas in één slok halfleeg. Ik voel me leeg en veraf, alsof er een glazen wand is neergedaald tussen mij en die mensen die ik mijn vrienden noem, maar anderzijds voel ik me vaak zo, dus dat is niets nieuws.

5

2004 | donderdag | Camilla

'Godallemachtig,' zegt India. 'Ik had nu op een festival kunnen zijn.'

Milly trekt een wenkbrauw op. 'Welk festival mag dat zijn?'

India fronst haar voorhoofd. 'Het... eh...'

'Creamfields? Glasto? Reading? T in the Park?'

Haar zus knijpt haar ogen tot spleetjes. 'Hou toch je kop,' zegt ze. 'Toevallig heb ik wel wat beters te doen dan de hele dag de *NME* lezen.'

Milly overweegt het stangen nog iets op te voeren met de vraag wat dat beters dan wel mag zijn. Ze vindt het heerlijk om India op de kast te jagen, haar ego lek te prikken, maar ze staan alleen op deze drempel en ze weet dat haar zus, ondanks haar rol van Brave Dochter binnen het gezin, lichtgeraakt kan zijn en zonder enige waarschuwing kan ontploffen. 'Hé, moet je horen,' zegt ze, 'zullen we naar de kabelpont lopen en daar iets drinken? Het heeft geen zin om hier de hele middag te blijven zitten.'

India pakt haar weekendtas. 'Wat doe je nou weer?' vraagt Milly.

'Ik wil niet dat hij gestolen wordt.'

Milly lacht honend. De tegels op de oprit absorberen de hitte en het is alsof ze op een grill zitten. Ongelooflijk dat jij de oudste zus bent, denkt ze. Er is niéts waar jij niet bang voor bent. 'Wie zou dát moeten stelen? We zijn in Poole, hoor, niet in Peckham.'

'Het wemelt hier van de mensen,' zegt India. 'Toeristen. En je weet wel... bouwvakkers.'

Milly barst in lachen uit. De bouwvakkers die bij het buurhuis aan het werk zijn, zijn door het hek gekomen en gegaan terwijl zij hier zaten, naar elkaar brullend in een taal die ze niet herkent. Ze zijn lang en goed gespierd en de helft heeft een snor; als hun spijkerbroeken niet zo wijd zaten, zou het gayporno zijn. 'Ja. Daar kan ik me wel iets bij voorstellen. Ze zullen erom vechten wie je genopte zomerjurk aan mag naar de kroeg.'

India smijt de tas op de oprit. 'O, hou je kop! Hou toch gewoon je kop!'

Ze zou haar zus nog iets langer kunnen voeren, maar het is te warm en het ontbreekt haar aan vechtlust. Ze pakt India's tas en de hare, allebei van canvas, met een identiek bloempatroon, de ene rood, de andere blauw (hun moeder is zelfs in de verdeling van reistassen strikt rechtvaardig) en draagt ze naar de rododendrons langs de schutting. 'We kunnen ze hier verstoppen, kijk.'

'Is het ooit in je opgekomen dat ze vriendinnen zouden kunnen hebben?' India moet elke woordenwisseling winnen.

'Ja,' antwoordt ze over haar schouder, 'en ik weet zeker dat ze zitten te snákken naar een tweedehands jurk van What She Wants.'

Ze duikt onder de lage takken door, zoekend naar een plekje voor de tassen. Ziet iets en kijkt om naar haar zus. 'Hé, Indy, moet je zien!'

India sloft chagrijnig naar haar toe. 'Wat is er?'

Milly houdt een tak opzij zodat ze het kan zien. 'Kijk!'

Er zit een gat in de schutting. Een gat dat vaker is gebruikt, zo te zien. De gevallen bladeren van de rododendron zijn opzijgeveegd, zodat er een zanderig pad is ontstaan.

'Ooh!' zegt India.

'Nou?'

'Moeten we dat wel doen?'

'Het is ons húís, gek!'

'Nou ja, zo'n beetje. Maar stel dat hij beveiliging heeft? Camera's, dat soort dingen?'

'Kom op, wanneer heeft hij ooit camera's gehad bij een huis dat hij verbouwde? Trouwens, ik heb mijn ov-kaart bij me. We kunnen echt wel bewijzen dat we familie zijn. Kom op!'

India aarzelt nog.

'O, zie ook maar, India. Ik blijf hier niet als een idioot zitten. Er is daar een zwembad, en er zijn ligstoelen. Ik ga een duik nemen.'

Ze kruipt in de donkere grot onder de rododendron. Ze hoeft zich geen weg te banen door het gat, dat door het gebruik al groot genoeg is geworden om haar door te laten. Een stukje tijgeren en ze is in het bloembed aan de andere kant. Er staan rozen en azalea's in: de onderhoudsarme planten in aangename kleuren die haar vader altijd in de tuin zet van huizen die hij gaat verkopen. Taai genoeg om zijn beknibbeling op teelaarde in elk geval te overleven tot het huis is verkocht. Ze wurmt zich erlangs en gaat op de net gelegde graszoden aan de andere kant staan.

Een paar seconden later volgt India, de tassen voor zich uit duwend. Ze kruipt rood aangelopen het gras op en laat zich op haar achterste zakken. 'Jemig!' zegt ze.

Het huis is helemaal Sean en helemaal niet. Helemaal Sean omdat dit is waar hij zijn geld mee verdient, en helemaal niet omdat hij nog niet dood gevonden zou willen worden in zo'n huis. Zij hebben hun hele jeugd in historische huizen gewoond, vol antiek en tulpen in vazen, als stillevens van Hollandse meesters, altijd gestileerd voor de verkoop, ook als ze er een tijdje bleven. Maar Sean heeft zijn persoonlijke smaak nooit de winst in de weg laten staan. Hij heeft altijd een collectie moderne huizen in zijn portfolio gehad, lekker makkelijke moderne huizen zonder de problemen die je met een monument hebt, wachtend op de sloophamer of de binnenhuisarchitect om de antecedenten te verbergen. En speciaal daarvoor heeft hij een loods vol meubelen: dingen zonder grepen, zonder tierlantijnen; van die karakterloze dure dingen die de nouveaux riches, die nog niet zeker zijn van hun smaak, graag kopen in winkels waar ze zich geen buil kunnen vallen aan het assortiment. Soms verkoopt hij een huis zelfs gemeubileerd, en dan maakt hij een aardige winst op de inrichting. Dit huis op Sandbanks, de goudkoortsbestemming van de zeevarende effectenmakelaar en de internetmiljonair, is duidelijk een van zijn doorgeefhuizen: geselecteerd op de locatie, niet op hoe het eruitziet, en van alle moderne gemakken voorzien om de yuppies te verleiden.

'O, joepie!' zegt India. 'Het is een bubbelbadhuis!'

Ze gaan op verkenning uit, allebei op slag minder verhit nu ze weten wat ze vermoedelijk zullen aantreffen. Het huis zelf kan ze niet echt boeien. Een doos van witgekalkt beton met hier en daar een balkon of een schuifdeur. Ze weten dat de ramen en deuren aangesloten zijn op een alarminstallatie. Hun vader mag het dan niet de moeite waard vinden om beveiligingscamera's te installeren, hij zal die huizen onder geen beding openstellen voor krakers, of voor inbrekers met een voorliefde voor Terence Conran. Het huis kunnen ze later wel verkennen, als de volwassenen er eenmaal zijn. Intussen is er een tuin met als enige oude element een slangenden, met drie sets terrasmeubelen, een croquetspel en, o, hoe leuk is dat, daarginds, achter een wit hekje, een zwembad.

'Waarom zou het Harbour View heten?' vraagt Milly kijkend naar de achterkant van een klein appartementencomplex dat het uitzicht op het water belemmert en óók in de steigers staat; het lijkt alsof het hele schiereiland wordt gerenoveerd om het feit dat het nu in is uit te buiten.

'Misschien had het vroeger uitzicht op de haven.'

'Maar nu niet meer. Het zou strafbaar kunnen zijn, misleiding.'

'Welnee. Dan kun je zeggen dat het ironisch bedoeld is. Of een historische naam of zo. In King's Road in Londen staat een huis dat Sea View Cottage heet. Ik denk niet dat iemand verwacht dat je van daaraf echt uitzicht op zee hebt.'

Milly is vijftien, India zeventien. Ze zijn lang, net als hun moeder, en ze hebben haar donkere teint en haar en hun vaders aristocratische neus en zware wenkbrauwen. Mensen denken soms dat ze exotischer van afkomst zijn, niet doodnormaal Brits-met-een-vleugje-Joods, en ze gaan er graag in mee. Vorige zomer in Toscane heeft Milly een jongen van Haberdashers' Aske's Boys' School wijsgemaakt dat ze een Arabische prinses was. Zijn ouders, die in Islington woonden, waren gek op haar, tot haar moeder haar van een zwembadfeest kwam halen en zich voorstelde als Heather Jackson.

Het loopt tegen het eind van de zomer en ze zijn allebei karamelbruin. Hun dikke zwarte haar valt als een ragebol om hun gezicht en ze hebben hun teennagels fluo-oranje gelakt. Het zwembad heeft een duikplank, dus springen en gillen ze een tijdje en maken bommetjes, en dan gaan ze op ligstoelen liggen en smeren zich in met bruinende Soltan-lotion met een lage beschermingsfactor uit India's tas. Het is typisch Indy: altijd voorzichtig, altijd voorbereid, altijd achter haar onbezonnen jongere zus aan sjokkend met pleisters en iets tegen muggenbeten. 'Nog iets van pap gehoord?' vraagt ze.

'Nee, maar er is genoeg te horen van die bouwvakkers hiernaast,' zegt Milly. 'Claire zal er een kunstkop van krijgen als ze nog bezig zijn tegen de tijd dat zij hier aankomt.'

Ze checkt haar telefoon nog eens. Geen voicemails, geen antwoord. Hun vader lijkt een lange, donkere tunnel zonder bereik in te zijn gereden. 'Wat vind jij, moeten we mammie bellen?'

India kijkt haar kwaad aan. 'Wat moet díé eraan doen? Ze zit in het vliegtuig. Bovendien zal ze woest zijn.'

Milly kijkt haar even aan. Dit is het verschil tussen ons, denkt ze. Indy heeft er zo ongeveer alles voor over om pijnlijke situaties te vermijden, wat ertoe leidt dat ze continu op het randje van de razernij balanceert. En denk maar niet dat het haar iets oplevert. Iedereen is zo bang voor haar dat ze amper vrienden of vriendinnen heeft.

'Nou, maar wat moeten we dán doen?' vraagt ze. 'We weten niet eens of hij vandaag wel komt, toch?'

'Hoe moet ik dat weten?' snauwt India.

Milly zucht. 'Ik zal het nog eens proberen.'

Ze kiest het nummer van haar vader en wordt meteen doorgezet naar de voicemail. 'Misschien zit hij in de auto,' zegt ze optimistisch als altijd. 'Misschien is het juist een goed teken als hij niet kan opnemen.'

India heeft een fles bessensap in haar tas en Milly weet na wat rommelen een zak M&M's op te diepen. Ze delen ze in een zusterlijke stilte, zich koesterend onder de azuurblauwe hemel met hun hartvormige Primark-zonnebrillen op.

'Dus, wie komen er dit weekend eigenlijk?' vraagt Milly.

'Weet ik niet. Dezelfde mensen als altijd, denk ik. Ik weet dat de Clutterbucks komen.'

'Wanneer komen die niet? Als het maar gratis is.'

'Ik weet het. Soms denk ik dat pap meer van Charlie Clutterbuck houdt dan van zijn kinderen.'

'Tja, school, weet je. Jongens kunnen vriendschappen voor het leven sluiten op kostschool. Al die koude baden en rugbyscrums.' Ze denkt even na. 'Rugbyscrums zijn eigenlijk clusterfucks. Charlie Clusterfuck.'

India gniffelt. 'Charlie Clusterfuck. Geweldig.'

'Imogen Clusterfuck,' zegt Milly, en ze gieren het allebei uit.

'Oké, de Clusterfucks dus. Wie nog meer?'

'De Gavila's zullen ook wel komen.'

India kreunt. 'O, god, toch niet Slijmerige Simone? Zeg dat ze haar thuislaten.'

'Ik weet het niet. Komen ze allemaal met hun kinderen? Daar had ik niet eens bij stilgestaan.'

'Nou, Maria gaat nergens heen zonder Joaquin,' zegt India. 'Weet je nog dat ze hem met alle geweld mee moest nemen toen pap met Claire trouwde?'

'Krijsend en wel!'

'En hij kotste bij de trouwambtenaar! Onbetaalbaar!'

'Om eerlijk te zijn,' zegt Milly, 'beeldde hij alleen maar uit wat wij allemaal dachten.'

'Dat gezicht van Claire!'

'Kon jij het verschil zien? Ik vind dat ze altijd een gezicht als een oorwurm heeft.' Milly prutst aan haar telefoon, belt nog een keer vergeefs naar hun vader. 'Is dat alles? Niet veel voor een vijftigste verjaardag, hè?'

'Je zult wel weinig energie hebben om te feesten als je zo stokoud bent. God, maar het wordt wel saai. Ik denk dat er wel meer mensen komen, maar dan van het werk. Een vrouw die de styling van hem gaat overnemen of zo. Met haar kinderen.'

'Mijn god. Het is altijd dolle pret in Sean Jacksons wereld, hè? Hoeveel kinderen?'

'Drie, geloof ik. Tiggy, Fred en Inigo.'

Ze doen allebei of ze moeten overgeven.

'Ja,' zegt India. 'Tja, je zult wel hard moeten werken als je een dure vrouw hebt.'

Ze denken even zwijgend na over de keuzes van hun vader. Het is niet zo leuk om bij een boze moeder te wonen.

'Gek, hè?' zegt Milly dan. 'Tegenwoordig verheug ik me er gewoon op om weer naar school te gaan. Daar is het een stuk makkelijker, toch? Daar ken je de regels.'

India draait zich op haar buik. 'Hmm. En geen ettertjes waar je lief voor moet zijn omdat ze je zusjes zijn. Gadver. Ik vind het nog steeds ongelooflijk dat hij zich voortplant, op zijn leeftijd. Het déúgt gewoon niet.'

'Gadver,' valt Milly haar bij. 'Ik weet het. Een soort mannending, zeker? Bewijzen dat alles het nog doet?'

'Nou, ik wou dat hij het liet. Het is ranzig.'

Milly stopt de laatste M&M's in haar mond en spoelt ze weg met een teug bessensap. 'Misschien moeten we een plan maken, weet je. Voor als ze niet komen.'

'O, hou toch op, Milly. Natuurlijk komen ze wel. Het komt toch gewoon door háár? Ze is nooit op tijd voor iets, echt nooit. Ik zou ervan opkijken als ze voor tienen van huis waren gegaan.'

Milly kijkt op haar horloge. 'Ja, maar het is al lunchtijd geweest.'

'O, hou op.' India steekt haar hand uit en knijpt haar zus in haar heup. 'Je zult echt niet verhongeren als je een maaltijd overslaat, hoor.'

'O, kréng dat je bent,' gilt Milly, en het is maar half een grapje. Tijdens de zwijgende maaltijden die het eind van haar ouders' huwelijk kenmerkten heeft ze de gewoonte ontwikkeld zo veel mogelijk te eten, want vol zitten verdoofde de pijn op de een of andere manier, en nu ze niet meer elke schooldag het sportveld op wordt gejaagd, haalt het eten haar in, en ze weet het. Ze is er niet blij om, ze lijkt er niet mee te kunnen ophouden, maar ze weet het. Ze knijpt wat sap uit de open fles die ze nog in haar hand heeft op de blote rug van haar zus. India slaakt een gil en springt overeind. En dan zetten ze het op een rennen, overspoeld door zo'n plotseling opkomende golf tienerenergie. India rent achter Milly aan door de tuin, in de zon, tot Milly weer in het water springt om te ontkomen. India springt achter haar aan, duwt haar hoofd onder water, en dan trekken ze zich elk aan een kant terug, armenvol water in elkaars gezicht plenzend, lachend met een zweempje radeloosheid, want het zou de laatste keer dit weekend kunnen zijn dat ze lol hebben.

Ze maken zo veel lawaai en geven zo geconcentreerd uiting aan hun vrolijkheid dat ze pas merken dat ze niet meer alleen zijn als er een schaduw over Milly's schouder valt en de stem van hun vader hun kreten onderbreekt. 'Wat doen jullie tweeën hier in vredesnaam?' vraagt hij.

6

Iemand heeft het mortuariumpersoneel een cursus gegeven. Niet dat het er wemelt van de therapeuten, maar de receptioniste liep met me mee naar de wachtkamer in plaats van me naar een stoel te wuiven en in de kamer zelf staat een redelijk lekker zittende bank in plaats van de gebruikelijke keiharde ziekenfondsstoelen. De tafel ligt bezaaid met praktische folders. Ik verwacht half en half titels als *Zo, dus je vader is dood*, maar het betuttelende medeleven uit de tijd van de Prinses van het Volk is voorbij, en tegenwoordig is het Duidelijke Taal voor Hardwerkende Gezinnen. Onder het wachten blader ik in *Hulp voor nabestaanden.* De gids is onderverdeeld in hoofdstukken met titels als: 'Wat houdt verificatie van een testament in?' en 'Het kiezen van een uitvaartondernemer'. Ik ben ergens wel blij dat het nog een paar jaar duurt voordat ik die dingen moet weten. Robert is executeur-testamentair, als paps juridisch adviseur en de vader van Simone. Ik hoef alleen maar te zeggen of die man op de snijtafel echt mijn vader is.

En de hele tijd kijk ik naar mezelf; ik bestudeer Mila in de Rouw en vraag me af wat er in me omgaat, want voor zover ik het kan beoordelen is het helemaal niets. Alleen nieuwsgierigheid. Fascinatie omdat ik iets doe wat ik nooit eerder heb gedaan, wat niemand die ik ken ooit heeft gedaan. Ik voel alleen zo af en toe wat woede oplaaien. Wat ik tot nu toe over de dood heb geleerd: al die dingen die je hebt weggestopt, de dingen waarvan je hebt besloten dat je beter kunt doen of ze er niet zijn omdat verzet tot niets heeft geleid, die belagen je afweer als er iemand doodgaat. Al mijn wrok om zijn tekortkomingen en zijn veronachtzaming en de egoïstische keuzes die ik hem nu nooit meer voor de voeten kan gooien: het is alsof ik het herkauw als een stel dat in de file staat, zeurend: 'En nog iets, en nog iets.' Maar hem missen? Nee. Weet je waarom niet? Omdat er niets te missen ís. Het is een van die dingen die mensen niet snappen van kinderen van gescheiden ouders. Ik heb mijn rouw al grotendeels verwerkt toen ik negen was.

De deur gaat open en er komt een vrouw in een witte jas tevoorschijn. Ik neem aan dat ze arts is.

'Camilla Jackson?' zegt ze vragend.

Ik knik. Leg de patiënteninformatie over autopsie neer en kijk naar haar op.

'Ik ben dokter Badawi, de patholoog-anatoom van dienst hier. Je mag nu naar hem toe,' zegt ze, en ze werpt me een glimlachje toe waar ze jaren op moet hebben geoefend. Ik weet niet of ze tegenwoordig colleges in omgang met patiënten krijgen op de medische faculteit, maar ik ken dat glimlachje. Niet te vrolijk, niet te triest, het hoofd een klein beetje schuin om medeleven over te brengen, maar altijd een tikje gedistantieerd. Hou de familieleden kalm, zegt die glimlach, dan kunnen we de onderbrekingen van onze werkdag, dat irritante oponthoud terwijl we belangrijke dingen doen als hakken en snijden en schedeldaken openzagen, zo kort houden als menselijkerwijs maar mogelijk is. Maar het voelt raar dat ze hem 'hem' noemt, alsof er een mens op me wacht achter die deur aan de andere kant van de gang in plaats van een stilletjes ontbindend lijk.

Terwijl ze me voorgaat naar de opbaarkamer, vertelt ze: 'We hebben alleen zijn gezicht zichtbaar gelaten. Dat is de gebruikelijke gang van zaken.

Ik vrees dat het er allemaal nogal steriel uitziet, maar wees maar niet bang. Het is niet zoals in de film. Alleen hij is er. Maar helaas vinden veel mensen het toch een beangstigende procedure. Laat het me maar weten als u duizelig wordt of... wat dan ook, goed? We hebben daar stoelen, zo nodig. Ik ga met u mee naar binnen en laat u kijken, en dan vraag ik of hij het is, ik noem zijn volledige naam, en u hoeft alleen maar ja of nee te zeggen. Is dat goed?'

'Ja,' zeg ik.

De kamer ziet er niet zo uit als ik had verwacht. *Silent Witness* en al die films liegen er maar op los. Het is een normale ziekenhuisspreekkamer, met twee brede deuren om een brancard of dikke mensen door te laten, muren zo sober en wit als in een uitvaartcentrum, helemaal niets afwijkends, behalve dan het lichaam op de brancard in het midden. Er ligt een laken overheen, waarvan een punt is omgeslagen om het gezicht te laten zien. Geen dramatische onthulling, zoals in tv-series. Alleen... mijn vader, dood.

Ik herken hem niet meteen. De dood maakt de gezichtshuid slap, laat de botten eronder uitkomen. Zijn kaak is door de zwaartekracht naar achteren gezakt zodat het lijkt alsof hij geen tanden heeft. Maar dan zie ik dat hij het is, vijf jaar ouder, zijn haar iets langer als om te compenseren dat de grens verder is opgekropen naar zijn kruin, iets wat eruitziet als een netwerkje van gesprongen adertjes boven op zijn wangen. Ik kijk. En kijk en kijk. Mijn hoofd is leeg.

'Waar is hij aan overleden?' vraag ik.

'Dat kunnen we nog niet zeggen, helaas. Wanneer u hem hebt geïdentificeerd, gaan we sectie doen.'

'Kunt u een gokje wagen?'

'Sorry. Daar kan ik niet aan beginnen. Procedures en juridische kwesties. Mag ik u vragen, is dit het lichaam van Sean George Jackson?'

Ik knik. 'Ja.'

Opeens verkramp ik ergens diep vanbinnen van verdriet. Ha, daar ben je dan, denk ik. Ik begon me al af te vragen of je nog zou komen. Sean George Jackson. Niet langer onder ons. Ik vraag me af wat je dacht, op het moment dat je stierf. Wist je dat het zover was? Heb je ook maar één gedachte aan ons gewijd?

'U mag zo lang blijven als u wilt,' zegt de vrouw vriendelijk. 'Sommige mensen hebben er baat bij.'

'Nee,' zeg ik. 'Nee, ik heb het wel gezien. Dank u.'

7

2004 | donderdag | Sean

Hij sms't zijn ex-vrouw zodra hij zich even in de aanbouw kan afzonderen met de smoes dat hij moet controleren of alles in orde is. De luchtbedden zitten nog in de doos, alle vijf; als hij weer op kantoor is, zal hij het personeel iets bijbrengen over het afvinken van dingen op lijstjes. Als hij de deur dichtdoet, het geluid van de pneumatische hamer waar ze bij het naburige Seawings mee bezig zijn buitensluitend, beseft hij dat het de eerste keer is sinds hij uit de auto is gestapt dat het betrekkelijk stil is. Nog iets waar ik iets over zal moeten zeggen, denkt hij. Als ik dit heb afgehandeld.

'Wanneer hebben we afgesproken dat ik de meiden dit weekend zou nemen?'

Het antwoord laat nog geen minuut op zich wachten. Het is duidelijk dat ze op hem zat te wachten. Wat betekent dat ze dit expres heeft gedaan.

'Moet ik nou echt nog steeds je agenda voor je bijhouden, Sean? Dit is het gewone rooster.'

Hij ademt hoorbaar door zijn neus in. Stomme wijven. Net iets voor haar om zijn plannen op deze manier te torpederen. Ze is nog steeds verbitterd, zes jaar na dato, en ze kan de verleiding niet weerstaan om hem te jennen als ze de kans krijgt.

‘Als hoedster van mijn agenda weet je maar al te goed dat ik dit weekend jarig ben.’

‘Ja! De meiden verheugen zich er echt op het met je te vieren!’

‘Maar ik...’

Hij zwijgt, bedenkt zich, begint opnieuw. Hij moet haar geen munitie geven.

‘Ik vind het natuurlijk enig om ze te zien, maar ik dacht dat we de afspraak hadden verzet.’

‘Nee, dat hebben we niet.’

‘Ja, dat hebben we wel.’

‘Het spijt me dat je niet wilt dat je dochters je verjaardag verstoren, Sean. Het is verschrikkelijk lastig, die achtergebleven kinderen, ik weet het. Helaas vindt de rechtbank dat je contact met ze mag hebben. Als je je steentje niet had willen bijdragen, had je er niet om moeten vragen.’

Hij snakt hoorbaar naar adem. ‘Ik heb niet... God, jij misselijke... *Argh!*’

Hij stopt de telefoon weer in zijn zak. Ze heeft dit met opzet gedaan, hij weet het zeker. Heather is meer dan neurotisch als het op data, tijdstippen en plaatsen aankomt, altijd al geweest. Ze streepte mensen van haar gastenlijstjes af als ze meer dan één keer te laat waren gekomen. De kans dat zij een datum vergeet die twaalf jaar lang heel belangrijk voor haar is geweest, is zo miniem dat een wedkantoor je er niet op zou laten gokken. Hij gaat terug naar de keuken om zijn lot te aanvaarden.

India en Milly zitten op verchroomde barkrukken aan het keukeneiland geroosterd brood te eten. Ze lopen nog steeds in bikini. Die van Milly is een maat te klein en de borsten die ze in de maand sinds hij haar voor het laatst heeft gezien opeens lijkt te hebben ontwikkeld, dreigen in de boter te vallen. ‘Meiden,’ zegt hij, ‘kunnen jullie iets fatsoenlijks aantrekken voordat de gasten komen?’

Ze kijken op en gapen hem aan. ‘Wat wil je nou zeggen?’ vraagt Milly. ‘Dat jij omgaat met pedo’s?’

Hij weigert te happen. Milly met haar grote mond. Ze blijft maar stangen, en als iemand uiteindelijk reageert, doet ze altijd of ze verbaasd is. 'Ik zeg alleen dat bikini's voor het strand en het zwembad bedoeld zijn,' zegt hij. 'Binnenshuis moet je je bedekken.'

'Eerlijk gezegd,' zegt Claire, die de keuken binnenkomt, 'vind ik die bikini's helemaal niet geschikt voor de openbaarheid. We zouden eigenlijk een badpak voor Milly moeten kopen. Er is een beetje een vleselijke overdaad de laatste tijd.'

Milly's mond zakt open en de tranen springen haar in de ogen. O, god, de overgevoeligheid van tienermeisjes. Maar serieus, als ze niet wil dat mensen aanmerkingen maken op haar gewicht, zou ze moeten proberen wat minder te eten. Nu hij nog eens kijkt, ziet hij een opkomend vetrolletje rond haar middel. Sean heeft een afkeer van vrouwen die niet goed voor zichzelf zorgen. Het is wel het minste wat ze kunnen doen, eerlijk gezegd. Claire draagt zelf ook een maat groter sinds ze de tweeling heeft gekregen, en daar is hij ook niet blij om. Als Milly niet uitkijkt, heeft ze straks maat 42, en dan kijkt er niemand meer naar haar, behalve dan mannen die van vet houden.

Milly bijt in haar toast en kijkt naar hen beiden alsof ze allebei opeens een extra hoofd hebben gekregen.

'Misschien wat minder toast en wat meer sport,' zegt hij. 'Dan komt het vast wel goed.'

'Ja, krijg de pest,' zegt Milly. 'Misschien moet jij eens een haartransplantatie.'

'En kronen,' vult India aan. Als puntje bij paaltje komt, steunt ze haar zus altijd. Het is een naar clubje van twee dat ze daar hebben. Soms heeft hij het gevoel dat ze tegen hem samenspannen. O, nou ja. Niets aan te doen als je kinderen verbitterd raken na een scheiding. Ze zijn zo egocentrisch dat het niet eens in ze opkomt dat hun ouders recht hebben op geluk. 'Je kunt tegenwoordig wel heel goed aan je tanden zien dat je sigaren rookt.'

Claire klemt haar lippen op elkaar. Je moet niet toestaan dat ze zo tegen je praten, zegt haar blik. Ze zijn te gast in mijn huis.

'Doe het nou maar,' zegt hij. 'Ik vraag het, dus verwacht ik dat je het doet.'

'Dat is niet echt wat vragen betekent,' zegt Milly.

'Oké,' zegt hij. 'Nou, dan beveel ik het je.'

Hij geeft de meiden opdracht de luchtbedden naar de slaapkamers te brengen en op te pompen. Nu ze er toch zijn, kunnen ze zich net zo goed nuttig maken. Hij hoort ze boven zijn hoofd lopen, giechelen en met dingen slepen. Buiten laat iemand de motor van de graafmachine op het bouwterrein bij de buren brullen. Een dreun, gevolgd door een koor aan Poolse verwensingen. Ik moet eens uitzoeken hoe ik zelf aan wat Polen kan komen, denkt hij. Ik heb gehoord dat ze een stuk minder kosten dan de gemiddelde Britse bouwvakker en ze lijken ook niet om de tien minuten pauze te nemen. Hoezee voor de EU. Vóór dit decennium voorbij is, zit het land vol Oost-Europeanen. Fantastisch dat de uitbesteding naar Mohammed komt, dat je er niet zelf naar hoeft te zoeken. Het is irritant om te zien hoe iedereen op callcenters bezuinigt terwijl je zelf niet het soort bedrijf hebt dat kan profiteren van de goedkopere arbeidskrachten elders op de wereld.

'Nou, lekker is dat,' zegt Claire. 'Waar moeten ze slapen? Het meidenkamertje staat vol dozen. Niet dat iemand veel slaap zal krijgen zolang dat stel buiten herrie blijft maken.'

'Morgen begint het weekend,' zegt hij. 'Om drie uur zitten ze in de kroeg. De meiden zullen bij Simone moeten slapen, in de aanbouw.'

'Ideaal. Ja, dát is een goed plan.' Haar stem druipt van het sarcasme.

'Ze vinden het vast leuk. Een soort logeerfeestje.'

'Ik betwijfel of Simone het zo zal zien.'

'Nou, wat moet ik anders?' snauwt hij. 'Heb je een voorstel, in aanmerking genomen dat jij alles beter weet?'

Claire krijgt die blik weer in haar ogen. 'Ik zég het maar, Sean,' zegt ze met die neuzelige stem waar hij door ervaring bang voor is geworden. 'Ik ga nu uitpakken. Misschien kun jij even bij de tweeling gaan kijken, als het niet te veel moeite is? Je ándere dochters?'

Ze beent weg. Hij loopt als een geslagen hondje achter haar aan en ziet haar de trap op lopen. Een gloednieuwe trap, gescoord door Linda, de treden van gehard glas met ruwe randen, zodat het lijkt alsof ze uit één stuk uit levend kristal zijn gehouwen. Een trap van dertigduizend pond die de vraagprijs met minstens een ton moet verhogen. Hij kan haar gezicht niet zien, maar haar achterkant op zich straalt al uit hoe beledigd ze is. Hoe een paar billen er zo gepikeerd uit kan zien, hij weet het niet, maar daar gaan ze, voor zijn neus, in toorn ontstoken de trap op. Sean knipt er met zijn vingers naar en trekt een grimas.

Ze heeft de tweeling op een witte schapenvacht voor de glanzende vuurschaal op gas gezet die trots in de schouw prijkt. Ze hebben twee hokkerige kamers bij elkaar getrokken om een grote open ruimte te creëren, maar de schouw als pièce de milieu laten staan. Een uitgave van tienduizend pond die nog eens honderdvijftigduizend zal opleveren als het huis donderdag de markt op gaat. Sean kan huizen niet meer zien als plekken om te wonen. Voor hem zijn het bankafschriften, kostenplaatjes, driedimensionale illustraties van de verhouding tussen investering en winst.

Hij slaat dit weekend verschillende vliegen in één klap: hij bespaart een paar mille op een huurlocatie en kan zien hoe een tam publiek op het huis reageert. Het is de eerste keer dat hij gebruikmaakt van Linda Innes' talenten als styliste, en hij vermoedt dat het niet de laatste zal zijn. Zijn bouwteam staat paraat om snel iets aan te passen als iemand iets ziet wat hij echt heel erg vindt, maar zijn geoefende oog zegt dat elke keus die ze heeft gemaakt perfect is voor de doelgroep. Ze heeft zelfs zonder enige hulp de perfecte droommeubelen voor yuppies uit de loods gepakt: de witleren zitelementen, de hoogpolige tapijten, de salontafel met het glazen blad en de vitrineruimtes eronder, waarin ze souvenirs heeft gelegd van stranden hier duizenden kilometers vandaan: een reusachtige trompetschelp, een gedroogde regenboogzeester, een brok koraal zo groot als een struisvogelei. De vuurschaal is van gepolijst koper, de kastdeuren hebben geen grepen, op de vloer liggen tegels van Schots graniet. In een donkere, nutteloze hoek staat een enorme Ali Baba-ketel vol gigantische bamboepluimen. Geen plek om te struikelen, maar perfect om je salesmanager te imponeren.

De kinderen daarentegen zijn niet geïmponeerd. Ze zijn de boel zelfs aan het herinrichten, te beginnen met de schapenvacht en kleurkrijtjes. Zonder aandacht te besteden aan het A3-formaat schetsboek dat naast ze op de vloer ligt, zitten ze tegenover elkaar in hun OshKosh-overgooiertjes plukjes wol in te kleuren door ze omhoog te trekken en er een krijtje langs te halen.

O, god. Sean gaat er op zijn knieën bij zitten en vraagt wat ze aan het doen zijn. Ze kijken stralend naar hem op. 'Claire?' roept hij. Dan, harder: 'Claire? Wie heeft de tweeling een doos kleurkrijt gegeven?'

Daar gaat weer driehonderd pond.

8

De kranten zijn er wild van. Ze storten zich erop. Het is alsof ik weer vijftien ben, zoals ik wegduik en in elkaar krimp nu mijn familie opnieuw te kijk wordt gezet, alleen stuurt niemand me deze keer naar de winkel om papieren exemplaren te kopen. We hebben het internet nu, en Facebook raadt me aan er alles over te lezen in de *Mail Online.*

Ik zit met de laptop in bed en vraag me af tot hoe laat het te vroeg is om iets te drinken. Ik heb tot tien uur geslapen, maar toen begon de telefoon te rinkelen en dat is niet meer lang genoeg opgehouden om weer in slaap te vallen. Het web staat bol van het verscheiden van mijn vader. Mensen taggen mijn vrienden naar links alsof ze niet weten dat ik kan zien wat ze zeggen. *Victoria, is dit de vader van je vriendin?* OMG, *Toby, hij was met handboeien vastgemaakt aan een bed in het Dorchester kan het gênanter* LOL*! Ik heb hem altijd een beetje eng gevonden, Sophie. Wat zou er echt met dat kind gebeurd zijn, denk je?*

Uiteindelijk zwicht ik en klik door. Ik kan net zo goed zien wat de *Mail* te melden heeft. Laten we het onder ogen zien: niemand zal vileiner zijn of genietender stilstaan bij de details. Ik kan het ergste net zo goed achter de rug hebben.

Als het een papieren krant was, zou het ergens binnenin staan. In deze verbonden wereld is het doorklikken vanaf de Sidebar of Shame.

SANDBANKSE MILJONAIR STERFT EENZAME DOOD

Kamermeisje Dorchester vindt lichaam van vader tragische Coco onder raadselachtige omstandigheden

Sean Jackson (62), vader van vermiste peuter Coco Jackson, is zondagochtend dood aangetroffen in het chique Dorchester Hotel in Mayfair. Jackson, voor zaken in Londen vanuit zijn riante buitenhuis aan de noordkust van Devon, had niet op tijd uitgecheckt en nadat pogingen hem te wekken waren mislukt, ging het kamermeisje met een loper naar binnen en vond zijn ontzielde lichaam.

'Hij was met handboeien aan het bed vastgemaakt,' zei een bron, 'en hij was duidelijk al een paar uur dood.'

Een bron. Een kamermeisje of een gast van de beveiliging of zo iemand die achter de receptiebalie hangt en doet alsof hij je niet ziet, maar intussen uitgebreid aantekeningen maakt. Hotels hebben meer lekken dan bordelen. Gezien het loon dat die mensen krijgen kun je het ze amper kwalijk nemen dat ze het aanvullen via de nieuwsredacties. Ik lees door.

Volgens de juridisch adviseur van de familie, Robert Gavila, echtgenoot van publiciteitsagent van de sterren Maria Gavila, was projectontwikkelaar Jackson sinds donderdagavond in Londen, waar hij besprekingen voerde en juridische documenten in orde maakte in verband met plannen voor een complex aan Chayne Walk in Chelsea. 'We zijn er allemaal kapot van,' zei hij. 'Ik ken Sean al mijn hele volwassen leven. We zijn samen groot geworden in zaken en hebben altijd een hechte band gehad. Zijn verlies is een verschrikkelijke klap. We zijn in gedachten bij zijn familie.'

'Ja, hij was hier sinds donderdag,' zei een bron in het hotel. 'Hij was een charmante man, vriendelijk tegen al het personeel en kind aan huis hier, al denken we dat hij ook een flat had ergens in Knightsbridge. Hij zal wel geen zin hebben gehad om zijn zakenpartners en zichzelf van eten en drinken te voorzien als hij zijn vrouw niet bij zich had. Op donderdag- en vrijdagavond at hij met gasten in ons restaurant en op zaterdag bestelde hij een maaltijd op zijn kamer, want hij wilde de volgende ochtend vroeg terug naar Devon, zei hij. Hij bestelde chateaubriand en twee flessen Dom Perignon-champagne. Ik weet niet of hij een gast had, maar chateaubriand is doorgaans een gerecht voor twee personen.'

Jackson laat een vrouw en een jong dochtertje na. Hij trouwde voor de vierde keer in 2011, na de dood van zijn derde vrouw, Linda. Zijn vrienden, van minister tot detailhandelmiljonair, omschrijven hem als 'inspirerend', 'larger than life', 'een man met een tomeloze energie', 'charmant' en 'een enorm verlies'. Hij leefde groots, gaf geld uit als water, was genereus voor zijn vrienden, aan wie hij huizen ter beschikking stelde en leningen gaf; hij vloog met grote gezelschappen naar exotische bestemmingen en gaf gul aan de Conservative Party.

Bij het grote publiek is hij echter het bekendst geworden door de tragedie tijdens zijn tweede huwelijk, in 2004, toen zijn driejarige dochter Coco verdween uit het net gerenoveerde vakantiehuis van het gezin aan de goudkust van het schiereiland Sandbanks bij Bournemouth. Het gezin was er om Jacksons vijftigste verjaardag te vieren toen Coco in het holst van de nacht verdween uit de slaapkamer op de begane grond die ze deelde met haar tweelingzusje Ruby. Er werd een gat ontdekt in de schutting die het perceel scheidde van de weg, en het slot van een schuifraam van de ontvangstkamer van het huis bleek defect te zijn. Geen van de vele aanwezigen in de woning zei 's nachts iets te hebben gehoord, en Ruby sliep door het hele incident heen. Er is nooit meer een spoor van Coco gevonden.

Ruby. O, god. Ze moet nu... hoe oud zijn? Veertien? Vijftien? Zo oud als ik was toen Coco verdween. Ik heb helemaal niet aan haar gedacht. Ongelooflijk dat ik niet aan haar heb gedacht.

Ik kom uit bed en zet water op. Zie dat er geen melk is en maak dan maar een gin-tonic. Het kan me niet schelen. Het kan me niet schelen wat ze ervan zeggen, niet dat er iemand is om het te zeggen. Ik zet vandaag geen voet buiten de deur. Ik moet nadenken. Over pap, over hoe het verder moet. Ik maak wat toast als bodempje voor de gin. Smeer er pindakaas op en kruip weer in bed. Mijn appartement voelt klein aan vandaag. Klein en knus.

De zaak kreeg snel landelijke bekendheid. Jacksons toenmalige echtgenote, Coco's moeder Claire, een voormalige secretaresse, zette haar pas ontdekte publicitaire talent in om de Waar is Coco-campagne op te zwepen en deed herhaaldelijk een beroep op het publiek om naar haar vermiste dochter te zoeken. Dankzij de combinatie van glamoureuze rijkdom en societygasten – in het huis waren dat weekend niet alleen de Gavila's, maar ook schaduwminister van Volksgezondheid Charles Clutterbuck en een arts uit Harley Street die connecties had met veel bekende namen uit de showbizz – werd het verhaal een van de grootste van zijn tijd. Maria Gavila, bekend makelaar in roddelpersverhalen, stuurde een e-mailkettingbrief aan haar uitgebreide netwerk die snel op grote schaal werd verspreid en naar wordt aangenomen de eerste in zijn soort is die wereldwijd meer dan een miljard mensen heeft bereikt. Door de herhaaldelijke oproepen op tv, e-mailkettingbrieven en postercampagnes was de knappe Coco een tijdje een van de bekendste gezichten op aarde.

De golf van medeleven ebde echter snel weg toen er verhalen begonnen uit te lekken over Claire Jacksons gedrag rond de tijd van de verdwijning van haar dochter. Ze bleek haar echtgenoot en gasten met de tweeling te hebben opgezadeld toen ze vroegtijdig terugkeerde naar Londen en was volop shoppend in dure winkels gezien terwijl haar dochters onverzorgd op haar terugkeer wachtten. Voormalige werknemers, buren en vrienden beschreven haar afwisselend als 'een harpij', 'labiel' en 'een afgrijselijke, egoïstische moeder'.

Het huwelijk van de Jacksons overleefde de tragedie niet. In 2006 kwam het tot een scheiding en kort daarna trouwde Sean met zijn 'lieve vriendin' Linda Innes, die ook te gast was geweest op het gedoemde weekendfeest. Innes werkte als styliste voor Jacksons bouwbedrijf en bleef na haar huwelijk de interieurs van zijn projecten inrichten. 'Ze troostte me, iets waar mijn vrouw niet toe in staat was,' zei Jackson destijds. 'Ik hoop dat dit voor mij het begin is van een tijdperk van hernieuwd geluk.'

Ondanks de bezoedelde reputatie van zijn ex-vrouw verraste Jackson het publiek door niet de voogdij over Ruby te eisen. Kort voor de scheiding raakte Claire buiten beeld. Ze had zo veel last van de negatieve pers die ze had gekregen dat ze met Ruby uit Londen vertrok en net zo spoorloos leek te verdwijnen als haar dochter voor haar. Alom werd aangenomen dat ze was geëmigreerd en in een kolonie van expats woonde waarbinnen ze niet bekend was. De *Mail* kan nu onthullen dat ze in feite een akkerbedrijfje in landelijk Sussex huurt en stilletjes in de boerderij woont met haar overlevende dochter, nauwelijks opgemerkt door haar omgeving. Toen onze verslaggevers belden om naar haar reactie op de dood van haar ex-man te vragen, weigerde ze de deur open te doen en was Ruby nergens te bekennen. In een via Maria Gavila doorgegeven verklaring stond: 'Ik ben diepbedroefd over het overlijden van mijn ex-man. We hadden al geruime tijd geen contact meer, maar we deelden de niet-aflatende toewijding aan onze beide dochters. Mijn overlevende dochter is geschokt door het verlies van haar vader en zij en ik zouden allebei dankbaar zijn als we deze trieste ontwikkeling in alle rust zouden kunnen verwerken.'

Omwonenden waren niet bereid over haar te praten. 'Ik ken haar niet,' zei Norman Colbeck, wiens boerderij grenst aan de twee velden waarop ze een slordige verzameling varkens, kippen en geiten houdt. 'Ze is erg op zichzelf. Ik denk niet dat u hier iemand zult kunnen vinden die u iets te zeggen heeft.' In het naburige dorp Mills Barton waren de inwoners evenmin erg toeschietelijk. 'Ja, ze komen van tijd tot tijd in de kerk,' zei dominee Ruth Miller. 'Aardige mensen, maar stil. Ze zijn niet erg sociaal, maar ze zijn altijd bereid een bijdrage te geven voor kerkelijke evenementen en geldinzamelingen.' Op de plaatselijke school had niemand commentaar. 'Ze is hier geen leerling,' zei directeur Daniel Bevan. 'We kennen haar niet. Hoewel we in gedachten natuurlijk bij haar en haar moeder zijn.'

Het mysterie van Claire Jacksons verdwijntruc mag dan eindelijk opgelost zijn, het mysterie van Coco leeft voort. Destijds geloofden veel mensen dat Claire meer wist van de verdwijning van haar dochter dan ze wilde toegeven. Als ze aan de tand werd gevoeld, klapte ze als een robot dicht en bleef dezelfde verhalen vertellen, in dezelfde bewoordingen, alsof ze geen moment durfde af te wijken van het stramien. Zoals *Mail*-columniste Dawn Hamblett zei, kort voordat ze zich uit de schijnwerpers terugtrok: 'Het was alsof Coco Jackson een uit Stepford ontsnapte gevangene was in plaats van een zeer geliefd kind.'

De dood van Sean Jackson is verre van de enige ramp die de levens van de Jackson-kliek trof, zoals de gasten in het huis waar de ontvoering plaatsvond al snel werden genoemd in de dagen na het gebeuren. Jackson liep meer hartzeer op toen zijn derde vrouw, Linda, onder aan een marmeren trap werd gevonden in een huis dat ze aan het stylen was in Leyton, Essex, in 2010. Ze had een schedelfractuur en stierf kort daarna.

Haar voormalige partner, dokter James Orizio, werd schuldig bevonden aan medische fouten en in de zomer van 2008 uit zijn ambt gezet nadat een zekere Miranda Chace, zangeres van de hiphopband Ton Ton Macoutes, overleed ten gevolge van het gebruik van pijnstillers die hij haar eerder dat jaar tijdens een tournee had voorgeschreven zonder de noodzakelijke controles vooraf te verrichten. Het daaropvolgende politieonderzoek bracht een stroom aan recepten aan het licht voor pijnstillers zoals Vicodin en de 'hillbillyheroïne' OxyContin, plus een aantal stofwisselingsversnellers die zacht gezegd te makkelijk waren voorgeschreven. Hij ging in 2009 naar de gevangenis en kwam in 2012 vrij.

Charles Clutterbuck, ooit een rijzende ster binnen de Tory Party, werd naar de achterste banken gedirigeerd nadat de partij aan de macht kwam in 2010. Na een vroege carrière waarin hij als kanshebber voor het sterrendom en minstens een kabinetspositie werd gezien, lag de conclusie voor de hand dat zijn betrokkenheid bij het noodlottige weekend enige invloed op die uitsluiting gehad zou kunnen hebben. Clutterbuck zelf weet het aan het feit dat hij op 'de verkeerde school' had gezeten, een sneer naar David Cameron, die zich graag omringde met mede-Etonians. In 2013 gaf hij zijn veilige Toryzetel op en liep over naar het net opgerichte Britain Together, een eurosceptische anti-immigratiepartij, en slaagde er niet in zijn zetel terug te winnen bij de daaropvolgende tussentijdse verkiezingen. Volgens zijn LinkedIn-profiel is hij momenteel 'consultant', al heeft de *Mail* geen ondernemingen kunnen traceren die gebruikmaken van zijn diensten. Clutterbuck en zijn vrouw, Imogen, wonen tegenwoordig aan de Dalmatische kust, waar je, zoals een guitige vroegere collega het formuleerde, 'veel meer uit je parlementspensioen kunt halen, als je het niet erg vindt om het plaatselijke bocht te drinken'.

Zoals duidelijk bleek toen hij op de tiende verjaardag van zijn dochters verdwijning weer op tv verscheen, had Sean Jackson nooit de hoop opgegeven dat Coco nog eens zou worden gevonden. Nu hij er niet meer is, en zijn tweede vrouw het contact met de buitenwereld mijdt, lijkt de kans dat het raadsel van Coco nog eens wordt opgelost weer iets kleiner te zijn geworden. Gisteren bleven de poorten van het barokke buiten van de Jacksons bij Bideford gesloten; alleen Robert en Maria Gavila werden toegelaten. Er zijn nog geen begrafenisplannen, aangezien het lichaam nog niet is vrijgegeven door de politie. Maar nu een nieuwe grafsteen zich binnenkort bij de andere zal voegen op een lommerrijk Engels kerkhof, is het misschien tijd om te overwegen nog een naam in de granieten steen te beitelen.

Het stuk is geïllustreerd met een aantal foto's van pap, drie met de tweeling en een van twintig jaar geleden, toen India en ik nog in beeld waren. Ik kijk er lang en bedachtzaam naar. We zitten aan een tafel op een beschaduwde plek, met buiten een vrolijk, zonverlicht strand en rode wijn op tafel. Hij houdt Indy en mij elk onder een arm, en we zijn alle drie bruin en grijnzen breed naar de fotograaf, vermoedelijk mam. Hij was een knappe man, kan ik nu wel zien. Ik vond hem als kind al aantrekkelijk, maar alle meisjes vinden hun vader immers knap? Nu ik nog maar iets meer dan tien jaar van die leeftijd verwijderd ben, kan ik me voorstellen dat een man van veertig knap kan zijn zonder dat ik dat op hem projecteer. Dik, donkerblond haar met grijzende slapen, zijn lichaam nog hard en glanzend, stoppels van drie dagen op een kaak die nog geen tekenen van verslapping vertoont.

Ik herinner me niet dat deze foto is gemaakt. Ik weet niet waar we waren. We gingen vaak met vakantie toen ik klein was, en sommige vakanties waren leuk.

Ik voel opeens iets verkrampen, ergens diep in mijn botten. Mijn gewrichten doen pijn, alsof ik koorts heb gekregen. Mijn god, denk ik, er is tóch iets. Ik mis hem wél. Ik zet de laptop weg en draai me op mijn zij. Sla mijn armen om mezelf heen en knijp. Pappie. We hielden van je, toen we klein waren. We dachten dat de zon door jouw ogen scheen.

Ik herinner me hoe het voelde, die grote sterke armen om je heen, voordat hij ons niet meer wilde aanraken. Wanneer was dat? Ergens rond de scheiding, denk ik. Ik herinner me de dag dat hij uiteindelijk wegging, ook zo'n heldere zonnige dag, hoe ik hem over het pad naar zijn BMW zag lopen zonder ook maar één keer om te kijken. Wij stonden achter het raam van India's slaapkamer en keken hem na terwijl mam in de keuken met dingen kletterde alsof ze wilde aangeven dat ze er niet mee zat. Hij droeg een pilotenzonnebril. Ik heb daarna nooit meer op een man met zo'n zonnebril kunnen vallen.

En dan huil ik. Ik weet niet goed waarom. Het feit dat hij weg is, of het feit dat hij is weggegaan? Ik weet niet eens om wie ik huil. De negenjarige ik, of de puinhoop die ik op mijn zevenentwintigste ben? Maar het verdriet klauwt naar mijn borst als een opgesloten dier dat zich probeert te bevrijden en mijn gezicht lijkt een eigen leven te leiden. Ik klem mijn kiezen op elkaar en voel dat ik mijn lippen optrek en mijn tanden ontbloot, en ik voel het nat dat langs mijn neus loopt en het kussen doorweekt.

'O,' zeg ik hardop. Dan: 'O, o, o, o.'

Ik ben alleen. Ik heb niemand die me kan troosten. Iedereen die ik ken is ergens anders met zijn eigen leven bezig, en ik heb er in de loop der jaren wel voor gezorgd dat ik niemand meer heb op wie ik een beroep kan doen. Ik pak een kussen, sla mijn armen eromheen en put daar op de een of andere manier troost uit. O, pap. Wat een zak was je, en nu lig ik hier toch om je te rouwen.

De telefoon trilt op het nachtkastje. Ik haal mijn mouw langs mijn ogen en ga rechtop zitten. Een afgeschermd nummer. Iemand die vanuit een kantoor belt, waarschijnlijk. Ik overweeg even niet op te nemen. Het is niet helemaal ondenkbaar dat iemand van de pers mijn nummer te pakken heeft gekregen. Maar dan denk ik: het kan iedereen zijn. Het kan India zijn, of Maria, of Robert, iemand die me informatie wil geven, iemand van het mortuarium of de politie of zo. Ik neem het gesprek aan en hou het toestel bij mijn oor.

'Hallo?'

Stilte. Eén seconde, twee. Ik begin te denken dat het een verkeerd nummer is, of een Indiaas callcenter dat de tijd neemt om me door te verbinden met de verkoper die zit te wachten om me te vragen of ik ooit maagzuurremmers heb geslikt, maar dan klinkt er een stem die ik in jaren niet heb gehoord en gaan mijn nekharen overeind staan.

'Milly? Met Claire.'

'Claire wie?'

'Claire Jackson,' zegt ze.

9

2004 | donderdag | Maria

Als ze de kabelpont passeren, begint Maria Gavila tegen het weekend op te zien. Tijd op de Gin O'Clock is kostbaar, want alleen daar hoeven ze de schijn niet op te houden. En hoewel Harbour View hekken heeft en poorten als gevangenistralies, als je Robert mag geloven, worden ze weer bekeken zodra ze er zijn en zal zij de mensen weer geven waar ze behoefte aan hebben, of althans waar ze naar hun eigen idee behoefte aan hebben. Robert staat aan het roer met zijn koddige kapiteinspet, helemaal in zijn sas. Het wordt een uitputtend weekend. Sean en Charlie feesten onvermoeibaar door en natuurlijk laten ze het aan de vrouwen over om de volgende dag door hun kater heen te werken en de kinderen uit hun buurt te houden.

Ze heeft haar Skinny Bitch bijna op en het is niet meer de moeite waard om er nog een te maken, want die krijgt ze niet meer op voordat ze aanmeren op de ligplek in de jachthaven die ze hebben gereserveerd. Simone zit in een schommelstoel *Harry Potter en de Orde van de Feniks* te lezen, al is niet duidelijk of ze het leest of herleest. Het is zo'n dik boek en Simone is zo'n luie lezer dat het haar best een jaar kan hebben gekost om op de helft te komen. Linda en Jimmy zitten met een biertje aan de tafel op het achterdek en zijn nog steeds aan het jokeren met de kinderen, hoewel de lol er bij Southampton wel af moet zijn geweest. Ze doen het deels om niet met elkaar te hoeven praten, denkt Maria. Ik zou zelf ook jaren geleden al genoeg hebben gehad van Jimmy's 'rock-'n-rolldokter'-act. Het enige wat die twee nog bij elkaar houdt is het feit dat hij de helft van de tijd op tournee is, farmaceutica voorschrijven aan overbetaalde musici. Ik had de vriendschap waarschijnlijk jaren geleden al opgezegd als er niet zo'n stroom roddels uit hem kwam na elke tournee, god zegene de eed van Hippocrates.

Ze ontkrult zich uit haar stoel en loopt naar voren om haar man te zoeken. De Gin O'Clock is hun grootste boot tot nu toe: vier compacte hutten benedendeks, witleren bekleding en vouwwanden waarmee de overkapping in een soort saloon veranderd kan worden als het weer tegenzit, maar toch is ze binnen een halve minuut bij hem, zich onder het lopen vasthoudend aan de reling. Ze nadert hem van achteren, slaat haar armen om hem heen en legt haar kin op zijn schouder. Hij is omvangrijker dan toen ze elkaar leerden kennen; hij is uitgevuld, substantiëler geworden naarmate hij meer status kreeg. Ze vindt het niet erg. Ondanks de vrijwel dagelijkse stroom evenementen die ze afloopt, heeft Maria haar figuur weten te behouden. Ze drinkt nooit meer dan één glas champagne en wuift de hapjes weg om te kunnen concurreren met haar cliënten, die allemaal actrice/model/zangeres zijn, allemaal twintig jaar jonger dan zij en graatmager, en die allemaal met hun alfavertegenwoordigster voor een sponsorbord willen poseren; maar op een man van middelbare leeftijd voelt gewicht lekkerder aan, zolang het maar niet kwabbig is. Hij is haar powerman, de andere helft van haar powerpaar, en ze vindt hem goed zoals hij is.

'Het is nog niet te laat om te zeggen dat we averij hebben gekregen bij het Isle of Wight,' zegt ze.

Robert schudt zijn hoofd. 'Je weet dat het niet kan, Maria. Dan zeggen ze gewoon dat we de veerboot moeten nemen.'

'Jij hebt makkelijk praten. Niemand verwacht van jou dat je het hele weekend gezellig doet met de dames.'

Robert zucht. 'Het is maar een weekend. En ik maak het goed, dat beloof ik.'

De boot bereikt het ponton en Robert begint te manoeuvreren. Maria laat hem los en leunt over de reling om naar het zonnige Poole te kijken. Het is niet bepaald een wervend plaatje, maar oude mensen hebben nu eenmaal allerlei hellingbanen en balustrades nodig in hun seniorencomplexen.

'Simone!' roept Robert. 'Ga je klaarstaan om de boot vast te leggen?'

Simone laat haar boek op het dek vallen en ontvouwt zich langzaam uit haar stoel. Als een kat, denkt Maria, of een zijdeaapje. Mijn hemel, waar komen die benen vandaan? En die boezem? Ik durf te zweren dat ze nog een kind was toen we van huis gingen, en moet je haar nu zien.

Simone draagt een wit shortje en een geblokt topje dat ze onder haar borsten heeft vastgeknoopt om een stukje bruin middenrif te tonen en het gootje tussen haar borsten te benadrukken. Haar supersteile haar (zij kan wel zonder zo'n keramische steiltang die ze tegenwoordig allemaal in hun make-uptas hebben) reikt tot aan haar middel en is glanzend kastanjebruin met flitsen goud, alsof iemand het in glitterlak heeft gedoopt. Maria kijkt als gehypnotiseerd naar haar stiefdochter. Mijn god, het is een vrouw, denkt ze. Dan komt er een akelige gedachte in haar op – *Ik mag haar niet alleen laten met Charlie Clutterbuck* – die ze in de kiem smoort. Charlie kent Simone al sinds ze een peuter was. Hij zou nooit... Hij is geen Woody Allen, al vindt hij het inderdaad leuk om de wellustige boef te spelen. Goeie god, hij heeft tijdens zijn carrière genoeg parlementaire collega's ten prooi zien vallen aan de roddelpers om de rest van zijn leven niet eens meer in de buurt te willen komen van een tiener.

Simone heupwiegt op haar roze muilen met bloemen erop over het dek naar het hekje in de reling. Ze heeft zich opgemaakt. De hele weg om de kust heen, van jachthaven naar jachthaven vanaf St Katharine Docks, heeft ze zo'n bloot gezicht gehad als een kind van tien en vastgehouden aan een uniform van een kiel op een legging, als ze niet languit op de voorsteven lag te zonnen in haar bikini. Nu is ze nootmuskaatbruin en haar huid, die meestal sproetig is en de sporen draagt van haar hormonale leeftijd, is zo glad als marmer; ze heeft zwartomlijnde kattenogen en... Goeie god! Zijn dat valse wimpers? Wat is hier aan de hand? Komt er zonder dat ik het weet een jongen die ze leuk vindt?

Roffelende voetstappen en de kleinere kinderen komen aanrennen in hun zwemvestjes en duwen haar opzij voordat ze bij het hekje is. 'Ik!' roept Joaquin, haar zoon met Robert, zeven jaar oud en met het geluid van een misthoorn. Simone drukt zich tegen de wand en werpt hem een blik vol tienerminachting toe. Ze inspecteert haar nagels, en Maria ziet dat ze gelakt zijn. Een subtiele tint roze, goddank, maar toch. 'Ik! Ik!' roepen de kinderen Orizio, die Joaquin op de hielen zitten, drie, vier en zes jaar oud en verstrikt in het web van heldenverering. Op die leeftijd is het een en al na-apen.

'Je ziet er mooi uit,' zegt ze voorzichtig, en Simone zegt haar zonder woorden door haar gordijn van glanzend haar dat ze zich er niet mee moet bemoeien.

'Luister,' zegt Robert als ze met hun kudde achter zich aan door Poole lopen. De kleinsten porren met stokken in dingen en zij tweeën genieten van de laatste paar momenten voordat de wereld weer toeslaat. 'Weet je wat? Als jij je door dit weekend heen slaat, beloof ik je dat het niet nog eens hoeft. Hij wordt maar één keer vijftig en ik garandeer je dat zij er niet meer bij is tegen de tijd dat hij zestig wordt.'

'Echt?' vraagt ze opgemonterd.

'Ik betwijfel zelfs of ze er nog bij zal zijn tegen de tijd dat hij eenenvijftig wordt,' zegt hij. 'Het mooie is er duidelijk vanaf.'

'Goddank.'

'Met Kerstmis is ze weg. Het heeft alleen door de tweeling nog zo lang geduurd. Toevallig denk ik dat er een nieuwe liefde aan komt.'

'O, echt? Wie dan?' Ze kijkt om zich heen en ziet dat Simone vlak achter hen loopt, prutsend aan haar telefoon. *'Attends! Pas devant les enfants.'*

Simone kijkt op en zegt voor het eerst die dag iets. 'Ik spreek wel Frans, hoor. Waarschijnlijk zelfs beter dan jij. Dat krijg je ervan als je me in een internaat stopt.'

De rij voor de kabelpont lijkt helemaal vanaf Sandbanks tot in de buitenwijken erachter te reiken. Ze lopen langs de ene auto na de andere vol rood aangelopen kinderen die hoopvol naar buiten kijken, zoekend naar de zee. Volwassenen staan op het asfalt tegen autodaken geleund te roken, en ze is zich er pijnlijk van bewust hoeveel ogen de amper bedekte billen van haar stiefdochter volgen die over de weg deinen. Het is eindeloos ongerust zijn, het ouderschap, denkt ze. Net als je niet meer bang hoeft te zijn dat ze een slok bleekmiddel zullen nemen, gil je al dat ze moeten *uitkijken* voordat ze de straat oversteken, en nu is het o, schat, je weet niet hoeveel slechte mannen er rondlopen, pas alsjeblieft goed op. Ik was geen haar beter. Ik liep rond in een rugbyshirt met netkousen eronder en het kwam niet eens in me op dat ik iets anders deed dan me optutten.

Jimmy draaft naar hen toe en komt naast hen lopen. 'Zo, vertel eens over die Charlie Clutterbuck?'

'Wat wil je weten?'

'Hij is een beetje een aartsconservatieveling, hè?'

'Een slaafse kapitalist,' zegt Robert. 'Dat kan ik je wel vertellen. Altijd al geweest, ook op de universiteit, toen wij allemaal nog praatjes hadden en de mijnwerkers steunden. Hij is getipt voor het kabinet als ze ooit weer aan de macht komen, zeker nu hij bijna niet meer weggestemd kan worden. Als hij financieel onafhankelijk was geweest, zou hij regelrecht de politiek in zijn gegaan met de aanhangers van Thatcher, maar hij moest eerst vijftien jaar in zaken om te sparen.'

'Ja, wat ik me afvraag,' zegt Jimmy, 'is hoe voorzichtig ik moet zijn. Komt de binnenlandse veiligheidsdienst bij me aankloppen?'

'O, daar zou ik me maar niet druk om maken,' zegt Robert. 'Mensen verlinken bij MI5 is veel meer iets voor New Labour. Trouwens, sinds hij het inkomen heeft om het te kunnen betalen, houdt onze Charlie wel van een lijntje. Hij heeft nooit iets half gedaan, of het nu entertainment is of fascisme. Me dunkt dat hij een beetje ondergronds is gegaan, maar je kent de Tory's. Ik denk niet dat hij het lang buiten de publiciteit kan houden. Als het ware. Hij zal je eerder vóór zijn.'

'Oké,' zegt Jimmy. 'Nou, dan zie ik wel hoe het gaat.'

'Er is vast ontzettend veel drank,' zegt Maria geruststellend. 'Barrels en barrels uitstekende wijn.'

'Ja,' zegt Jimmy, 'goeie ouwe drank. Wat retro.'

Net als ze zich begint af te vragen of ze het huis misschien al voorbij zijn, ziet ze Sean op de stoep staan, met zijn hand in zijn zij, pratend met een man met een helm op. Naast hem op de grond ligt een leistenen bord waar in gouden cursiefletters SEAWINGS op is geschilderd duidelijk te wachten tot het weer wordt bevestigd aan een van de lelijke bakstenen pilaren die onlangs zijn gebouwd om de zware hekken te kunnen dragen.

'Godver,' zegt ze, en ze tuurt naar het bouwterrein achter het tweetal. Een man met een stoppelwaas van vier dagen zit hoog in de cabine van een graafmachine naar beneden te kijken. Zich er plotseling van bewust hoe haar keurige zomerjurkje er van bovenaf uit moet zien trekt ze haar vest strak over haar boezem en kijkt kwaad terug. 'Dit is het toch niet? Ik dacht dat hij had gezegd dat het klaar was.'

Op de oprit achter de graafmachine is het een zootje, een en al modder en steigers. Boven aan een helling ziet ze een stuk of vijf mannen tegels op hun plaats tillen. Een terras? De omlijsting van een zwembad? Het is hoe dan ook nog lang niet klaar. Zo te zien is het voor het zwembad. Tegen de omwoelde aarde staat de voorgegoten polyester kuip, zes bij drie, hemelsblauw en nog in beschermverpakking. Ze vermoedt dat de hijskraan die boven de helling uitsteekt daar staat om hem te laten zakken wanneer de kuil is uitgegraven. Het is allemaal schone schijn, ook al is een huis nog zo duur. Trek het vitselwerk van een paleismuur en je zult zien dat hij is opgevuld met puin. Achter het gewemel van de bouwvakkers hangt een man uit een raam om het metalen kozijn in een opzichtige tint zeeblauw te schilderen. Serieus? Er lopen nog mannen op modderlaarzen door de slaapkamers! Wil hij dat we híér komen logeren? 'Wat bezielt hem?' vraagt ze.

'Misschien hebben de aannemers een beetje gejokt,' zegt Robert. 'Het zou de eerste keer niet zijn.'

Ze lopen naar de twee mannen toe. De bouwvakker knikt over Seans schouder naar hen – Ik kom zo bij jullie – en richt zijn aandacht weer op Sean.

'Het spijt me,' zegt hij in een zo keurig Engels dat het zijn tweede taal wel moet zijn. 'We doen gewoon ons werk. Uw eigen huis zat tot gisteren ook vol bouwvakkers, vergeet dat niet. We hebben er langer over gedaan dan we dachten omdat uw eigen mensen hier tot gisteren waren, dat weet u vast wel. En ze waren niet... Er was geen samenwerking. Tot vandaag blokkeerden ze de oprit, zodat we de graafmachine het terrein niet op konden krijgen. Dus nu moeten we de verloren tijd inhalen.'

Hij heeft beide armen in hun geheel nodig om zijn schouderophalen compleet te maken. Dit alles, zegt het gebaar, hadden we kunnen delen. De fameuze Poolse instroom, denkt ze. De vloek van de Britse bouwer. Verbazingwekkend hoe ze allemaal vergeten zijn hoeveel ze de afgelopen tien jaar aan de Spaanse kusten hebben verdiend. Het gros van onze bevolking vindt dat Europa maar één kant op mag werken.

'Dus... hoe lang?' vraagt Sean. 'Ik heb kleine kinderen en ik verwacht elk moment gasten.'

Weer een breed schouderophalen. 'Tot eind zaterdag, staat er in ons contract, maar u begrijpt... hoe eerder we doorgaan, hoe eerder we klaar zijn, hè?'

Hij knikt weer over Seans schouder naar hun groepje. Jimmy en Linda zijn er ook bij gekomen; de kinderen hebben zich rond hun knieën verzameld en Joaquin inspecteert de rupsbanden van de graafmachine alsof ze van echte rupsen zijn gemaakt. 'Ik denk dat die mensen u misschien willen spreken?'

Sean draait zich om. Zijn gezicht is rood en bezweet; zijn lichaamstemperatuur is gestegen door de hitte en het ongebruikelijke onvermogen zijn zin door te drijven. 'O,' zegt hij. Hij loopt naar hen toe en kust de vrouwen, vochtige plekken op hun wangen achterlatend, en schudt handen met de mannen. 'Sorry hiervoor. Fijn jullie te zien.'

'Bouwvakkers achter?' vraagt Robert. Ze kennen elkaar al dertig jaar, hebben een flat in Sheffield gedeeld, nemen amper de moeite zich te bedienen van werk- en voornaamwoorden als ze met elkaar praten.

'Niet de mijne, gelukkig,' zegt Sean. Hij keert zich weer om naar de Poolse aannemer, die zijn helm heeft afgezet en met een groezelige zakdoek het zweet van de binnenkant veegt. Hij is lang en pezig. Dat zijn ze allemaal, voor zover ze het kan zien. Heel iets anders dan de spekkige ruggen op Britse bouwterreinen waar ze aan gewend is geraakt. 'Kunnen jullie dan proberen een beetje zachtjes te doen?'

Weer dat schouderophalen. 'U bent zelf aannemer, geloof ik? Het duurt nu niet lang meer. Ik beloof het. Die jongens... popelen allemaal om terug naar Krakau te gaan.'

'Er komt iemand aan,' zegt Sean. 'Grote auto. Waarschijnlijk een Mercedes, lijkt me. Kun je de jongens aan de kant laten gaan zodat hij erdoor kan en zijn wagen op onze oprit kan zetten? Zonder hem te beschadigen?'

'Bénz! Natuurlijk! We zullen hem behandelen alsof hij van ons is!'

'Kom mee naar het huis. Simone, jij slaapt bij Milly en India. Ik hoop dat dat goed is?'

Maria ziet haar dochter met haar ogen rollen terwijl Sean Linda's bagage pakt en hun voorgaat door een paar gigantische elektronische hekken, net zwart geverfd en allebei voorzien van een plaquette waarop vermoedelijk ooit de initialen zullen prijken van degene die het huis gaat kopen. Er begint Russisch geld naar Sandbanks te stromen, een deel van Bournemouth dat om onverklaarbare redenen de duurste plek van Groot-Brittannië is geworden om een huis te kopen, net als elk deel van Londen dat op een limousinerit afstand van Harrods ligt, en de Russen zijn gek op met goud aangezette initialen. Ik wil wedden dat er ook doublé badkranen zijn, denkt Maria. En regendouches. Zo te zien doen ze hetzelfde bij Seawings. Veertig jaar geleden, toen we ons voorbereidden op een ijstijd en dachten dat de hele haven van Poole een gletsjer zou worden, wilde niemand die huizen kopen.

'O, echt iets voor de Jackson-kliek,' prevelt Robert binnensmonds.

'Ik heb de styling van deze gedaan, hoor,' zegt Linda trots.

'Weet ik,' zegt Maria. Ze begint te vermoeden wie Seans nieuwe liefde zou kunnen zijn.

10

De stiefheks.

Ik herken haar stem niet eens. Het is meer dan tien jaar geleden. En in die tijd is er iets aan veranderd. Ze klinkt aarzelend, ja, nerveus zelfs. Maar dat is het niet. Haar stem is lager geworden. Hij heeft niet meer dat snerpende randje dat je het gevoel gaf dat er op je werd gevit zodra ze haar mond opendeed.

'Claire,' zeg ik. Ik denk even na en voeg er dan de gepaste beleefdheid aan toe. 'Hoe is het met je?'

'Eh... goed,' zegt ze. 'Ik kan beter vragen hoe het met jóú is.'

Mijn neus is verstopt, maar ik wil per se niets doen om hem weer open te krijgen. Niemand mag weten dat ik heb gehuild. Ik ben opgehouden met huilen om mijn vader toen ik het contact met hem opgaf, en ik ga liever dood dan dat ik iemand laat merken dat daar verandering in is gekomen. Claire al helemaal niet. Ik herinner me niet dat ik tot zij op het toneel verscheen ooit om iets anders huilde dan de normale kinderdingen.

'Goed, dank je,' zeg ik omzichtig.

Ze zwijgt weer even. Dan: 'Ik vind het heel erg voor je van je vader, Milly. Het moet een verschrikkelijke klap voor je zijn.'

'Je weet best dat we geen hechte band hadden,' zeg ik, en ik laat alle verwijten die in die zin besloten liggen over de lijn galmen.

Ze hapt niet. 'Nee, maar toch. Er komen vast... emoties bij kijken.'

'Ja hoor,' zeg ik. 'Dank je.'

Ze kan me toch niet alleen bellen om me haar deelneming te betuigen? 'Hoe gaat het met Ruby?' vraag ik.

Weer een korte stilte. En dan: 'Niet goed, vrees ik. Ze is er kapot van.'

O. Ik voel weer zo'n rare golf emotie, en het duurt even voordat ik besef dat het jaloezie is. En dan walg ik van mezelf. Ik had geen idee dat ik dat nog in me had: dat ik Ruby en Coco nog steeds als indringers zie, alsof ik de enige ben die er iets bij mag voelen.

Ik denk aan mijn halfzusje, die vreemde die kapot is van ons gezamenlijke verlies. Vijftien jaar oud. Ik weet niet eens hoe ze er tegenwoordig uitziet. Net als de kleine verdwenen Coco is ze in mijn gedachten in amber gegoten: voor eeuwig drie jaar oud. Ik heb er eerlijk waar nooit bij stilgestaan dat ze opgroeide. Dat ze de gruwelen van de puberteit moest doorstaan, moest leven met een verlies dat bijna te groot is om te bevatten. Coco en zij zijn niet meer dan figuranten geweest in mijn eigen tragedie, totaal geen mensen met hun eigen bestaansrecht.

'Dat spijt me.'

Claire zucht. 'Zo verbazend is het niet, denk ik. Ze hadden elkaar de laatste tijd niet vaak meer gezien, maar ze hield wel van hem.'

Weer een steekje zelfmedelijden. Ik hield ook van hem, ooit. 'Het spijt me.'

'Ze huilt onbedaarlijk,' zegt Claire. 'Ze is nu op haar kamer. Ik heb geprobeerd met haar te praten, maar ik... Ik weet niet zo goed wat ik moet zeggen. Het is moeilijk. We... Je vader en ik... Ze weet dat het niet boterde tussen ons, en...'

Niet mijn probleem. Níét mijn probleem. Je hebt een wig tussen mijn ouders gedreven en hem afgepakt, en opeens zei hij dat mijn moeder gestoord was en dat hij nooit gelukkig met haar was geweest, en nu wil je dat ik met je meeleef omdat je er geen succes van hebt kunnen maken? Ik ben niet verantwoordelijk voor de wereld die jij hebt geschapen, Claire. Ik vind het zo al moeilijk genoeg om niet kopje-onder te gaan.

'Claire...' begin ik.

'Nee, luister, het spijt me. Ik weet dat je dit niet wilt horen, maar ik moet je om een gunst vragen en ik weet dat het veel gevraagd is, maar ik kán niet naar zijn begrafenis. Ik kan het gewoon niet. Ik kán het niet.'

De laatste paar woorden komen er een beetje hysterisch uit. Claire is in paniek. Ze moet hier uren over hebben lopen tobben voordat ze de moed had verzameld om me te bellen, en nu ze begonnen is, moet en zal ze haar verzoek overbrengen voordat ze niet meer durft. Maar ik ga het haar niet makkelijk maken. Ze heeft het mij ook nooit makkelijk gemaakt. Ze wil van me horen dat niemand dat van haar zou verwachten, dat ik het wel begrijp, maar dat ga ik niet zeggen. Elke keer dat we kwamen logeren was ze nukkiger, afstandelijker, en ze vitte op pap op een passief-agressieve manier die heel duidelijk maakte dat we niet welkom waren, dat er geen plaats was voor ons. Ik weet dat het slap van hem was dat hij eraan toegaf, maar ik zal nooit vergeten hoe zij zijn leven zo wilde regisseren dat niets van wat er was gebeurd voordat hij haar ontmoette er nog toe deed.

'Dus...' vervolgt ze. 'Ik weet me geen raad, Milly. Het spijt me dat ik het moet vragen, echt waar, maar ze wil er per se bij zijn...'

'Wil je dat ik met Ruby naar de begrafenis ga?'

Ze zwijgt weer even. Ze heeft niet door dat ze het niet heeft gevraagd. 'Ja.'

'O,' zeg ik.

'Het spijt me,' zegt ze. 'Ik weet gewoon niet aan wie ik het anders moet vragen. En je bent wél haar zus.'

'Halfzus,' zeg ik ijzig.

'Ja. Maar ze heeft niemand anders meer.' En Coco zweeft tussen ons in, ons tartend haar naam te noemen.

Ik zeg niets terug. Het gonst in mijn hoofd.

'Weet je al wanneer het is?' vraagt ze. 'We zijn niet echt ingewijden meer.'

'Nog niet. Het lichaam is nog niet vrijgegeven.'

'Dus pas na het onderzoek?'

'Nee, ervoor als ze een medische oorzaak vinden, maar ik denk dat hij begraven moet worden, niet gecremeerd, zodat ze hem zo nodig weer kunnen opgraven. Maar dat geeft niet. Hij wilde altijd een grote, opzichtige grafzerk in de buurt van het graf van zijn moeder in het dorp waar hij is opgegroeid. Geen zoetere wraak dan succes, hè?'

Claire snakt naar adem bij het horen van de naakte feiten en de manier waarop ik ze vertel. Ik voeg er maar niet aan toe dat ze hem ook niet zullen kunnen balsemen. Geen laatste onderonsjes bij de open kist voor de kleine Ruby.

'Wil je erover nadenken?' vraagt ze.

'Ik heb nog niet eens besloten of ik zelf ga,' zeg ik onwillig.

'O,' zegt ze, en ik hoor haar volschieten. 'Dat is triest, Milly. Dat spijt me. Ik dacht dat jullie misschien... Ik weet het niet. Komt geen van zijn kinderen naar zijn begrafenis? Ik kan... Ik weet het niet. Misschien kan ik haar naar Devon brengen en iemand vragen haar daar op te pikken? Ik... Ik kan het niet. Ik kan het echt niet.'

Ze klinkt totaal anders dan de vrouw die ik heb gekend. Er lijkt geen woede meer over te zijn, alleen nog maar angst.

'Ik zal erover nadenken, Claire,' zeg ik. 'Meer kan ik niet beloven.'

Ze ademt zwaar in om een snik binnen te houden. 'Dank je,' zegt ze. 'Dank je wel. Ik weet me gewoon geen raad, zie je? Ze huilt en huilt maar en ik ben bang dat ze nooit...'

Ze maakt haar zin niet af.

'Ik zal je laten weten wanneer het is.'

'Dank je. Heb je mijn nummer?'

'Ja, dat zit nu in mijn telefoon.'

'O ja,' zegt ze. 'Dat vergeet ik altijd.'

Ik hang op voordat ze nog iets kan zeggen. Zit onder het dekbed en laat mijn blik door mijn slaapkamer dwalen. Ik heb er niet veel liefde in gestopt sinds ik hier ben komen wonen. Ik heb niet eens de moeite genomen de boel over te schilderen; ik heb oma's erfstukken gewoon tegen de muren geschoven en haar schilderijen aan spijkers gehangen. Afgezien van mijn kleren is hier weinig wat ik zelf heb uitgekozen. Misschien besteed ik daarom zo veel tijd aan mijn garderobe, koester ik mijn tattoos daarom, wil ik daarom altijd opvallen als ik de deur uit ga. Zelfs het keukengerei is van oma geweest. India was destijds op weg naar de andere kant van de wereld en had geen zin in de ballast, en mam was in de vijftig en had volwassen versies van de meeste dingen die je nodig hebt in een huis, dus kon ik krijgen wat ik wilde. Het is een beetje als een gemeubileerd appartement huren. Wel een mooi appartement, met Le Creuset-keukenspullen, maar toch een gemeubileerd appartement, net als die verkoopklare huizen waarin we zijn opgegroeid. Alleen heb ik alle oppervlakken bedekt met boeken, ongelezen post en etensverpakkingen, alsof ik probeer ze aan het oog te onttrekken. Wat gek dat dat me niet eerder is opgevallen.

Mijn tranen zijn gedroogd. Zoals vaak na een emotionele uitbarsting voel ik me moe, maar ook vreemd kalm. En ik kan bijna niet bevatten dat zulke sterke gevoelens er ooit kunnen zijn geweest, of er ooit weer zouden kunnen zijn.

Ik denk aan Ruby. Ik ben niet zo ver voorbij de vijftien dat ik me niet meer herinner hoe het voelde, die verschrikkelijke, verwarrende tijd waarin je geen kind bent, maar ook geen volwassene, waarin je net zo verlangt naar onafhankelijkheid als ervoor terugdeinst. De wereld was een beangstigende, spannende plek, destijds, en thuis was de plek die we achter ons wilden laten. Mam worstelde om haar identiteit te vinden na het huwelijk, en pap verwekte nakomelingen in een schijnbaar weerzinwekkend tempo voor iemand die zo oud was, en jongens leken opeens extra handen te hebben. We pasten nergens goed bij, want we hadden nooit het soort huis gehad waar je met vriendjes en vriendinnetje kon aankomen. En toen ik vijftien was, gebeurde het Coco-incident en sloeg onze anonieme ellende om in een totaal, publiekelijk isolement.

Mijn thee is lauw geworden. Ik drink mijn kop leeg en sta op om er nog een te maken. God, wat een familie. De opkomst zal hoog zijn wanneer pap eenmaal wordt begraven, daar twijfel ik niet aan. Hij is rijk, en rijke mannen zijn machtig, en de mensen houden van rijke mannen omdat het doorsijpelingseffect weliswaar niet bestaat als maatschappelijk principe, maar om de donder wel functioneert als je dicht genoeg bij degenen met het geld weet te komen. Hij was een charmante man, een man die met vier vrouwen trouwde en er waarschijnlijk wel tien van gemaakt zou kunnen hebben als hij de tijd had gekregen. Hij gaf de beste feesten, met de beste champagne en hapjes van de hoogste kwaliteit, en op de uitvaart zal er meer van hetzelfde zijn, en mensen willen veel doen en veel aardige dingen zeggen voor een slokje Bolly van een goed jaar en wat truffelpaté.

Zullen ze zelfs maar merken dat zijn familie er niet is? Dat van de vier echtgenotes en vijf kinderen alleen de laatste echtgenote en de peuter niet weg kunnen blijven? Maakt het iets uit? Wij waren niet het belangrijkste in het leven van Sean Jackson. Hij nam nauwelijks een adempauze na de verdwijning van zijn derde dochter voordat hij in weer een huwelijk dook, in weer een rits appartementen aan de kust in Dubai, kauwend op dikke havana's en glimlachende politici op de schouders slaand. Natuurlijk komen er mensen naar zijn uitvaart. En ik kan het Ruby niet aandoen dat ze zich er in haar eentje doorheen moet slaan. Dat ze in haar eentje in die zee van beleefdheidsrouwenden staat. Dat kan ik niet.

11

Een myocardinfarct. Ik heb het altijd een komisch klinkende term gevonden voor iets zo ernstigs, met die *fart*-klank, maar mijn Britse oor is er dan ook op getraind een wind van duizend passen afstand te horen en het feit dat het de oorzaak van mijn vaders dood is, neemt de pavloviaanse grijns niet weg. Ik heb het een paar keer gelezen nadat ik de e-mail van Maria had gekregen, en pas bij de vierde of vijfde keer begreep ik goed wat het betekende. *Myocardinfarct.* Ik zal het gewoon een hartaanval moeten noemen, anders kan ik het niet serieus nemen.

Telkens wanneer ik tijdens de saaie rit door Croydon naar de M23 en Claires 'vervallen boerderijtje' moet wachten in een file, voor een verkeerslicht of een minirotonde, laat ik mijn blik weer over de e-mail glijden. Als Maria mij heeft geïnformeerd, zal ze Claire vermoedelijk ook wel op de hoogte hebben gesteld, maar ik moet het allemaal op een rijtje hebben voor het geval ik het toch allemaal aan Ruby zal moeten uitleggen. We zullen de komende vijf dagen veel tijd samen doorbrengen en we zullen niet alleen over koetjes en kalfjes praten.

Ze wonen in Sussex. Aan de rand van de Downs, buiten zo'n dorpje dat pittoresk heeft kunnen blijven doordat het in zijn geheel bij een aristocratisch landgoed hoort. Op weg erdoor raak ik ervan onder de indruk hoe mooi het is: nette voortuinen, zelfs al is het winter, en geen afvalcontainer of caravan te bekennen. In de dorpswinkel, die met zijn schattige raam met roedeverdeling op een schilderij van Thomas Kinkade in een trailerpark in Kentucky lijkt, kun je pesto en 'streekproducten' kopen. Het is duidelijk wat voor mensen hier wonen.

Ik koop een quiche met geitenkaas en tomaat, die ik zittend op het oorlogsmonument opeet; ik voel me nooit goed genoeg om te ontbijten en ik sterf nu van de honger en weet niet wat er de rest van de dag nog mijn kant op zal komen. Een quiche met geitenkaas en tomaat. Waar zijn de *Cornish pasties* gebleven? Ik mag nog dankbaar zijn dat ze niet zo ver zijn gegaan het een *tartelette* te noemen, neem ik aan.

Ik ga op de treden zitten, haal de print van de e-mail weer tevoorschijn, strijk hem glad op mijn knie en lees hem terwijl ik eet. Ik vraag me vluchtig af of de beleefde vrouw die me naar de opbaarkamer heeft gebracht ook mijn vaders borstbeen heeft doorgezaagd en zijn schedel heeft gelicht. Waarschijnlijk wel. Niemand heeft de middelen om een showpatholoog-anatoom aan te nemen voor bezoekers. Maria heeft de naam weggelaten, schrijft alleen dat ze hebben vastgesteld dat de hartaanval de doodsoorzaak was, dat die zo zwaar was dat zelfs als degene die bij hem was een ambulance had gebeld het nog niets had uitgemaakt en dat dit voldoende is om het lichaam vrij te geven voor teraardebestelling.

Het onderzoek komt later. Daar hebben ze het lichaam niet voor nodig. Maar de handboeien, de poppers op het nachtkastje en de sporen cocaïne in zijn bloed... het is wel duidelijk wat er is gebeurd. Ik vraag me af hoe de vrouw (ik heb in elk geval nog de zekerheid dat het een vrouw zal zijn geweest) zich voelde, achteruitdeinzend terwijl hij op die lakens van Egyptische katoen lag te kronkelen, of ze zelfs maar heeft overwogen hem los te maken voordat ze het hazenpad koos. Wat een manier om te gaan. Wat een verschrikkelijke, eenzame manier om te sterven.

Een man komt door de hoofdstraat aangeslenterd. Uit de gaten in de ellebogen van zijn geruite Viyella-overhemd en het feit dat zijn broek met een stuk touw lijkt te worden opgehouden leid ik af dat dit de eigenaar moet zijn van het landhuis aan het eind van de oprijlaan. Dat bevestigt hij wanneer hij zijn mond opendoet en er een stroom klinkers uit rolt, amper bij elkaar gehouden door medeklinkers.

'Ben je verdwaald?'

'Nee,' zeg ik minzaam. 'Ik zit een heerlijke quiche te eten.'

Hij neemt me taxerend op. Mijn strokenrokje met paisleymotief, laarzen met dierenprint en jack met een voering van schapenvacht zullen wel niet het soort tenue zijn dat je hier regelmatig ziet. 'Als je maar niet verdwaald bent. Ga je op bezoek?'

'Hier vlakbij. Ik ben een beetje vroeg, dus ik dacht: ik neem even pauze. Leuk dorp hebt u hier.'

'Dank je,' zegt hij, en hij slaat met zijn wandelstok naar een bosje misvormde brandnetels dat aan de voet van een wegwijzer is opgeschoten. 'Bij wie ga je op bezoek?'

'Heb ik toestemming nodig?'

'Ik vraag het maar.'

'Mijn ex-stiefmoeder en mijn halfzusje.'

'Naam?'

Ik trek mijn wenkbrauwen naar hem op.

'Je hoeft niet zo lelijk te doen,' zegt hij. 'Ik ben gewoon nieuwsgierig.'

'De Jacksons. Hun huis heet Downside.'

'Dat dacht ik al. We zien hier niet graag journalisten, weet je. Waarom kun je die arme mensen niet met rust laten?'

'Eh... omdat ze me hebben gevraagd te komen?'

'Ik heb jou nog nooit gezien.'

'Nee. Het is mijn eerste keer.'

Hij werpt me weer zo'n provinciale blik toe. Jij komt uit Dat Londen, zegt die blik, maar ik heb jou wel door. 'Nou, geniet van je quiche,' zegt hij.

'Dank u,' zeg ik, en ik neem nog een hap.

De dorpsweg leidt naar het hek van het grote huis, zwenkt dan naar rechts, een bos in, en begint de heuvel te beklimmen. Het is zo'n kronkelweggetje waar mensen extra voor moeten betalen bij hun vakantiehuisje. Ook zonder bladeren omhult het bos me donker. Het verbaast me hier zo'n plek aan te treffen, een plek die zo eeuwenoud aandoet. Sussex ís eeuwenoud, natuurlijk, maar ik had gedacht dat die sfeer van heksen en druïden allang onder de voet was gelopen door de oprukkende voorsteden.

Ik duik weer op tussen de lagere grasvelden langs de rand van de Downs en nu volgt de weg de kustlijn. Aan de andere kant van de heuvel is de zee, weidse panorama's tot aan Frankrijk, maar hier voelt het alsof we diep in het hart van het land verzonken zijn. Rechts van me glijdt een boerderij voorbij. Het moet die van de Colbecks zijn die in de *Mail* is genoemd. Niet netjes en opzichtig met overal gelakt houtwerk, zoals het door gevluchte Londenaren opgekochte onroerend goed, maar een echte boerderij met een stapel reusachtige in zwart plastic gewikkelde rollen stro die boven de schoorstenen uittorent en onderdelen van verschillende voertuigen verspreid langs de rand van het erf en een voortreffelijke geur van koeienmest. Driehonderd meter verderop loopt de weg dood op een hek. Daarachter loopt een onverharde oprit terug naar de boomgrens. DOWNSIDE, staat er in het houten bord op het hek geschroeid. EIGEN WEG.

Ik stop en denk na. Stap uit de auto en leun tegen het hek. Ik besluit een sigaret te roken tegen de zenuwen. Ik heb nooit een precieze aankomsttijd doorgegeven, en er is nog voldoende daglicht, en als ik op een dag als deze niet mag treuzelen, weet ik het ook niet meer.

Rechts van me staat een brievenbus, een echte bus, groot genoeg voor een paar dozen wijn. Het deksel hangt open en er ligt niets in. Ik leun tegen de hekpaal en draai mijn sjekkie. Steek het op en kijk naar de lucht.

Ik weet nog steeds niet of dit wel zo'n goed idee is. Mijn moeder heeft gezegd van wel, India heeft gezegd van wel en Maria heeft gezegd dat ik er 'mijn plek in de hemel mee zal verdienen', maar zij hebben makkelijk praten. Zij hoeven het tenslotte niet te doen. Ik zie op tegen de komende vijf dagen, maar ik zie vooral op tegen vanavond. Ze zegt dat we elkaar moeten leren kennen voordat we samen aan een roadtrip beginnen, en ik zie er de logica wel van in, maar o, god, dat betekent dat ik voor het eerst in twaalf jaar bij Claire moet logeren.

Op de stammen van de beuken groeit een overvloed aan zwammen, tussen het mos. Ik denk dat het zwavelzwammen zijn, maar ik zou er mijn leven niet om verwedden. De sigaret smaakt geweldig in de koude, vochtige lucht, zoals altijd als je weet dat je een tijd op de volgende zult moeten wachten. Als ik Claire ook maar een beetje ken, zal de boerderij met alles eromheen een rookvrije zone zijn. Pappie stak zijn sigaren thuis opzettelijk vlak bij de ramen op, gewoon om haar te pesten. Daardoor ben ik van de geur van sigaren gaan houden; voor mij ruiken ze naar de strijd voor persoonlijke vrijheid.

'Ha, daar ben je,' zegt een stem, en ik kijk geschrokken om. Een meter of zes bij me vandaan staat een vrouw op het pad. Klein en dun, van middelbare leeftijd en gekleed in een fleecejack, rubberlaarzen en een degelijke spijkerbroek. Als ik haar in Londen zag, zou ik haar voor een pot houden, god zegene me om mijn gewoonte mensen in een hokje te duwen, met dat grijzende korte haar en dat dichtgeritste jack. Het duurt een paar seconden voordat ik mijn stiefmoeder herken.

'Claire?'

'Ik had je eerder verwacht,' zegt ze. 'Tiberius heeft me twintig minuten geleden gebeld om te zeggen dat je onderweg was, of eigenlijk om me te waarschuwen dat er een journalist op de loer lag. Ik begon al te denken dat je verdwaald moest zijn, of dat ik vergeten was de ketting van het hek te halen of zoiets.'

'Nee, sorry. Ik stond gewoon...' Ik gebaar beschaamd naar mijn sigaret, weer een tiener.

'O, dus daar ben je nooit overheen gegroeid?' Ze komt glimlachend naar me toe. Dan is ze bij het hek en kan ik niet meer dubben over de manier waarop ik haar moeten begroeten. We zoenen, onhandig, op één wang maar, over de bovenste hekspijl heen om niet te hoeven nadenken over wat we met ons lijf moeten doen. Haar huid voelt ruw aan mijn wang. Claire Jacksons dagen van Crème de la Mer en elke week een gezichtsbehandeling liggen duidelijk in een ver verleden.

'Je ziet er fantastisch uit,' zegt ze naar mijn kleren kijkend. 'Ruby zal weg van je zijn. Maar je was altijd al vindingrijk met je kleren. Tiberius kreeg er bijna een hartverzakking van.'

'Heet hij echt Tiberius?'

'De Strangs noemen hun stamhouders al sinds de jaren tachtig van de zeventiende eeuw naar keizers. Zijn vader was een Julius en zijn oudste zoon is een Darius, al gaat het gerucht dat ze het hem eerst uit zijn hoofd moesten praten hem Khusro te noemen.'

Ze tilt het hek iets op en zwaait het open. Het is oud maar goed onderhouden, met goed geoliede scharnieren die stevig vastzitten zodat het hek niet over de grond sleept, ook niet als het de berm bereikt.

'Kom binnen,' zegt ze.

Ik geef haar een lift naar het huis. Kort nadat de oprit de bomen bereikt, slingert hij weer heuvelopwaarts; die knik zit erin voor extra privacy, zegt ze. En dan zijn we op het veld en ben ik sprakeloos. Het is allemaal zo... on-Claire. Althans, de Claire uit mijn herinnering. Maar toen leefde ze natuurlijk in de huizen van mijn vader. Er is een grote schuur, waarin ik een stapel hooibalen en wat afvalbakken zie en achter het hek zijn twee omheinde weiden. In de ene staan een ezel en twee geiten, die ons aanstaren vanuit het donkere binnenste van hun schuilhok. In de andere wentelen twee glimlachende Tamworth-varkens zich in de modder voor een mininissenhut. Een zwerm kippen fladdert kakelend weg als ik voorzichtig tussen ze door loop; ze vluchten een grote moestuin in die op dit moment op weinig meer kan bogen dan boerenkool, vroeg uitlopende broccoli en een paar laatste bloemkolen.

'Wat is dit aardig van je,' zegt Claire. 'Ik stel het echt op prijs.'

Ik probeer te bedenken hoe ik erop moet reageren. De beleefdheid vereist dat ik doe alsof de hele onderneming niets voorstelt, alsof ik het voor mijn plezier doe, maar daar ben ik echt nog niet. 'Oké,' zeg ik.

'Ze is een stuk rustiger geworden sinds jij hebt gezegd dat je het zou doen. Dat je ja hebt gezegd, heeft al enorm geholpen.'

'Fijn.' Ik zou niet weten waarom. Ik kan me weinig minder aanlokkelijke vooruitzichten voorstellen dan met een onbekende naar een begrafenis gaan, maar zo zie je maar weer. Onze-Lieve-Heer heeft rare kostgangers.

'Ze herinnert zich jou nog wel, hoor.'

Ik bloos. O, god, we hebben ze zo afschuwelijk behandeld. 'O, jee.'

'Nee, het is goed. Wees maar niet bang. Het is ook een van de weinige herinneringen die ze aan Coco heeft. Het was aan het strand van Studland, denk ik. Ze zegt dat ze er in een boot naartoe ging, de kabelpont, denk ik dan maar. Het is eigenlijk een beetje een rare herinnering.' Ze lacht. 'Nu ik erover nadenk, misschien is het helemaal geen echte herinnering.'

'Wat dan?'

'Ze zegt dat je een kwal vond en er een stuk uit sneed alsof het een taart was.'

Opeens staat het me heel helder voor de geest. De dag voor die afgrijselijke ruzie met pap, toen wij teruggingen naar Londen en thuis een feest hadden terwijl mam bij oma in Schotland zat. Als Coco er niet was geweest, waren we waarschijnlijk nooit betrapt; ze gingen niet bepaald bij elkaar te rade. Maar we moesten dus een hele maand binnenblijven, zonder geld en zonder telefoon, terwijl de zoekploegen de kust van Purbeck uitkamden en hele vloten boten vanaf het Isle of Wight op zee zochten. De allerlaatste keer dat ik Coco zag. Nog iets wat ik was vergeten. Indy duikelde een paar jongens op aan het strand en we belandden op een woonboot, waar we knetterstoned werden. Ik vrijde met een jongen die Josh heette en die India eigenlijk had gewild, maar ik was zo van de wereld dat ik niet meer weet of ik met hem heb geneukt of niet. Jezus, ik kon me alles permitteren toen ik nog een tiener was.

'O, ja!' zeg ik. 'Nu weet ik het weer! Dat was een leuke middag.'

'Ja,' zegt Claire. 'Jammer dat jullie elkaar nooit echt hebben leren kennen.'

We lopen om rijen kale bonenstaken heen en het huis komt in zicht. Nog een verrassing. Ook het huis zou ik niet Claire-achtig hebben gevonden. Het is laag, van rode baksteen, en ziet eruit alsof het is samengesteld uit een paar behuizinkjes voor boerenknechten. Op het erf een roestige Datsun en een minitractor, van alles wat je aan een minitractor kunt haken en een paar schuren. Een petroleumtank ter grootte van mijn slaapkamer, slordig gecamoufleerd door een plantenklimrek en iets wat eruitziet als een ontbladerde druivenrank. Een rafelig grasveld, bezaaid met vroege krokussen, potten met winterviooltjes aan elke kant van de deur en een stel hangmanden met verdorde planten erin. 'Dit is het dan,' zegt ze. 'Je ziet het niet in de gunstigste tijd van het jaar, vrees ik.'

'Geen punt,' zeg ik. 'Na Clapham North ziet alles er glamoureus uit.'

De Claire die ik heb gekend liet haar omgeving nooit door levende dingen ontsieren, behalve misschien een enkele witte orchidee. Ze was honderd procent natuursteen en feng-shui klankschalen. Anderzijds zou je het interieur met knusse oosterse tapijtjes en kussens in de erker van het huis dat mijn moeder met Barney deelt in Sutherland ook nooit toeschrijven aan de vrouw die met mijn vader getrouwd was.

Er is een hond. Een grote, springerige zwarte labrador die de voordeur uit komt stormen alsof hij Claire in geen dagen heeft gezien. Hij danst hijgend en kwispelend rond haar rubberlaarzen, komt dan naar mij toe, kijkt naar me op en leunt simpelweg tegen mijn been. 'Dat is Roughage,' zegt Claire. 'Hij leunt graag.'

Roughage grijnst breed naar me, en nog breder als ik hem achter zijn oor krauw. 'Hallo, Roughage,' zeg ik.

'Ik heb hem genomen tegen inbrekers en journalisten,' zegt Claire, en ze geeft hem een porretje met haar knie. 'Het is belangrijk dat er altijd iemand is die ze welkom heet en ze een lekkere kop thee aanbiedt, vind ik. Kom binnen.'

De balk boven de deur is verweerd en het licht binnen is zwak. Hoewel het een grijze dag is, loopt Claire langs de lichtknop heen alsof die er niet is en zigzagt door de gang. Ze moet wel zigzaggen, want de gang staat vol dozen. Maar niet zoals Toms collectie dozen; geen xbox-verpakkingen die ze is vergeten weg te gooien, maar netjes opgestapelde, met breed plakband dichtgemaakte dozen. De gang is best breed, zie ik, maar de looproute over de vloer van flagstones is maar iets meer dan een halve meter breed en er zit een knik in het midden. Aan beide kanten staan dozen opgestapeld. Dozen en van die plastic kratten die je in partijverkoopwinkels koopt, en ergens daaronder wat tafels en een stel stoelen, een paar rechtop tegen de muur gezette tapijten, etensbakken voor honden, een verzameling rubberlaarzen die zo enorm is dat het lijkt alsof ze zich daar beneden aan het voortplanten zijn en, schijnbaar lukraak op de dozen gegooid, bergen jassen en sjaals. Genoeg om de bevolking van een daklozenopvang te kleden, maar niets wat geschikt is om in het openbaar te dragen, zelfs niet in het dorp.

'Sorry voor de rommel,' zegt Claire zo achteloos alsof ze het over wat koffiekopjes en een paar schoenen heeft. 'We zijn een beetje aan het ziften.'

Nee, dat zijn jullie niet, denk ik. Dat zeg ik ook altijd als ik onverhoopt bezoek krijg. *Ik ben aan het opruimen. Het is nu in het ergste stadium, vlak voordat het beter wordt. Ik ga al die boeken, laarzen, ceintuurs en tassen naar de kringloopwinkel brengen.* En iedereen weet dat het niet waar is; iedereen speelt het spelletje mee in de wetenschap dat ik toch nooit zal veranderen.

Ik speel ook mee. 'Geeft niet,' zeg ik. 'Je zou het bij mij thuis moeten zien.' Want dat zeggen ze ook allemaal tegen mij als ze zich om mijn verzameling lege wijnflessen heen wringen en mijn badhanddoeken van de bank pakken om te kunnen zitten.

Ik vang in het voorbijgaan een glimp op van een woonkamer en een eetkamer, open plekken tussen de dozen om de deuren toegankelijk te maken. Langs de wanden van de eetkamer staan stellingen waarvan de planken zijn gevuld met potten. Van enorme Kilner-weckpotten tot piepkleine potjes waar ooit kaviaar in moet hebben gezeten, allemaal keurig van een etiket voorzien en elk etiket beschreven met zwarte fineliner. Rijen en nog eens rijen: *tomaten, paprika's, snijbonen, cannellinibonen, limabonen, zuurkool, chutney, rabarber, kruisbessen, rodebessengelei* (daar moeten er zeker twintig van zijn), *gestoofde appel* en *champignons*, van de ene hoek van de kamer naar de andere, van de vloer tot aan het plafond. Ik vang een glimp op van de inhoud van een kartonnen doos waarvan het deksel niet is dichtgeplakt en zie dat die ook uitpuilt van de potdeksels. Claire lijkt zich voor te bereiden op de zombieapocalyps. Maar er zit tenminste systeem in.

'Sorry,' zegt ze. 'Ik vind het ondraaglijk om al die overgebleven groenten en fruit te verspillen. We hadden het idee alles op een boerenmarkt of zo te verkopen, maar... nou ja. Ik denk dat ik het land maar eens een jaartje vrij moet geven. Je weet wel, op zijn Jethro Tulls. Ik probeer niet te veel kunstmest te gebruiken, dus waarschijnlijk is het wel aan een rustpauze toe. Ik verzamel de mest van de ezels en wat ik uit het kippenhok veeg, en ik composteer alles, maar... je weet wel... uiteindelijk zal het toch wel niet genoeg zijn.'

'En de mest van de varkens?'

'O, nee, niet voor gewassen. Parasieten.'

'Zo te zien heb je genoeg om het een jaar vol te houden,' zeg ik grootmoedig.

Claire draait zich om en kijkt naar haar gang alsof ze hem nu pas echt ziet. 'Nu je 't zegt. O, hemel. Laten we een kop thee nemen. Of een drankje. Heb je liever een drankje? Na de lange rit?'

Ik zou dolgraag een drankje nemen. Dolgraag. Maar ik denk dat ik mezelf beter kan beteugelen. Het worden een paar lange dagen. 'Doe maar thee.'

'Ik heb veel kruisbessenwijn die nog op moet. En rabarber-, bosbessen- en vlierbloesemwijn.'

Een echt van-het-land-levertje. Ongelooflijk dat dit dezelfde vrouw is. De vrouw die ik hysterisch heb zien worden wanneer ze een nagel brak. Nu zijn haar handen ruw en rood, met tot op het leven afgeknipte nagels.

'Koop je ooit nog iets?' vraag ik.

'Als het aan mij ligt niet,' zegt ze. 'Er zitten zo veel chemicaliën in, weet je. En additieven. Kleurstoffen. Zelfs dingen waarvan je denkt dat ze heel simpel zijn. Brood uit de winkel zit vol andere dingen, wist je dat? Als het niet zo onpraktisch was, zou ik mijn eigen graan gaan verbouwen. Ik bestel biologisch meel om zelf brood van te bakken. Ik wil Ruby niet blootstellen aan die troep.'

Ze blijft onder aan de trap staan. 'Ruby! Milly is er!' roept ze naar boven.

'Mila,' zeg ik. 'Ik heet tegenwoordig Mila.'

'O! Sinds wanneer?'

'De universiteit,' zeg ik. Het is niet helemaal waar. Ik heb mijn naam veranderd vlak voordat ik ging studeren, alleen is het studeren er nooit van gekomen. 'Coco's zus Milly' werd in de loop der jaren vaker genoemd in de pers dan me lief was. En trouwens: Milly's zijn monter. Ze hebben dingen als sieradenrollen en ze sorteren hun ondergoed op kleur. Ze werken bij Personeelszaken en hopen ooit in Tunbridge Wells te wonen. Met een naam als Milly moet je óf een andere naam nemen, of alle hoop laten varen.

Geluiden ver weg in het huis. Een zwak 'Ik kom al!' vanaf de overloop.

'Ik ga theezetten,' zegt Claire. 'Ga jij maar naar de woonkamer, dan kom ik het zo brengen.'

'Oké,' zeg ik.

‘Het is munt. Is dat goed? Ik heb ook gember als je dat liever hebt.’

Ik vraag me af of ik nog om koffie zou kunnen vragen. Dan denk ik aan de additieven en stel vast dat ze van zijn levensdagen geen koffie in huis zal halen. ‘Munt, lekker,’ zeg ik, en ik begin me af te vragen hoe snel ik morgenochtend weg kan komen met de smoes dat ik naar een garage moet om te tanken.

Ik loop de woonkamer in. Die is laag, met een verschoten kleed dat ooit gebloemd is geweest, twee lage, met chintz beklede banken en een armfauteuil. Roughage springt op de bank die er het best uitziet, die bij de open haard staat, die brandt en de enige warmte levert die ik in het huis bespeur. Hij ploft tussen de kussens en zucht.

Hier geen voedselopslag, maar om het zitgedeelte heen is de kamer tjokvol. Hier ook stellingkasten, maar dan vol snuisterijen en aandenkens. Een schelp, een veer, een stuk door de zee gebleekt hout. Een teddybeer, een paar minuscule roze schoentjes, een doopbeker, een My Little Pony. En meer dingen, vreemdere dingen. Een tuitbeker. Een lepel en een schuivertje, gemaakt voor kleine handjes, met stelen van rood plastic. Een haarelastiek met plastic pandabeertjes. Blokken met letters erop. Legosteentjes. Een zonnebrilletje. Een zonnehoedje. Ik weet wat dit is. Op een tafel voor de planken staat een schotel met daarop een brandende kerkkaars, zo’n vijftien centimeter dikke kaars die weken meegaat, omringd door ingelijste foto’s. Van Coco.

De muren zijn er ook mee behangen. Coco die lacht, Coco op een wit kleed op een kille stenen vloer te midden van kerstpapier, Coco aan het strand, Coco en Ruby, identiek in het soort tuleachtige jurkjes die ze ze destijds aantrok zodra het ook maar even kon, Coco met een zwembandje om bij een zwembad, Coco met een muts met een pompon erop boven aan een glijbaan, Coco en Ruby als baby’tjes, met hun armpjes om elkaar heen in een wieg, een echo van hoe ze in de baarmoeder lagen. Onbeholpen kindertekeningen (een wankele bloem, een kras, een harkpoppetje), in goud en achter glas ingelijst als kostbare kunstwerken.

De kamer is een schrijn.

Ik hoor iemand boven mijn hoofd over de overloop lopen en de trap af stommelen. Ik voel me vreemd schuldig, kijkend naar die blijken van Claires gemis, de plastic troep die allang weggegooid had moeten zijn. Ik loop naar de schouw en zak door mijn knieën om met de hond te praten in afwachting van mijn zus.

12

2004 | donderdag | Simone en Milly

Ze droomde voor het eerst van Sean toen ze zeven was, en ze beeft nog steeds bij de herinnering. De droom stelde niet veel voor naar de maatstaven van wat erop volgde, naarmate hormonen en kennis haar brein vormden, maar die eerste keer, die siddering van overgave en het gevoel van zijn denkbeeldige armen om haar heen, zal ze altijd in haar achterhoofd houden.

En hij weet niet eens dat ik besta, denkt ze. Ik maak me helemaal mooi en hij keurt me amper een blik waardig. Ik haat mijn leeftijd. Die maakt dat hij me niet ziet. Dat hij niet ziet dat ik alles voor hem zou doen. Alles. En het Alles dat ik krijg, is dat ik met de kinderen naar het strand mag zodat zijn verwende, verzuurde vrouw vrij kan nemen.

Ze kijkt over het strand uit. Milly en India hebben de tweeling en Joaquin, en ze hebben zich verzameld rond iets op het zand. Tiggy en Inigo Orizio waggelen hand in hand langs de waterkant en springen allebei geschrokken achteruit als er een golfje over hun tenen in plastic sandalen klotst, al is het meer kielwater van passerende boten dan een echte golf; hartje zomer heeft de haven van Poole meer weg van een grote vijver dan van de zee. Tiggy heeft een opblaasdonut om haar middel en Inigo heeft zwemvleugeltjes om. Ze redden zich wel. Ze zouden er zo lang over doen om in het diepe te komen dat de kustwacht ruim van tevoren al in actie zou kunnen komen. Fred zit vlak bij haar geconcentreerd zijn benen onder het zand te spitten met een metalen schepje.

Simone draait zich op haar rug met haar Harry Potter. Ze leest niet. Ze leest zelden, maar als ze doet alsof, ziet ze er minder eenzaam uit. Ze heeft zin om te zwemmen, maar ze is te gewetensvol om de drie kinderen waar ze op de een of andere manier mee is opgescheept alleen te laten terwijl de andere twee gewoon bij hun eigen zussen blijven. Deze bikini van roze geblokte katoen met een paar glanzende knopen tussen de borsten, die ze met zo veel zorg heeft uitgezocht toen ze hoorde dat ze hierheen zou gaan, is nog nooit nat geworden. Wat ben ik ook een idioot, denkt ze. Al die dagdromen, en hij ziet me gewoon als een kind. Ik moet hiermee ophouden. Hij heeft nu een nieuwe vrouw. Zo'n man zou nooit kunnen wachten.

Maar o, als ik zijn kinderen had... dan zou ik nooit vragen of anderen ze me uit handen wilden nemen. Ze zouden het kostbaarste in mijn leven zijn, geen ongemak dat je oplost door personeel aan te nemen. Niet elke vrouw is gemaakt voor een carrière, zoals Maria. Ik wil geen mantelpakken en BlackBerry's en onkostenrekeningen. Ik wil een huis. Een huis dat ik het mijne kan noemen om mijn liefde in te laten groeien.

Ze denkt aan Claire. De streperige highlights, de perfect gemanicuurde nagels en het verdacht starre voorhoofd, al is ze pas drieëndertig. Ik haat haar, denkt ze. Niet alleen omdat zij heeft wat ik zou moeten hebben, maar gewoon omdat ik haar haat. Zij heeft mijn leven. Zij heeft het leven dat ik als volwassene zou moeten krijgen, en ze waardeert het niet eens.

'Heb je gezien wat ze aanheeft?' vraagt India. Joaquin is naar de duinen gerend in zo'n uitbarsting van jongensenergie die goed van pas komt als je even vals wilt roddelen.

'Je kunt het niet bepaald over het hoofd zien,' zegt Milly.

‘Dus ze is nog niet over pap heen.’

Milly lacht, hatelijk. ‘Godallemachtig. Ik bedoel... hoe sneu kun je zijn?’

‘Het is walgelijk. Het is alsof ze niet beseft hoe oud hij is.’ Vijftig lijkt voor hen allebei zo ver weg als de maan. Ze vinden de tweeling al een tegennatuurlijk fenomeen, het bewijs dat Claire en hij krakerige ouwemannenseks hebben gehad; de gedachte dat iemand van hun eigen spectaculaire generatie hem als iets anders zou kunnen zien dan beklagenswaardig is huiveringwekkend.

‘Maar ze is een rare,’ zegt Milly. ‘Altijd al geweest. Pappies kleine eendenkuikentje. Je denkt toch niet dat ze echt... je weet wel?’

‘Slijmerige Simone? O, hou op zeg. Ik weet dat ze eng is, maar niet zó eng.’

‘Nee. Je hebt gelijk. En dan nog. Ze is niet bepaald, zeg maar, sexy, hè?’

‘Lang en plat.’

‘En dan al dat slierterige haar over haar hele rug. Net zeewier.’

‘Denk je dat ze zelfs maar met iemand heeft getongd?’

‘Nee, ze blijft maagd voor pappie,’ zegt Milly, en ze laten zich allebei in het zand rollen en maken kotsgebaren.

Coco port met een stokje in de kwal. Ruby, die altijd volgt, kijkt toe. Claire heeft ze weer dezelfde kleertjes aangetrokken, als poppen: rokjes met elastiek in de tailleband over een badpakje met ruches en een roze katoenen zonnehoedje. Hun zachte babyhuidjes zijn wit van de factor 50. Het zijn lieve kindjes, denkt Milly. Zij kunnen er ook niets aan doen dat Claire hun moeder is.

Coco kijkt vragend op. ‘Wat is dat?’ vraagt ze.

Al zijn ze niet al te snugger, voegt ze er in gedachten aan toe. Volgens mij zouden ze nu al moeten kunnen lezen of zo. ‘Een kwal,’ zegt ze. ‘Dat heet een kwal. Omdat hij helemaal kwallerig is, kijk maar.’

Ze prikt met haar teen in het dode beest en denkt: eigenlijk is hij helemaal niet kwallerig. Hij drilt niet; het voelt meer aan als rubber.

‘Kwal!’ roept Ruby, en ze steekt haar handen op.

‘Kwal!’ zegt India.

‘Hoe laat moeten we terug?’ vraagt Milly.

‘O, wat maakt het uit? Als ze gratis babysitters willen, krijgen ze de service die erbij hoort.’

‘Als je een spotprijs betaalt, wordt er met je gespot?’

‘Ja, hoor, alsof iemand ons iets gaat betalen. Ik heb zó de pest in. Het is wel duidelijk dat hij ons niet had verwacht, die knorrige ouwe zak. Dus nu gaat hij ons gewoon als personeel gebruiken zodat Claire en hij zich een stuk in hun kraag kunnen zuipen. Hij kan mijn rug op, eerlijk gezegd.’

Milly bromt instemmend.

‘Ik ga net zo lief terug naar Londen,’ zegt India.

‘O, kom op, zo erg is het nou ook weer niet.’

‘Zeg jij het maar. Het wordt niet bepaald dikke pret, toch? Al die brallende ouwe knarren aan de cognac. Als Charlie Clutterbuck weer met me wil flirten, ga ik over mijn nek.’

‘O, hij kan geen kwaad,’ zegt Milly. ‘Het is die nieuwe, Jimmy. Van hem weet ik het nog zo net niet.’

‘Een junk,’ zegt India vol overtuiging. ‘Pupillen als speldenprikjes.’

‘Nee!’

‘En dan zijn vriendin. Ik bedoel maar. Wat moet dat voorstellen?’

‘Ze is best knap.’

‘Tja, als je ervan houdt. Ze is naar mijn zin een beetje te veel Pappies Kleine Meid. Ik wil wedden dat ze kindertaal uitslaat in bed.’

‘Jij bent bezeten van seks,’ zegt Milly.

‘De pot verwijt de ketel. Niet dat er ook maar iets te seksen valt dit weekend,’ zegt India mistroostig. Dan ziet ze drie slungelige gedaanten het strand op slenteren en fleurt weer op. ‘Ay-ay! Misschien was ik voorbarig!’

Simone hoort gelach en kijkt op van haar boek. De Jacksons hebben een groepje jongens naar zich toe gelokt. Het zijn er drie, met een zongebruinde huid en zoutgebleekte krullen die voor hun ogen vallen terwijl ze naar dat ding in het zand kijken, wat het ook maar is. Eentje, de langste, wroet in de zak van zijn lange surfshort, die aan dit stuk strand net zo goed van pas komt als een haaiennet, en geeft iets aan Milly wat, als ze een hulpstuk uitklapt, een Zwitsers zakmes blijkt te zijn. De tweeling zit er gehoorzaam bij, zij aan zij, met hun benen recht voor zich uitgestoken in een v-vorm en omhoogwijzende tenen. Haar halfbroertje danst op zijn tenen en steekt opgewonden zijn handen op, met gespreide vingers, op die stomme manier van hem.

Nieuwsgierig geworden laat ze Fred Wemel voor wat hij is en drentelt naar het groepje toe. Milly ziet haar aankomen, trekt een grimas en doet vervolgens of ze haar niet ziet. Ze moeten me niet, denkt Simone voor de miljoenste keer. Ze hebben me nooit gemogen. Het is alsof ze me wantrouwen. Wat ik ook doe, als ze me zien aankomen, keren ze me de rug toe. Ook toen we nog klein waren al. Zouden ze weten dat ik weet hoe ze me noemen? Slijmerige Simone. De Klever. De Kleine Zeemeermin. En, dit jaar, Nie-Klone. Waarschijnlijk niet. Het komt waarschijnlijk niet in ze op dat als zij iemand niet zien, dat nog niet wil zeggen dat die persoon er niet is.

Ze bereikt het groepje en ziet waar iedereen naar kijkt. Het is een kwal zo groot als een dinerbord, een diepwaterdier dat van god mag weten waar is aangespoeld. Mooi, op zijn eigen manier: opaalwit met een heel lichtroze binnencirkel. En India heeft hem opengesneden met het zakmes. Alsof het een taart is. 'Kijk,' zegt ze. 'Hij heeft luchtbelletjes. Zo zal hij wel drijven. Hoe krijgen ze de lucht er in vredesnaam in?'

'Ik denk dat ze zo geboren worden,' zegt een van de jongens.

'Ja, maar naarmate ze groter worden, moeten ze toch meer lucht krijgen? Snap je wel? Waar halen ze die vandaan?'

'Weet je zeker dat hij dood is?' vraagt Simone.

Een van de jongens kijkt op, werpt een taxerende blik op haar en stelt vast dat ze niet fascinerend is. 'Nu wel,' zegt hij, met een smachtend soort begerigheid naar Milly kijkend. 'Hij voelt trouwens toch niks. Kwallen hebben geen hersenen. Het zijn de enige dieren die geen hersenen hebben.'

'Nou, niet helemáál de enige,' zegt Milly. Ze kijkt nadrukkelijk naar Simone en de hele groep barst in lachen uit. Simone voelt haar wangen gloeien.

'Dit is Simone,' stelt India haar voor, en weer hoort ze de klank van een grap in de toon; een grap die zij zoals altijd niet mag horen.

'Hoi Simone,' zegt de jongste jongen, en weer voelt ze het leedvermaak door de groep golven.

Ze stuurt de aan haar toevertrouwde kinderen naar de groep en gaat zwemmen. Ze zwoegt tegen de stroom op, twintig meter voor de kust, en herhaalt haar dagelijkse mantra's eindeloos. Het duurt nu niet lang meer. Niet lang meer. Ik kan wel zonder vrienden. Ik heb hun goedkeuring niet nodig. Ik kan wel zonder vrienden. De enige die ik nodig heb, is Sean. Tijd, tijd, tijd. Het enige waar ik op wacht, is het verstrijken van de tijd. Op een dag zal dit allemaal achter me liggen.

Niemand gelooft op zo'n manier in de liefde als ik. Als ik het ze zou vertellen, zouden ze me uitlachen. Ze denken dat je op je vijftiende nog niet weet wat je wilt, laat staan dat je het op je zevende al zou weten, maar ik heb het altijd al geweten. Ik wist het gewoon. Zoals ik ook wist hoe je moet eten, of hoe je moet ademhalen. Ik wist het toen en ik weet het nu. En als ik maar wacht, wacht, wacht, zal hij het op een dag ook weten.

Wanneer ze uit het water komt, hijgend van inspanning, neemt ze de tijd om zich aan te kleden, met aandacht voor elk detail, want straks is het tijd om terug te gaan naar het huis. Ze heeft een grote strandtas bij zich waar alles in zit wat ze nodig heeft. Haar huid is plakkerig van het vocht en het zout, dus ze moet hopsen en springen om in haar witte shortje te komen, en dan knoopt ze haar topje weer boven haar middenrif. Ze wrijft haar armen en benen in met bodylotion met lavendelgeur, want op haar tiende heeft ze hem in Zuid-Frankrijk horen uitroepen hoe gek hij op die geur was, en kijkt of de lak op haar teennagels niet onder het schurende zand heeft geleden. Ze haalt het zwemknotje uit haar haar en kamt het langzaam uit, heel langzaam, met een beetje serum om te zorgen dat het glad en soepel over haar schouders en rug golft. Ze pakt haar spiegeltje en controleert of haar mascara echt waterproof is. Brengt een zweempje heel lichtbruine lipgloss aan. Pas als ze klaar is en haar tas staat in te pakken, dringt het tot haar door dat ze verderop op het strand om háár lachen.

'God, moet je haar zien. Straks bet ze haar poes nog met parfum.'

De jongens lachen gegeneerd. Ze zijn niet erg wereldwijs vergeleken met de gasten die Milly en India in Camden Town tegenkomen; het zal wel het verschil zijn tussen Londen en Salisbury, waar zij vandaan komen. Maar het zijn wel jongens, en Josh, die met zijn negentien jaar de oudste is, is best lekker op een slungelige manier.

India rekt zich uit in haar bikini, bestudeerd nonchalant met haar borsten pronkend. Milly voelt zich heel jong en onhandig naast haar. India is naar een andere school gegaan voor de bovenbouw en in het jaar dat ze daar nu zit, is ze snel volwassen geworden. Ik weet niet of ik daar al aan toe ben, denkt ze. Al die nieuwe mensen, en die gaan waarschijnlijk al jaren naar nachtclubs en zo. Ik neem aan dat ik een beetje moet oefenen, maar... jongens. Ik weet eigenlijk niet wat ik ermee moet. Ze lijken me niet zo interessant als meiden. Het is een en al voetbal en opscheppen, bij jongens. Ze heeft wel eens wat beleefd, want als je niet zo nu en dan op een vrijpartij wordt betrapt, kun je wel inpakken, maar die jongens waren onhandig en niet sexy, met hun ruwe huid en wroetende vingers. Het komt wel goed, denkt ze, als ik iemand tegenkom op wie ik val. Ik ben gewoon kieskeuriger dan India. Zij lijkt nooit ergens moeilijk over te doen. Zo gek. Ik ben meestal degene die te ver wil gaan, buiten de lijntjes kleuren en zien waar een avontuur me brengt, maar als het op jongens aankomt, lijken we tien jaar te schelen.

'Zo, is hier 's avonds nog wat te doen?' vraagt ze, en ze kijkt over haar zonnebril heen naar Josh.

13

Mensen vergelijken tienermeisjes vaak met dieren. Zo verbazend is dat niet: door hun lange benen en grote ogen moet je wel aan herten, veulens en katten denken als je ze ziet. Ik zag laatst een groep zestienjarige meiden die hun weg hadden gevonden naar een vernissage, wankelend op hoge hakken en gekleed in minimini-jurken; ik vond ze sprekend op een kleine kudde giraffes lijken, grazend in de Serengeti.

Ruby ziet eruit als een jaarlingveulen. Een Clydesdale-jaarling. Ze kleppert de kamer in op lompe plateauzolen met sleehakken, komt steigerend tot stilstand, snuift en schudt met haar manen. Oké, dat van het steigeren en snuiven verzin ik erbij, maar de rest klopt helemaal. Als ze ziet dat ik alleen ben, raakt ze even in paniek en danst een paar passen achteruit in een onhandige gavotte.

'O,' zegt ze, 'hallo.'

Ik ontvouw me en ga staan. Ze torent boven me uit. Op die schoenen is ze minstens een meter vijfentachtig. 'Hoi,' zeg ik.

Ze werpt me een onzekere poging tot een glimlach toe, waarbij ze zowel onder als boven een grote beugel onthult. Precies zo'n beugel als Indy en ik allebei moesten verduren, al heeft de hare een schrikbarende tint zwembadblauw. 'Jij bent Milly.'

'Inderdaad.'

'Je ziet er... anders uit.'

'Jij ook.'

Dat is zacht uitgedrukt. De laatste keer dat ik Ruby zag, kwam ze amper tot aan mijn heup. Het waren toen nog onvolgroeide kaboutertjes, een en al lippen met cupidoboogjes en zacht blond haar dat de hele tijd voor hun grote blauwe ogen viel. In feite was Coco het ideale ontvoeringsslachtoffer voor de rioolpers. Ze belichaamde al die fantasieën van blanken over hoe hun kinderen eruit zouden kunnen zien, al geven ze het niet meer toe. Ik had in geen miljoen jaar kunnen voorspellen dat een van die griezelige dubbelgangertjes er zo uit zou komen te zien. Net zomin als de politietekenaars die de poster van een dertienjarige Coco hadden gemaakt voor het tienjarig jubileum, lijkt het.

Ruby is wat je noemt een stevige meid. Tegen de een meter tachtig, met schouders die een balk over een bouwterrein zouden kunnen dragen en handen en voeten die doen vermoeden dat er nog meer gegroeid gaat worden. Ze mogen dan op hun moeder hebben geleken toen ze nog klein waren, het lijdt geen twijfel op wie zij nu lijkt. En ze heeft zwart haar. Synthetisch zwart, overduidelijk, met een kaarsrecht afgeknipte pony en roze, over haar schouders gedrapeerde punten, die echt knalroze zijn, het soort roze waar gynaecologische snufjes van zijn gemaakt. Haar huid is bleek, niet sneeuwwit, maar het bleek van gerezen deeg, en bedekt met een laag onhandig aangebrachte foundation, en haar wangen zijn rond van het kinderspek. Maar haar mond is nog hetzelfde: een perfect cupidoboogje, opvallend vol van kleur in contrast met haar gezicht. Boven de plateauzolen draagt ze een zwarte legging en een zwarte tricot jurk, en een vest dat het nodige moet hebben gekost op Etsy, zo bezet is het met crêperoosjes. En ze rammelt bij elke beweging. Ze moet tien, vijftien armbanden per pols dragen, een paar enkelbandjes, vier of vijf kettingen om haar nek, een stuk of vijf oorbellen en een neusring. Haar ogen, die nog steeds blauw zijn, zijn omcirkeld met een beverige streep zwarte eyeliner. Ze ziet er niet uit. En ze heeft mijn hart op slag veroverd.

Ze aarzelt in de deuropening. Uiteindelijk zegt ze: 'Bedankt dat je gekomen bent.'

'Geen dank,' zeg ik. 'Uiteindelijk zijn wij de enige twee die het echt begrijpen, hè?'

Ruby's kin beeft en ik zie dat het heel erg niet goed met haar gaat. Dat ze die make-up er voor mij op heeft gesmeerd, om te verdoezelen dat haar ogen roodomrand zijn en de huid eronder ruw van de zilte tranen. O, arm kind, denk ik, en opeens krijg ik zelf ook zin om te huilen. Niet doen, Mila, denk ik. Jij bent hier de volwassene.

'Hoe heb je het gehoord?' vraag ik.

'Peetmoeder Maria belde,' zegt ze.

'Ik vind het heel erg voor je, Ruby.'

Er verschijnt een rode vlek in haar hals, onder de kettingen. Ze weet zich geen houding te geven, staat handenwringend in de deuropening.

'Ik moet voor het donker de kippen voeren,' verkondigt ze, en ze slaat op de vlucht.

De thee is een troebel brouwsel met muntsmaak, en in de pot lijkt geen theezeef te zitten. Stukjes half doorweekte munt drijven op het oppervlak in mijn beker, omringd door olieachtige kringen. Ik proef een slokje en het is zo bijtend als nagellakremover. 'Je hebt zeker geen suiker?' vraag ik.

Claire lijkt ervan op te kijken dat ik het vraag. 'Eh, nee, sorry,' zegt ze. 'Ik heb wel honing, als je wilt? Ik heb een bijenkorf. Dan kan ik nog niet garanderen dat de bijen niet bij genetisch gemodificeerde planten komen, natuurlijk, maar het is beter dan niets.'

Aha. Ze is dus nog steeds een controlfreak, maar dan op een andere manier. Ze stroopt Knightsbridge niet meer af op zoek naar een geschikte nagelsalon; het is nu suiker-is-de-duivel en is-dat-fosfaatvrij? Typisch Paranoïde/Theatraal. Met duidelijk ook nog eens een dwangstoornis, om het af te maken. Ze gaat terug naar de keuken om een halfvolle jampot honing te halen. HONING, staat er op het etiket. Zou er ook een etiket met TANDENBORSTEL op haar tandenborstel zitten?

'Heb je zin in toast?' vraagt ze. 'We hebben geen koekjes, vrees ik.'

Natuurlijk heb je die niet. Sommige dingen veranderen nooit. Ik herinner me die lange, hongerige middagen na een saladelunch maar al te goed. Ik wil wedden dat je ook geen boter maakt van de melk van die geit. God mag weten wat je in plaats van vet gebruikt. Die toast zal hoogstwaarschijnlijk droog zijn. Na de zombieapocalyps zijn er geen koekjes meer.

'Nee, dank je,' zeg ik terwijl ik bedenk dat ik meer van die quiches had moeten kopen.

Als Ruby met rode wangen van de kou terugkomt, is het al donker. 'Ik heb de kippen, de varkens en de ezels gedaan,' zegt ze terwijl ze een sjaal van haar nek wikkelt.

'O, dank je wel, schat,' zegt Claire.

Ruby staart me aan alsof ze had gehoopt dat ik verdwenen zou zijn tijdens haar afwezigheid. 'Thee?' vraagt Claire.

Ze trekt een grimas. 'Nee, dank je.'

'Kom bij ons zitten.'

Er trekt bijna onmerkbaar iets over haar gezicht wat op angst lijkt, en dan loopt ze naar Roughage' bank en ploft erop. De hond maakt een piepgeluidje en legt zijn kin op Ruby's dij. Kijkt me strak aan.

'Zo, wat voer jij tegenwoordig uit, Milly?' vraagt Claire.

'Mila. Ik ben ontwerper.' Ik zeg altijd dat ik ontwerper ben. Als je zegt dat je kunstenaar bent, denkt iedereen meteen: trustfundhipster. Zeg dat je weinig doet en ze kijken alsof hun hoofd er bijna af valt, zo veel moeite kost het om de volgende vraag te bedenken. En trouwens, ik heb echt een paar logo's ontworpen voor de bedrijfjes van vrienden. Voornamelijk het importeren van hebbedingetjes en duurzame kleding uit oorden die zij als spiritueel beschouwen, zoals Indonesië, of dingen die met hennep te maken hebben. God, wat veracht ik mijn vrienden.

'Ontwerper! Wat ontwerp je zoal?'

'O, je weet wel,' antwoord ik luchtig. 'Merken neerzetten, vooral logo's en dergelijke. En labels. Ik ben goed in labels.'

Ik zou wel een paar labels voor je kunnen maken, denk ik. Je gebruikt er genoeg.

'O, wat goed. Je was altijd al creatief. Werk je bij een bedrijf?'

'Nee, zelfstandig,' zeg ik, en ik zie het 'Aha' over haar gezicht trekken. Nou ja. Ik wilde ook helemaal geen indruk op je maken, Claire. Je bent maar een secretaresse die het met mijn vader heeft gedaan.

'Ruby wil naar de kunstacademie,' zegt ze.

Ruby bloost.

'Dus kunst is jouw ding?' vraag ik.

'Ik vind het leuk. Ik weet niet of ik er goed in ben of niet.'

'O, kom op,' zegt Claire. 'Ze had een negen voor haar deelexamen culturele en kunstzinnige vorming vorig jaar. En ook voor Engels, en voor Frans.'

'Wauw.' Waar komt dát stel hersens vandaan? 'Waar zit je op school?'

'O, ik zit niet op school,' zegt Ruby.

'Ik geef haar thuis les.'

'Thuis? Ik dacht dat dat iets was voor christenen en zo? Ben je christelijk geworden? Hoe stem je dat af op de overheidseisen?'

Ik heb het nog niet gezegd of ik besef dat ik het binnen had moeten houden. Claire lijkt een beetje gepikeerd. 'Nogal makkelijk,' zegt ze. 'Ik zou denken dat je uit drie deelcertificaten op je veertiende wel kunt afleiden dat het werkt, niet?'

'En ik ga naar begeleiders voor de dingen die zij niet doet,' zegt Ruby. 'Ik doe wis- en natuurkunde in Lewes en filosofie in Hove.'

'Ja,' zegt Claire, en ze trekt een wenkbrauw op.

Maar ben je niet bang, wil ik vragen, *dat ze compleet gehandicapt raakt, zo hier met jou op die heuvel, met jouw gedram over additieven en niemand anders om mee te praten?* Want neem maar van mij aan dat ze geen vrienden gaat maken met gesprekken over Wittgenstein tot ze minstens zeventien is, en dan zal zo'n vriendschap nog niet langer dan een half jaar duren.

'Ze gaat naar de jeugdclub in het dorp,' zegt Claire alsof ze me heeft horen denken. 'En ze wordt continu bij andere mensen uitgenodigd. En we gaan uit, váák. Naar musea en de schouwburg en de bioscoop en dergelijke.'

Ruby kijkt herhaaldelijk heen en weer van haar moeder naar mij, maar ze zegt niets. Ik besluit van onderwerp te veranderen. 'Zo, wanneer ben je hierheen verhuisd?'

Claire ademt in, gaat mee met de omschakeling. 'Toen Ruby vijf was. We hebben een jaar in Spanje gezeten, maar... nou ja. Het was heerlijk en zonnig, en we werden er met rust gelaten, maar het voelde als een ballingschap.'

Je bént ook in ballingschap, denk ik. Je verstopt je nog steeds waar niemand je kan vinden, in een gehucht waar het grote huis duidelijk de lakens uitdeelt. 'En toen heeft Tiberius ons gered. Letterlijk,' vervolgt ze. 'Ik kende hem uit mijn jeugd, en hij spoorde me op toen ik op mijn diepste dieptepunt zat. Het was gewoon mijn redding, deze plek. Ik weet niet wat ik zonder had moeten beginnen. Hij zei dat hij het moeilijk kon verhuren vanwege de ligging. Ik dacht op dat moment aan Wales. Ergens in Snowdonia of zo. Waar het goedkoop is. Maar dit is beter. Ik wil niet dat Ruby opgroeit zonder toegang tot de wereld, al stuur ik haar dan níét naar school.'

Dat laatste komt er bits uit. Ik denk dat ik wel weet wat ze eigenlijk bedoelt. Mijn laatste drie schooljaren waren min of meer een hel, na het Coco-gedoe; elk experiment met mijn uiterlijk liep uit op een bezoekje aan de therapeut, ouders van medeleerlingen wilden me niet in hun huis hebben omdat... Waarom eigenlijk niet? Uit angst dat ik hun kleinere kinderen zou stelen? Of uit angst dat ik hun *Sunday Times* zou zien liggen, met de lange artikelen over mijn familie en mij?

'Maar goed,' zegt ze. 'Ik moet verder met het avondeten. We eten hier vroeg. Vroeg naar bed, vroeg op. Het is de gezonde manier van leven. Weet je zeker dat ik je niet kan verleiden een glas rabarberwijn te proeven?'

Ik ben weer alleen met Ruby. Ze krabt Roughage in zijn nek en Roughage gromt goedkeurend.

'Ze wil me alleen maar beschermen,' zegt ze. 'Na Coco... Ze is bang, snap je? Ze wil mij niet ook nog kwijt.'

Ik neem de tijd voor mijn antwoord en laat mijn blik over de Coco-muur glijden. Een lok blond haar, bijeengehouden door een lint. Een gehavende barbie die eruitziet alsof haar gezicht eraf is geknaagd. Een doopdeken, ingelijst aan de muur naast de stellingen. Handafdrukken in een plak gips. Ze is er nog niet overheen, helemaal niet. Hoe zou ze ook?

'Modern eten zit vol smerigheid,' zegt Ruby alsof ze een mantra opdreunt. 'Er krijgen zo veel mensen kanker van. Ze wil gewoon goed voor ons zorgen.'

Het is een ziekte van deze tijd, die neurotische angst om door je eten te worden vergiftigd. We hebben nog nooit zo gezond gegeten, er is makkelijker aan te komen dan ooit, de medicijnen zijn zo doeltreffend, en toch bezorgen mensen hun kinderen rachitis door te besluiten dat ze aan lactose-intolerantie lijden. Zouden alle inentingen Ruby ook zijn onthouden?

'Het geeft niet,' zeg ik. 'Als je maar gelukkig bent.'

Ze geeft geen antwoord, maar buigt naar voren en zoent Roughage herhaaldelijk op zijn snuit. Jezus. Als ik haar was, zou ik mijn gezicht niet in de buurt laten komen van die tanden.

'Wat verwacht je van het komende weekend?' vraag ik.

Ze richt zich op en kijkt me weer aan. 'Ik weet het niet.'

'Het wordt pittig.'

'Dat weet ik wel. Maar ik wil het doen.'

'Ik moet de grafrede houden,' zeg ik tegen haar. 'Wil je me daarmee helpen?'

Ze fleurt op. 'Natuurlijk!'

'Iets als... een anekdote of twee, misschien? Iets poëtisch over wat je voor hem voelde?'

'Voelt,' verbetert ze, en haar gezicht staat weer op huilen. O, Ruby, denk ik. Wat moet ik beginnen? Je hebt zo duidelijk behoefte aan een knuffel, aan iemand die zijn armen om je heen slaat en zegt dat het wel goed zal komen, maar ik ben wel de laatste die je dat kan bieden. En je moeder kan het ook niet.

'Heb je al gepakt?' vraag ik. 'We moeten vroeg vertrekken. Het is een uur of vijf rijden, en dan moeten we de plek ook nog vinden.'

'De plek vinden? Weet je niet waar het is?'

'Ik weet het adrés wel,' zeg ik.

'Ben je er nooit geweest?'

'Nee. Ik... Simone, weet je...'

Ze kijkt eerst verbaasd, dan opgelucht. 'O. Ik dacht dat het aan mij lag,' zegt ze, en ze wendt haar blik af.

'Nee, het ligt niet aan jou.'

Het avondeten bestaat uit varkenskarbonade met bloemkool en quinoa. 'Ik heb niet gevraagd of je nog wel vlees eet,' zegt Claire, die resoluut een glas rabarberwijn bij mijn placemat zet. De tafel is lang en robuust, een groot blok ruw gehouwen iets dat mooi zou zijn als je het kon zien, maar de hele tafel ligt vol spullen. Papieren en ongeopende enveloppen en gereedschap en opgevouwen kleren en boodschappentassen vol lege potten en een stuk of twintig schoolboeken. Ze heeft plaats voor mij vrijgemaakt door een paar dingen opzij te schuiven en ze heeft kaarsen op schoteltjes tussen ons in gezet in een poging het er leuk uit te laten zien. De werkbladen in de keuken zijn ook rommelig. Bij het fornuis is een vrije ruimte van ongeveer dertig bij dertig centimeter; ik vermoed dat ze daar een snijplank in propt. Wanneer ze een kast openmaakt om zout voor me te pakken, zie ik haar in een automatisme een hand opsteken om te voorkomen dat ze de inhoud in haar gezicht krijgt. Op de koelkast meer kindertekeningen, bevestigd met magneten, vergeeld van ouderdom, met opgekrulde randen.

'Dank je,' zeg ik, 'ik ben dol op vlees.'

'Dit was Blossom,' meldt Ruby droefgeestig-geestig.

'Ik heb toch gezegd dat je ze geen namen moet geven,' zegt Claire. 'Heb ik niet altijd gezegd dat je dat niet moet doen?'

'Het was een uitgesproken vriendelijk varken,' vervolgt Ruby alsof ze haar niet hoort. 'Ze hield van klokhuizen en lekker hard krabben achter haar oor.'

Ik snij een stukje Blossom af en stop het in mijn mond. Het is droog, zonder vet gebakken, maar heerlijk mals. 'Ze heeft duidelijk een goed leven gehad,' zeg ik. 'Dat proef je aan het vlees.'

Als Claire naar het aanrecht loopt om de waterkaraf te vullen, strooi ik stiekem zout over mijn bord. De bloemkool is gestoofd, met niets, en de quinoa is gekookt, zonder boter. Hoe heeft Ruby zo fors kunnen worden, vraag ik me af, op een dieet dat volkomen gespeend is van genot? Ruby brengt een vinger naar haar lippen en reikt naar de pot met zout. 'Nee, Ruby,' zegt Claire, die nog met haar rug naar ons toe staat. Ze moet naar onze weerspiegeling in het raam hebben gekeken. 'Zout is alleen voor gasten, weet je nog?'

Ruby trekt haar hand terug en gaat verder met in haar bloemkool prikken.

'Er zit van nature al genoeg zout in groente,' doceert Claire. 'We hoeven onze slagaderen niet dicht te laten slibben.'

Ik overweeg haar te vertellen dat in feite maar tien procent van de bevolking gevoelig is voor zout, maar besluit het te laten lopen. Ik heb lang geleden al geleerd dat als iemand eenmaal een geloof heeft aangenomen, het weinig zin heeft om te proberen het hem uit het hoofd te redeneren. En trouwens, ik probeer mezelf af te leren zo'n betweter te zijn.

Claire komt terug naar de tafel en schenkt ons water in. Ik verwacht half en half dat het een exquise bronwater met veensmaak zal zijn, maar het is gewoon gemeentepils. Ze gaat zitten. Neemt een hap quinoa op haar vork en kauwt er een minuut of twintig op.

'Goh, wat leuk om je te zien,' zegt ze.

'Insgelijks,' antwoord ik beleefd. Ik heb de familietraining nooit kunnen afleren. Ik lieg in een reflex als de goede manieren op het spel staan, maar ik kan het gebrek aan enthousiasme nooit uit mijn stem houden.

We gaan om tien uur naar bed, maar dan val ik al bijna om. Proberen een gesprek te voeren met iemand die je je hele leven hebt gehaat, is een uitputtingsslag. Mijn kamer is aan het eind van de gang, naast een piepklein badkamertje dat zo te zien in de jaren veertig is geïnstalleerd. Er staat een eenpersoonsbed en een houten krat met een lap batik erover die vloekt bij het bloemetjesbehang, met daarop een lamp, een kofferrek en nog een stuk of vijftig dozen die drie rijen dik tegen de muren zijn opgestapeld. Ik kom in de verleiding erin te kijken om te zien wat ze daar bewaart, maar ze zijn dichtgeplakt met afplakband en ik vertrouw er niet op dat ik ze weer zo netjes dicht kan krijgen dat ze niet kan zien dat ik erin heb gekeken. Hier geen etiketten. Alleen onbeschreven karton en een laag stof in de vensterbank. Ik stel me tevreden met het stilletjes openen van de kastdeur en naar binnen kijken. De kast ligt tjokvol opgerolde kleren, opgepropt als een matras. Ze puilen naar me uit, dreigend de kamer in gelanceerd te worden en nooit meer in de kast te passen, en ik doe snel de deur weer op slot, voordat ze kunnen ontsnappen.

Ik poets mijn tanden in de badkamer en was me snel even met mijn nachtpon aan, want het is echt ijskoud hier boven. Ik kan me niet voorstellen dat iemand ooit lekker lang zou willen weken in dat bad met de doucheslang achter de kranen langs gedrapeerd, althans niet 's winters.

Hoe heeft dit kunnen gebeuren? Pap mopperde na de scheiding altijd dat ze hem had uitgekleed, dus waarom leven ze nu dan zo armoedig? Denk erom, ik herinner me dat hij hetzelfde zei over mijn eigen moeder toen ze een deel wilde van een fortuin waarvoor de kiem was gelegd met haar eigen erfenis. Sean was altijd een beetje 'wat van mij is, is van mij', denk ik. En wat van jou is, wil eigenlijk ook van mij zijn. Zo worden de rijken rijk, en daarom zijn ze zo wantrouwig ten opzichte van steuntrekkers.

Er zijn radiatoren in alle kamers, maar ze staan allemaal op de vorstbeveiligingsstand, niet hoger. In de keuken, waar een stokoude AGA de boventoon voerde, was het warm, en de geurige hitte van het houtvuur in de woonkamer hield de kou uit de andere kamers beneden nog op afstand, maar hier kan ik me voorstellen dat er morgenochtend ijsbloemen op de binnenkant van mijn ramen zitten. Het bed zelf voelt een beetje klam aan, maar dat kan ook de langetermijnkou zijn die uit de springveren mijn lichaam in sijpelt. Ik trek een trui aan over mijn nachtpon, kruip met mijn sokken aan onder het dekbed en vraag me af hoeveel andere mensen in deze kamer hebben geslapen sinds Claire hier woont, als er al iemand heeft geslapen. Ik weet niet eens of ze familie heeft, afgezien van Ruby. Er was in elk geval geen spoor van te bekennen tijdens het Coco-tijdperk. Het is een vreugdeloos soort kamer, niet bedoeld om gasten aan te moedigen nog even te blijven. Het behang begint boven in een hoek los te laten en de vloerbedekking is tot op de draad versleten.

Ik weet dat het huis niet bepaald leeg is, maar waar zijn alle spullen gebleven? Ik herinner me Claire als de Eeuwige Shopper, altijd bezig haar huizen te vullen met vormeloze 'moderne kunst' en glas en chroom en prullaria voor op de tafels; ze zette het ene paar ongedragen naaldhakken naast het andere in haar inloopkast, alsof dat het kostelijke bewijs was van haar succes in het leven. 'Het is voor je vader,' zei ze voelend aan een lap geborduurde satijn, een staaltje geplisseerde lycra of een hemdjurk met de naam van een belegen Italiaan langs de halslijn geblazoeneerd. In zekere zin was het een vorm van ziekelijk hamsteren, denk ik, maar dan maatschappelijk aanvaardbaar, terwijl het opbouwen van een verzameling roestige auto-onderdelen of wilde katten dat niet is. Er stond, lag en hing veel meer in die inloopkast dan ze ooit in een jaar zou kunnen dragen, maar ze bleef de inhoud maar aanvullen, met een bijna religieuze toewijding, en ze stuurde het personeel bij elke seizoenswisseling naar een opslag in Battersea om oude voorraad weg te brengen en nieuwe op te halen. De opeenhoping hier is net zo goed georganiseerd, verborgen voor spiedende blikken door obsessief gebruik van dozen, maar ik hoef maar in die kast te kijken om te weten dat die kartonnen dozen een wormgat zijn naar de totale chaos.

Zo is ze altijd al geweest, denk ik. Strakke discipline aan de oppervlakte en die jankende leegte eronder. Daarom klampen zo veel mensen zich zo krampachtig vast aan hun schijn van orde: hun gewoonten, roosters, rituelen, diëten, personal trainers, persoonlijke verzorging en ethiek. Het draait allemaal om de angst voor de chaos eronder.

Dat geldt zeker voor India. Niets in haar leven is echt tot het is afgevinkt op een lijst. Voor ons kwam de kennismaking met de leegte zo vroeg dat we altijd maar twee keuzes hadden: of ons hele leven dapper strijden om het tij te keren, zoals zij doet, of, zoals ik, de waarheid erkennen en de chaos laten heersen.

14

2004 | donderdag | Charlie

‘Kunnen de meiden het niet doen?’

Claire Jackson wendt de blik hemelwaarts. ‘Welke meiden? Want als je de dochters van mijn man bedoelt, veel succes met zoeken.’

‘O,’ zegt Charlie ontmoedigd. ‘Zijn ze ervandoor?’

‘Zo zou je het kunnen noemen. Linda heeft ze een half uur geleden naar de pont zien lopen. In minirokjes.’

Ze is groenten aan het snijden. Ze halveert kerstomaatjes en snijdt wortels, bleekselderij en bloemkool in dunne reepjes. Op het aanrecht, naast de snijplank, liggen bloedeloos uitziende voorverpakte biologische kipfilets, ham in de kleur van een bruidsmeisjesjurk en volkoren pitabroden. Imogen dekt de tafel met miniatuurbestek en plastic borden, vult tuitbekers met verdund sap en verzamelt een schijnbaar eindeloze stroom peuters die in stoelen gegespt moeten worden. Zijn die kinderen wel allemaal van ons, vraagt hij zich af. Het lijken er zo veel. Heeft Imogen er onderweg hierheen een paar bij verzameld zonder dat ik het heb gemerkt, gewoon om de algehele vruchtbaarheid bij te benen? Dat mens van een Linda kan er toch met geen mogelijkheid drie hebben uitgepoept? Haar buik is zo plat als de Norfolk Broads.

'Ze kunnen toch niet ver weg zijn?' vraagt hij hoopvol.

'Maak jezelf maar niks wijs,' antwoordt Claire. 'Als ik iets weet van het soort minirokjes dat die twee droegen, zal het ze geen enkele moeite hebben gekost om een lift te krijgen. Ze zouden al overal op het schiereiland kunnen zijn.'

'Ben je niet ongerust?' vraagt Imogen.

Claire haalt haar schouders op. Ze heeft er nooit echt een geheim van gemaakt dat Seans eerste leg haar tegenstaat. 'We zijn hier in Purbeck, niet in Peckham. En het zijn Seans kinderen, niet de mijne,' zegt ze botweg. 'Trouwens, ze hebben telefoons.'

Wauw, denkt Charlie. Jij bent echt een harde, hè? Geen wonder dat hij je zat begint te worden.

'Nou, wat moeten we dan doen?'

Claire trekt een lelijk gezicht. 'Ik geloof niet dat "we" iets moeten doen. Me dunkt dat jíj net als mijn echtgenoot champagne gaat drinken in de tuin terwijl de vrouwen de kinderen voederen en in bed stoppen.'

Hij doet zijn mond open om iets terug te zeggen, maar vangt net op tijd Imogens blik. Niet doen, zegt die. Haal het niet in je hoofd. Charlie kent Imogen lang genoeg en heeft vaak genoeg haar blik gecheckt op parlementaire cocktailparty's om zich niets meer aan te trekken van haar oordeel op het hele sociale vlak. Hij kijkt naar de kinderen. In groepsverband, met hun staarogen, open monden en slakkensporen van neus naar bovenlip, vindt hij kinderen nogal beangstigend, net een kudde kleine zombies. Stiekem is hij best blij dat ze zelf nooit kinderen hebben gekregen, al doet de graagte waarmee Imogen zich met ze inlaat vermoeden dat zij er meer problemen mee heeft. Hij ziet zijn kans schoon om te vertrekken.

Sean heeft zijn gezelschap op de Indonesische teakhouten banken in het prieel bij het zwembad verzameld. De vreemde dokter, Jimmy, zit al een joint te draaien; Robert en Maria Gavila zitten hand in hand; Linda de styliste heeft zich opgekruld als een siamees, op de een of andere manier zowel decent als lichtelijk obsceen in een strak jurkje dat elk uur dat ze op de sportschool heeft doorgebracht laat uitkomen. Die vreemde kleine Simone, die het eerlijk gezegd beangstigende shortje dat ze aanhad toen hij hier kwam heeft verruild voor een zeegroene maxi-jurk, kijkt naar Sean zoals een konijn naar een slang kijkt. Of is het zoals een slang naar een konijn kijkt? Hoe dan ook, Sean wekt althans de indruk dat hij er niets van merkt. Zo zit ze al vanaf haar tiende naar hem te staren, denkt Charlie. Die gigantische kalverliefde van haar zou gênant zijn als hij er ook maar een seconde notitie van nam.

Sean heeft een sigaar opgestoken en leunt achterover in de kussens als een pasja in een harem. 'Ha, Clutterbuck!' roept hij. 'Dat werd tijd ook! Glaasje prik, ouwe jongen?'

'Geef mij maar een lijntje!' zegt hij, en hij laat zich op een stoel vallen. Het heeft veel langer geduurd dan hij zou willen voordat dit weekend begon. Het is het laatste weekend van het zomerreces en komende woensdag zit hij weer achter zijn bureau. En gezien de verkiezingen van volgend jaar zal het alle hens aan dek worden. Hij voelt zich een beetje eind-van-de-schoolvakantieachtig en wil alles uit de tijd halen die hij nog heeft.

Maria schenkt een glas Veuve voor hem in. Hij slaat de helft in één teug achterover en slaakt een voldane zucht. Sean en Robert zijn zijn oudste vrienden. Hij krijgt zelden de kans om zich zó op zijn gemak te voelen. 'Ha, dat lijkt er meer op,' zegt hij. Hij heeft echt wel zin in een lijntje, maar zolang Simone erbij is zal hij moeten wachten, neemt hij aan.

'Alles goed binnen?' vraagt Robert.

'Etenstijd voor de kinderen,' zegt hij, en hij wiebelt met zijn hoofd.

'O,' zegt Maria. 'Maken ze het goed? Is Joaquin er ook?'

'Ja, die is er ook. Hij heeft de bongo's in de hoek van de woonkamer ontdekt.'

Linda verplaatst haar gewicht naar haar andere elleboog. 'Dat zijn echte zebrahuiden,' zegt ze vol trots. 'Ze brengen het wit van de vloertegels en het zwarte marmer van de schouw bij elkaar.'

Vijf paar ogen schieten haar kant op en weer terug naar Charlie. 'Misschien moet ik gaan helpen,' zegt Maria onwillig. Ze lijkt zich lekker te voelen, zoals ze tegen een rolkussen met een kelim erover hangt.

'Ik ga wel,' biedt Simone met haar kinderstemmetje aan.

'Ha, wat een brave meid,' zegt Sean. Ze straalt alsof iemand een schijnwerper op haar gezicht heeft gezet. God, het is bijna zielig, denkt Charlie. Ze smeekt als een spaniëltje om aandacht.

Simone komt langzaam overeind, waarbij ze haar buik ver intrekt. Ze rekt zich uit en steekt haar piepkleine borsten naar voren. De volwassenen kijken haar allemaal zwijgend na als ze heupwiegend over het gazon wegloopt.

'Ze wordt groot,' zegt hij zodra ze binnen is.

'Niet doen,' zegt Maria. 'Straks moet ik haar nog in een verduisterde kamer opsluiten of zo.'

'Hm,' bromt Charlie. 'Ik zou me maar niet te ongerust maken. Ze heeft maar oog voor één man.'

'Let maar op,' zegt Sean. 'Daar groeit ze wel overheen.'

'Dat mag ik verdomme wel hopen,' zegt Robert. 'Als je denkt dat ik haar ga weggeven op je bruiloft, zit je ernaast, maatje.'

Maria huivert theatraal. Linda gaat weer verzitten, trekt haar eigen buik in en duwt haar borsten naar voren. Ze maakt geen aanstalten zich in het voedergeweld te storten; een bewonderenswaardig geloof dat andere mensen het wel zullen opknappen als ze niets doet. De borsten zijn onevenredig groot in vergelijking met haar slanke lijf. Vergroot, denkt Charlie. Ze zullen de standaardmaten nog moeten aanpassen als al die ambitieuze meiden blijven aanstormen om een dubbel D op hun lijf van maat 36 te laten plakken. Hij heeft het zelf niet zo op neptieten. Hij heeft liever minder opvallende vrouwen. Maar je wilt ook geen hoerige vrouw als je naar het kabinet streeft.

'Hoe zit het met het kindermeisje?' vraagt hij.

Sean neemt een lange haal van zijn sigaar en blaast een lange sliert rook de avondlucht in. Aan de andere kant van de lage tafel steekt Jimmy zijn joint op en houdt zijn adem in als een diepzeeduiker. 'Ja, sorry,' zegt Sean. 'Polly Paranoia had zich in haar hoofd gehaald dat ze uitgerekend dit weekend ontslagen moest worden.'

'Waarom?'

Sean reikt naar de champagne. Er staan al drie lege flessen op de bijzettafel. Het is wel duidelijk dat niemand van plan is halve maatregelen te nemen. 'Even onder ons, maar als ik zo veel vrouwen neukte als zij denkt, had ik al een hartverlamming gekregen.'

'God,' zegt Charlie, 'vrouwen,' alsof de verdenkingen van elke vrouw vanzelfsprekend het resultaat zijn van psychische problemen. Imogen heeft nooit geklaagd over het grote verloop onder de parlementair onderzoeksmedewerksters op zijn departement.

'Het zal wel onvermijdelijk zijn, tot op zekere hoogte,' zegt Robert, 'gezien de manier waarop jullie eigen relatie is begonnen.'

Charlie lacht als een donderslag. 'Die zit, Robbo! Die zit!'

'Zakkenwasser,' zegt Sean, maar hij lijkt niet echt beledigd. Jimmy geeft de joint door aan Linda, die een korte hijs neemt en hem doorgeeft aan Sean. Hun vingers strijken langs elkaar bij het overnemen, en het duurt zo lang dat het geen ongelukje kan zijn. Aiaiai, denkt Charlie. Zo te zien is het kindermeisje niet de rivale.

'Dus dat is dat?' vraagt hij. 'Het hele weekend niemand om voor de kinderen te zorgen? Had je geen uitzendkracht kunnen vinden of zo?'

Sean schudt zijn hoofd. 'God,' zegt hij, 'het is wel duidelijk dat jíj nooit kinderen hebt gekregen.'

'Ik wilde mijn quotum aan jou schenken, ouwe jongen,' zegt Charlie. 'Zo te zien heb je het nodig.'

Sean zuigt zijn longen vol rook en ziet er heel even uit alsof hij ze meteen weer leeg gaat hoesten. Charlie vindt het akelig stinken. Heel anders dan toen ze nog studeerden. In zijn herinnering was het toen welriekend, had het niet die scherpe, chemische lucht die nog eeuwen nadat de gebruiker is vertrokken als gesmolten teer in Londense bushokjes blijft hangen.

'Heb je ooit geprobeerd in het lange weekend van augustus stante pede iemand te krijgen? Het zit er niet in, vriend. We staan er alleen voor.'

'Nou, maar we hebben tenminste de meiden nog,' zegt Maria. 'Die kunnen bijspringen.'

'Ik zou niet te veel van de mijne verwachten,' zegt Sean. 'Die hebben al de pest in omdat ik was vergeten dat ze zouden komen. Ze schijnen zich al naar de vleespotten van Purbeck te hebben begeven.'

'Was je vergeten dat ze zouden komen?'

'Tja, of Heather wilde mijn verjaardag verzieken. Wat mij waarschijnlijk lijkt, niet dan?'

'Leuke manier om over je kroost te praten,' zegt Robert.

'Niets erger dan een versmade vrouw,' zegt Jimmy, en het valt Charlie op dat hij zo'n krakende zeurstem heeft, net iets te hoog, een beetje mompelend, een beetje plat. De stem van een junkie. Ik moet zorgen dat we nooit samen op de foto komen, denkt hij. Ik wil wedden dat hij binnen vijf jaar een schandaal aan zijn broek krijgt en uit zijn ambt wordt gezet. Maar toch. Hij weet nu in elk geval dat de vreemden in de groep niet naar de roddelpers zullen rennen met hun verhalen.

Hij tast in het borstzakje van zijn poloshirt naar zijn pakje. Linda is zo attent geweest een lage tafel met een glazen blad midden in het prieel te zetten.

'Tja,' zegt hij, naar voren leunend. 'Dat hoeft het weekend toch niet te bederven?' En hij begint lijntjes te hakken.

15

2004 | donderdag | Claire

'Ik kan niet slapen.' Joaquin staat in zijn ogen wrijvend boven aan de trap.

Claire kijkt op de klok. Het is tien uur geweest. De mannen kijken op en gaan dan door met hun geschreeuw. Linda, die als een tuinkaboutertje op het keukeneiland tussen hen in zit, een Vogue rookt en de as in de spoelbak knipt, komt niet in beweging.

Maria tikt op haar hakken over de marmeren vloer. 'Dag schat,' zegt ze. 'Waarom lig jij niet in bed?'

'Jullie maken zo'n herrie dat ik niet kan slapen.'

Maria loopt gehaast naar boven, tilt hem op en draagt hem uit het zicht. Het derde bezoekje aan beneden van vanavond. Joaquin is al een keer eerder geweest en de tweeling, samen, hand in hand op het randje van een ramp boven aan de trap tot zij naar boven vloog en ze pakte. Claire twijfelt er niet aan dat ze snel genoeg weer terug zullen zijn.

'Misschien kunnen we beter verkassen,' zegt ze vaak. 'We maken wél een hoop herrie.'

'Maar waarheen?' vraagt Charlie op vernietigende toon. Hij slaat altijd een vernietigende toon tegen haar aan, Charlie Clutterbuck. Hoe kan een man met zo'n klein postuur zó op vrouwen neerkijken? Ze weet niet of zijn aversie tegen haar iets te maken heeft met een restje loyaliteit aan Heather, of hij haar gewoon als mens veracht of dat het domweg een genderding is, maar ze heeft niet de behoefte het uit te zoeken. Hij heeft pupillen als potloodpuntjes en zijn grijns met ontblote tanden is star, vreugdeloos, al zal hij wel denken dat hij eruitziet alsof hij zich kostelijk vermaakt. Misschien moet ik een lijntje nemen, denkt ze. Dat is het probleem met coke. Het is echt niet te harden om in het gezelschap van mensen te zijn die snuiven als jij niet meedoet. Het voelt alsof je een hond bent die wordt omsingeld door wolven.

Hij maakt een weids gebaar naar de open ruimte. Geen deuren om geluid tegen te houden, niets zachts om het te dempen. Het ziet er verschrikkelijk uit. Vuile glazen en asbakken, op hun kant liggende schoenen, lege flessen onder meubelen. Op de keukentafel, die grote plak gepolitoerd kersenhout, is het een zootje van halflege borden en wijnglazen. Dat moet ik morgen opruimen, denkt ze. Wat een weekend. Hij klaagt dat er geen kindermeisje is, maar toen hij zei dat hij geen huishoudster wilde omdat we op onze privacy gesteld zijn, wist ik al dat het zo zou aflopen.

'Toen ik klein was, waagden we het niet uit bed te komen als we eenmaal waren ingestopt,' zegt Imogen. Voor iemand die nooit zelf een kind heeft opgevoed, heeft ze er wel erg veel praatjes over.

'Dat verklaart een hoop,' zegt Claire met een bijtend sarcasme. Ze kan zich gewoon niet inhouden. Echt: of Imogen weet helemaal niet meer hoe het is om kind te zijn, of ze is zo mishandeld dat ze nu een reeks regels heeft waar niet aan valt te tornen en dreigde vanmiddag daarom een kind van drie haar kipnuggets af te pakken als ze haar erwtjes niet opat.

Imogen gaat er niet op in. Misschien heeft ze haar niet gehoord. Haar man loeit immers als een brandweersirene. 'De kinderen van Jimmy en Linda houden zich tenminste aan de regels,' zegt ze.

'Ja, daar hebben we een techniek voor,' zegt Jimmy, en hij zwaait met zijn joint alsof het een dirigeerstokje is.

'De tuin misschien?' oppert Claire. Alle deuren zijn opengezet in een poging te luchten, de muffe lucht te laten verjagen door een zeebriesje. Ze zou liever buiten zijn. Waar het koel is, op zo'n bank in het prieel. Misschien ga ik gewoon, denkt ze. Het afgelopen uur heeft toch niemand mijn aanwezigheid opgemerkt. Zelfs Maria neemt niet echt meer de moeite met me te praten. Ik ben de vorige vrouw. Niet boeiend meer nu ik Seans prinses niet meer ben.

'Zijn er stopcontacten voor de babyfoons in de tuin?' vraagt Imogen, die een scherp moment opkijkt van de rij lijntjes op het keukeneiland. De dingen die je ontdekt. Ze lijkt zo'n matrone als je haar in het tienuurjournaal streng achter haar pocherige echtgenoot aan ziet lopen, maar ze stofzuigert de coke op als een Frankfurtse hoer.

Claire zucht. De babyfoons staan naast elkaar opzij van het fornuis: die van de Gavila's en die van de Jacksons. De Orizio's hebben er geen. 'Niet nodig,' zei Linda zelfvoldaan toen ze ze inschakelden. 'Ze worden toch niet wakker. We hebben ze gedresseerd.' Claire houdt haar oor bij haar eigen babyfoon en hoort haar kinderen snuffelen in het donker boven haar. Ze zullen bij het krieken van de dag wakker worden, hoe laat de volwassenen ook naar bed gaan. Bij de gedachte alleen al voelt ze zich doodmoe.

'Nee,' zegt ze, en ze legt zich neer bij een lange nacht onder het felle schijnsel van de halogeenspots. Linda is zo'n styliste die denkt dat verlichting dient om elke onvolkomenheid in het schilderwerk naar voren te halen, elk stofje. Het is geen rustgevende kamer.

De visschotel waar zo goed over is nagedacht en die in een koeltas uit Londen is overgekomen, is grotendeels onaangeroerd gebleven omdat Charlie Clutterbuck zo veel coke heeft meegebracht dat de dealers in het noorden van Kennington het weekend vrij moeten hebben kunnen nemen van de winst.

Claire haat Charlie Clutterbuck. Als ze hem had ontmoet voordat ze er te diep in had gezeten om nog terug te kunnen, had ze zich misschien wel bedacht wat Sean betreft, zuiver op basis van zijn vrienden. Ze mag veel van zijn vrienden niet echt, maar Charlie spant de kroon: een wandelend stereotype van rechtse mannelijkheid. Een rood aangelopen kop, de tanden zo gebleekt dat ze niet meer echt lijken, een lok vettig haar die zich heeft losgemaakt van het achterovergekamde geheel en over het voorhoofd valt, de donderende stem die alles om hem heen overschreeuwt, de stekelige echtgenote met dat vertederde, vergoelijkende lachje als hij weer eens een groep mensen op een hoop veegt en afserveert. We hebben de Rooie Rakkers al gehad, de Gewone Man en de Poten en de Idioten; woorden die hij nooit in de mond zou nemen in een van zijn vele straatinterviews in *Newsnight*, maar waar hij graag mee strooit als hij denkt dat hij achter gesloten deuren is. Het is nog maar een kwestie van tijd voordat hij over de Zwartjoekels en de Geitenneukers begint, denkt ze. Gewoon een kwestie van tijd.

De jongens praten over zaken. In het bijzonder de bouwregelgeving en hoe die Seans opmars naar de wereldheerschappij kan belemmeren. 'Tja, dit kan ik je wel zeggen,' zegt Charlie, 'zodra de verkiezingen achter de rug zijn, wordt Monumentenzorg gekortwiekt. Stelletje godvergeten rooie bemoeials.'

'Ik zal je nog eens wat zeggen,' zegt Sean. 'Die flauwekul van die milieufreaks. Die heeft mijn portfolio letterlijk jaren gekost. Kloterige vleermuisbroedgebieden en zeldzame zandhagedissen.'

Robert Gavila, jurist en vennoot in de firma Kendall, Wright & Macy, schoolbestuurder en trouwe aanhanger van de Wandsworth Conservatives, leunt over het keukeneiland om zijn neus te poederen. Veert sneller dan het geluid weer op, likt langs zijn vinger en smeert het restje op zijn tandvlees. 'Aaaaah!' verkondigt hij.

'Ik vind het gewoon een schande,' zegt Sean, 'dat Tesco dagelijks een nieuwe hypermarkt lijkt te mogen openen terwijl ik nog geen garage aan een huis mag bouwen omdat het gotisch is.'

'Hé,' zegt Jimmy. 'Hebben jullie wel eens geprobeerd wodka te snuiven?'

Claire is om acht uur 's avonds opgehouden met drinken, toen het tot haar doordrong dat Simone en zij de enige nuchtere mensen in huis waren. Iemand moet zich verantwoordelijk gedragen, denkt ze. Simone heeft zich in de aanbouw teruggetrokken met de laptop en een dvd van *Love Actually*, dus ik sta er alleen voor. Ik ben bang dat die mensen stuk voor stuk in staat zijn een van de kleintjes van de trap te laten vallen.

Ze neemt haar gasten op, een voor een. De vier mannen, drie mollig door hun liefde voor chateaubriand, de dokter mager op die manier die doet vermoeden dat hij het avondeten regelmatig overslaat. Jimmy's huid is rozegrijs en hij heeft een bos zwarte krullen met witte toefjes erin die zijn leeftijd verraden. Hij lacht om alles, maar zijn lach heeft een vreugdeloos randje. Het dringt niet echt tot hem door wat de anderen zeggen, denkt ze. Hij lacht alleen om iedereen te laten zien dat hij zich vermaakt. Die Linda zal op een gegeven moment iets beters gaan zoeken, denkt ze. Ze is ambitieus, net als ik toen ik nog een idioot was. Haar lichaam goed in vorm houden ondanks de kinderen omdat ze haar opties open wil houden en haar flirtkunst oefenen op de echtgenoten van alle anderen.

En wat voor echtgenoten! Ze vinden zichzelf geweldig, lopen over van de zelfvoldaanheid. Haar dat ooit blond was, maar nu grotendeels weg is, harde, weerbarstige haren in hun oren. Ze hebben het soort achtergrond dat hen ervoor behoedt ooit te denken dat hun welvaart deels aan toeval te danken zou kunnen zijn. 'Ik heb me uit de náád gewerkt om te komen waar ik nu ben,' zouden ze allemaal zeggen als iemand het durfde te opperen, en ze hébben zich ook allemaal uit de naad gewerkt. Ze zijn allemaal vroeg begonnen en laat opgehouden, ze zijn door het stof gegaan en hebben hun vijanden genadeloos verpletterd. En toch, en toch. Bevoorrechten weten zelden dat ze bevoorrecht zijn. Sean klaagt continu over zijn belastingaanslagen en lijkt er nooit aan te denken dat je alleen belasting betaalt over geld dat je hebt ontvangen.

Charlie heeft opeens belangstelling gekregen voor de visschotel, die hij met een lepel uit de dienschaal eet, hap na hap zonder ook maar even om de hygiëne te denken. Als die lepel er niet was, zou hij waarschijnlijk met zijn vingers eten, denkt ze. Ik kan het restant dus morgen niet meer aan de kinderen geven. Ik wil wedden dat hij zijn melk ook regelrecht uit het pak drinkt en het dan weer in de koelkast zet.

Claire is eraan gewend de enige nuchtere te zijn in een kamer vol dronken mensen. Destijds was het vanwege de calorieën, en mannen merken toch nooit of je dronken of nuchter bent als ze zelf eenmaal een slok ophebben; ze gaan er gewoon van uit dat jij er net zo aan toe bent als zij. Sean was flink bezopen toen ze hem leerde kennen op de kerstborrel van de Gavila's, nu vijf jaar geleden. Ze vindt het al een tijdje jammer dat ze hem daar niet gewoon heeft gelaten.

Ze loopt met een glas montrachet naar het prieel. Schopt haar schoenen uit, nestelt zich op een bank en probeert zich af te sluiten voor het gezang dat uit het huis klinkt. De mannen zijn overgestapt op whisky, waar rugbyliederen op zijn gevolgd. Dit is niet wat ik in gedachten had, denkt ze. Toen ik hem leerde kennen, sloofde hij zich uit om indruk op me te maken met zijn verfijning. Het was een en al het Ritz in Parijs en eetzaaltjes voor ons tweetjes, al was dat meer om te zorgen dat Heathers vriendinnen ons niet zagen, denk ik. En nu ben ik getrouwd met een proleet van vijftig die met zijn mond open eet. Pas op wat je wenst, denkt ze met een sarcastisch lachje, want je zou het kunnen krijgen. Ik wilde geld en ik wilde status, en toen ik zag dat Sean het allebei had, wilde ik hem. Mijn verdiende loon, eigenlijk, want ik had geen recht op hem. En opeens ben ik alleen nog maar zo'n vrouw die iemands man heeft afgepakt, en dat vergeeft niemand je ooit echt, al zeggen ze van wel.

Ze nipt van haar wijn, die subtiel op de tong ligt. Er zijn ook goede dingen, denkt ze. Ik moet aan de goede dingen denken. De auto's en de huizen en de goedmaakdiamanten, en dat ik mijn lever nooit meer hoef te vergiftigen met slobberwijn. En het zal mijn meisjes nooit aan iets ontbreken. Hoeveel geld hij ook in Milly en India pompt, de alimentatie die maar door- en doorgaat, het schoolgeld, de skireisjes en die verdomde paardrijlessen, mijn kinderen zullen nooit iets tekortkomen, ook al ruilt hij me in. Misschien zou het wel béter zijn als hij me inruilde. Dan kon ik rustig mijn wijntje drinken en hoefde ik zijn geklaag over zijn aambeien nooit meer aan te horen.

Ze hoort dat haar naam door de open deur wordt gebruld. 'Wat is er?' roept ze.

In Seagulls, het voornaam vervallen, halfvrijstaande huis met granietpleister aan de andere kant van de schutting, wordt nadrukkelijk een raam dichtgeslagen. Ze zullen wel dol op ons zijn, denkt ze. Zes maanden verbouwen en nu dit.

'De tweeling is wakker!' roept Sean.

Ze speelt even met het idee te zeggen dat hij het zelf maar moet oplossen en zucht dan. In zijn toestand zal hij Ruby waarschijnlijk op haar hoofd op die harde tegelvloer laten vallen. Ze zet spijtig haar glas op de tafel en maakt zich los uit haar gerieflijke nest.

'Ik kom al!' roept ze.

'Kolere!' zegt Charlie. 'Slapen ze dan godverdomme helemaal nooit?'

'Je hebt het wel over onze peetkinderen, Charlie,' lalt Imogen.

'Ja, maar ze horen te slapen! Het is nu grotemensentijd!'

'Grotemensentijd?' herhaalt Claire. Charlie hangt als een vogelverschrikker op een eetkamerstoel, zijn benen recht als bezemstelen, zijn overhemd vol sigarenas, wijn-, whisky- en visschotelvlekken. Harde grijze krulharen piepen uit de open knoopjes. Robert en Maria zitten elkaar als tieners op een bank af te lebberen. Jimmy ligt op zijn rug op de schapenvacht met weer een joint, waarvan gloeiende vlokjes op de vernielde haren onder hem vallen. Linda doet een dansje, iets tussen bollywood en strippen in, en haar man staart naar de smalle taille en geprononceerde billen in haar zwachteljurk als een bedoeïen naar een waterpoel. Imogen wiegt Coco aan haar borst. Ze is weer in slaap gevallen, uitgeput door het aanhoudende op-en-neer van de avond, en haar hoofd wiebelt los tegen Imogens schouder. Imogen werpt Claire het soort 'Zie je wel?'-blik toe dat maakt dat ze haar met de vuurtang zou willen bewerken. Zie je wel? Voor mij wil ze wél slapen. Zie je wel? Mij kost het nóóit moeite om ze hun erwtjes te laten eten. Waar doet iedereen zo moeilijk over? Voor kinderen zorgen is een eitje.

'Het zal wel een uur of twee zijn,' zegt Maria. 'Misschien kunnen we sowieso beter naar bed gaan.'

'Ik zeg alleen...' mompelt Charlie. 'Hé!'

Hij kijkt op naar Linda en wankelt op zijn stoel als hij haar borsten in de nachtbries ziet deinen.

'Wat?' Ze maakt een draai, houdt haar armen als een ballerina boven haar hoofd en steekt een heup uit.

'Hoe komt het dat die van jou niet naar beneden zijn gekomen?'

'Zopiclon,' zegt ze.

'Zopiclon?'

'Zopiclon.'

'Fantastisch spul,' knerpt Jimmy vanaf de vacht. 'Ik vind het waanzinnig om arts te zijn.'

16

Ik schrik in het donker wakker. Er sluipt iemand door de gang langs mijn kamer. Ik hoor een deur opengaan, een fluisterstem, een antwoord, en er gaat een zwakke lamp aan. Inbrekers, denk ik. Ik heb inbrekers. En dan dringt het tot me door waar ik ben en besef ik dat het Claire en Ruby zijn, die als een paar geschifte sekteleden voor het krieken van de dag opstaan. Ik tast naar mijn telefoon op het krat en zie dat het half acht is. Als je als artistiekeling in de grote stad leeft, vergeet je dat de dagen 's winters niet alleen vroeg ophouden, maar ook laat beginnen.

Ik lig in het donker te luisteren hoe ze rondlopen; ik hoor water stromen in de badkamer en voetstappen naar de trap lopen. Een paar minuten later hoor ik de voordeur dichtgaan. Ze moeten naar buiten zijn om te werken. Ik hoop het. Ze zullen toch niet zonder mij zijn weggegaan? Ik kruip over het bed, met het dekbed om me heen, en gluur tussen de gordijnen door. Het raam is beslagen, maar ik veeg een stukje schoon met mijn hand en zie ze bij het licht van een zaklantaarn op hun rubberlaarzen over het erf naar de voederschuur sjokken, met hun capuchons opgezet tegen de bitterkoude lucht. Ik snap het boerenbestaan niet. Ik kan me niet voorstellen waarom dieren in het donker gevoerd moeten worden. Zouden ze het minder goed doen als ze even moesten wachten? Gaat het goede dan van het voer af? Ik kruip weer terug over het bed. Het voelt nu al koud aan op de plek waar ik het dekbed af heb getrokken. Ik val weer in slaap.

Als ik weer wakker word, is het licht en zegt mijn telefoon dat het negen uur is. Ik spring uit bed, schiet mijn kleren aan, haal het bed af, denk even na en leg het beddengoed dan opgevouwen op het bed. Ik weet niet of mensen je vuile was graag in hun woonruimte hebben. Het lijkt zo demonstratief om de lakens mee naar beneden te nemen, alsof je een compliment verwacht voor een elementaire kwestie van fatsoen. Ik neem niet de moeite mijn tanden te poetsen. Het duurde gisteravond uren voordat er warm water uit de kraan kwam en ik vermoed dat ik toch al aan de late kant ben.

Ze zitten op hun stoelen aan de keukentafel toast met honing te eten. Claire veert op als ik binnenkom en zet de fluitketel op de AGA. 'Ik wist niet of ik je moest wekken,' zegt ze, 'maar het leek me beter van niet. Ik weet dat jullie stadsmensen graag uitslapen.'

Uitslapen? Jezus. Waar ik vandaan kom, is het nu zo ongeveer bedtijd. 'Sorry,' zeg ik. Late mensen moeten altijd sorry zeggen tegen vroege mensen: zo zijn de regels.

'Muntthee?'

Ik overweeg te vragen of ze koffie heeft, maar ik weet het antwoord al. 'Nee, dank je. Een glas water zou lekker zijn.'

Ze haalt haar schouders op, haalt de fluitketel van het vuur en schenkt een glas voor me in. Ik ga zitten. Er staat zo'n doorzichtige cornflakesdoos op tafel met iets erin wat voornamelijk uit haver bestaat, en een karaf melk. Ik ben duizelig van het slaapgebrek en sterf van de honger, zoals altijd wanneer ik geen oog heb dichtgedaan. Ik reik ernaar.

'Zelfgemaakte muesli,' zegt Claire goedkeurend, 'en geitenmelk, vers van vanochtend. Er staat appelsap in de koelkast, mocht je het zoeter willen maken.'

Het is al te laat. Het zou onbeleefd zijn om de doos nu nog terug te zetten. Ik strooi een dessertlepel in een kom en giet er wat van het penetrant ruikende witte spul overheen. Het is nog warm. En niet omdat het moet afkoelen van de pasteurisatie, dat garandeer ik je. 'Je moet toch meer nodig hebben!' zegt ze. 'Je hebt een lange rit voor de boeg!'

Gek hoe mensen die zelf van zaagsel leven je altijd willen volproppen. Mijn maag gromt om een broodje bacon. Blossom is waarschijnlijk niet om de bacon geslacht. Bacon is zout. 'Ik laat ruimte over voor die heerlijke toast,' zeg ik. 'Is dat je eigen honing?'

'Nee. Een beetje. Een imker zet zijn korven in het voorjaar een maand in onze veldbloemenwei. Hij betaalt ons in natura. En de bijen kunnen de groenten natuurlijk uitstekend bestuiven.'

'Maar natuurlijk,' zeg ik. 'Wat vernuftig.'

Ik roer in de vlokken en schep er een paar in mijn lepel. Ze lijken de melk totaal niet op te nemen. Ik stop ze in mijn mond klem mijn lippen op elkaar. Godver, ik moet naar de tandarts. De levensverwachting schoot wereldwijd omhoog toen ze het witbrood uitvonden; de mensen konden hun tanden houden. De melk smaakt een beetje raar, maar het is niet zo erg als ze zeggen. Maar die muesli. Die plakt aan mijn verhemelte, schraapt tussen mijn tong en tandvlees en lijkt niet tussen mijn kiezen te bezwijken. Ik zie Ruby naar me kijken. Ze heeft pretlichtjes in haar ogen. Ik slik de hap door. 'Lekker,' zeg ik, haar aankijkend zonder mijn blik af te wenden. 'Het is vast heel gezond.'

'Fantastisch voor het hart,' zegt Claire. 'Die commerciële troep zit vol suiker.'

'Absoluut.' Ik neem nog een theelepeltje en knaag. 'Zelfgemaakt' betekent in de moderne wereld 'dat zou niemand een tweede keer kopen'.

De toast is een stuk beter. Het brood is stevig en nootachtig en zit vol pitten en de honing is... nou ja, honing. Toch voelt het nog steeds raar, een ontbijt zonder cafeïne. Het geeft je een inkijkje in hoe de ochtend moet zijn geweest in de middeleeuwen, en niet op een positieve manier.

'Hoe laat moeten jullie weg, denk je?' vraagt Claire.

'Om een uur of tien? Het is een heel eind.'

'Nou.' Ze kijkt naar Ruby. 'Heb je al gepakt?'

'Zo ongeveer.'

'Wat betekent dat?'

'Bijna klaar,' zegt Ruby. 'Het betekent dat ik bijna klaar ben.'

Claire slaakt de zucht die de ouders van tieners over de hele wereld slaken. 'Nou, ga het dan maar afmaken. En trek die oude spijkerbroek uit. Ze mogen niet denken dat ik niet voor je zorg.'

Ruby wiebelt met haar hoofd en likt de honing van haar vingers, een voor een. 'Wat moet ik inpakken voor de begrafenis?'

'Iets zwarts,' antwoord ik. Sean zou alle toeters en bellen willen, dat weet ik wel zeker.

'En een panty zonder gaten,' zegt Claire, 'en schoenen waarmee je niet op Bela Lugosi lijkt.'

Ruby sloft de keuken uit en Claire vraagt: 'Je zult toch wel op haar letten, hè?'

'Ik zal mijn best doen, Claire.' Hoe kan ik het beloven? Mensen beloven zo makkelijk iets. Ik wil niet zo iemand zijn die zich niet aan zijn beloften houdt.

'Omdat ik weet dat het eruitziet of het goed met haar gaat, maar het gaat niet echt goed. Ze heeft zich vermand omdat jij er bent, maar ik betwijfel of ze het lang vol zal kunnen houden. Ze is pas vijftien. En die mensen...'

De zin verdwijnt in het niets. Ik denk terug aan paps vrienden: die bruuske, pocherige, snobistische Charlie Clutterbuck; die Imogen met haar scherpe gezicht die je nooit een moment aandacht gaf, tenzij ze dacht dat ze je ergens voor kon gebruiken, of als haar man je wél opmerkte. Al die stroopsmeerders en meelopers, en de mannen die te luid lachen in restaurants, de vrouwen met gezichten waar geen beweging meer in zit, een enkele lijpo zoals Jimmy Orizio die beneveld vanaf de zijlijn in je topje gluurt; Simone...

‘Robert en Maria komen ook,’ zeg ik om haar gerust te stellen.

Claire trekt haar neus op alsof ze ammoniak ruikt. ‘O, god, dat stel.’

‘Ik dacht dat ze contact hadden gehouden?’

‘Ja, wat kon ik anders? Zij waren de enige peetouders die ook maar een beetje belangstelling toonden. Al die anderen, al *die mensen*’ – de woorden komen uit haar mond alsof ze ze eruit spuugt – ‘hadden niet méér afstand van me kunnen nemen. Toen ik me eenmaal had losgemaakt. Maar we hadden niemand van toen meer in ons leven. Geen enkele volwassene die ze al van kinds af aan kent. Ze was alles kwijt. Wat had ik dan moeten doen? Haar met maar één cadeautje onder de kerstboom laten zitten?’

‘Ze leken mij altijd wel oké.’

‘Relatief gezien,’ zegt ze. ‘Relatief gezien.’

‘Ja, misschien,’ zeg ik. ‘Het zijn tenminste geen psychopaten.’

‘Nee. Tel je zegeningen.’

Ik denk erover na. ‘Claire,’ vraag ik, ‘wat is er met jóúw vriendenkring van ervoor gebeurd?’

Weet je, het komt nu pas in me op dat ik niets van Claire weet van voordat ze mijn vader leerde kennen. Hun huis zat altijd vol, ze waren altijd op weg naar een restaurant, een borrel of de een of andere receptie, maar altijd met zíjn vrienden. Al die mensen die de moeite niet namen het contact met mam te onderhouden, die gewoon doorgingen alsof er niets aan de hand was, alsof de echtgenotes maar decorstukken waren die voor eten en een schoon bed zorgden, als veredelde huishoudsters. Ze waren er allemaal, de hele tijd, en zo ging het met Linda ook. Het is alsof er een ‘geen bagage’-clausule aan een huwelijk met mijn vader hing.

Claire zucht weer. ‘Weet je wat? Dat heb ik me zelf ook telkens weer afgevraagd. Ik meen het, het is niet zo dat ik niemand had. Ik weet niet goed wat er is gebeurd, maar je vader was zo... aanwezig, snap je? Hij vulde elk hoekje en op de een of andere manier was er nooit tijd voor mijn vrienden, of ze pasten niet bij de mensen die hij wilde zien, of hij kwam op het laatste moment aanzetten met een helikopter en een reservering in het Ritz in

Parijs, en als ik dan zei dat we al een andere afspraak hadden, raakte hij helemaal van streek, alsof ik niet genoeg van hem hield.'

Ik knik. Niets mocht Sean Jacksons grillen in de weg staan, nooit. Het weekend van Coco's verdwijning was er maar één van de tientallen dat hij was 'vergeten' dat we zouden komen. Wij gaven Claire altijd de schuld, natuurlijk. Dat zou jij toch ook doen?

'Ik was blind, en stom,' zegt ze. 'Hij zei dat zijn leven pas was begonnen toen hij mij leerde kennen, en ik geloofde hem. Hij zei dat we allebei moesten doen alsof er niets vóór ons was geweest, en ik vond het romantisch klinken, al voegde hij op de een of andere manier nooit de daad bij het woord. En weet je... de meeste mensen vinden het niet leuk als je jaren later bij ze komt aankloppen terwijl je in de tussentijd geen aandacht aan ze hebt besteed,' vervolgt ze. 'Ze reageren er meestal niet goed op, en al helemaal niet nadat... je weet wel... ik zo in het nieuws was geweest. Maar er waren er wel een paar. Mensen die gewoon terugkwamen zonder dat ik het hoefde te vragen. Tiberius. Ik had hem sinds mijn drieëntwintigste niet meer gezien en het leek hem niets uit te maken. Maar het zijn er niet veel, nee.'

En je durfde geen nieuwe vrienden te maken, denk ik. Daar kan ik in komen. Als je eenmaal publiek bezit bent geweest, kun je nooit meer echt zeker zijn van andere mensen. Er zaten een paar meiden bij me in de klas die opeens met me wilden aanpappen toen ik terugkwam na die zomervakantie terwijl alle anderen me negeerden. Hun schaamteloze nieuwsgierigheid, hun suikerzoete medeleven, was erger dan alle pijnlijke stiltes bij elkaar. India en ik moesten dat jaar allebei overdoen. Indy ging pas op haar twintigste studeren.

'Ik...' zegt Claire. 'Hou alsjeblieft een oogje op haar, meer niet. De mensen lijken te denken dat ze wel tegen een stootje kan, gezien haar uiterlijk, maar ze is kwetsbaar. Dat is ze echt.'

'Ik snap het,' zeg ik.

'Zou je... Mag ik je haar medicijnen meegeven? Ik... Je weet wel. Verantwoordelijke volwassene en alles?'

'Medicijnen?'

'Niets ergs. Het zijn voornamelijk supplementen. Een multivitamine en visolie en ginseng en gojibessen.'

Ik voel dat mijn wenkbrauwen opkruipen en dat mijn ogen willen rollen, maar onderdruk de neiging snel. Het is haar ding. Het is hoe ze laat zien dat ze om je geeft. Gun haar dat. Ze is niet het monster dat je destijds kende.

'En een antidepressivum,' zegt ze, en ze wordt vuurrood. De schaamte gloeit vanaf de andere kant van de tafel van haar af. Al die zorg, al die controle, en toch is mijn kind verknipt. Ik heb gefaald, en nu moet ik dat toegeven aan het kind dat ik eerder heb verknipt.

Ik hou mijn stem vlak, probeer mijn verbazing te verbergen. 'O, die arme schat,' zeg ik. 'Wat slikt ze?'

'Sertraline. Het is een selectieve serotonine-heropnameremmer. Het is niet om haar suf te krijgen. Ze is niet psychotisch of zo. Ze heeft gewoon een chemisch tekort.'

Ze begint zich te verdedigen. Ik gooi haar een bot toe. 'Ik heb het ook een tijdje gebruikt. Het is goed spul.'

Claire kijkt me vreemd aan. Deels opgelucht en deels... schuldbewust? Echt waar?

'Het leven is een harde dobber.' Ik ben er nog niet aan toe om, je weet wel, een klopje op haar hand te geven of zo, maar een beetje vriendelijkheid kan nooit kwaad. 'Je moet je erdoorheen slaan.'

'Sorry,' zegt ze, en ze probeert me aan te kijken. 'Ik denk dat ik daar een rol in moet hebben gespeeld.'

Ik wuif de opmerking weg. Ik ben nog niet zover dat ik haar na jaren minachting van de ene dag op de andere kan vergeven.

Ruby klost de trap weer af met een tas over haar schouder. Ze draagt nu een panty met spinnenwebdessin, zo'n kokerrok met een enorm pied-depoulepatroon en een gestreept matrozenshirt met eroverheen een slobbertrui met een wijde hals die een schouder bloot laat. Het is allemaal erg jaren tachtig. Haar versleten laarzen hebben acht centimeter hoge hakken. Geen angst om langer te zijn dan de jongens voor Ruby. Daar bewonder ik haar eigenlijk wel om.

'Zo,' zegt ze.

'Heb je je puffer?' vraagt Claire.

'Ja.'

'De blauwe én de bruine?'

'Ja.'

'Rescue Remedy?'

'Ja.'

'Antihistamine?'

'Ja.'

'Eumovate?'

'Ja, mam,' zegt ze op die 'nu is het welletjes'-toon. Ze moet het zat zijn om rekening te houden met haar allergieën, op die lijst afgaand.

'Sorry,' zegt Claire. 'Ik ben altijd bezorgd.'

'Ik red me wel, mam. Ik beloof het.'

'Heb je je telefoon en je lader?'

Ze staat met haar rug naar moeder en durft met haar ogen te rollen. 'Ja.'

'En je belt me wel, hè? Om me te laten horen hoe het met je gaat? Elke dag? Als het nodig is, kom ik je halen, dat weet je toch, hè?' Claire heeft zorgenrimpels in haar voorhoofd. 'Het spijt me heel erg dat ik niet mee kan. Ik zou graag mee willen, maar ik kan het gewoon niet. Dat begrijp je toch wel, hè, schat?'

Ruby draait zich om en slaat haar armen om haar moeder heen, haar tengere lichaam aan haar weelderige boezem drukkend. 'Al goed, mammie,' zegt ze. 'Niets aan de hand. Ik red me wel. Echt. Maak je alsjeblieft geen zorgen.'

Het duurt een paar seconden voor het tot me doordringt dat Claire huilt. Ruby houdt haar vast, aait over haar haar en sust haar alsof ze een klein kind is. 'Het komt wel goed. Met jou ook. Niet bang zijn. Je redt je wel. Het komt wel goed. Ik blijf niet lang weg. Niet bang zijn.'

We laden de auto in en vertrekken niet veel later dan gepland. Ruby draait het raampje naar beneden, steekt haar arm erdoor en wuift tot we de hoek om zijn. Ik kijk in de achteruitkijkspiegel naar Claire, die op het erf staat, met haar vest strak om zich heen gewikkeld. Ze staat er verlaten bij, frêle en alleen. Na al die jaren dat ik haar heb gehaat, heb ik nu medelijden met haar.

Ruby stapt uit om het hek open te maken, sluit het achter zich af, stapt weer in en maakt haar gordel vast.

'Ik moet straks tanken,' waarschuw ik haar.

'En koffiedrinken, lijkt me,' merkt ze op.

Ik glimlach. 'Hoe raad je het?'

'Daar hoef je geen raketgeleerde voor te zijn,' zegt Ruby. 'Als we het tot voorbij Arundel redden, weet ik een tankstation met een McDonald's.'

Aha.

'Oké,' zeg ik. 'Nou, tegen die tijd zal het wel tijd zijn voor een tussendoortje.'

'En in de tussentijd...' – ze gaat met haar rug tegen het portier zitten en kijkt naar mijn profiel – '... kun je me vertellen wat er écht met mijn zusje is gebeurd.'

17

2004 | vrijdag | Sean

De bouwvakkers beginnen. Hij heeft een kussen om zijn hoofd gevouwen om de gruwel van het daglicht buiten te sluiten, maar dat kan het geluid van een pneumatische hamer niet tegenhouden. Claire kreunt naast hem en krult zich op als een foetus. 'Godsamme,' prevelt ze. 'Hoe laat is het in jezusnaam?'

Hij draait zich op zijn zij en tast naar zijn horloge. 'Kolere,' zegt hij, 'het is half zeven!'

Hij gaat rechtop zitten en zwaait zijn benen over de rand van het bed. Zijn brein drijft los in zijn schedel. Het klotst een paar keer heen en weer voordat het tot stilstand komt. Ik ben nog dronken, denkt hij. Hoeveel heb ik gisteren gedronken? Jezus.

'Zeg dat ze opsodemieteren,' zegt Claire.

'Ik ga al,' pruttelt hij. 'Rustig maar.'

Hij heeft zijn boxer en het overhemd van de vorige avond nog aan. Hij herinnert zich vaag dat hij door de slaapkamer hopsend zijn spijkerbroek uittrok, lachend als een hyena terwijl zij hem kwaad aankeek vanuit het bed. Zijn alle vrouwen zo, vraagt hij zich af, of heb ik gewoon de pech dat ik niet kan trouwen of mijn feestbeest verandert binnen twee jaar in een trut? Ze genoot ervan om met me te feesten. Haalde de hele nacht door, lachte om al mijn grappen en was altijd in voor een wip. Als ik me iets van vannacht herinner, is het wel haar gezicht, helemaal samengeknepen als de kont van een kat elke keer als ik een fles opentrok. Het is mijn verjaardag, godbetert. Heb ik geen recht op een beetje lol in het weekend van mijn verjaardag?

Op het luchtbed in de hoek wordt de tweeling wakker en begint Ruby te dreinen. O, god, dat is wel het laatste waar ik nu zin in heb, denkt hij. Als ze gaan janken, begint de hele dag en dan gaat zij zeuren omdat ik haar niet help met hun ontbijt. God nog toe, zij was degene die zo nodig kinderen moest.

Hij gaat staan. Wankelt. Zoekt naar een schoon overhemd.

Jimmy heeft zich op de vloer in de woonkamer in de schapenvacht gewikkeld en ligt met open mond te snurken. Er loopt een kwijldraad van zijn mond naar het kussen dat iemand onder zijn hoofd heeft geschoven. Sean prent zich in dat hij hem wakker moet maken voordat de kinderen tevoorschijn komen. En godver. Dat was een kans om er even tussenuit te knijpen voor wat Linda-tijd, al zal elke kans met al die kinderen in de buurt van korte duur zijn. Misschien kan ik haar vragen nog een paar dagen bij me te blijven om toezicht te houden op de laatste details, om het huis helemaal verkoopklaar te maken. Ik weet wel zeker dat Claire geen minuut langer zal willen blijven dan nodig, en we kunnen de zuiplap op een trein zetten.

Weer een prachtige ochtend. Een hoge blauwe lucht, gulden zonnestralen, stofwolken en het brullen van zwaar materieel aan de andere kant van de schutting. Ik zal het schoonmaakbedrijf weer moeten laten komen voordat we het huis in de markt zetten, denkt hij terwijl hij zijn bootschoenen aantrekt en het terras op stapt. Nou ja. Waarschijnlijk had het sowieso gemoeten. Het is Jimmy en Charlie allebei fysiek onmogelijk om ergens langer dan vijf minuten te zitten zonder een blijk van hun aanwezigheid achter te laten. En de kinderen. Over de keukenmuur loopt een spoor van handafdrukken in jam op drie turven hoogte. Misschien moeten de schilders ook nog terugkomen.

Bouwvakkers. Vreemde, rumoerige wezens. Toen hij nog jong was, dacht hij dat het een Brits klassending was, maar op elke bouwplaats waar hij is geweest, overal op aarde, van Dubai tot Hongkong en zelfs bij de glimlachende Thai, liepen mannen rond die alleen op brulniveau kunnen communiceren. De Polen lijken niet anders te zijn. Hun *rot op*'s en *hé*'s hebben meer medeklinkers en minder klinkers, maar verder zijn ze niet te onderscheiden van de Britten.

Hij werkt zich langs de kraan en stampt de treden langs de helling op. Bovenop staat de graafmachine zanderige aarde, of eigenlijk meer aardeachtig zand, hier, achter in een kiepwagen te scheppen. Vier gehelmde mannen staan bij de wielen boven het geknars van het drijfwerk uit naar elkaar te schreeuwen. Hij is ervan onder de indruk hoe fit al die Polen zijn die binnen komen stromen sinds de sluizen zijn geopend. Geen pens of bilnaad te bekennen onder die lichtgevende hessen. Op zijn eigen bouwterrein was een vorkheftruckchauffeur die letterlijk zijn buik moest optillen om achter het stuur te komen, al weerhield dat hem er niet van commentaar te geven op elk passerend tienermeisje. Hij was blij dat ze weg waren tegen de tijd dat zijn dochters kwamen. Er is geen garantie dat deze goed katholieke jongens ook maar een haar beter zijn, maar op de een of andere manier vindt hij het minder erg als het gelonk niet afkomstig is van iemand die waarschijnlijk gierende schimmelinfecties aan het kweken is in zijn laaghangende broek.

Hij loopt ernaartoe en roept: 'Neem me niet kwalijk!'

Ze horen hem niet de eerste keer. Hij past zijn volume aan. 'HÉ! NEEM ME NIET KWALIJK!'

Vier paar ogen draaien zijn kant op. 'Voorman!' roept hij. 'Wie van jullie is de voorman?'

De mannen kijken hem niet-begrijpend aan. Natuurlijk. Ze hebben geen van allen de moeite genomen de taal te leren voordat ze aan de tocht door Europa begonnen om hier op 1 mei aan te komen, toen Polen toetrad tot de Schengenzone. 'Baas!' roept hij. 'Ik moet de baas spreken!'

Ze lijken er weinig mee op te schieten, maar een van de mannen bonst op de deur van de graafmachine en roept: *'Janusz! E dupkiem z pokoju obok jest z powrotem!'* en de motor slaat af. Ik weet niet of ik de baas krijg, denkt hij, maar ik neem aan dat ze in elk geval de Engelstalige voor me halen.

De deur van de cabine gaat open en de man die hij de vorige dag heeft gesproken komt tevoorschijn. 'Hallo, meneer,' zegt hij, en hij klimt eruit. Schreeuwt een paar woorden naar iemand van zijn team, die in de cabine klimt en het werk van hem overneemt. Een multitalent, denkt Sean. Daar moet ik er ook een paar van hebben. Ik kan het niet aanzien dat ze thee zitten te drinken wanneer de stukadoor bezig is, van mijn centen.

'Het is half zeven 's ochtends!' roept hij desondanks. Sean heeft er nooit moeite mee gehad twee ideeën tegelijk in zijn hoofd vast te houden.

Janusz heeft grote kringen vroegeochtendzweet onder zijn armen. Sean zweet ook. De laatste armagnac die hij heeft gedronken sijpelt onverteerd uit zijn poriën en hij heeft een razende, misselijkmakende dorst. Ik wil wedden dat hij het ruikt, denkt hij. Maar dat kan me niet schelen. Het doet er niet toe of ik een kater heb of niet; dit kan gewoon niet.

'Ja, sorry, meneer,' zegt Janusz. 'We hebben een deadline.'

Hij probeert het gewoon, zoals ze allemaal doen. Er is geen bouwvakker op de planeet die de lokale regelgeving met betrekking tot geluidsoverlast niet kent, en toch trekken ze zich er geen van allen iets van aan.

'Jij weet net zo goed als ik dat je pas om half negen met zwaar materieel mag beginnen!' roept hij. 'Ophouden!'

Janusz steekt zijn beide handen op. 'We doen gewoon ons werk, meneer,' roept hij.

Sean roept alle patriciërsgoden aan die hem op dit voetstuk hebben verheven, kijkt de man recht aan met een gebiedende waardigheid en schreeuwt: 'Jammer dan!'

Janusz roept iets naar de man in de cabine en de motor slaat af.

'Hoor eens,' zei Janusz, 'we lopen al uit.'

'Niet mijn probleem.'

'Maar wel deels uw schuld, meneer. Als uw vrachtwagens de onze de weg niet hadden versperd, had dat zwembad er nu al in gezeten.'

'Nogmaals, niet mijn probleem,' zegt hij. 'Je houdt op tot je mag beginnen of ik bel de gemeente. Wil je weten hoeveel vertraging je dan oploopt?'

Janusz roept iets naar zijn mannen en ze zetten allemaal hun helm af. Terwijl ze het doen, blazen ze alle vier omhoog vanuit een vooruitgeschoven onderlip. Het is duidelijk een soort commentaar op deze ontwikkeling, maar Sean is immuun voor bouwvakkerscommentaar. Hij zegt zijn eigen werklieden al ruim twintig jaar wat ze moeten doen.

'Zo,' zegt hij. Hij begint zich nu beverig te voelen. Dit gaat een lange, lange dag worden.

Terwijl hij de helling af loopt, hoort hij geschater achter zich. Hij weet dat ze het over hem hebben, maar geeft geen sjoege. Hij heeft voor iedereen nog minstens twee uur slaap geregeld. Als hij zodra hij weer binnen is een Alka-Seltzer en een paar glazen water neemt, is het leed misschien grotendeels geleden tegen de tijd dat de motoren weer worden gestart, al betwijfelt hij het. Deze kater voelt alsof hij de hele dag zou kunnen blijven. Goddank ben ik pas morgen jarig, denkt hij. Claire mocht dan de pest in hebben over het vooruitzicht van nog een nacht, de eerste avond van de vakantie is altijd de hevigste en de volgende dag is niemand tot iets in staat.

Twee magere gestalten rennen op ooievaarspoten over de weg in het zonlicht. Ze hebben allebei een paar schoenen met hoge hakken in hun handen. Iemand heeft het nog bonter gemaakt dan ik, denkt hij; als dat niet de *walk of shame* is, ben ik blind. En dan ziet hij dat de twee gestalten zijn dochters zijn en blijft als aan de grond genageld staan.

'Waar hebben jullie gezeten?' vraagt hij. Opeens schiet het hem te binnen dat niemand in de loop van de nacht heeft gecontroleerd of ze wel thuis waren gekomen. Simone, die zoals altijd niemand tot last was, is gewoon in de aanbouw gebleven met haar boek en haar hapjes. Dat neem ik althans aan, denkt hij. Eerlijk gezegd kan niemand van ons het weten.

De ogen van de meiden schieten naar elkaar en weer naar hem. 'We zijn vroeg opgestaan om een wandeling te maken,' zegt India. 'Het is zo'n mooie dag.'

Ook dat nog, denkt hij, wankelend in het zonlicht. Is het te veel gevraagd, gewoon een leuk weekend zonder dat andere mensen roet in het eten gooien? 'Jullie hebben je kleren van gisteren aangetrokken en oogmake-up op je wangen gesmeerd om een wandelingetje naar de kabelpont te maken?'

'Je zegt altijd dat we wel wat meer moeite mogen doen,' zegt Milly.' Ze is zo godvergeten brutaal dat hij soms zin heeft om haar te slaan. 'Ik dacht dat je blij zou zijn.'

'Geen smoesjes,' zegt hij. 'Jullie zijn de hele nacht weggebleven, hè?'

'Wat?' vraagt Milly. 'Dénk je dat, of wéét je dat?'

Het maakt hem kwaad dat hij op het verkeerde been wordt gezet. Iets wat klinkt als een spottende opmerking tuimelt naar beneden vanaf de helling achter hem, gevolgd door gelach. O, ga toch terug naar je Poolse worst, denkt hij geërgerd. Het gaat jullie niets aan.

'Oké, nou, jullie hebben allebei huisarrest.'

De meiden draaien hun hoofd en kijken elkaar aan. Ze barsten in lachen uit. 'Je bent hilarisch!' zegt India. 'Wat een bak!'

Sean is met stomheid geslagen. Voelt zijn leven tussen zijn vingers door glippen. Sinds wanneer hebben zijn dochters geen respect meer voor hem? En waarom merkt hij het nu pas?

'Straks houdt hij ons zakgeld ook nog in,' zegt Milly met haar toneelstem.

‘Nee toch?’ India steekt quasigeschrokken haar handen op. En laat ze dan met een abrupte minachting weer zakken. ‘Maar wacht, dan zal hij het ons toch eerst moeten geven...’

‘Goh, ja,’ zegt Milly. ‘Dat was ik vergeten.’

‘Jullie zijn oud genoeg voor een bijbaantje,’ zegt hij.

‘O!’ repliceert India. ‘Wil dat zeggen dat ik je toestemming heb om de door de rechtbank opgelegde bezoekjes te staken en in plaats daarvan een weekendbaantje te nemen?’

‘Ja,’ zegt Milly. ‘Ze staan een vaste baan wel in de weg, hè?’

‘Maar goed,’ gaat India verder, ‘als jij maar gelukkig bent met je nieuwe gezin, dat is het belangrijkste, hè?’

‘Dat is hem geraden. Anders zou hij verschrikkelijk eenzaam zijn,’ zegt Milly, ‘in aanmerking genomen dat hij de helft van de tijd vergeet dat we komen.’

Sean voelt zich alsof hij een tornado over zich heen krijgt. ‘Hoor eens,’ probeert hij, ‘zolang jullie in mijn huis zijn, houden jullie je aan mijn regels, oké?’

‘Prima!’ zegt Milly, en ze beent langs hem heen naar het huis. ‘Ik trek de cognac open, Indy. Pak jij de coke?’

18

Ik had het moeten vragen. Godver, ik had het moeten vragen. Of Claire had me tenminste moeten waarschuwen, als ze zo lang dingen heeft achtergehouden. Ze had het met me moeten kortsluiten. Of misschien is dat het wel. Misschien heeft ze al die jaren gewacht tot iemand anders het wel moest doen.

'Wat weet je?' vraag ik omzichtig.

'Wat ik heb gehoord. En ik weet dat het lulkoek is. Als ze was overleden door een ongeluk in het zwembad had het niet gewemeld van de journalisten toen pap doodging. En het is niet de eerste keer. Ze zijn een paar jaar geleden ook al geweest, en toen ik acht was, en ik had een eeuwigheid geleden al door dat dat het vijf- en tienjarig jubileum moeten zijn geweest. Dus ja. Ik weet wat lulkoek is. We zijn niet beroemd. Ik weet dat pap rijk is, maat dat is op zich niet genoeg om de belangstelling van de pers te wekken. Rijkeluiskinderen verdrinken veel vaker in zwembaden dan kinderen van arme mensen, dat staat vast, omdat rijke mensen meer zwembaden hebben waarin ze kunnen verdrinken, maar daar blijven ze niet nog jaren naar vragen.'

O, man. 'Vertel maar wat ze jou hebben verteld,' zeg ik om tijd te winnen. Stomme, stomme mensen. Ze dachten toch niet echt dat ze dit voor altijd voor haar verborgen konden houden? En nu moet ik het haar niet alleen vertellen, maar ik moet haar ook nog eens vertellen dat haar ouders leugenaars zijn. Ik bedoel. Ze had het in de loop van dit weekend hoe dan ook uitgevogeld. Dát moet Claire toch wel hebben zien aankomen?

Ruby is niet achterlijk. Ze weet wat ik doe, maar ze speelt het spelletje mee. 'Ik had een tweelingzusje. Ze heette Coco. Ze is in een zwembad verdronken toen we nog klein waren, toen we met vakantie waren. Meer weet ik niet. Ik herinner het me niet. Je zou denken dat ik wel iets zou hebben onthouden, toch? Ik bedoel, als we met vakantie waren, moet ik er toch ook zijn geweest? Ik herinner me haar amper. Zonder die... schrijn van mam in de woonkamer zou ik me waarschijnlijk helemaal niets meer herinneren, denk ik.'

'O,' zeg ik.

'Nee,' zegt ze, 'meer bedenktijd krijg je niet. Vertel het nou maar.'

Slim. Ze heeft dit bewaard om me te overrompelen omdat ze denkt dat als ik de tijd krijg om mijn gedachten op een rijtje te zetten, ik haar de waarheid niet zal vertellen. Waarschijnlijk heeft ze gelijk.

'En je hebt nooit geprobeerd erachter te komen? Ernaar gezocht op internet? Er dingen over gezien op tv?'

'Ja, ik heb me altijd afgevraagd waarom we geen tv hadden. Ik bedoel, ik weet dat ze me thuis lesgeeft en zo en dat thuisleskinderen per definitie niet goed snik zijn, maar ik dacht gewoon dat ze me tegen alle onzin wilde beschermen. En, je weet wel, porno en zo. Het internet is toch een en al porno?'

'Er staat wel meer op,' zeg ik, en dan besef ik dat ze me erin heeft laten lopen en bijt op mijn lip. 'O,' zeg ik nog eens.

'De smartphone bestond al toen ik werd geboren, oma. En ze weet er zo weinig van dat ze nooit heeft gemerkt wat voor upgrades ik kreeg via paps zakelijke account.'

'O,' zeg ik weer. 'Waarom deed je dan alsof je het niet wist?'

'Ik wilde weten of je je aan de regels zou houden.'

En ik heb nog niet eens koffie gehad.

'Dat had ik best kunnen doen, als ik had geweten wat de regels waren,' zeg ik. 'Ik ben niet bepaald dikke vriendinnen met je moeder, hoor. We hebben niet bepaald tot in de kleine uurtjes zitten klessebessen.'

'Maar wat is er nou gebeurd?' vraagt ze weer. Net zo vasthoudend als haar vader.

'Ik was er niet bij, Ruby. Ik kan je niet meer vertellen dan wat ik zelf heb gehoord.'

'En dat is?'

'De korte versie? Hetzelfde als wat jij weet. Hetzelfde als wat er in de kranten staat die je hebt gelezen. Ze verdween.'

Ruby klapt haar mond dicht. Wat voor antwoord ze ook verwachtte, dit was het niet. Ik denk dat ze zichzelf de afgelopen paar weken heeft aangepraat dat als ze het me onverhoeds vroeg, ze me iets zou kunnen laten bekennen wat alle media bij elkaar hebben verzwegen. Ik weet het. Ik weet hoe ze zich voelt. Het hele geval stinkt een uur in de wind, maar ze blijven allemaal al twaalf jaar bij hetzelfde verhaal en tenzij er eentje doorslaat, kom ik niet meer aan de weet dan wie ook.

We komen bij het dorp en rijden langs de winkel naar de grote weg. Een vrouw staat een toch al keurige haag bij te werken met een bovenmaatse snoeischaar. Als we passeren, draait ze zich om en gaapt ons aan. Ruby plakt een vrolijke grijns op haar gezicht en wuift in het voorbijgaan. De vrouw herkent haar, zwaait terug en gaat verder met snoeien. Niets gaat onopgemerkt voorbij in dit dorp. Het wordt beter bewaakt dan menige gevangenis.

Zodra we de vrouw voorbij zijn, verdwijnt Ruby's glimlach en kijkt ze weer naar mij. 'Hoe bedoel je, "ze verdween"? Wat is er gebeurd?'

Als we dat wisten, Ruby, hadden we haar wel gevonden, denk je ook niet?

'Hoor eens,' zeg ik, 'ik kan je niet meer vertellen dan wat ik weet. Ik was er niet bij. Ik was er wel dat weekend, en ik weet wie er verder nog waren, maar India en ik waren allang weg toen het gebeurde. Die middag aan het strand die jij je nog herinnert? Met de kwal? Dat was dat weekend. Het moet donderdagmiddag zijn geweest, want op vrijdag zijn we vertrokken en Coco is pas in de nacht van zondag op maandag verdwenen. We konden niet met pap opschieten, en hij was zelfs vergeten dat we zouden komen, en we konden die mensen niet uitstaan. Ik heb ze nooit kunnen uitstaan. Ik moet kotsen van die stomme Charlie Clutterbuck. We gingen dus naar huis. En denk maar niet dat het niet in mijn hoofd is opgekomen dat we het misschien hadden kunnen voorkomen als we waren gebleven. Ik heb er heel vaak aan gedacht. Jullie waren leuke kinderen. Ik mocht jullie toevallig wel, wat ik verder ook dacht van jouw moeder, mijn vader en de puinzooi die ze ervan hadden gemaakt. Dat hadden jullie niet verdiend. Dat had Coco niet verdiend.'

Ruby laat mijn woorden even zwijgend bezinken en zegt dan weer heel kalm, heel gedecideerd: 'Maar wat is er nou gebeurd?' Ik zweer het je, die meid zou bij de Stasi kunnen werken.

Ik haal adem en minder vaart. Probeer mijn gedachten te ordenen om het haar in een soort logische volgorde te kunnen vertellen. Als ze die hele ellendige toestand heeft gegoogeld, kan ik er nog maar weinig aan toevoegen, al zou ik kunnen nagaan welke complottheorieën ze samen met de feiten tot zich heeft genomen.

'Niet dat ik het ze niet kwalijk neem,' zeg ik. 'Maar niet je moeder. Ik heb reden genoeg om verbitterd te zijn ten opzichte van haar, maar niet daarom. Zij was ook weggegaan, omdat pap zo onredelijk deed. En ik sta er ook niet zo tegenover als de *Daily Mail*. Ik zou niet weten waarom ze haar kinderen niet aan de zorg van hun vader had mogen overlaten. Maar ze zopen allemaal als ketters dat hele weekend. Volgens mij hadden ze nog geen bom horen afgaan toen ze eenmaal sliepen, laat staan dat ze iemand beneden hadden horen rondsluipen.'

Ruby kijkt me zwijgend aan.

'Ik...' zeg ik, en dan weet ik het niet meer. We zijn bij de grote weg en ik moet me even concentreren op het invoegen.

'Zeg het nou maar,' zegt ze zodra we over de buitenste rijstrook rollen.

'Ik weet niet wat je van me wilt horen. Er is geen... achterkamertje waarin we het hele verhaal hebben verstopt. Ze verdween in het holst van de nacht uit de kamer waar jullie sliepen. Niemand heeft haar ooit gevonden, nog geen spoor.'

'Leuk is dat,' zegt Ruby. 'Het heeft dus duidelijk veel invloed op je leven gehad.'

'Nee, ik...' Ze heeft natuurlijk gelijk. Het is niet eerlijk om het daarbij te laten. Ruby is waarschijnlijk degene die er het meest onder heeft geleden, uiteindelijk, meer dan haar moeder zelfs, en ze weet niets.

'Oké,' zegt ze, 'vertel het me dan maar in je eigen woorden, dan zie ik wel.'

Wat ziet ze dan wel? Ik let even niet op de weg en kijk naar haar. Ze is kalm en bloed-, bloedserieus. Oké, denk ik. Het gaat me toch niet lukken om van onderwerp te veranderen. Ik zucht en begin bij het begin.

'Nou, het was paps vijftigste verjaardag. Heb je wel eens van Sandbanks gehoord? Het ligt in de haven van Poole.'

'Jaja,' zegt ze. Ze wil duidelijk dat ik ter zake kom, maar dat ga ik niet doen, niet zonder slag of stoot. Als ik alles moet vertellen wat ik weet, zal ze moeten horen waar ze om heeft gevraagd: het verhaal in mijn eigen woorden.

'Oké. Het is nogal populair bij de roddelpers, want ergens in de jaren negentig werden de huizen daar opeens het duurst per vierkante meter. Er is geen voor de hand liggende reden voor. Het is een landtong die bijna helemaal door de haven loopt, met aan het eind een kabelpont naar Purbeck. Het was zo'n oord waar accountants na hun pensioen gingen wonen, en er was een aftands hotel met het soort zandstrand dat wordt aangeprezen voor gezinsvakanties. Toen begonnen al die ICT-miljonairs er opeens huizen te kopen en sloeg de hele markt op hol. Dus pap begon daar huizen te renoveren om ze door te verkopen. Hij maakte een kwart tot een half miljoen winst per woning. Hij wentelde zich in het snelverdiende geld alsof het ezelinnenmelk was.'

Ruby kreunt. Ze denkt duidelijk niet dat een geschiedenis van de Britse vastgoedmarkt haar veel goed zal doen.

'Ik vertel het je omdat we er daarom waren, Ruby. En dus niet in Zuid-Frankrijk, om maar iets te noemen. Ik geloof niet dat de media dat hadden opgepikt; ze gingen allemaal te veel op in die hele goudkustinvalshoek. Hij had net een huis opgeknapt en het zou de week daarop in de verkoop gaan, en het was de meest luxueuze renovatie die hij ooit had gedaan, dus besloot hij dat hij net zo goed gebruik kon maken van de faciliteiten waarvoor hij had betaald en het weekend van zijn verjaardag daar doorbrengen.'

'Poole ligt toch bij Bournemouth? Niet echt iets voor pap, hè?'

'Nee. Precies. Heel eerlijk? Ik denk dat hij wilde doen alsof hij weer een tiener was, en dat gaat veel makkelijker als je niet door de douane hoeft.'

Ze denkt er even over na. 'Zeg je nou dat ze drugs gebruikten?'

'Je hebt er zelf om gevraagd, Ruby.'

Ze kijkt zo afkerig als alleen een tiener kan bij de gedachte aan iemand van rijpere leeftijd die rocksterrendingen doet. God. Het hele Simone-gedoe moet voor haar nog gruwelijker zijn dan voor mij. Een jeugdtrauma is één ding, maar die ouwe bok met een vrouw die op een paar jaar na zijn wettelijke kleindochter zou kunnen zijn? Helemaal als die vrouw Simone is. Ik ben weken zo ziek als een hond geweest toen ik erachter kwam.

'Ja. Wat kan ik zeggen? Ja. Ik denk dat ze waarschijnlijk coke snoven, maar ik weet zeker dat ze blowden. Die geur kan je niet bepaald ontgaan.'

'Het schijnt zo,' zegt ze schalks. Ik doe of ik het niet hoor.

'En ze zopen en schransten en schreeuwden naar elkaar zoals volwassenen doen wanneer ze dronken worden. Ik heb eigenlijk geen idee waarom ze de kinderen bij zich hadden. Als ze zich zelf als kinderen wilden gedragen, hadden ze iets moeten regelen. Maar dat hadden ze niet gedaan, en jouw moeder had het kindermeisje ontslagen, dus ze hadden alleen Simone en ons om het zware werk op te knappen. En toen alleen Simone nog, natuurlijk. Er was een afgrijselijke trap die Linda erin had laten zetten om de yuppies te lokken. Het was een en al gehard glas en scherpe randen en open leuningen, en jullie tweeën zaten in een zwerffase, dus na de eerste nacht besloten ze jullie in het meidenkamertje beneden te laten slapen. Ze dachten dat jullie daar veiliger zouden zijn.'

'De wet van de onvoorziene consequenties,' zegt Ruby.

'Zo had ik het nog niet bekeken. Niet boos op je moeder zijn, Ruby. Ze heeft de hele wereld al over zich heen gekregen en ik denk dat er geen dag voorbijgaat zonder dat ze zichzelf verwijten maakt.'

Ruby zegt niets. Ze slaat haar armen over elkaar en kijkt door de voorruit naar de zich ontrollende weg. Het zal nog een lange rit worden.

19

2004 | vrijdag | Simone

Ze hoort ze aankomen vanuit de andere kant van de tuin, vanaf haar ligstoel bij het zwembad. De stemmen van de meiden zijn schril, defensief, en Seans volle tenor galmt door de windstille lucht. De bouwmachines die haar een half uur geleden uit haar slaap hebben gewekt zijn tot stilstand gekomen en elk woord van de ruzie is tot in de wijde omtrek te horen.

'Val dood, pappie!' roept India. 'Val toch gewoon dood!'

'Zo kun je niet tegen me praten! Zo kún je niet tegen volwassenen praten! Mijn god, ik schaam me ervoor dat ik jullie heb opgevoed!'

Milly's stem: 'Nou, gelukkig dan maar dat je dat níét hebt gedaan! Misschien doe je het beter met je tweede leg, hè?'

'O, hou toch op!'

Simone leunt langzaam naar voren en kijkt reikhalzend om de rugleuning van haar stoel heen. Milly en India, die nog in hun kleren van de vorige dag lopen (waar Simone niet van opkijkt, in aanmerking genomen dat ze de aanbouw de hele nacht voor zichzelf heeft gehad), staan met hun rug naar haar toe, met hun gebalde vuisten diep in hun middel gedrukt, als viswijven.

Sean grijpt met de vingers van beide handen naar zijn dikke haar ten teken van zijn frustratie. 'Blijven jullie me dat nou eeuwig nadragen? Echt?'

'Ja,' zegt Milly. 'Als je een eerlijk antwoord wilt, ja, waarom niet?'

'Dat zeg je altijd tegen ons,' zegt India. 'Als je de consequenties niet wilde aanvaarden, had je de beslissing niet moeten nemen, toch?'

'Ik heb alles gedaan wat in mijn macht ligt om te zorgen dat jullie er niet onder zouden lijden. Het spijt me dat mammie en ik het niet met elkaar konden vinden, maar daar kun je me niet eeuwig voor blijven straffen.'

India lacht hem in zijn gezicht uit. 'Alles wat in je macht ligt? Vind je? Mijn god, je wist niet eens meer dat we dit weekend zouden komen, pappie!'

Simone ziet hem tot achter zijn oren blozen. Even lijkt het alsof hij zowaar zou kunnen toegeven dat hij fout zit, maar dan recht hij zijn rug en zegt: 'Onzin.'

Dat moet ik onthouden, denkt Simone. Alfamannen zoals Sean kunnen nooit hun excuses aanbieden. Dat hebben ze gewoon niet in zich. Daar zul je mee moeten leven als dat het soort man is dat je wilt.

'Ik had gewoon verwacht dat jullie zouden bellen om me te laten weten wanneer jullie kwamen in plaats van over de schutting te klimmen zonder iets tegen iemand te zeggen. Er had van alles kunnen gebeuren.'

'Gelul,' zegt India. 'God, wat kun jij een lulkoek uitkramen, ouwe. O, en we zijn dóór de schutting geklommen, niet eroverheen. Je beveiliging is niet zo goed als je denkt.'

Milly schudt haar hoofd. 'Als je eenmaal gewend bent te liegen, zal het wel een tweede natuur worden.'

Ze kijkt naar haar zus en Simone ziet een golf van die bizarre telepathische communicatie zoals je die tussen zussen ziet tussen hen heen en weer gaan. 'Waarschijnlijk gelooft hij het zelf nog ook,' zegt ze. 'Nu tenminste. Het zal hem wel een uur of wat gekost hebben, maar nu heeft hij het in zijn hoofd herschreven zodat het er goed uitziet.'

'Is dat iets wat die therapéút die me honderd pond per week kost je heeft wijsgemaakt?' vraagt Sean. 'Ik begrijp dat het welbesteed geld is.'

'O, rot op,' zegt Milly. 'Als je niet wilde dat we in therapie gingen, had je moeten proberen er niet vandoor te gaan zodra je de kans kreeg.'

Zijn mond valt open. Dan krijgt zijn gezicht plotseling een wraakgierige, triomfantelijke uitdrukking. 'O, Milly, neem maar van mij aan dat het niet de eerste kans was.'

Er daalt een afgrijselijke stilte neer tussen de drie Jacksons. Heeft hij dat echt gezegd? denkt Simone. Dat kan hij niet zo bedoeld hebben. Sean zou nooit opzettelijk iemand op zo'n manier kwetsen.

Milly wendt zich af met een gezicht dat een en al verslagenheid uitdrukt. Ze begint naar de aanbouw te lopen, met een stramme rug, en haar zus haalt haar met twee snelle passen in.

'Nee, luister,' zegt Sean, 'zo bedoelde ik het niet. Kom op, meiden...'

'O, hou je bek toch, pap,' zegt India vlak voor ze de deur van de aanbouw achter zich dichtslaat.

Hij blijft een paar seconden in de zon staan, zijn dochters nakijkend. Op dat moment kun je al zijn jaren aan hem afzien, en niet in gunstige zin. Simone heeft altijd van rijpere mannen gehouden, al zolang ze zich kan heugen. Ze houdt van hun kracht, hun gezag en hun zelfvertrouwen. Ze heeft nooit ingezien wat er zo leuk is aan de puisterige jongens die om de meisjes bij haar op school hangen, met hun slungelige, grijpgrage handen en hun gewoonte in een zwakke imitatie van rastataal te vervallen als ze zich onzeker voelen. Maar op dit moment kan ze de oude man zien die Sean zal worden, en heel even beangstigt het haar. Zal ik tevoorschijn komen, vraagt ze zich af. Hij ziet eruit alsof hij wel iemand kan gebruiken om mee te praten. Maar voordat ze kan beslissen, draait hij zich om en loopt langzaam terug naar het huis, met gebogen hoofd en hangende schouders.

Ze wacht een paar minuten en gaat dan zelf naar de aanbouw, gedreven door nieuwsgierigheid met een klein scheutje leedvermaak. De meiden van Jackson hebben haar altijd gemeen behandeld, altijd op zoek naar een kans om haar te bespotten, dus ze moet wel in de verleiding komen om van hun nederlaag te genieten.

Ze zijn aan het inpakken.

'Hallo!' zegt ze. 'Wat zijn jullie aan het doen?'

India draait zich als door een wesp gestoken om, zo verbaasd alsof ze was vergeten dat Simone zelfs maar bestond. 'We gaan,' zegt ze. 'Je mag dit hier voor jezelf hebben.'

Simone zet een verbaasd gezicht op. 'Maar waarom? Jullie zijn er nog maar net.'

'Bemoei je met je eigen zaken,' zegt Milly, en dan gaan ze allebei met een wraaklustige energie verder met het gooien van onopgevouwen kleren in hun opengeritste tassen. Maar Milly kan haar gedachten niet binnenhouden, ook al staat Simone erbij. Ze beginnen met elkaar te praten alsof zij onzichtbaar is.

'Zo kan hij niet tegen ons praten,' zegt ze. 'Ongelooflijk dat hij denkt dat het oké is om zo tegen ons te praten.'

'Hij weet dat het niet kan,' zegt India. 'Stomme ouwe klootzak. Net iets voor hem. Hij weet heel goed dat het niet oké is, maar hij doet het toch. Ik ben er klaar mee. Nu is het afgelopen, verdomme.'

'Als hij denkt dat ik nog eens een weekend naar hem toe ga omdat hij omgangsrecht heeft, zit hij ernaast. Hij stopt het maar in zijn reet.'

India ploft op haar matras en belt Inlichtingen met haar mobiel. 'Een taxibedrijf in Bournemouth, alstublieft,' zegt ze. 'O, ik heb geen pen. Kunt u me doorverbinden?'

Ze kijkt op naar haar zus. 'Het geeft niet, Mills. We wisten toch al hoe hij was.'

Milly zucht en haar mondhoeken trekken naar beneden. Dan schudt ze haar hoofd als een hond in de regen. 'Ja. Hij bekijkt het maar.'

'Hallo,' zegt India. 'We willen graag van Sandbanks naar het station, alstublieft. Ja. Zo snel mogelijk.'

Simone ziet ze naar de oprit benen en gaat terug naar haar ligstoel. De volwassenen zullen haar hulp straks nodig hebben. Het ziet ernaar uit dat het een heerlijke dag gaat worden.

20

Haar stemming slaat om in woede bij het benzinestation buiten Arundel. Ik ga in de rij staan voor koffie en Big Macs, en zij gaat naar de wc, en als ze terugkomt heeft ze twee verticale rimpels tussen haar wenkbrauwen en rode blossen op haar wangen. Ze beent over het plein en ouders duiken op hun kinderen om ze uit de weg te trekken.

De stoelen zijn aan de tafels vastgemaakt met een tussenruimte die napraten ontmoedigt, zodat ze niet op een stoel kan ploffen, maar ze maakt een schuiver die de hevigheid van haar emoties overbrengt.

'Ik heb een Big Mac, friet en een vanilleshake voor je genomen,' zeg ik om haar gunstig te stemmen.

Ze keurt me geen blik waardig. Pelt het papier van haar hamburger en werkt hem in drie walgende happen naar binnen. Kauwt als een wolf die een weerloos lam verslindt en zuigt zo hard aan het rietje in haar shake dat ze paars aanloopt. Uiteindelijk zie ik de rilling die gepaard gaat met ijshoofdpijn en zet ze de beker met een klap op haar dienblad. Dan trekt ze het deksel eraf en begint de frietjes in het restant te soppen. Mijn god. Wat mensen al niet verzinnen.

'Ze heeft tegen me gelogen, verdomme,' zegt ze.

Bedankt, Claire. Laat het maar aan mij over om je dochter om te praten. Waarom ook niet? We hebben tenslotte altijd een innige band gehad.

Ik voorzie mijn vierdubbele espresso van suiker en neem een teug. Die is lauw en het maalsel is verschrikkelijk aangebrand door oververhitte stoom, maar het is koffie. Nog zo eentje en ik red het tot de lunch, hopelijk. Ik snak naar een sigaret. Ik heb er al bijna zestien uur geen gehad. Die mensen hebben geen idee.

'Ze hebben allemaal tegen me gelogen, verdomme,' zegt ze. 'Geen wonder dat ze me thuis heeft gehouden alsof ik een freak ben, zogenaamd voor mijn eigen bestwil. Waarom? Ik bedoel, wat heeft het voor zin? Dachten ze echt dat ik er niet achter zou komen? Ik blijf niet eeuwig thuis wonen.'

Ze is net zo'n prinses uit een sprookje. Weggehouden van de buitenwereld omdat de koning niet wilde dat ze een eikel zou tegenkomen. Of zoiets.

'Ik denk dat het iets ingewikkelder ligt,' zeg ik voorzichtig.

'Ik wil het niet horen.'

'Ze houdt zielsveel van je.'

'O, kom op, zeg.'

Ze richt haar aandacht weer op haar frietjes, die ze een voor een in haar mond duwt, als papier in een vernietiger, en ik geef me voorlopig gewonnen. Nip van mijn koffie en wacht op wat er verder maar gaat komen. Ruby is niet de treurwilg die ik me had voorgesteld toen ik haar ging ophalen. Ik had gedacht dat ik een genade-engel zou zijn, dat ik stralend van eigen goedheid confidenties zou lospeuteren, tranen zou opdeppen en troostende armen om schokkende schouders zou slaan. Amazones lijken niet voor dezelfde mate van medeleven in aanmerking te komen als tere poppetjes. Ze worden geacht anderen troost te bieden, niet er zelf behoefte aan te hebben. Het lijkt erop dat Ruby haar lesje heeft geleerd.

'Het is allemaal één grote gore leugen,' zegt ze. 'Als ik weer thuis ben mol ik die hele kloteschrijn. Weet je wel hoe het is om daar elke dag naar te moeten kijken? Ze doet er walgelijk sentimenteel over. Het is Coco voor en Coco na, en ik hou mijn mond omdat... Ik weet niet wat. Ik weet niet eens waarom. Ze liegt tegen me en ik sloof me uit om haar ertegen in bescherming te nemen. Ik heb nog nooit een verjaardag gehad die alleen van mij was. In twaalf jaar is er niet eentje geweest die er niet op uitdraaide dat zij boven de taart zat te snotteren. En de zomer is altijd bij voorbaat al bedorven omdat ik weet dat ze dan weer gaat rouwen, en ik dacht... O, kút. Maar vroeger dacht ik tenminste dat het was omdat ze dood was. Als ik nu naar haar kijk, kan ik alleen maar denken: waarom? Waarom lieg je tegen me?'

Ja, denk ik, maar in feite is het nog erger. Claire zit te wachten op een kind dat nooit meer terug zal komen, en ze vertelt dit leugentje om bestwil omdat ze dat ergens wel weet. Ik kan me niets ergers voorstellen. Ik heb me altijd afgevraagd hoe Sean er zo goed mee kon leven. Mannen zullen wel gewoon anders zijn. Ik begrijp waarom ze Ruby die stomme leugen vertelde toen ze nog te klein was om het allemaal te snappen, maar die tijd is allang voorbij en nu zitten ze in de val, allebei. Al die dingen die buitenstaanders in hun oneindige wijsheid over haar moeder meenden te moeten zeggen; en Ruby had niemand om iets aan te vragen. Ik moet haar tot bedaren zien te brengen voordat ze elkaar weer spreken. Als Claire erachter komt dat Ruby het allemaal weet, allang, helemaal alleen in het Coco-museum, zal ze dood willen. Dat zou ik willen. Ik zou elke dag sinds haar verdwijning al dood hebben gewild.

'Het spijt me, Ruby,' zeg ik.

'Waar heb jíj spijt van?' vraagt ze achterdochtig. 'Wat heb jíj gedaan?'

'Dat is niet eerlijk. Je weet dat "het spijt me" dat niet altijd betekent.'

'O, dus het is médelijden. Bof ik even.'

Ze heeft haar friet op, verfrommelt het kartonnen bakje en smijt het op het dienblad. Kijkt me kwaad aan, steekt het rietje weer in haar milkshake en drinkt. 'Je hebt me nog steeds niet verteld wat er is gebeurd,' zegt ze. 'Jouw versie. Niet die van een ander.'

'Oké. Maar we zullen dit buiten moeten doen. Ik moet roken.'

We gaan met onze bekers naar het parkeerterrein en gaan op een bult met dennennaalden bedekte kale aarde zitten. Ik draai een sjekkie. In de loop van mijn verslaving heb ik veel van 's werelds meest glamoureuze plekken gezien. 'Toen ze je op maandagochtend kwamen halen voor het ontbijt, lag jij als een roos te slapen en was Coco weg,' vertel ik haar.

'Zomaar?'

'Er zat een gat in de schutting. Indy en ik hadden het donderdagmiddag ontdekt toen pap ons op straat had laten hangen, en we kropen erdoor naar binnen en gingen zwemmen. Het zat er waarschijnlijk al de hele zomer. Ook aan zee kunnen mensen de verleiding van een onbewaakt zwembad niet weerstaan. Ik neem aan dat de helft van de tieners in de omgeving ervan wist. En het slot van de terrasdeur was geforceerd. Geen vingerafdrukken. Nou ja, alleen vingerafdrukken van alle mensen die er het hele weekend waren geweest, en van de schoonmakers en de bouwvakkers en de klusjesmannen, maar ze werden stuk voor stuk afgevinkt en daarna was er niets meer. Geen DNA, geen sporen van iets wat je niet zou verwachten. Het was alsof... alsof ze in rook was opgegaan.'

'En ik was niet wakker geworden?'

Ik schud mijn hoofd. Steek mijn sjekkie op en drink mijn koffie, en heel even lijkt alles goed te gaan.

'Waar was iedereen? Ik begrijp het niet. Hoe kunnen ze nou niets hebben gehoord? Als er iemand had ingebroken had hij toch een hels kabaal gemaakt?'

'Ik weet het niet, Ruby. Het is mogelijk dat dat slot al kapot was. Niemand wist nog of die deur op slot zat toen hij aankwam. Als je het niet probeerde voordat je de sleutel omdraaide, zou je waarschijnlijk gewoon denken dat je de deur op slot en weer opendraaide terwijl er in werkelijkheid niets gebeurde.'

'En verder sliep er niemand beneden?'

'Er was een babyfoon,' zeg ik.

'En ze hoorden niets?'

God, het klinkt verschrikkelijk. Het ís verschrikkelijk. Ze verdienden die 'Wat zijn dat voor mensen die...?'-commentaren in de kranten volkomen. Wat voor mensen doen er nou zoiets? Ik wil wedden dat hij ook een slaappil had genomen, al heeft hij dat nooit toegegeven. Hij hoorde de babyfoon niet omdat hij een weekend vol rode wijn en god mag weten wat nog meer lag weg te snurken.

'Pap was alleen. Je moeder was zaterdagavond naar huis gegaan, of eigenlijk zondagochtend heel vroeg. Ik denk dat ze ruzie hadden gekregen, al is het officiële verhaal dat ze sowieso weg zou gaan omdat ze maandagochtend meteen op zoek moest naar een nieuw kindermeisje.'

'Dus ze liet mij bij die mensen achter?'

'Ze liet je bij je vader achter. Dat is echt niet zo ongebruikelijk, Ruby. Je begint net als de bladen te klinken.'

'De bladen hebben wel een punt,' zegt ze nukkig.

Ik kan niet boos op haar zijn. Het is tenslotte allemaal al keer op keer gezegd door mensen die er helemaal niets mee te maken hadden. Als iedereen die ooit de *Mirror* heeft gekocht recht heeft op een mening, dan heeft Ruby dat recht zeker, god sta me bij.

'Weet je wat? Jullie hadden een heerlijk weekend. Heerlijk. IJsjes en schelpen en zandkastelen en pootjebaden en alles waar kinderen echt dol op zijn. We gingen met zijn allen naar het strand. Dat weet je nog, hè? De kwal? En zo was het het hele weekend. Jullie hadden het fantastisch. Dat moet je onthouden. Coco en jij waren heel gelukkig, jullie laatste weekend samen. Dat mag je niet vergeten.'

'Nee,' zegt Ruby. 'Ik weet het niet meer. Ik herinner me niets meer. Ik herinner me haar niet eens, eigenlijk. Helemaal niet. Ik zie haar foto elke dag, maar ik herinner me niet hoe ze aanvoelde.'

Opeens ziet ze er afgrijselijk verdrietig uit.

'Wist ik het maar,' zegt ze.

21

2004 | vrijdag | Claire

'Sean, ik weet het echt niet, hoor. Het voelt gewoon niet goed.'

'O, god,' zegt Sean, en hij legt zijn kant van het luchtbed neer in afwachting van een ruzie. 'Daar gaan we weer.'

'Maar ik...'

Hij loopt rood aan, zoals altijd als hij tegenwerking voelt aankomen. Ze zal er nooit aan wennen, die verandering van de charmante man die niets op haar aan te merken had. Maar voordat ze met hem getrouwd was, werkte ze hem ook nooit tegen, natuurlijk. 'Ja, jij, jij, jij. Het gaat altijd om jou, hè? Kom je wel eens op het idee dat er meer mensen op de wereld zijn?'

Het oude liedje. Wanneer Sean bang is dat hij zijn zin niet zal krijgen, komt er een stroom verwijten. *Wat ben je toch egoïstisch. Je houdt nooit rekening met wat ík wil, hè? Je verziekt mijn leven. Je hebt je totaal anders voorgedaan dan je bent. Als ik had geweten hoe je echt bent, was ik nooit met je getrouwd.*

'Maar Sean,' protesteert ze zwakjes, 'het zijn nog maar kleine kinderen!'

Hun onenigheden verlopen altijd op dezelfde manier. Hij wil iets en als zij op de nadelen van dat iets wijst, wordt hij onmiddellijk een baby. Een reusachtige peuter die om zich heen schopt en 'Ik haat je!' naar zijn gemene mammie krijst. In de loop der jaren heeft ze zich teruggetrokken uit de strijd en is ze conflicten gaan mijden waar ze kan, maar haar frustratie sijpelt altijd als passieve agressie naar buiten. Ze hoort zichzelf met een gekwetst, stroef stemmetje zeggen: 'O, doe maar wat je wilt, dat doe je toch altijd,' en veracht zichzelf. Passieve agressie is tenslotte net zo goed agressie. Het is alleen de geniepige versie.

'O, natuurlijk,' zegt Sean. 'Al die jaren medische studie zijn níéts vergeleken bij jouw driejarige ervaring als moeder. Denk je dat Jimmy ze zijn eigen kinderen zou geven als het gevaarlijk was? Echt?'

Ik denk niet dat hij ooit zelfs maar heeft overwogen of het gevaarlijk zou kunnen zijn, denkt ze. Niets van wat ik van Jimmy Orizio heb gezien, geeft mij de geruststellende indruk dat hij goed nadenkt over mogelijke consequenties. Hij kwam niet eens van de bank tot we gingen lunchen, zo'n kater had hij. Hij lag daar maar met het opgedroogde kwijl van de afgelopen nacht in zijn stoppels van drie dagen. De kinderen moeten hebben gedacht dat een van die dronkenlappen van de treden van het oorlogsmonument 's nachts was binnengekomen.

Sean tilt de matras weer op en loopt naar voren. 'Misschien had je een betere relatie met je personeel kunnen onderhouden, dan had je ons niet gedwongen een creatieve oplossing te bedenken om al die kinderen te hanteren.'

Ze kan zich niet inhouden. 'Misschien,' kaatst ze terug, 'hadden we dit nu niet hoeven doen als jij erin was geslaagd een relatie te onderhouden met de kinderen uit je vórige huwelijk.'

Sean rolt met zijn ogen tot de pupillen verdwijnen. 'O, god, daar gaan we weer,' zegt hij, en hij geeft een ruk aan de matras, zodat die door haar handen wordt getrokken en ze een nagel voelt splijten. O, val dood, Sean, denkt ze. Als ik niet mijn halve zaterdag opgeef om dit op tijd voor jouw kostelijke diner te laten opknappen, begin je te zeuren dat ik me laat gaan en krijg je een driftaanval.

'Au. Je breekt mijn nagel.'

Hij luistert niet naar haar. 'Je bent me er eentje, weet je dat? Als je weet dat iets kwetsend voor me is, kun je er niet over ophouden.' Weer het smekende jongetje. Hoe moet zijn moeder geweest zijn? Hij zegt dat zijn vader een monster was, maar haar noemt hij amper. Ze bestond waarschijnlijk alleen maar om te voorzien in alles wat het manvolk wilde. Ik weet dat die klootzakken zeggen dat je eerst naar de moeder van een vrouw moet kijken voordat je besluit of je met haar wilt trouwen, maar als ik het over kon doen, zou ik er een regel van maken precies hetzelfde te doen bij mannen. Hun houding ten opzichte van hun moeder zegt alles over hun houding ten opzichte van vrouwen in het algemeen. Als hun moeder de indruk wekt dat ze een sloof is, ga er dan als een haas vandoor.

Ze manoeuvreren het luchtbed door de tuindeuren naar buiten en de zon in. Claire heeft vandaag maar heel weinig van de zon gezien. Ze is de hele tijd bezig geweest met het opruimen van de puinhopen van de vorige nacht en het bereiden van een eindeloze hoeveelheid broodjes bacon voor de volwassenen en pasta met veel kaas en erwtjes voor de kinderen. Niemand nam zelfs maar de moeite zich aan een etenstijd te houden. Ze liepen gewoon heen en weer tussen de lachbuien bij het zwembad en de keuken en zeiden: 'O, ja, lekker,' als zij de pan weer uit het droogrek pakte. Jimmy en Linda zijn bijna bij de aanbouw met de luchtbedden uit hun eigen kamer. Imogen Clutterbuck staat in de deuropening met een troep kleine kinderen rond haar knieën.

'En gaan we ze echt aan Simone overlaten, zonder iemand anders die toezicht houdt?' vraagt Claire.

'Ze zegt dat ze het graag doet. Ik bedoel, goed, als jij liever thuisblijft, vindt ze dat vast niet erg. En dan zou ik even rust hebben van dat gevit, neem ik aan.'

O, wat onredelijk. Maar ze denkt erover na en ze denkt: ja, oké, dan hoef ik tenminste niet te zien hoe de wijn langs je kin druipt. Hij heeft gereserveerd bij het eetcafé aan de andere kant van de kabelpont. Een paar hemelse uren lang zullen ze niet eens op hetzelfde stuk land zijn. 'Oké,' zegt ze. 'Prima. Ja. Dank je. Goed idee. Dat zou zinnig kunnen zijn, denk je ook niet? Je weet wel, een volwassene toezicht laten houden de eerste keer dat we onze kinderen drogeren?'

Hij blijft weer staan, draait zich om en kijkt haar kwaad aan. 'We drogeren ze niet. God, wat kun je toch overdrijven.'

'Nou, hoe zou jij het dan noemen?'

'Hetzelfde als Jimmy,' zegt hij. 'Het zijn medicijnen, geen drugs. Hoor eens, hij doet dit al jaren en er is niets met zijn kinderen gebeurd, toch? Het is in orde. Het is absoluut in orde. Als je er niet op kunt vertrouwen dat een arts weet hoe het zit, wie kun je dan nog vertrouwen?'

De luchtbedden zijn neergelegd en de lakens ingestopt. Joaquin is de oudste, dus hij krijgt Milly's bed, en Tiggy, die zes is, de slaapbank die aan India was toebedeeld. Het feit dat de oudere meisjes geen gebruik van de lakens hebben gemaakt, betekent tenminste dat niemand eist dat de bedden worden verschoond. Coco en Ruby zullen een luchtbed delen, Inigo en Fred ook. Simones bed is strak opgemaakt en leeg; haar weer ingepakte koffer is eronder geschoven. Ze is geen tiener, denkt Claire, ze is een robot. Al neem ik aan dat opgroeien met ouders die er hun roeping van hebben gemaakt de misstappen van anderen uit de media te houden je best paranoïde zou kunnen maken over je privacy.

Simone, Maria en Imogen drijven de kinderen naar de keuken om hun buikjes te vullen met worstjes en aardappelpuree voorafgaand aan de zopiclon. De mannen hebben zich met een fles champagne in het prieel teruggetrokken. De geur van Seans sigaar hangt in de avondlucht. Ik ben blij dat ik niet meega, denkt Claire. Hij zal zich een stuk lekkerder voelen met die verliefde meid die aan zijn lippen hangt dan met mijn getob over mijn kindjes. Ik mag dan niet sterk genoeg zijn om ze hiervan te weerhouden, maar ik kan er tenminste bij zijn als er iets verkeerd gaat.

Ze trekt de deur dicht om de sigarenrook buiten te houden en loopt naar het huis.

Tiggy, die met haar ellebogen op de glazen eettafel zit, doet moeilijk over haar worteltjes. 'Lust ik niet,' zegt ze. 'Vieze, vieze, vieze worteltjes.' Fred, haar vierjarige papegaai, herhaalt de woorden terwijl hij met de steel van zijn vork op tafel slaat. 'Bieze bieze bieze boddetjes,' brabbelt hij.

Ze heeft er wel begrip voor. Linda kan niet koken. Ze heeft de groenten tot een smakeloze brij gekookt, en die heeft ze op de borden gemikt zonder iets als boter of olie erbij om ze wat smakelijker te maken. Ik gruwde ook van worteltjes toen ik zo oud was, denkt Claire. Gek. Je zou denken dat alles wat zoet is als Haribo in de kinderkeeltjes glijdt. De anderen zitten ook met hun eten te spelen, maar Tiggy is de enige die haar afkeer hardop uit. Ze is de oudste van de kinderen Orizio, en dat geeft haar een bepaald overwicht dat doet vermoeden dat ze gewend is haar eigen beslissingen te nemen, ook al is ze pas zes.

En ook al is het niet waar, denkt Claire. Ik denk niet dat ze veel keus heeft als het op slapen aankomt, om maar iets te noemen. Ze kijkt op haar horloge. Het is zeven uur geweest en ze hebben om half negen gereserveerd. Als ze de kinderen verdoofd en rustig genoeg willen hebben om de anderen de pont te laten halen, moeten ze het tempo een beetje opvoeren.

'Weet je wat?' zegt ze vrolijk, kijkend naar de gezichtjes van haar dochters, die peinzend naar hun eigen bord kijken. 'Het is vakantie, dus zullen we zeggen dat iedereen één ding op zijn bord niet hoeft op te eten? We moeten wel ruimte overhouden voor het ijs, hè?'

Zes paar ogen draaien met onverhulde opluchting haar kant op. Ze knikken enthousiast. Joaquin, arrogant in zijn status van enige zevenjarige, neemt niet de moeite naar haar te kijken, maar zelfs hij knikt.

'Dat moet je niet doen,' zegt Imogen verwijtend. 'Je leert ze te denken dat ze straffeloos lastige eters kunnen zijn.'

Claire trekt minachtend een mondhoek naar haar op. 'Oké, opschieten!' zegt ze. 'Wie het laatste zijn bord leeg heeft is een banaan!'

Zogenaamd op zoek naar het ijs loopt ze naar Linda bij het keukeneiland. Ze heeft zich al op de avond gekleed in een strakke stretchjurk die zo wit is dat ze vermoedt dat hij is bewerkt met een chemisch stofje om hem te laten oplichten onder ultraviolet licht, met daarbij een platina sieradenset bestaande uit een collier, een armband en oorbellen – het is duidelijk dat Jimmy het uitdelen van uppers en downers niet als liefdewerk ziet – en transparante perspex muilen die elk botje in haar bijzonder knokige voeten duidelijk laten uitkomen. De jurk laat niets aan de verbeelding over en Claire constateert tot haar voldoening dat Linda ondanks haar onmiskenbare sportschoolverslaving – ze is een soort teakhoutbruin en haar gezicht begint rimpels te krijgen van het grimassen op de fitnessapparaten – toch zadeltassen boven aan haar dijen heeft. Hij zal er snel genoeg kritiek op krijgen, denkt ze hatelijk, denk maar niet van niet, want ze weet, niet dat iemand het haar heeft verteld, dat Linda met haar man neukt. Linda doet zo suikerzoet tegen haar, al hebben ze elkaar tot gisteravond amper gezien, dat het niet anders kan, en toen ze gisteravond aankwamen, heeft Sean Linda een glas gekoelde chardonnay gebracht zonder haar te vragen wat ze wilde drinken.

Linda heeft een doordrukstrip pillen en een blauw pillensnijdertje op het werkblad gelegd. Ze deelt twee pillen zorgvuldig in tweeën en dan in vieren. Een kwart van de dosis voor een volwassene? Dat meen je niet, denkt ze.

'We hoeven dit niet te doen, hoor,' zegt ze zacht. 'Ik blijf bij de kinderen. Zullen we gewoon zeggen dat we het hebben gedaan, maar het niet doen?'

'Relax, schat,' zegt Linda. 'We doen dit zo vaak, echt. Er is niets aan de hand.'

'Maar als ik er één neem, val ik al om, en ik weeg zevenenvijftig kilo.'

'Dat komt doordat het werkt, schat.'

Doe niet zo uit de hoogte, denkt ze, trut die je bent. Dat jij een arts bedriegt, wil nog niet zeggen dat je zelf arts bent.

'Er is een enorme foutmarge,' vervolgt Linda. 'Pas bij zes of zeven hele pillen zouden ze een beetje gevaar kunnen lopen. Echt. Jimmy zou het niet doen als hij dacht dat het gevaarlijk was.'

'Maar... ik geloof dat de tweeling amper dertien kilo weegt. Ze zijn klein voor hun leeftijd. Kunnen we ze niet iets anders geven?'

Linda haalt haar schouders op. 'Zoals?'

'Ik weet het niet. Hoestdrank?'

Linda lacht. Het klinkt hatelijk. Ze legt zes kwart pillen op een rij, stopt de overgebleven stukjes terug in de doordrukstrip en legt die met de pillensnijder terug in de bovenste la van het eiland, bij het bestek. 'Die mag ik maandag niet vergeten,' zegt ze met een knipoog. 'Daar zullen mogelijke kopers van schrikken! Maar echt. Hoestdrank. Mijn kinderen zouden om tien uur nog tegen het plafond stuiteren.'

'Maar het zijn kinderen. Je wéét dat je kinderen geen medicijnen voor volwassenen moet geven. Het staat er met koeienletters op, godbetert.'

Weer dat lachje. 'O, Claire,' zegt ze, 'je bent kostelijk. Die waarschuwingen zijn voor dómme mensen.'

Imogen pakt zes bakjes en zes lepeltjes, vult de bakjes met twee scheppen vanille-ijs en schenkt er goudkleurige siroop over. 'Dit vinden ze heerlijk,' zegt ze. 'Door de kou verandert de siroop in toffee. Veel goedkoper dan Ben & Jerry's.'

'Strooisel,' zegt Simone. 'Ik was gek op strooisel toen ik nog klein was.'

'Zeg nou niet dat je het strooisel bent vergeten, Linda,' zegt Maria. 'Ik dacht dat dit huis van alle gemakken was voorzien?' Ze lachen allemaal. Claire draait haar hoofd met een ruk en kijkt naar Maria, zoekend naar een teken dat het een onschuldige opmerking was. Ze weten het, denkt ze. Ze weten het allemaal. Daarom trekken ze zich niets van me aan, dit weekend. Ze weten allemaal dat ik bijna weg ben en die daar heeft mijn plaats al ingenomen, wat hen betreft. Ze lachen me achter mijn rug uit. Waarschijnlijk zijn ze door het dolle heen omdat ze geen last van me zullen hebben, vanavond.

Imogen loopt met de bakjes naar de tafel, *tik-tik-tik* op haar hoge parlementariërsvrouwenhakken. Haar haar is zo stijf als een plank door de chemicaliën die het in perimenopauzale krullen dwingt en ze draagt een hemdjurk vol paardenbitten. Haar sieraden zijn van goud, uiteraard; subtiel, voornaam goud, met alleen een vijfkaraats saffier (een saffier! Maar natuurlijk! Zelfs haar sieraden zijn Tory-blauw!) aan haar ringvinger bij wijze van bling. 'Zo!' roept ze uit. 'Wie wil er ijs?'

Linda deint achter haar aan met de pillen in haar hand. 'Eerst de vitaminen, Imo,' zegt ze. 'Je kent de regels! Aan zee slikt iedereen vitaminen!'

De kinderen wenden hun blik af van het hypnotiserende zoet en kijken naar haar op. 'Jullie willen morgen toch niet moe zijn?' zegt ze. 'Kom op, allemaal. Een vitaminepilletje voor iedereen, zodat jullie sterk en fit worden! Even slikken en dan krijgen jullie je toetje!'

Ze kijkt naar de vrouwen. Maria draagt scharlakenrood, haar kenmerkende kleur, een halterjurk die haar schitterende decolleté goed laat uitkomen, strak in de taille voor het mediterrane drama, een uitlopende rok met ruches langs de zoom op kniehoogte. Simone heeft haar voorbeeld gevolgd en draagt net zo'n jurk, maar dan twee maten kleiner en in een zachte tint blauw die haar ivoorwitte huid accentueert. En make-up. Ze is dik opgemaakt, alsof ze naar een feest gaat, niet naar een hamburgertent aan het strand.

Ze verzamelen zich rond de tafel als een heksenkring, zich lief over de kinderen heen buigend om ze slaapmiddelen te voeren en ze te helpen die weg te spoelen met slokjes water. Ze woelen door hun haar, geven zoenen op hun kruin en prijzen ze om hun gehoorzaamheid. Tiggy, die in de 'nee'-fase zit, stribbelt tegen, maar het dreigement dat ze dan moet zien hoe haar moeder haar ijs voor haar opeet, maakt dat ze snel zwicht. En dan is het gebeurd. De bakjes worden op tafel gezet en het eten begint.

Ik verdraag het niet, denkt Claire. Ik ben een verschrikkelijke moeder.

Ik zou in staat moeten zijn me te verzetten, me niet zo op mijn kop te laten zitten voor hun eigen gemak. Als de meisjes dit als volwassenen zouden ontdekken, zouden ze het me nooit vergeven.

'Weet je wat,' zegt ze, 'ik heb me bedacht. Ik ga toch maar mee uit eten.'

De vrouwen draaien zich naar haar om en staren haar aan. 'O,' zegt Imogen. 'Tja, maar wie let er dan op de kinderen?'

'Simone had het al aangeboden. Ja toch, Simone? Je wilt het toch nog wel? Het is tenslotte de verjaardag van míjn man.' Ze kijkt Linda recht aan. 'Ik zou niet willen dat hij me mist.'

Ze rent naar boven om zich om te kleden en trekt haar Chanel-zomerjurk aan en de hakken van Stuart Weitzman die een gruwel zullen zijn op het zandpad van de pont naar het eetcafé. Ze spuit glans op haar haar, steekt het op met behulp van een blonde vlecht aan een speld en laat losse krullen langs haar lange, gladde hals vallen, zoals hij altijd zo mooi vond. Hij zei altijd dat ze hem aan een zwaan deed denken met haar sierlijke hals, dat ze door het leven gleed alsof het helder water was. Ik draag geen sieraden vanavond, denkt ze. Ik laat Linda er opzichtig, vulgair en oud uitzien tussen de strandjeugd en de jachtwerfklanten die het eetcafé meestal bevolken. Op het laatste moment schopt ze de aanstellerige schoenen uit en verruilt ze voor een paar ballerina's. Ze zal de diamanten die hij haar op hun huwelijksdag heeft gegeven bewaren voor morgenavond, bij wijze van geheugensteuntje.

Als ze terugkomt in de keuken, beginnen de pillen te werken. Simone zit ontmoedigd op een van de barkrukken, met haar handen tussen haar benen. Haar ene schoen bungelt aan haar grote teen. Sorry, denkt Claire. Jij kunt er ook niets aan doen. Je bent betrokken geraakt bij grotemensendingen en je verdient beter, maar dit is mijn leven, en mijn huwelijk, en ik ga me niet uit medelijden met jou laten vernederen in mijn eigen huis, om de donder niet. Ik heb me laten overhalen mee te werken aan een intens immorele daad. Het moet érgens goed voor zijn.

De kinderen aan de tafel zijn stil. Monden beginnen open te zakken, schouders hangen en Inigo heeft zijn hoofd op zijn uitgestrekte arm gelegd. Fred gaapt en dan trekt de geeuw als een golfbeweging door de groep.

'Je ziet er fantastisch uit,' zegt Maria op die vriendelijke toon waarmee je een onbeholpen tienermeisje zou aanspreken dat naar haar eerste schoolfeest gaat. Val dood, denkt Claire. Het is nu te laat om te doen alsof je mijn vriendin bent.

'Bedtijd!' zegt ze opgewekt. Tiggy doet haar mond open om ertegen in te gaan, maar de gedachte, wat die ook was, glipt weg voordat ze die in woorden kan vatten. Ze loopt naar de tuindeuren en roept door de schemering: 'Heren! De kinderen kunnen naar bed! Een beetje hulp, graag?'

'Komt eraan!' roept een stem vanuit het prieel. Ze draait zich om en kijkt naar haar dochters. Coco's ogen vallen dicht en ze maakt een rukkerige beweging, alsof ze droomde dat ze van haar stoel viel.

22

2004 | vrijdag | Sean

Hij verontschuldigt zich en gaat naar de aanbouw om te zien hoe het gaat. De anderen zijn vrolijk, zorgeloos, en niemand lijkt het nodig te vinden om een kijkje te nemen, zelfs Claire niet, dus doet hij het zelf maar. Het was een gespannen avond. Het eetcafé, met zijn uitzicht over het zilveren water naar de donker wordende bult van Brownsea Island, is chiquer geworden sinds zijn jeugd; de oude kaart met magnetronquiche en *cottage pie* is vervangen door een ruimere keuze aan vis, schaaldieren en tiramisu, maar het gezelschap was ongemakkelijk.

Hij begrijpt nog steeds niet waarom Claire, die de hele dag zo in de contramine was, opeens heeft besloten toch mee te gaan, na al haar arrogante bezorgdheid om haar kinderen. Dus in plaats van met zijn minnares te kunnen flirten terwijl haar partner zich een coma zoop aan de Jack Daniel's met cola, moest hij verdragen dat zijn slonzige vrouwtje en zij elkaar over het geblokte tafelkleed heen verbaal afmaakten als Bette Davis en Joan Crawford. En nu plakt Claire als een zuigvis aan Linda en is de kans dat hij nog even met haar alleen kan zijn tot nul gereduceerd. Hij heeft zin om even rustig een sigaar te roken, en dit is een goed excuus.

De blinden en shutters van de ramen van de aanbouw zijn dicht, maar er dringt nog een zwak licht door de lamellen. Hij klopt op de deur en hoort beweging binnen. Er valt een schaduw over het glas en Simone doet open.

'O, hallo,' mompelt ze. 'Jullie zijn er weer. Was het leuk?'

'Ja hoor,' zegt hij, 'al hebben we je natuurlijk gemist. Ik heb een glaasje bubbels en een stuk van die waanzinnige chocoladetaart voor je meegebracht die ze daar nu op de kaart hebben.'

'O.' Simone bloost tot achter haar oren, alsof hij haar met diamanten heeft verrast. Ach, jonge meisjes, denkt hij, zo opgetogen over de kleinste cadeautjes. Waren die twee van mij maar zo. Die lijken helemaal niets te kunnen waarderen.

'Dank je,' stamelt ze, en haar wimpers fladderen als motten tegen haar wangen. 'Wat aardig van je.'

'Onzin,' zegt hij. 'Het was wel het minste wat ik kon doen nu jij zo grootmoedig bent geweest. Hebben ze zich gedragen?'

'O...' Even lijkt het alsof ze de kinderen helemaal vergeten is. Ze kijkt over haar schouder en duwt de deur open, zodat hij zes lijfjes stil en bewegingloos op de luchtbedden ziet liggen, middeleeuwse, uit steen gehouwen grafmonumenten. Het ruikt binnen naar winden en zonnebrandlotion. 'Ja. Ze hebben geen kik gegeven.'

'Uitstekend,' zegt hij, 'uitstekend. En hoe is het met jou?'

Ze straalt. 'Goed. Ik heb gelezen en wat op internet gesurft.' Er hangt een paar oordopjes om haar nek en ze pakt er een om hem duidelijk te maken hoe ze dat zo stilletjes heeft kunnen doen.

'Heb je wel gegeten?'

'Ik heb een broodje gesmeerd, maar ik wilde ze niet te lang alleen laten voor het geval er eentje wakker werd.'

'Heel gewetensvol, al weet ik zeker dat het niet nodig is. Heb je ook maar iets van ze gehoord?'

'Geen kik.'

Hij wordt overspoeld door joviale grootmoedigheid. 'Nou, kom even frisse lucht happen bij je taart,' zegt hij tegen haar. 'Ik wilde even in het prieel gaan zitten, kom je erbij?'

Simone siddert zo ongeveer van blijdschap. 'Natuurlijk,' zegt ze. 'Graag.'

Het is hier heerlijk en vredig. Het geluid van stemmen zweeft vanuit de keuken hun kant op, ongeveer net zo luid als het ruisen van de zee op de achtergrond. Het is een perfecte avond: het land is nog warm van de dag en er staat een zachte bries. Simone zit rustig naast hem, zonder te vitten, zonder naar zijn aandacht te hengelen, maar tevredenheid uitstralend terwijl ze van haar champagne nipt. De taart zit in een bakje, met een plastic vorkje erbij, en ze maakt het open, neemt een hap en zucht van genot.

'Lekker?' vraagt hij, en ze knikt. Hij steekt zijn sigaar op, legt zijn vrije arm op de rug van de bank en slaat het ene been over het andere. Ondanks de beproevingen van de avond voelt Sean zich vervuld met hartelijkheid en levensvreugde. Konden alle interacties met vrouwen maar zo moeiteloos verlopen, denkt hij. Er gebeurt iets met ze als ze ouder worden. Ze lijken zich er niet van te kunnen weerhouden verbitterd te raken. Konden ze maar eeuwig zestien blijven – niet wettelijk te jong, zoals Simone, maar wel lief en plooibaar en dankbaar voor aandacht.

'Wil je proeven?'

'Nee, nee,' zegt hij, 'ik heb genoeg gegeten. Geniet er maar van.'

Simone neemt nog twee happen en schuift het bakje dan spijtig van zich af. Ze nipt van haar champagne en zegt hoe lekker die is.

'Je lust toch nog wel wat?' vraagt hij.

'Het is heerlijk,' zegt Simone, 'maar erg machtig.'

'Je bent toch niet bang dat je dik zult worden?' plaagt hij.

'Nee, nee,' antwoordt Simone, maar ze ziet er gegeneerd uit in het schemerdonker. Misschien wil ze gewoon niet gulzig overkomen; misschien is ze echt bang om dik te worden.

'Je hebt een prachtfiguur,' zegt hij galant. Hij neemt een slok whisky en voegt eraan toe: 'Ik wil wedden dat je een sliert jongens achter je aan hebt lopen, als jonge eendjes.'

Ze kijkt naar het tafelblad en haar haar valt voor haar gezicht. 'Niet echt.'

'O, kom op,' zegt hij plagerig. 'Zo'n knappe meid als jij?'

Ze kijkt weer naar hem op. 'Jongens van mijn leeftijd zijn zo onvolwassen. Ik heb liever mannen.'

De woorden zweven tussen hen in op de avondlucht. In de verte galmt Charlie Clutterbucks rijpe, vette lach door de open deur. In het halfvrijstaande huis met sierpleister achter de schutting wordt nadrukkelijk een raam dichtgeslagen. De kleinzielige ouwe nicht die er woont klaagt al de hele zomer over geluidsvervuiling en zijn verontwaardiging is kennelijk nog niet opgebrand. Nou, succes ermee, denkt Sean. Ik denk niet dat mensen die drie miljoen op tafel kunnen leggen voor dit huis van plan zijn hun zomers door te brengen met het in een bruin vest gestoken verzorgen van hun hortensia's.

Hij kijkt op zijn horloge en ziet dat het middernacht is. 'Nee maar!' zegt hij. 'Ik ben jarig!'

'O!' zegt Simone kronkelend op haar stoel. 'O, gefeliciteerd!' Ze heft haar glas en ze klinken en drinken.

'En wat een heerlijk begin,' zegt hij tegen haar. 'Ik had me geen beter gezelschap kunnen wensen.'

'Ik hoop dat het een heerlijk jaar voor je wordt,' zegt ze. 'Ik hoop dat het je beste jaar van allemaal wordt.'

Hij maakt een steunend geluid. 'Dat zit er niet in, ben ik bang.' Hij is behoorlijk dronken, merkt hij, en te loslippig, maar dan beseft hij dat het hem niets kan schelen, omdát hij dronken is. Het komt allemaal toch uit, binnenkort. Wat kan een vijftienjarige beginnen? 'Ik weet niet of het je is opgevallen,' zegt hij, 'maar het loopt niet zo lekker tussen Claire en mij.'

Simone strijkt haar haar achter haar oor en richt haar aandacht weer op haar taart. 'Nee,' zegt ze, 'dat heb ik wel gezien. Ze doet niet erg aardig tegen je, hè?'

'O, goddank,' zegt hij, en hij gaat rechtop zitten, blij dat hij een luisterend oor heeft gevonden. 'Iemand die me gelooft! Je hebt geen idee hoe moeilijk het is om een man te zijn. Iedereen lijkt ons de schuld te willen geven als er iets misgaat.'

'Het is gemeen,' zegt ze. 'Daar hebben pap en Maria continu mee te maken, met de bladen. Pap zegt dat het verschrikkelijk is, want iedereen gelooft een vrouw die haar verhaal vertelt, maar als een man dat doet, is hij een schoft.'

'Precies.'

'Ze zou niet zo tegen je moeten praten. Het is niet respectvol.'

'Zo was ze niet toen ik haar leerde kennen,' zegt hij. 'Soms denk ik dat ze gek is.'

Simone lijkt de mogelijkheid te overwegen. 'Ik weet niet of ik wel iets moet zeggen. Ze is je vrouw.'

'Geeft niet.' Sean voelt zich even schuldig. 'Het spijt me. Ik had je er niet bij mogen betrekken.'

'Het is al goed,' stelt ze hem snel gerust. 'Ik zal niets zeggen. En ik... ik ben er zelf over begonnen. Ik had niets mogen zeggen. Het gaat me niets aan, alleen...'

Hij wacht.

'Als ik je vrouw was,' zegt ze met een stokkend stemmetje, 'zou ik nooit zo tegen je praten. Jij bent zo... En zij lijkt het helemaal niet te waarderen.'

'Ik werk me kapot om haar alles te geven wat ze hebben wil, maar ze lijkt zich alleen maar aan me te ergeren.'

'Je werkt heel hard,' beaamt ze. Dan: 'Waarom gaan jullie niet uit elkaar?'

Sean neemt nog een slok whisky, een trek van zijn sigaar. Ze kijkt zwijgend naar hem. Wat een schatje, denkt hij. Zo zacht en lief en kalm. Als ik het allemaal over kon doen...

'Zo makkelijk gaat dat niet,' zegt hij. 'Een scheiding... Het is zwaar. Je ziet hoe India en Milly tegen me doen. Hun moeder heeft ze tegen me opgezet, want zo gaat dat, na een scheiding. De moeder krijgt de kinderen en de vader wordt buitengesloten. Ik zou het niet kunnen verdragen, niet nog een keer. De tweeling aanbidt me nu. Ik wil niet meemaken dat ze net zo nukkig tegen me gaan doen als de meiden. Als de tweeling er niet was, zou het anders zijn. Als ze niet geboren waren. Maar we hebben ze nu, en dat bindt ons voor het leven. Ook al zouden we uit elkaar gaan. Het is gewoon niet zo makkelijk, als je eenmaal kinderen hebt. Ik zou nooit afstand van ze kunnen doen.'

Hij schept voldoening in zijn eigen deugdzaamheid. Ik ben een goede vader, zegt hij tegen zichzelf. India en Milly zien het dan misschien niet, maar ik ben een goede vader.

'Trouwens,' zegt hij, 'wat hebben ze nog voor hoop als ze met haar meegaan? Ze zou ze kapotmaken. Je hebt haar gezien. Ze is van lotje getikt.'

In een flits ziet hij zichzelf met Claire op een bankje aan de Theems zitten en hetzelfde over Heather zeggen. Is dat het, vraagt hij zich af. Worden alle vrouwen gewoon krankzinnig na een tijdje? Die in mijn leven wel, lijkt het. In het begin aanbidden ze me, maar na een tijdje raken ze verbitterd. Mijn echtgenotes, mijn vriendinnen. Het is niet eerlijk. Het heeft duidelijk iets te maken met de vrouwen die ik uitkies. Maria Gavila is niet zo, en Charlie Clutterbuck is al negentien jaar getrouwd en hij is een oetlul.

'Maar goed,' zegt hij, 'het is mijn verjaardag. Laten we erover ophouden. We zouden het moeten vieren. Hier.' Hij pakt het plastic vorkje, spietst er een hapje taart aan en houdt het bij haar mond. 'Neem nog wat taart.'

'Nee!' protesteert ze, en hij ziet dat ze enorme pupillen heeft.

'Ja,' zegt hij, en hij houdt het hapje dichter bij haar mond.

Simone opent haar mooie lipjes en laat zich door hem voeren.

23

Bij Yeovil begint het te regenen. Dichte, stormachtige West Country-regen uit een donkere lucht die pas de volgende ochtend weer licht zal worden. Twee uur 's middags, en alle auto's doen hun koplampen aan. Ik haat januari. Zo ongeveer om de anderhalve kilometer wordt de auto door een windvlaag opgetild en een stukje naar rechts weer op de grond gesmakt. We praten niet meer. Ik heb alles wat er nog van mijn brein over is nodig om ons heelhuids op onze bestemming te krijgen.

Een uur later neemt de avondschemering het over van de donderwolken en kruipen we door smalle lanen waar witte borden opdoemen die met een vinger in willekeurige richtingen wijzen. We komen bij een kruispunt waar alle vier de vingers naar Barnstaple wijzen en de gps zegt dat we midden in een weiland zitten. Ruby ontwaakt uit haar misèrecoma en gluurt naar buiten.

'Ik herken het hier,' zegt ze. 'Je moet hier naar rechts.'

Ik sla rechts af. De weg wordt smaller: een pad tussen oplopende bermen met hagen die het laatste daglicht opslokken. Gigantische bomen verstrengelen hun kale takken boven ons en vormen een spookachtige wintertunnel. Ik kan me Sean hier niet voorstellen. Ik weet dat hij hier is opgegroeid, maar hij hield altijd meer van witte rotsen en felle zon; van een zee waar je, zoals hij zei, in kon zwemmen, en restaurants met een terras, zodat de hele passerende bevolking kon zien dat je aan de champagne zat. Om de tweehonderd meter zit er een gat in de haag dat toegang biedt tot een huis of veld, maar er schijnt geen licht door het donker. Hier geen oprukkende nieuwbouw. Hij zal wel teruggegaan zijn om zijn jeugd het nakijken te geven, om degene te zijn die is geslaagd. Of er hier nog iemand is die hem destijds kende, is maar de vraag.

Een auto nadert ons van achteren in het donker. Hij is veel groter dan wij, met ledkoplampen die schitteren als duizend zonnetjes. Ik draai mijn spiegel om hem te dimmen, maar hij dondert dichterbij. Kleeft aan mijn bumper en brult met zijn motor.

Ruby kijkt over haar schouder. 'O, kijk,' zegt ze, 'een hufter.'

'Juist,' zeg ik. Ik probeer mijn aandacht bij de weg voor me te houden, maar die lichten werpen een spookachtige, krankzinnige gloed in ons interieur. Het voelt alsof we op de hielen worden gezeten door een draak. Tegen wil en dank meerder ik vaart tot ik net zo bang ben voor wat er voor ons kan opduiken als voor een aanrijding van achteren.

Er doemt weer een bord op uit het donker. ORFORD, staat erop. De rivieren hier hebben monosyllabische namen, een onmiskenbaar teken van eeuwenoude bewoning. Deze wegen liepen ooit langs de bovenrand van onbeschutte weiden, door verder ondoordringbare wouden. Deze bermen zijn in de loop van duizenden jaren ontstaan, naarmate het pad dieper en dieper in de aarde wegzakte. Ze zijn niet opgebouwd; ze zijn uitgesleten.

'Hier,' zegt Ruby. 'Naar rechts.'

Ik rem en zet mijn richtingaanwijzer uit, en de auto achter ons ramt ons op een haar na. Hij gaat op zijn claxon staan. En ja, ik weet dat er een man achter het stuur zit. Wie zou dat niet weten? God, die klootzakken: ze kopen een dikke auto en opeens is de weg van hen. Hij neemt afstand en ik sla af. Hij blijft achter ons aan rijden.

'Godver,' zeg ik.

'Misschien moeten we hem erlangs laten,' zegt Ruby.

'Ja,' beaam ik, en ik minder vaart om een plek te zoeken waar ik hem kan laten passeren. Hij komt weer dicht op me rijden en laat de motor brullen. Ik steek een hand op om de binnenspiegel af te schermen; het licht is zo verblindend dat ik de weg amper kan zien.

Ik zie een opening in de berm links en sla af. De auto zwenkt om ons heen en trekt op. Ik vang een glimp op van een vrouw naast de bestuurder. Ze heeft graniethard blond haar en kijkt strak voor zich, alsof we niet bestaan. Dan worden we verblind door felrode remlichten en verdwijnen ze achter de volgende bocht. Een Mercedes. Natuurlijk een Mercedes. Het zijn de beroerdste chauffeurs van de wereld, de Mercedes-rijders. Nou ja, afgezien van het Audi-tuig misschien.

'Jozef op een driewieler,' zeg ik.

'Eikel,' zegt Ruby. 'Ik hoop dat hij een klapband krijgt.' Dan voegt ze eraan toe: 'Ik geloof dat we er bijna zijn. Nog een paar bochten en dan links. Er is een bord.'

Ik ben nog niet van de schrik bekomen en kruip met dertig kilometer per uur door, wachtend tot mijn hartslag weer normaal is. Nog drie bochten en dan duikt het bord uit de schemering op. Discreet maar ook weer niet, haaks op de weg en in van die adellijke kleuren groen en goud, net als die borden die waarschuwen voor overstekende kinderen die ze gebruiken om reclame te maken voor kostscholen.

BLACKHEATH HOUSE

EIGEN WEG

De oprijlaan is afgesloten met hoge metalen hekken van het soort dat je meestal bij de huizen van voetballers ziet, en ervoor staan twee auto's. Eentje is de Mercedes. Uit de andere stappen twee mannen in jopper die naar de Mercedes lopen.

'Dat zijn journalisten,' zegt Ruby. Je hoeft geen neurochirurg te zijn. Niemand draagt een dikke jas met veel zakken in de auto, tenzij hij snel in actie moet kunnen komen.

Er is verder niemand. De smalle grijze oprijlaan splitst zich na honderd meter bij de muur van het landgoed. De bestuurder van de Mercedes maakt zijn portier open en stapt uit. Het is Charlie Clutterbuck. Ik had het kunnen weten. Hij wil naar de intercom lopen, maar de journalisten bespringen hem. De ene heeft een camera en de andere zwaait met een notitieboekje en een soort recordertje.

'Shit,' zeg ik, 'dat gaat een eeuwigheid duren. Als die man ergens dol op is, is het wel zichzelf horen praten.'

Charlie werpt een blik in onze richting en maakt een wuivend gebaar. Ik draai mijn raampje naar beneden om hem te horen. '... weet dat jullie gewoon je werk doen...' Zijn stem, vol en machtig als *steak and kidney pudding*, dondert door de donker wordende lucht.

Het portier aan de passagierskant gaat open en Imogen stapt uit. In het licht van mijn koplampen zie ik dat ze niet zozeer ouder is geworden, de afgelopen tien jaar, als wel uitgehard. Het haar, dat op Sandbanks nog wel eens kon bewegen in de bries, ziet eruit alsof het in plastic is gegoten en de huid ziet er glanzend en glad uit. Ze draagt een Chanel-pakje, misschien een uitverkoopje, tegenwoordig, nu Charlie zijn parlementaire salaris en de bijkomende bestuursfuncties kwijt is, en zwarte lakschoenen met degelijke hakken die het versleten wegdek nét aankunnen. Ze steekt de oprijlaan over en laat haar hand in die van haar man glijden. Ze staan in het felle licht van de auto's plechtig te kijken terwijl de fotograaf *tsk, tsk, tsk* doet met zijn sluiter.

Goh, leuk voor ze, denk ik, hun foto na al die tijd weer in de krant. Ik druk de claxon heel licht in en ze schrikken, alsof ze niet hadden gemerkt dat er mensen achter ze stonden te wachten.

'Ik ken die man,' zegt Ruby.

'Dat lijkt me wel. Charlie Clutterbuck. Voormalig parlementslid en beroepsbombast. Weet je nog? Hij liep over naar de nazi's en verspeelde zijn inleg. Die draak naast hem is zijn vrouw, Imogen. Ik dacht al dat ze me bekend voorkwam. Ik ga wel. Maak je geen zorgen. Blijf zitten en hou het raam dicht.'

Imogen laat Charlies hand los en drukt op de bel van de intercom terwijl hij doordondert over trouwe vrienden die elkaar vijftig jaar hebben gekend en dreigend onze kant op kijkt. De journalisten kijken ook onze kant op en steken de koppen bij elkaar. Ze vragen zacht iets aan Charlie en hij knikt kort, zelfgenoegzaam tot het laatst. Het hek begint open te schuiven. De Clutterbucks gaan terug naar hun auto en ik zet me schrap om achter ze aan te rijden. 'Sla die sjaal over je hoofd,' zeg ik tegen mijn halfzusje. Misschien kunnen we ongedeerd langs het welkomstcomité komen.

Ze komt langzaam tot leven, maakt haar gordel vast en drapeert haar sjaal in Meryl Streep-stijl om haar hoofd. De Mercedes komt in beweging en ik kruip erachteraan. De fotograaf duikt naar voren en schiet een paar plaatjes, maar ik vermoed dat de meeste geruïneerd zullen zijn door de reflectie van de flitser in de ruiten. De Mercedes rijdt door het hek en de achterlichten gaan aan. Hij blijft staan, nét op het terrein van Blackheath.

'Nee,' zeg ik. 'Nee, nee, nee, nee, kút.' Ik hou de claxon ingedrukt om hem duidelijk te maken dat hij door moet rijden. Geen reactie. Hij houdt me opzettelijk tegen. Ik zie het hek dichtschuiven en sla machteloos tegen het stuur. De remlichten doven en de Mercedes verdwijnt in het donker voor ons.

'Waarom deed hij dat?' vraagt Ruby. 'Waarom? Waarom zou je zoiets doen?'

'Omdat hij een eikel is. Omdat hij altijd al een eikel is geweest,' zeg ik. En nu is hij een radeloze eikel, en die zijn het ergst van allemaal.

'Blijf zitten,' zeg ik. 'Je bent vijftien, ze mogen geen foto's van je maken, maar ik wil niet dat ze je belagen.'

Ruby verstijft met haar hand op de hendel van het portier. Ze kent deze wereld nog niet waarin je in het middelpunt van de belangstelling staat, of je wilt of niet. Wat haar motieven ook zijn, Claire heeft goed werk geleverd en Ruby heeft er geen idee van hoe bekend ze is. Meer mensen zouden moeten begrijpen wat een geschenk het is, opgroeien met het idee dat je niets bijzonders bent.

Ik stap uit. De lucht is vol van de geur van natte aarde en de oplopende bermen zijn bedekt met mos. Een tros sneeuwklokjes steekt dapper wit en groen de kop op in de schaduw van de bomen. Pap is al zo lang dood dat hij de puntjes van de bladeren niet meer zal hebben zien opkomen. Binnenkort is het krokustijd. En ik wil wedden dat dit bos in het voorjaar vol grasklokjes staat. Ik voel weer een steek. Ik heb geen idee, en zal nu nooit meer weten, of hij ook maar iets om de natuur gaf, afgezien van hoe hij die kon gebruiken om zijn huizen beter verkoopbaar te maken, maar het is een raar idee dat hij die grasklokjes nu nooit meer zal zien.

De fotograaf heft zijn camera en begint te schieten. *Tsk, tsk, tsk, tsk, tsk*, gaat de sluiter. Ik loop naar de intercom alsof de journalisten er niet zijn.

'Camilla?' roept die met het notitieboekje. 'Het spijt me van je vader, Camilla.' Godvergeten psychopaten. Een en al medeleven als ze denken dat het ze iets oplevert.

Ik negeer ze. Druk op de bel en wacht, zogenaamd gefascineerd naar de intercom kijkend. 'We vroegen ons af of er nog nieuws is. De uitvaart is maandag, hè? Hoe is het met de familie? Hoe is het met je stiefmoeder? Is dat Ruby in de auto? Hoe is het met haar? Ze moet er kapot van zijn. Heeft ze iets gezegd?'

De camera doet weer *tsk, tsk, tsk, tsk, tsk* en ik druk nog eens op de bel. Gek, hoe we erop getraind zijn te glimlachen zodra er een camera in zicht komt. Ik moet me uit alle macht concentreren om mijn gezicht strak te houden. Daar zit ik net op te wachten, een foto van mezelf, grinnikend boven de kist van mijn vader, op de voorpagina van de *Daily Leedvermaak*.

'Heb je Claire gezien? Hoe is het met haar? Is ze van streek?'

Ik werp hem een dreigende blik toe. *Tsk, tsk, tsk, tsk, tsk*, doet de camera. 'Jullie lijken wel heel graag te willen dat mensen van streek zijn,' zeg ik. 'Waarom is dat?'

Vragen altijd met wedervragen beantwoorden. Dat heb ik lang geleden van Sean geleerd. Soms is passieve agressie echt de beste verdediging.

Hij trekt het zich niet aan. 'Ik doe gewoon mijn werk, Camilla,' zegt hij. 'Ze bleven goed met elkaar omgaan, hè? Dat is best indrukwekkend, gezien alles wat er was gebeurd. Wat is er met Coco gebeurd, denk je?'

'Mijn zusje, bedoel je? Wil je dat ik midden in de ene familietragedie over de andere ga roddelen? Ben je van de pot gerukt?'

'Blijf je voor de uitvaart? Komen er veel mensen, denk je? Heb je enig idee wie? Je vader kende veel belangrijke mensen, hè? Denk je dat de geruchten rond de manier waarop hij is gestorven mensen ervan zullen weerhouden te komen?'

'Wauw,' reageer ik. 'Vroeg je dat nou echt?'

Eindelijk, eindelijk knettert de intercom tot leven. 'Blackheath?'

'Camilla Jackson,' zeg ik.

'O,' zegt de stem. 'De Clutterbucks zijn letterlijk nét door het hek gekomen. Heb je ze niet gezien?'

'Jawel,' zeg ik. 'Ik heb ze gezien.'

'O,' zegt de stem. Ik herken hem niet, maar ik heb ook niet veel woorden om op af te gaan. Het slot dreunt en het hek schuift weer open. Ik loop zo kalm als ik kan terug naar de auto terwijl mijn minizwerm paparazzi met me mee draaft, de lens op mijn gezicht richtend en vragen op me afvurend. Ze weten dat ze nog maar een paar seconden hebben om me een reactie te ontlokken voordat ik buiten hun bereik ben. Journalisten zijn net vampiers. Ze kunnen alleen binnenkomen als je ze uitnodigt.

Ruby zit in de auto, met haar mond halfopen, zodat haar beugel zilverig schittert in het zwakke licht. Ik duik achter het stuur en trek het portier dicht. 'Gordel om. Ze smullen ervan als je de wet overtreedt.'

'Ruby!' roept de persmuskiet. 'Hoe voel je je? Het spijt me van je vader...'

De oprijlaan loopt in een bocht tussen de bomen door, zodat het onmogelijk is het huis vanaf de weg te zien. Dikke waterdruppels spatten uit de kale takken boven ons tegen de voorruit en de bermen aan weerszijden van het pad zijn bedekt met zwarte bladeren. Er groeit mos tussen de bandensporen. Met korstmos bedekte stenen markeren de grens tussen het gras en de weg om te voorkomen dat voertuigen op de zachte aarde belanden. We komen bij een parkeerhaven en ik stop. Ik zit nog te beven; god mag weten wat er in Ruby omgaat na de aanvaring met de journalisten. Ik leg een hand op haar arm.

'Gaat het?'

Ze wikkelt langzaam de sjaal af en laat hem op haar schoot vallen. 'Ik denk het wel. Gaan ze bij de begrafenis ook zo doen?'

'Ik hoop het niet.' Het zou zoiets als een demonstratie van de Westboro Baptist Church worden.

'Waar ging dat over?' Ik zie dat zij ook een beetje beverig is.

'O, god, het zijn journalisten. Het gaat niet echt over iets. Ze doen het nog in hun slaap. Daarom hebben ze zo'n hoog echtscheidingspercentage.'

'Nee, ik bedoel de Clutterbucks.'

'Hoeveel scheldwoorden ken je, Ruby?'

'Een stuk of achttien, schat ik.'

'Oké. Nou, die allemaal, eigenlijk. Narcistische persoonlijkheidsstoornis.'

'O, kak.'

'Weet je wat dat is?'

'Nogmaals, Milly, ik ben niet in een grot opgegroeid. Doe mij maar een lekkere persoonlijkheidsstoornis.'

'Mij ook! Zeg nou niet dat het in de familie zit! Ik heb de DSM-IV op mijn nachtkastje liggen!'

'Dat meen je niet! Ik heb de DSM-V!'

We kijken elkaar aan en ik voel een lichte sfeerverschuiving in de auto. We hebben een ietsepietsie meer respect voor elkaar gekregen. Wie had dat kunnen denken, na al die jaren apart van elkaar? We hebben iets gemeen, iets concreets. We zijn allebei dol op gekken.

‘Zullen we dit weekend een wedstrijdje houden?’ vraag ik.

‘O, goed plan,’ antwoordt ze. ‘Die kerk zal overlopen van de gevallen.’ Dan denkt ze aan de kerk en wat we er gaan doen en klapt haar mond dicht.

Ik schakel en we kruipen weer een bocht om. En daar staat Sean Jacksons laatste wapenfeit: Blackheath House. Een landhuis dat met zijn onfeilbare blik is omgetoverd in een landhotel. Een barok buitenhuis dat er gezandstraald, geschilderd en gevoegd uitziet, met dakpannen in onberispelijke rijen en de borstwering langs het bordes op de eerste verdieping waar de voordeur op uitkomt vervangen voor een bedrag dat normaal gesproken thuishoort in de heuvels van Hollywood. Het is zo oud als de bomen eromheen, dit huis, maar Sean heeft het van zijn oudheid ontdaan en het afgrijselijk, pijnlijk perfect gemaakt. Zelfs als ik niet had geweten van wie dit huis was, had ik zijn hand herkend zodra ik het zag. Alles blinkt, zoals in Disneyland.

Op het grind aan de voet van het bordes staat een verzameling auto’s. Twee Mercedessen, een Bentley, een Range Rover en een Ford Fiesta uit de vorige eeuw met een gebutste voorbumper, verspreid als modelautotjes die door een achteloos kind zijn weggegooid. De Clutterbucks pakken een reusachtig, spuuglelijk boeket bloemen van de achterbank van hun grote glimmende auto, die gehuurd is, zie ik nu. Kennelijk willen ze de schijn ophouden nu ze in de provincie terugkeren.

Ik stop aan de rand van een gazon dat óf vierhonderd jaar lang liefdevol is verzorgd, óf afgelopen najaar is aangelegd. Ik hou het op het laatste. We stappen uit. Het huis is stil. Er is niemand naar buiten gekomen om ons te verwelkomen, om ons aan de boezem van de familie te drukken.

Ik been naar Charlie toe. ‘Wat had dat verdomme te betekenen?’

Hij doet alsof hij een sprongetje van schrik maakt, alsof hij me niet heeft zien aankomen. Het moet iets van politici zijn; ik weet zeker dat ik Boris Johnson, David Cameron en zelfs John Prescott hetzelfde toneelstukje heb zien opvoeren. Jij bent niets, zegt het, jij doet er zo weinig toe dat het me verbaast dat je me zelfs maar durft aan te spreken; maar dan wel op zo'n manier dat je ze niets kunt maken, want die schrik zóú echt kunnen zijn, je weet het maar nooit.

'Pardon?'

Imogen staat achter hem bij de koffers. Ze neemt me van top tot teen op, zich afvragend of ik het waard ben dat ze mijn aanwezigheid erkent. Zo is ze altijd al geweest. Ze zei alleen iets tegen me als mijn vader erbij was. Destijds was ik niet eens stemgerechtigd, tenslotte. Ik snap niet waarom het nu pas tot me doordringt, maar ze is een rasechte Afhankelijke, onze Imogen. Ze kan niets zonder goedkeuring van de Grote God Charlie. Daarom zijn ze natuurlijk zo lang bij elkaar gebleven. Alleen een rasechte Afhankelijke zou een leven met Charlie Clutterbuck verkiezen boven een leven in de goot.

'O, kom op, Charlie. Doe nou niet alsof het per ongeluk was. Waarom versperde je me de weg zo? Wat moest dat voorstellen?'

Hij neemt me op. 'En u bent...?'

En opeens dringt het tot me door dat hij niet weet wie ik ben. Die volwassenen die zo'n grote plek innamen in ons eigen leven... Je vergeet hoe klein jouw rol in het hunne was. In ons kinderlijke bewustzijn, onze wirwar van emoties, kwam het niet in ons op dat wij in de ogen van Charlie en Imogen, en de anderen, vermoedelijk, maar stipjes waren. Aanhangsels van de volwassenen in ons leven. Geen echte mensen. Ruby is uit de auto gestapt en schuifelt gegeneerd over het grind. Hij heeft waarschijnlijk ook geen idee wie zij is. Wij zijn maar onbeduidende mensjes in een onbeduidend autootje, schoonmaaksters, waarschijnlijk.

'Milly,' zeg ik. 'Ik ben Milly Jackson. En dat is Ruby. De dochters? Weet je nog?'

Charlie draait meteen bij. 'Nee, maar, Milly, lieve kind! Je bent veranderd. En Ruby! Hoe ís het? Lieverds, ik wil alleen maar zeggen hoe erg ik het vind.'

'Van jullie verlies,' zegt Imogen.

‘... van jullie verlies. Jullie vader was een fantastische man. Een van mijn levenslange vrienden, zoals jullie weten.’

O, hou toch je kop, pompeuze eikel. ‘Het zou beter met ons gaan als we geen spitsroeden hadden hoeven te lopen doordat jij ons buiten het hek had gehouden. Ongelooflijk. Wat bezielde je?’

‘Ik...’ Hij kan niets bedenken wat hem niet in een kwaad daglicht stelt. Ik sta versteld van mijn eigen brutaliteit. We zijn niet grootgebracht met het idee dat je volwassenen als gelijken mag aanspreken. Nog maar een paar jaar geleden zou ik hem meneer Clutterbuck hebben genoemd. Hij is erg rood geworden in de loop der jaren. Zijn gezicht is bijna paars en ik zie couperose overal langs zijn neus, zelfs in het zwakke licht.

Een stem roept vanaf het bordes. ‘Hallo? Wat staan jullie daar in de kou? Jullie zullen wel snakken naar een borrel.’

We kijken allemaal om en zien Maria Gavila in de open voordeur staan, met een hoog, dramatisch kapsel en in een zachtrode tricot jurk. Ze heeft een omslagdoek om haar schouders gewikkeld en slaat haar armen om zichzelf heen terwijl ze praat.

Ruby barst in tranen uit.

24

2004 | zaterdag | Simone

Een uitbarsting van geschreeuw buiten en dan slaat de motor af en wordt het stil bij Seawings. De vrouwen kijken allemaal op zoals je opkijkt als er een motor terugslaat.

'Aaah,' verzucht Maria. 'Het is alsof je met je hoofd tegen een muur bonkt, hè? Zo zalig als je ermee ophoudt.'

De anderen lachen. Iedereen houdt van Maria, ook als ze banaliteiten spuit. De empathie straalt uit al haar poriën. Simone weet nog hoe verrukt ze als vijfjarige was toen haar vader iemand had gevonden om mee te trouwen die zo warm was, met zulke open armen. Maria gaf haar het gevoel dat ze bijzonder was. Het duurde een paar jaar voordat ze doorhad dat Maria iedereen dat gevoel gaf. Elke dag. Het is niet haar persoonlijkheid, het is haar beroep.

Maria verdient de kost met het verkopen van verhalen aan de pers, of met het afleiden van de aandacht van de pers van verhalen die het onderwerp ervan niet in de openbaarheid wil hebben door andere, mindere cliënten voor de leeuwen te gooien. Meestal voormalige cliënten. Wat de mensen niet beseffen wanneer ze zo iemand als Maria in de arm nemen om hun bekendheid te vergroten, is dat zodra ze je bekendheid eenmaal heeft vergroot, iemand van je heeft gemaakt waar de pers meer van wil weten, je voor altijd zult moeten blijven betalen. Die warme, invoelende houding dient om jou ertoe aan te zetten alles op tafel te gooien, om je voor te bereiden op het onvermijdelijke: 'Als ik je ga vertegenwoordigen, moet ik alles weten. Ik kan geen dingen buiten de pers houden waarvan ik het bestaan niet weet.' En wee je gebeente als je ooit ruzie krijgt. Voor een bedrijf als dat van Maria is een nieuwe cliënt gewoon een ex-cliënt die je nog niet hebt verraden. Als er tegenwoordig een oud schandaal over een allang niet meer bestaande boyband boven water komt, vraagt Simone zich meteen af wie van Maria's huidige cliënten is betrapt op een triootje.

Toch bewondert ze haar ook. Je moet wel respect hebben voor iemand die contact kan houden met de eerste vrouw en op goede voet kan blijven staan met de tweede. Maria en Linda snijden meloenen en druiven voor het ontbijt van de kinderen, lachend om een grap die iets met badkleding te maken heeft. Linda loopt in bikini, hoewel het nog geen negen uur is en er nog niemand in de buurt van het zwembad is geweest. Ze draagt er een korte witte kaftan op, met een goudkleurige schakelceintuur die op haar heupen hangt, maar die is zo doorzichtig dat hij er net zo goed niet had kunnen zijn. Aan haar voeten prijken witte sandalen met enkelbandjes. Claire, die de tweeling in hun kinderstoelen vastgespt, kijkt zuur naar haar. Het is wel duidelijk waarom. In Simones ogen is ze het toppunt van glamour, alsof ze op het dek van een jacht bij Cap Ferrat is gestapt. Hoewel ze het lichaam heeft van een oude vrouw, heeft ze tenminste haar best gedaan om het in vorm te houden, ook na drie kinderen.

Claire heeft haar figuur nooit echt teruggekregen na de tweeling, en de meisjes zijn nu drie. Haar buik lubbert nog onder haar jurk; ze zal nooit meer een bikini dragen. De aanblik maakt Simone melancholiek. Ik zou me nooit zo laten gaan, denkt ze. Ik zou trainen en trainen tot mijn buik weer zo hard was als die van Linda. Arme Sean, voor de rest van zijn leven tot zoiets veroordeeld. Geen wonder dat hij kwetsbaar is. Sommige vrouwen hebben geen idee hoe gelukkig ze zich mogen prijzen.

Maria vangt haar blik en knipoogt. Zuigt haar weer in haar kring van warmte. Ik sta aan jóúw kant, zegt die knipoog. Simone glimlacht poeslief terug. Ze heeft het van geen vreemde.

De kinderen zijn nog suf. Alleen Joaquin was wakker toen de vrouwen naar de aanbouw gingen om ze eruit te laten, en zelfs hij was betrekkelijk makkelijk; hij zat rustig op zijn bed naar de vliegen te kijken in plaats van tegen het plafond te stuiteren, zoals anders. Inigo gaapt en rekt zich uit boven zijn muesli. Hoewel Simone zelf de vorige avond geen pil heeft gekregen, weet ze precies hoe hij zich voelt. Ze voelt zich plooibaar en loom vanochtend, alsof ze in honing is gedoopt, in de ban van haar eigen ontluikende macht. Ik had hem kunnen hebben, denkt ze, als hij niet zo integer was. Ik voelde het tussen ons, de overspringende vonken, toen hij me die taart voerde. Ik heb nooit geweten dat iets zo eenvoudigs zo betoverend kon zijn.

'En dat is nog een voordeel,' zegt Linda trots. 'Geen driftbuien, de volgende ochtend. Echt, als het niet verboden was, zou ik ze er elke dag een geven.'

'Als wij aan de macht zijn,' zegt Imogen, die met dat 'wij' vermoedelijk op de partij van haar man doelt, 'gaan we al die overheidscontrole terugschroeven. Het beleid op het gebied van volksgezondheid en veiligheid is helemaal uit de klauwen gelopen. We lopen het risico een complete generatie van watjes groot te brengen.'

'En wie moeten we dan de oorlog in sturen?' vraagt Claire. 'Stel je voor.'

Imogen hoort het sarcasme niet, al ontgaat het verder niemand. Er is Simone iets opgevallen aan de vrouwen van politici die bij hen thuis zijn geweest terwijl haar ouders een pekelzonde van hun man toedekten, een kleine onregelmatigheid op declaratiegebied: de enige humor die zij bereid zijn te erkennen, is die van het sportieve-liefdadigheids-waterballonsoort. Imogen weet in de verste verte niet wat ironie is.

'Tja, weet je,' zegt ze, 'het zal de economie wél beïnvloeden. Een bepaalde mate van uitval onder de jonge mannen remt de bevolkingsgroei.

En het spaart pensioen, natuurlijk.' Ze straalt. 'Zo fijn om ergens te zijn waar je zulke dingen mag zeggen. Je moet zo op je tellen passen in de omgang met het electoraat. De Blairs hebben de kiezers zo opgefokt over vooroordelen dat ze zich bij het minste of geringste in hun kuif gepikt voelen.'

Claire verbijt zich en schenkt sinaasappelsap in de verzameling tuitbekers. Ze zet er twee voor haar dochters neer en aait over hun warme, zijdezachte bolletjes. Coco leunt achterover tegen haar hand en ze slaat een arm om haar schouders en drukt haar tegen zich aan. Simone kijkt afgunstig toe. Het is niet eerlijk. Waarom ben ik zo laat geboren?

'Maar de kosten van al die gewonden moeten dat voordeel toch zeker opheffen?' vraagt Linda.

'Niet echt,' zegt Imogen. 'Ze vechten minder in de kroeg als ze op krukken lopen, toch?'

Op die verduidelijking volgt een korte stilte en dan een uitbarsting van gelach. 'O, Imogen,' zegt Linda, 'je bent hilarisch.'

'Hoezo? Ik zeg gewoon hoe het zit. Als je naar de statistieken kijkt, zie je dat het klopt.'

Je bent echt de stomste vrouw die ik ooit heb gezien, denkt Simone, en ik heb de Spice Girls gezien. Geen wonder dat je walgelijke man met je getrouwd is. Je bent precies zoals hij denkt dat vrouwen zijn.

Een geluid in de tuin en dan komen de mannen een voor een naar binnen door de tuindeur. Afgezien van Jimmy dragen ze allemaal de voor hun klasse voorgeschreven vrijetijdskleding: een wijde short met een madrasruitje, een katoenen overhemd en, omdat de zon nog maar net is begonnen de dauw op het gras te verdampen, een v-halstrui voor de warmte. Jimmy draagt een spijkerbroek en een verschoten Nirvana-tourshirt uit 1992. Hij ziet eruit alsof hij in een coverband zit die op kampeerterreinen speelt. Ze maken een zelfingenomen indruk, alsof ze een grote overwinning hebben behaald.

'Goed gedaan,' zegt Maria. 'Wat heb je gezegd?'

'Nou,' zegt Sean, 'uiteindelijk heb ik het geld het woord laten doen. Waarom zou je miljonair zijn als je niet kunt kopen wat je hebben wilt, nietwaar?'

'Hoeveel?'

'Duizend,' antwoordt hij zo achteloos alsof het een fooi is. 'De helft nu en de rest als ze tot morgenmiddag twaalf uur wachten.'

'Ze probeerden ons wijs te maken dat ze het volgens hun contract vanavond af moesten hebben en dat ze daarna boetes moesten betalen,' zegt haar vader, 'maar toen ik vroeg of ze echt dachten dat iemand het zou komen controleren voordat het lange weekend erop zat, stonden ze met hun mond vol tanden.'

'Ik heb gezegd dat ik de boete ook wel wil betalen,' vertelt Sean. 'Ik wilde ze tot maandag weg zien te houden, maar morgenavond stappen ze op de boot terug naar Polen, dus...'

'O, goed gedáán,' zegt Maria. 'Jullie zijn mijn helden.'

'Ik heb natuurlijk ook gevraagd of hun papieren wel in orde waren,' zegt Charlie. 'Ze sloegen meteen terug met dat Vrije Verkeer. Klote-EU. Over een paar jaar worden we overspoeld door Oost-Europeanen, let op mijn woorden.'

'En dan slaan onze metselaars alarm omdat hun banen worden ingepikt,' zegt Imogen. 'Dat hadden ze moeten bedenken voordat ze lid werden van de vakbond.' De gemiddelde Britse bouwvakker is in haar ogen een socialist. Ze zou zich veel meer zorgen maken als de Tsjechen oprukten naar het financiële hart van Londen.

'Is er nog koffie?' vraagt Jimmy. 'Het voelt alsof ik een dode muis in mijn mond heb.'

'Je zou kunnen proberen je tanden eens te poetsen,' zegt Linda zonder hem aan te kijken. Hij lacht en steekt zijn middelvinger naar haar op. Simone is gevoelig genoeg voor sfeer om de rilling door de keuken te voelen trekken. Ze begint te begrijpen dat ongelukkige stellen plagerijtjes gebruiken om hun weerzin in het openbaar te verdoezelen. Linda en Jimmy,

Sean en Claire: de steken onder water vliegen heen en weer, verpakt in lachjes met ontblote tanden, en niemand, ziet ze nu, die erin trapt. Haar vader en Maria zullen nooit, maar dan ook nooit zo tegen elkaar praten, maar anderzijds heeft ze ook nooit gezien dat ze ruzie hadden. Ze zijn net een goedgeoliede machine; hun gedachten en gevoelens zijn zo op elkaar afgestemd dat ze elkaars zinnen kunnen afmaken, en hun gezamenlijke, onuitgesproken doelen zijn zo duidelijk dat ze er geen woorden aan vuil hoeven te maken. Vooruit zien te komen. Zorgen dat onze kinderen vooruitkomen. Krijgen wat we willen. Nooit vijanden maken.

'Eet op,' zegt Linda tegen iedereen in het algemeen, 'dan kunnen we naar het strand.'

'Ik ga nergens heen,' zegt Jimmy. 'Als we een rug hebben betaald voor wat rust en stilte aan het zwembad, blijf ik bij het zwembad, verdomme.'

'"We"?' herhaalt Linda met grote, onschuldige ogen. 'Waar hebben wíj een rug vandaan gehaald?'

Jimmy knijpt zijn ogen tot spleetjes en loopt naar de espressoautomaat. Begint eraan te rammelen, tilt deksels op en gluurt erin, wrikt aan de filterhouder. 'Wacht,' zegt Simone, die door de keuken naar hem toe loopt, 'laat mij maar.'

'Ha, fijn.' Er landt een hand in haar nek en ze huivert. 'Er is tenminste nog íémand hier die een oude man wil helpen.'

Ze kronkelt onder de aanraking vandaan. Jimmy ruikt zuur. De chemische stofjes die door zijn huid naar buiten sijpelen, neemt ze aan, en het feit dat hij niet meer heeft gedoucht sinds zijn aankomst hier. Waarschijnlijk denkt hij dat hij wel schoon wordt in het zwembad. Ze neemt zich voor er niet meer in te gaan.

Linda pakt haar koffiekop. 'Nou, ik ga die jacuzzi uitproberen,' zegt ze. 'Redden de dames het verder met het ontbijt? Ik zal de afwasmachine inruimen voor ik wegga.'

'Ha,' zegt Sean, die zijn tred aanpast aan haar wiegende heupen, 'net wat ik nodig heb, de jacuzzi.'

'Veel plezier,' zegt Maria. 'Wij maken het hier af en gaan met de kleintjes naar het strand.'

'Nee,' zegt Claire bruusk, 'sorry, Sean, maar ik moet iets aan die nagel laten doen. Die nagel die jij gisteren hebt gebroken, met de matras? Je zult op de tweeling moeten passen tot ik terug ben.'

Simone loopt naar het keukeneiland om een maatschepje voor de koffie te zoeken. In de la liggen de tabletten van de vorige avond, daar achtergelaten door Linda. Wat een stomme plek om ze op te bergen, denkt ze. Minstens drie van die kinderen zijn groot genoeg om bij die la te kunnen. Ze legt ze onder de bestekbak, waar ze uit het zicht zijn, maar binnen handbereik voor later, kiest een lepel uit en loopt terug naar de espresso-automaat.

'O,' zegt Sean.

'Misschien willen ze met Linda en jou in de jacuzzi?' zegt Claire poeslief, en ze houdt zijn blik vast tot hij zijn keel schraapt en zijn blik afwendt. 'Zou dat niet leuk zijn? Dat zouden ze enig vinden. Zouden jullie dat niet leuk vinden, meisjes? Een lekker warm bad met bubbels? En bij pappie zijn?'

De tweeling lijkt niet onder de indruk van het voorstel, maar ze zijn ook amper wakker.

'Kan het niet wachten?' vraagt hij. 'Of neem ze mee.'

'Sorry. Ik zal in het centrum moeten parkeren en blijven rondlopen tot ik een salon vind.'

'Waarom googel je geen salon op je telefoon?' vraagt Simone.

'Kan dat?' zegt Imogen. 'Wat ze al niet verzinnen.'

'Ja, kijk maar.' Ze pakt Claires telefoon en klikt de browser aan. 'Zie je wel? En hier is Google. Je kunt nagelsalons in Bournemouth googelen.'

'Krijg nou wat,' zegt Claire, al kijkt ze niet blij. 'Ik had wel gehoord dat het kon met die nieuwe telefoons, maar ik had nooit gedacht dat ik er ook zo een had.'

'O, hou op, zeg,' valt Sean geërgerd uit. 'Kijk je dan nooit naar die dingen? Natuurlijk heb ik je een telefoon met internet gegeven. Iedereen op kantoor heeft er een.'

'Ik vond hem al zo groot. Mijn vorige was zo lekker klein. En al die kleine lettertjes. Het leek me al raar, alleen maar om berichtjes te versturen. Maar hoe betaal ik? Krijg ik een torenhoge rekening?'

'Hij is van de zaak. Jezus. Vrouwen! Lees je dan nóóit iets?'

'Het is een telefóón, Sean,' zegt ze met dat gekwetste stemmetje van haar. 'Ik weet wel hoe een telefóón werkt.'

'Ik geloof niet in het internet,' zegt Imogen.

'Het is de trend van de toekomst, Imogen,' zegt Maria. 'Alle kranten beginnen een online editie. Charlie heeft een website. Wist je dat niet?'

Imogen kijkt verbluft, alsof iemand haar net heeft verteld dat haar man bijklust als stripper. 'Nou, dat moet ik nog zien,' zegt ze.

'O jee,' zegt Charlie, 'echtgenote op het oorlogspad. Nog even, dan zit ik tot aan mijn reet in de alligators.'

'Hoe dan ook,' zegt Claire, 'het maakt niet uit. Ik moet toch naar het centrum, en ik moet een parkeerplaats zoeken en dan moet ik met een buggy naar waar we maar naartoe moeten en ze balen echt in die salons als je met twee peuters komt aanzetten. Ze zijn zelden gezegend met te veel ruimte. Het kan niet, Sean. Jij bent degene die het zich aantrekt als mijn nagels er onverzorgd uitzien. Je wilt je toch niet voor me schamen vanavond bij het diner?'

'Nee,' zegt Sean gemelijk.

'Ik weet het al!' zegt Simone. Ze werpt al hoopvolle blikken op de jacuzzi vanaf het moment dat ze is aangekomen. Het idee van een lange ochtend weken tussen de waterstralen staat haar wel aan. 'Waarom gaan we niet met álle kinderen in de jacuzzi? Leuk!'

Ze ziet Sean en Linda een vreemde blik wisselen. Joaquin springt van zijn stoel, opeens klaarwakker, en stompt in de lucht. 'Ja!' roept hij. 'Jacuzzifeestje!'

25

'O, mijn arme kleine meisje!'

Maria trippelt de treden af op haar elegante hakken en neemt Ruby in een lange, stevige omhelzing. 'Je zult wel uitgeput zijn,' zegt ze. 'Hoe is het, schat?'

Er ontsnapt Ruby een snik en dan een blaat, als van een verdwaald lammetje. Haar schouders schokken en ik loop over van schuldbesef. Het zou zo makkelijk moeten zijn. Als Maria het kan, waarom kan ik het dan in vredesnaam niet? Het enige wat het wicht nodig heeft, is een knuffel en de verzekering dat het allemaal goed komt.

De Clusterfucks schuifelen wat met hun voeten over het grind alsof ze zich niet op hun gemak voelen. Ik moet erom denken dat ik Ruby later over die bijnaam vertel. Daar zal ze van opvrolijken.

'We hebben bloemen meegebracht,' zegt Imogen in een soort poging erkenning te krijgen. Maria knikt en neemt het boeket met één hand aan terwijl ze haar andere arm om de schouders van mijn zus geslagen houdt. Grote, witte, wasachtige broeikaslelies. Ik dacht dat mensen geen bloemen meer meebrachten naar begrafenissen? Ik zou zweren dat ik 'geen bloemen' in het overlijdensbericht in *The Times* heb zien staan. De Clusterfucks drentelen nog wat rond, duidelijk verbaasd dat zij niet boven aan de prioriteitenlijst voor de begroetingen staan, en lopen dan naar het huis. 'Robert is zeker binnen?' roept Charlie over zijn schouder.

'Ja,' antwoordt Maria. 'Ze zitten in de salon.' Ze richt haar aandacht weer op de omhelzing. 'O, Ruby, ik vind het zo erg voor je. Je schat van een vader. Ik weet hoeveel je van hem hield.'

Ik zie Ruby's schouders verstrakken in de omhelzing, maar dan geeft ze zich eraan over. Ze gaat het niet tegenspreken. Want dat is het probleem met een vader zoals de onze: hij bakt er misschien weinig van, maar hij is wel de enige vader die je hebt. Ik word overspoeld door zelfmedelijden. God, wat is het leven ingewikkeld. Ze hebben het altijd maar over familie en onvoorwaardelijke liefde, maar ze hebben geen idee hoe gecompliceerd dat is. Hoe complex die gevoelens zijn. Hoe nauw liefde en haat verwant zijn.

Na een halve minuut laat Maria Ruby los, aait over haar wang en geeft een kneepje in haar hand. Dan opent ze haar armen voor mij en tegen wil en dank neem ik mijn beurt voor een knuffel aan. Ik heb Maria altijd aardig gevonden. Zij was de enige van paps vrienden die me ooit oprecht hartelijk behandelde. Zij was de enige die ons behandelde alsof we echte mensen waren, die ons vragen stelde over onszelf, die ons drankjes en ijs aanbood en om onze grapjes lachte. Zij heeft ons leren kaarten tijdens een verregende Toscaanse vakantie toen ik acht was en India tien, voordat pap en mam uit elkaar gingen, maar niet voordat ze waren begonnen het huis uit te lopen, elkaar binnensmonds uitfoeterend. Daarna klampten we ons vast aan kaartspelletjes. Ik zou je nog steeds de ogen uit je kop kunnen krabben tijdens een potje zenuwen.

'O, meisjes,' zegt ze, 'wat een verschrikkelijke manier om elkaar terug te zien.'

Ze laat me los en pakt Ruby's tas. Steekt een hand uit voor de mijne, maar ik schud mijn hoofd. 'Kom binnen. Er moet ergens thee zijn. Ik wil wedden dat jullie een moord zouden doen voor een plak cake.'

'Hoe is het met Simone?' vraag ik. Niet omdat het me boeit, maar omdat ik weet dat het een kwestie van manieren is.

'Ze...' Maria fronst haar voorhoofd. 'O, god. Zoals je zou verwachten, denk ik. Ze doet haar best. Kom binnen. We zijn nu compleet, geloof ik. We regelen een kop thee voor jullie en installeren jullie hier. En ik moet maar eens gaan zien wat de Clutterbucks willen. Ik wist dat ze vroeg zouden komen, maar ik had niet verwacht dat ze langer dan vijf minuten zouden blijven. Nou ja. Het is duidelijk zo'n soort dag.'

Ze steekt haar vrije hand uit en geeft Ruby nog een kneepje. 'Hoe voel je je, lieverd?'

Ruby haalt haar mouw over haar gezicht. 'Goed,' zegt ze met een klein stemmetje dat het tegendeel beweert.

'O, schatten. Zo'n verschrikkelijk trieste tijd. Hij droeg jullie allebei op handen. Dat weten jullie toch wel, hè? Niets maakte hem gelukkiger dan zijn prachtige dochters.'

Ruby snikt nog eens terwijl ik me over mijn verbijstering heen zet. Dit is hoe de dood werkt. Ik herinner me dat Gerry Adams en Martin McGuinness zeeën van krokodillentranen huilden voor de pers na de dood van Ian Paisley. Je kunt niet zeggen wat je echt denkt als de dood in de lucht hangt, althans niet tot het lichaam onder de grond is gestopt en de hapjes zijn afgeruimd.

'Ik hield ook van hem,' zegt Ruby, en ze blijft aan de voet van het bordes staan. Slaat haar handen voor haar gezicht en barst in huilen uit. We staan elk aan een kant van haar, een hand op elke arm, en prevelen die zinloze woorden... *O, schatje toch, o, liefje. Het spijt me, het spijt me zo. Hij wist dat je van hem hield, echt waar. Je had geen betere dochter kunnen zijn.*

Ik hoor Charlie Clutterbucks donderende lach in de hal. Die is me altijd door merg en been gegaan, maar nu klinkt hij als een opzettelijke belediging. Een mannenstem zegt iets terug en ze lachen allebei weer. Robert? Nee. Robert heeft zich altijd weten te gedragen, onder alle omstandigheden. Maria en hij, altijd aanwezig, en altijd deden ze alles goed: Maria de sprankelende, emotionele van de twee, Robert altijd op de achtergrond, stil en tactvol, andere mensen beslissingen uit handen nemend. Ze waren fantastisch na het Coco-gedoe; fantastisch. Ze steunden iedereen, hielden Claire overeind toen ze op instorten stond, deden het woord namens de familie en leerden Indy en mij wat we moesten doen toen de pers ons met vragen kwam bestoken. Ik vind het nog altijd moeilijk te geloven dat dit dezelfde mensen zijn die Slijmerige Simone hebben voortgebracht. Er zijn dus meer mensen binnen. Joaquin, neem ik aan. Hij is tenslotte haar halfbroer. En personeel. Er moet personeel zijn. Ik kan me niet voorstellen dat ze een huis als dit helemaal in haar eentje draaiend kon houden.

Achter de deur, die volmaakt gestript en neutraal zwart is geschilderd, word ik onmiddellijk ondergedompeld in de Sean-achtigheid van het geheel. Blackheath mag dan driehonderd jaar oud zijn, in feite is het identiek aan alle huizen waarin we zijn opgegroeid. Ingericht voor de verkoop, niet om in te leven, al had dit zijn permanente huis moeten worden. Want dit was Seans bijzondere gave: iets perfect restaureren en het tegelijkertijd van zijn ziel beroven. Monumentenzorg moet de hele restauratie met argusogen hebben gevolgd. Blackheath moet een rijksmonument zijn, en als je op de monumentenlijst staat, moet je voor alles een vergunning hebben. Ze zullen met dreigende bureaucratische blik hebben toegekeken en cementmix, tegels en raamkozijnen hebben geïnspecteerd om zich ervan te verzekeren dat het sneeuwbolletje van Olde Englande intact bleef. En ze zullen niet hebben kunnen klagen, maar toch zal het ze zwaar te moede zijn geweest. Muren, vloeren, hout- en lijstwerk zijn allemaal perfect, alsof de oorspronkelijke bouwers nog maar een paar minuten geleden tegen hun pet hebben getikt en hun bier hebben aangenomen. Het ziet er natuurlijk zo uit als het er in zijn hele geschiedenis niet uit heeft gezien. Het is een Disney-landgoed, een rijkeluisrenovatie met vloerverwarming en een geweldige waterdruk.

En hij is zelf naar de loods gegaan. Ik zou niet weten wie anders die toonzaalvoorouders heeft uitgekozen die de gladde witte muren sieren, die gepolitoerde wandtafels, het elegante rococobankje dat bij de paraplu-standaard staat te wachten tot niemand erop gaat zitten, nu Linda dood is, haar schedel gebarsten als een eierschaal onder aan een marmeren voetballerstrap. Simone? Heeft ze zich al voordat ze een stel werden zo grondig aangepast aan zijn gewoonten en smaak dat ze simpelweg in de voetsporen van haar voorgangster kon treden? De Gavila's hebben het lichaam gevonden, natuurlijk. Zo'n bizar toeval: ze kwamen het huis bekijken voor een cliënt. Is er een soort griezelige zielsverhuizing geweest, zoals in een horrorfilm? Is Linda's wezen op haar laatste adem op vampierachtige wijze door de kindbruid naar binnen gezogen? Is ze er zo in geslaagd zo rijp en bereid en in alle opzichten volmaakt te zijn? Omdat ze niet alleen zichzelf is, maar hen allebei?

De hal verbreedt zich na een meter of vijf tot een centrale foyer waaruit de trap oprijst. In het midden een marmeren piëdestal die ik me nog herinner uit mijn jeugd met daarop, precies in het midden, de urn die er altijd op heeft gestaan, gevuld met dode tulpen. Het is net zo'n somber Hollands stilleven; het enige wat er nog aan ontbreekt is het kadaver van een geschoten konijn. In plaats daarvan zijn er achteloos meer boeketten op de tafel gestapeld, verwelkend gebladerte dat wegrot in het cellofaan.

'Ik moet ze afzeggen,' zegt Maria zacht, en ze laat de offerande van de Clutterbucks op de hoop vallen. 'De bloemist blijft ze maar sturen, twee keer per week, maar ze is nu gewoon niet in staat de boel bij te houden.'

'Dat kan ik me voorstellen,' zeg ik. Ik neem me voor de bloemen weg te gooien zodra ik weet waar de afvalbakken staan. Vreemd dat niemand anders op dat idee is gekomen.

Weer een uitbarsting van gelach vanuit de salon. 'Wie zijn er allemaal?' vraag ik.

'O, Jimmy Orizio, helaas,' zegt Maria. 'Hij kwam vanochtend aanzetten en we konden hem moeilijk wegsturen. Het gaat niet goed met hem, ben ik bang.'

'Goeie god. Ik sta er al van te kijken dat hij nog leeft,' zeg ik zachtjes.

Een wrange lach. 'Nog net.'

'Ik had geen idee dat ze nog contact hadden.'

'Je vader was beter in het onderhouden van oude vriendschappen dan jij denkt,' zegt ze vermanend.

Ik kan me niet bedwingen. 'O, dus hij liet alleen zijn kinderen barsten?'

Ze werpt me de 'Niet doen'-blik toe.

'Wat is er met hem gebeurd? Wanneer is hij uit de gevangenis gekomen?'

'Wie heeft er in de gevangenis gezeten?' buldert Ruby.

Ik hou mijn vinger bij mijn lippen. 'Jimmy Orizio. Die man binnen, bij Charlie Clutterbuck. Hij was Linda's ex. De vader van Tiggy, Inigo en Fred. Herinner je je hem niet meer?'

'O,' zegt Ruby, die haar volume heeft aangepast aan het onze. Ik weet niet of ze zich wel ooit heeft afgevraagd of Tiggy, Inigo en Fred een vader hadden. Ze waren er waarschijnlijk gewoon, wat haar betrof. En dan nog niet zo vaak. Ze gingen naar Linda's ouders, kort nadat ze iets met pap was begonnen. Verrassing. 'En waar zat hij voor?'

'Hij was arts. Hij had zijn eigen praktijk in Harley Street. Afslankmiddelen en pijnstillers, dat werk.'

'O,' zegt ze weer.

Ik geloof niet dat ze het snapt. 'Speed en opiaten,' fluister ik, al mag god weten waarom we de informatie geheimhouden voor de man die het beste weet wat die informatie is, 'voor degenen die zich zijn honorarium konden permitteren.'

'Vicodin,' vervolgt Maria. 'Hij is veroordeeld voor het onrechtmatig voorschrijven van Vicodin. Hij ging met bands mee op tournee en er overleed iemand.'

'Ze noemden hem Doctor Death,' vul ik aan. 'De bladen.'

'Hij kreeg zes jaar,' zegt Maria, 'al stond hij binnen vier jaar weer buiten. En natuurlijk werd hij uit zijn ambt gezet.'

'Wanneer is hij vrijgekomen?'

'Iets van vier jaar geleden, geloof ik.'

'Waar leeft hij van?'

Ik zie haar ogen naar rechts flitsen. 'Ik denk dat je vader hem hielp, eigenlijk.'

'Echt?'

'Ja.'

'Komt er dan geen eind aan de goedgeefsheid van mijn vader?'

Een bevreemde blik. Misschien ben ik te ver gegaan. Het is moeilijk een gewoonte van tien jaar af te leggen, alleen maar omdat je geen kwaad mag spreken van de doden. 'Maar goed,' zegt ze, 'dat verklaart zijn aanwezigheid hier. Je vader had meer effect op de levens van anderen dan je misschien denkt.'

De deur van de salon gaat open en Robert komt tevoorschijn. Nauwelijks veranderd in al die tijd; alleen iets meer gedistingeerd grijs bij de slapen en wat mannelijke kraaienpootjes rond de ogen. Hij heeft altijd iets van de Clooneys gehad, Robert. Het stond altijd vast dat hij zo iemand was die aantrekkelijker zou worden met de jaren, net als zijn vrouw. Ik weet dat ze allebei dingen moeten hebben laten doen om zo goed geconserveerd te blijven, maar ze zijn allebei zo verstandig geweest het subtiel te houden, om mooi oud te worden in plaats van te proberen helemaal niet meer ouder te worden.

'Hallo!' zegt hij, en hij sluit de deur achter zich. Komt naar ons toe en geeft Ruby een zoen op haar wang en een kneepje in haar schouder. 'Hoe is het met je?' vraagt hij bezorgd.

'Goed,' antwoordt ze.

'Het spijt me heel erg voor je.'

'Jij kunt er ook niets aan doen.'

Hij richt zich tot mij. Steekt zijn hand uit, maar stapt dan naar voren en zoent me op mijn wang. Hij ruikt naar sandelhout en houtrook. Ze moeten een haardvuur hebben gemaakt daar binnen. 'Camilla. Dat is lang geleden.'

'Ja.'

'Gecondoleerd met je verlies.'

'Jij ook,' zeg ik. Tenslotte heeft hij Sean de afgelopen jaren veel vaker gezien dan ik.

'Jullie zullen allebei wel afgepeigerd zijn na de rit hierheen.'

'Nee,' zeg ik, 'ik voel me prima.'

'Het gaat wel,' zegt Ruby, die om zich heen kijkt in het laatste huis van haar vader.

'Ik had niet op de Clutterbucks gerekend,' zegt Maria. 'Ik dacht dat ze een hotel zouden nemen?'

'Wees maar niet bang, dat doen ze ook. Maar ze belden van tevoren en toen kregen ze er lucht van dat Jimmy was gekomen. Ze wilden hem even zien.'

'O, god,' zegt Maria. 'Weet Simone ervan?'

'Ja. Ze staat erop dat ze blijven eten.'

'Joepie,' zegt ze, en ze wisselen een veelbetekenende blik.

'Ik zal ze allemaal uit de buurt houden tot het zover is. Imogen zegt dat zij wel wil rijden.'

'Goed dan,' zegt Maria. 'Maar echt... we zitten nu niet op een vol huis te wachten. Ze moeten naar hun hotel.'

'Maak je geen zorgen. Hij zegt telkens dat hij "iets te doen" heeft in het plaatselijke kiesdistrict. Ik denk niet dat ze hier veel tijd zullen doorbrengen.'

'Gelukkig. Ik vind echt dat we met de familie onder elkaar moeten zijn, Robert. Tot de begrafenis.'

'Jimmy kan nergens heen.'

'Nee. Jimmy. Oké. We moeten een oogje op Jimmy houden.'

'Sean zou het zo gewild hebben,' zegt hij, en ze wisselen weer zo'n blik. Het verbaast me, moet me van het hart. Ik heb nooit de indruk gehad dat pap en Jimmy zo dik met elkaar waren, ook niet voordat pap er met Jimmy's vrouw vandoor ging.

'Maar goed!' zegt Maria, en ze wendt zich weer tot ons. 'Kom mee naar de keuken. Ik weet zeker dat Simone jullie wil zien.'

Mijn laatste stiefmoeder zit aan de keukentafel spruitjes te pellen, glimlachend als een robot. Een griezelig knappe, donkerharige jongeman, Joaquin, vermoed ik, staat als bevroren bij het aanrecht en een klein meisje in een roze tuinbroek zit op een speelkleed met letters erop met een houten blok te zwaaien. Op de kant het dichtst bij me staat een eendje, en onder haar vingers plet ze een paardje. Ik herinner me dat ik ook zulke blokken had als kind, maar dan niet zo nieuw.

Nog een halfzusje, het halfzusje dat ik nooit heb gezien. Emily? Nee, Emma. Mijn god, moet ik me echt afvragen of ik haar naam wel goed heb? Ben ik echt zo vol van mezelf?

Ik glimlach naar iedereen en kijk dan naar Simone. Slijmerige Simone, met haar hormonen, de Eeuwige Nimf met haar steile haar dat zoals dat van de *Mona Lisa* in een decolleté van watermeloenen hangt, godbetert. Ik deins bijna achteruit, zo schrik ik ervan. Toen ik haar voor het laatst zag (wanneer, een jaar of vijf geleden?), was ze een van die griezelig dunne meiden die continu hun mouwen naar beneden sjorren om te verbergen dat hun huid blauw ziet. Ze ziet eruit alsof ze twee keer zo zwaar is geworden. Ze barst uit haar donkerblauwe jurk, een en al borsten en buik en een kont die haar hele lichaam wegduwt van de rug van de stoel. Het enige wat nog dun is, is dat haar. Linda stapelde de pondjes ook op – er gingen allemaal gemene grappen rond over dat ze uit haar evenwicht was geraakt door haar buik en dat ze daardoor van die trap was gevallen – en Claire ook, en mijn moeder heeft nu drie maten minder dan toen we klein waren. Ik dacht dat het iets met relaties te maken had, maar ze is niet aangekomen sinds ze Barney heeft.

Simone kijkt op als ik binnenkom en trakteert me op een van haar waterige glimlachjes. 'Spruitjes,' zegt ze, en ze wijst met haar mesje naar een zak die er vol mee zit. 'Voor het avondeten. Ik begin maar vast, dacht ik. Het duurt altijd veel langer dan je denkt.'

'Het komt door die kruisjes die je onderop moet zetten,' zeg ik. 'Daardoor lijkt het altijd twee keer zo lang te duren.'

Ze glimlacht zelfvoldaan. 'Je vader is dol op die kruisjes onderop.'

Ik onderdruk een huivering om dat blijk van de intimiteit tussen hen. Ik kan er niets aan doen. India en ik weten nog hoe ze pap op haar zevende volgde als een jong hondje. Ik kan nog steeds niet geloven dat ze ooit een volwassen relatie hebben gehad.

Haar gezicht betrekt en ze verbetert zichzelf. 'Was,' zegt ze, en ze verstijft even. 'Hij wás er dol op.'

Ik ga zitten, steek een hand uit en wil hem op haar arm leggen, maar ze trekt hem weg alsof ze bang is dat ik hem wil pakken. 'Ik moet doorwerken,' zegt ze, en daar is die robotglimlach weer. 'We zitten met negen mensen aan tafel.'

'Kan ik iets doen?' vraag ik.

'Nee,' zegt ze gedecideerd. 'Het is allemaal onder controle, als iedereen maar eens ophield met die drukte. Ken je mijn broer Joaquin nog?'

'Joe,' verbetert de jongen. Hij stapt naar voren en biedt me zijn hand aan. Hij moet nu negentien zijn. Hij zal wel niet meer met slakken spelen, of spuug in een flesje verzamelen. Ruby kijkt gefascineerd naar hem. Nee, nee, denk ik. Nee, je mag niet verliefd op hem worden. Dat zou... incestueus zijn? In elk geval walgelijk. Onze families zijn toch al verschrikkelijk verstrengeld, met overlappende generaties, de peetouders en de beste vrienden en de halfzussen en de verschrikkelijke geschiedenis. Mijn moeder is Simones peetmoeder. Hoe eng is dat?

'Ik herinner me jou nog wel,' zegt Ruby tegen Joe. 'Jij bent de jongen met de stok, hè?'

Joe knippert met zijn ogen. 'Mogelijk. Ik weet het niet.'

'Je sloeg altijd met stokken tegen dingen.'

'O. Ja.' Hij lacht, kijkt dan schuldbewust en werpt een blik op zijn zus. 'Ik geloof dat ik inderdaad een fase heb gehad waarin ik dingen sloeg.'

'Nou en of,' zeg ik. 'Je hebt me een paar keer tegen mijn kuiten geslagen.'

Hij grinnikt. 'Ik herinner me jou nog wel. Jij zei om de drie woorden "klote", en op een gegeven moment zei mam elke keer als ik vloekte: "Wie denk je wel dat je bent? Milly Jackson?"'

'Wat vrij vaak was, stel ik me zo voor.'

'Ja. Je naam staat in mijn geheugen gegrift.'

'Ik herinner me nog iets,' zegt Ruby. 'Je moeder ging met ons naar het café aan het strand en jij leerde me dat je frietjes in je ijs kunt dopen. Je was aardig, ondanks die stokken. Ik doe het nog steeds, hoor. Met chocolademilkshakes van McDonald's.'

'O,' zeg ik. 'Had je liever chocola gehad? Sorry.'

'Geeft niet. Dat kon je toch niet weten?'

'Ik dacht dat iedereen liever vanille had.'

'Je vader niet,' grapt Maria, en als ze iedereen ziet kijken, trekt ze haar schouders op tot aan haar oren. Ik heb nog nooit meegemaakt dat ze zich vergaloppeerde, nog nooit. Maria heeft ongeëvenaarde voelsprieten. Ze moet wel verschrikkelijk uit haar doen zijn. God, ze kende pap al een jaar of twintig. Het geldt voor ons allemaal, iedereen op zijn eigen manier. We voelen het gemis allemaal.

'Was ik dat?' vraagt Joe. 'O ja! Nou weet ik het weer! Wat gek. Ik heb al die jaren gedacht dat dat Coco was.'

Mensen spreken Coco's naam tegenwoordig uit zonder die lichte aarzeling, heb ik gemerkt, zelfs als ze het tegen haar naaste familie hebben. Er is zo veel tijd voorbijgegaan dat de meeste mensen haar niet meer als een tragedie beschouwen, maar alleen nog als een herinnering. Een akelige herinnering, een trieste herinnering, maar geen herinnering die andere mensen zal raken, denken ze.

'Nee, dat was ik.'

'Echt waar? Iedereen noemde je Coco.'

Ruby rolt met haar ogen. 'Ja. Niemand kon ons uit elkaar houden. Ze haalden ons altijd door elkaar.'

'Huh,' zegt Joe. 'Krijg nou wat.'

'Hoe was je reis?' onderbreekt Simone ons hartelijk, alsof we gewoon een weekendje komen logeren. 'Het is een mooie rit, hè?'

De spruiten reiken tot halverwege de heksenketel die bij haar linkerborst staat en een berg steeltjes en blaadjes overschrijdt de grenzen van de krant die ze ervoor heeft uitgespreid. Er moet genoeg zijn om ons allemaal twee keer te voeden, maar ze scheurt weer een netje van die krengen open met haar mes. Ruby loopt naar haar toe en probeert haar op haar wang te zoenen. Weer dat wegduiken, dat achteruitdeinzen.

'Laat mij er ook een paar doen,' zegt Ruby.

Simone verstijft als een robot waarvan de processor vastloopt. Zulke dingen deed ze altijd al. Je kwam de hoek om en daar stond ze, stokstijf, met een star gezicht en lege ogen, en dan kreeg je het griezelige gevoel dat als er niemand was gekomen, ze gewoon zo was blijven staan, als Haley Joel Osment in *The Sixth Sense*, tot de nieuwe ijstijd. En dan herstartte ze terwijl je haar gezichtsveld doorkruiste, en dan kwam die lusteloze glimlach terug, het hangerige haar viel voor haar ogen en ze zei hoi. Ik herinner me dat ik het akelige gevoel kreeg, toen ik een jaar of tien was, tijdens de laatste familievakantie met de Gavila's voordat mijn peetvader mijn bestaan vergat, dat Slijmerige Simone niet meer was dan een huls. Dat als je haar openbrak, er niets in zou zitten, of een oerworm...

'Onder geen beding,' zegt ze, plotseling tot leven komend. 'Ik wil dat je ontspant tijdens je verblijf hier. Je bent vast doodmoe van de reis.'

Ik kijk naar haar. Ze herhaalt zinnetjes, denk ik. Het is zoiets wat ze iemands oma heeft horen zeggen, en ze heeft het opgeslagen voor wanneer ze zelf een huis zou hebben.

In een gruwelijke flits zie ik haar met mijn vader vrijen in het grote oude hemelbed waar zijn overgrootouders in vrijden, het bed dat hij als een trofee van huis naar huis heeft gesleept. De ouweheer en zijn kleine pop, die zich werktuiglijk in bochten wringt om hem te behagen, die alles doet wat hij zegt met dezelfde emotieloze nederigheid waarmee ze hem zijn thee brengt. *Old fisshe and yong flesshe wolde I have fein*, zei Chaucer al. Zijn zaad in haar planten omdat dat is wat je doet met echtgenotes.

Opeens wil ik weg. Niet alleen uit deze keuken, maar uit dit huis, uit Devon... uit Europa, als ik het voor elkaar kan krijgen. Weg van mijn familie, weg van dat hele verleden, weg van begrafenissen en gemis en de juiste woorden moeten vinden terwijl ik niet eens weet wat de juiste *gevoelens* zijn. Ik wil opgekruld in het donker in bed liggen. Ik wil met een brein vol pillen in een club in Camden Town zitten. Ik wil op een bergtop in Wales staan. Zat ik maar op Bali, op een zwart zandstrand, te doen alsof we allemaal niet bestaan. Arme Kindbruid. In een paar korte jaren van Echo via 'The Merchant's Tale' naar Andromache.

De deur gaat met een klap open en Imogen komt binnen met een zilveren ijsemmer die aan het hengsel aan haar elleboog bungelt. Ze heeft het boeket lelies van de vuilnishoop in de hal gepakt en houdt het in haar armen alsof het een gekoesterd kind is. Ze houdt haar hoofd schuin, als een kip, en vuurt een glimlach vol afgrijselijk medeleven op Simone af.

'Simone,' zegt ze. 'Lieve kind.'

Simone kijkt op en richt haar aandacht weer op haar spruitjes alsof de begroeting niet heeft plaatsgevonden.

Imogen is even op het verkeerde been gezet, maar dan loopt ze met tikkende hakken over de plavuizen naar de keukentafel en legt de lelies erop. 'We wisten niet wat we moesten meebrengen,' zegt ze, 'maar we konden niet met lege handen komen.'

'Wat mooi,' zegt Maria, ook al heeft ze ze al gezien. 'Lelies. Kijk, Simone!' vervolgt ze op een toon die geschikter is voor een gesprekje met Emma. 'Imogen heeft mooie lelies voor je meegebracht!'

'Heel vriendelijk,' zegt Simone in een reflex, bijna zonder op te kijken.

'Ik zal ze in een vaas zetten,' zegt Imogen, en ze begint kastjes open te trekken, het ene na het andere.

Joe maakt zich los van het aanrecht en loopt de bijkeuken in. Hij komt terug met een weckpot die zo enorm is dat er ooit een hele gekonfijte gans in moet hebben gezeten. 'Is deze goed?'

‘Geen vazen?’

‘De vazen zijn allemaal vol,’ zegt Simone.

‘Geeft niet,’ zegt Imogen. Ze houdt de weckpot onder de kraan en knipt het cellofaan van de lelies. Er valt wat geel stuifmeel op de tafel. Simone schuift haar stoel achteruit, loopt naar het aanrecht en maakt een spons nat. Veegt het stuifmeel op en gaat weer zitten.

‘Zo,’ zegt Imogen opgewekt, en ze schuift de weckpot naar het midden van de tafel. ‘Dat ziet er beter uit, nietwaar?’

Ruby humt beleefd, maar verder reageert er niemand.

‘Heel erg bedankt dat we mogen blijven eten,’ zegt Imogen. ‘Het is verschrikkelijk aardig van je.’

‘Tja, nou ja,’ zegt Simone. ‘Sean zou het vreselijk vinden als ik jullie met honger liet vertrekken. Of met dorst.’

Imogen kijkt een beetje gegeneerd. ‘Nu we het er toch over hebben,’ zegt ze, ‘de ijsemmer lijkt leeg te zijn. Vind je het goed als ik hem bijvul?’

Simone komt weer van haar stoel. Maakt het vriesvak open en haalt er een rubberen ijsblokjesvorm uit. Begint de blokjes een voor een boven de emmer uit de vorm te drukken.

‘Nee, nee, dat doe ik wel,’ zegt Imogen, opeens beschaamd. Ze doet haar best, neem ik aan. Gruwelijk haar best. Ze reikt naar de ijsblokjesvorm in de handen van mijn stiefmoeder. ‘Jij hebt het al druk genoeg.’

Opeens keert Simone zich woedend naar haar om, met ontblote tanden. ‘Blijf af!’ snauwt ze.

Imogen zet een stap achteruit. ‘Ik wilde alleen...’

‘Nou, laat dat!’ zegt Simone. ‘Dit is mijn huis en jullie zijn mijn gasten.’

‘Maar ik...’

Simone klemt haar lippen op elkaar en Imogen doet er het zwijgen toe. Ze wacht tot er, blokje voor blokje, genoeg ijs in de emmer is gevallen om een schip te laten zinken en het deksel er stevig op wordt geramd.

‘Dank je wel,’ zegt ze nederig.

‘We eten om acht uur,’ zegt Simone.

Imogen wankelt de keuken uit en legt in het voorbijgaan een hand op de deurpost, alsof ze steun zoekt.

'Simone...' begint Maria, maar ze zwijgt als de ogen van haar stiefdochter haar kant op flitsen. We luisteren allemaal een paar seconden naar de wegstervende voetstappen van Imogen. Dan pakt Simone de lelies uit de weckpot, draagt het druipende boeket naar de enorme verchroomde afvalbak in het hoekje bij de achterdeur, propt het erin en laat het deksel met een klap neerkomen. Ze beent terug naar haar plek aan de tafel en neemt haar mes weer ter hand.

Een glimlach hecht zich aan haar bleke gezicht. 'Ik hoop dat je van lamsvlees houdt!' zegt ze tegen Ruby. 'Ik heb een lamsbout voor jullie allemaal!'

26

2004 | zaterdag | Claire

'Wil je dat echt aantrekken?'

Hij staat in de deuropening. Zijn blik flitst over haar lichaam en blijft op haar buik hangen.

'Wat is er dan mis mee?'

Sean zucht en wendt zijn blik af. 'Laat maar. Zilver is gewoon heel... hardvochtig, meer niet. Als jij dat aan wilt, doe je het maar aan.'

En hou vooral geen rekening met wat ik ervan vind, is de onuitgesproken toevoeging. Ze kijkt naar zichzelf in de spiegel op de toilettafel. In de winkel dacht ze dat de jurk haar prachtig stond, maar nu ze zit, ziet ze dat er ondanks haar corrigerende ondergoed een rolletje te zien is tussen haar navel en haar kruis. Hij wilde dat ze de tweeling met een keizersnede liet halen en dan meteen een buikwandcorrectie liet doen, als een Hollywoodster, en hij heeft het haar nooit vergeven dat ze het heeft geweigerd. Misschien had ik het wel moeten doen, denkt ze. Ook na drie jaar en verwoed pilatesoefeningen doen ziet mijn buik er nog steeds... leeggelopen uit. En ik wist van tevoren dat ik met een man ging trouwen die problemen had met vrouwenlichamen en alles wat er mis mee kan zijn. Al die snerende grappen over Heather met haar zadeltassen en hoe haar tieten waren gaan hangen; ik had moeten beseffen dat al die dingen niet zomaar verdwijnen als het om jou gaat. God, de manier waarop vrouwen erop worden afgericht elkaar als rivalen te zien! Wanneer leren we eens dat we alleen elkaar er kapot mee maken? Hij buit het nu uit bij Linda, en ik kan het alleen mezelf verwijten.

Ze staat op en pakt de lange zwarte jurk in Griekse stijl die ze overal mee naartoe sleept als reserve voor deze momenten, die zich steeds vaker voordoen. Ze heeft hem al verschillende keren gedragen, wat in zijn ogen een fout op zich zal zijn, maar hij zal er genoegen mee moeten nemen; als je hyperkritisch bent, denkt ze, zul je altijd teleurgesteld worden, wat iemand ook doet. De jurk heeft losse panden van tule die elke zonde bedekken. Haar kleding wordt met het jaar zwarter. Toen ze hem net kende, genoot ze van kleuren, van het combineren van contrasten, zelfs als ze bij elkaar vloekten; ze genoot ervan op te vallen en putte stiekem genoegen uit de gedachte aan Heathers garderobe vol taupe, beige en grijs. En nu zijn dat ook de tinten die haar garderobe domineren. Het is een manier om te verdwijnen, denkt ze. Op dit moment is Linda Oz en ik ben Kansas.

Ze trekt de zilverkleurige jurk over haar hoofd en smijt hem in een hoek. Ze hoeft er niet meer zuinig op te zijn; ze zal hem nooit meer dragen. Met ogen die weer heen en weer schieten neemt hij neerbuigend haar corrigerende ondergoed op. Ze vindt het afschuwelijk om het te dragen. Hoe benauwd het is, hoe het haar belemmert en in de tere huid snijdt, de worsteling om het weer op zijn plaats te krijgen in piepkleine wc-hokjes. Ik had die operatie gewoon moeten laten doen, denkt ze. Ik wilde het niet omdat ik dacht dat het slecht voor de baby's zou zijn, te vroeg geboren worden alleen maar omwille van de ijdelheid van mijn man, maar het was het zó niet waard, gezien alle ellende waar ik sindsdien mee heb moeten leven. Ze trekt de zwarte jurk aan en draait zich naar hem om.

'Zo beter?'

Hij klemt zijn lippen op elkaar en zegt niets. Slim, denkt ze, kwaad naar zijn rug kijkend als hij de kamer uit loopt. Wat ben je toch slim. Je weet altijd wanneer je moet ophouden met praten, zodat ik nog boos ben wanneer ik me in het openbaar vertoon, en jij die hele gekwetst-onschuldige 'Wat heb ik je misdaan?'-act kunt opvoeren tegenover de anderen.

Ze pakt haar tas en schoenen en loopt achter hem aan naar beneden terwijl ze haar platina armband omdoet. De diamanten die ze voor de gelegenheid heeft meegebracht kunnen niet meer nu haar decolleté grotendeels bedekt is, maar ze heeft niets anders. De trap is levensgevaarlijk op schoenen. Op blote voeten heeft ze meer grip op de treden, maar zelfs dan moet ze zich aan de leuning vastklampen alsof haar leven ervan afhangt. Die trap wordt binnen de kortste keren iemands dood, denkt ze. En alleen Sean zou een hardstenen vloer onder aan zo'n trap leggen.

Linda is in het hemelsblauw. Blauwe kant, net genoeg lapjes om niet opgepakt te worden wegens naaktloperij, bij elkaar gehouden door lichtblauwe netstof die de rest van haar lichaam strak omsluit. De jurk houdt boven aan haar dijen op. Charlie Clutterbuck heeft puilogen op steeltjes. Ze rommelt in de bestekla terwijl de kinderen ijs en aardbeien eten. Bijna alle kinderen, althans. Ruby ontbreekt, evenals Maria. Claire loopt naar haar oudste dochter, strijkt het haar van haar voorhoofd en drukt een zoen op haar kruin. Dit mag ik niet vergeten, denkt ze. Er is tenminste nog één goed ding voortgekomen uit die rampzalige verbintenis met Sean. We hebben mooie kindjes gemaakt.

'Waar is Ruby?'

'O, is dat Coco?' vraagt Linda. 'Ik snap nog steeds niet hoe je ze uit elkaar houdt.'

Je zou eens goed naar ze kunnen kijken, denkt Claire, maar dan zou je je ogen moeten losweken van mijn man.

'Coco heeft een scheiding links in haar haar,' zegt Simone, 'en Ruby rechts. Ja toch? De R van Ruby? En de armbandjes zijn net zo. Daarom hebben pap en Maria ze toch gegeven?'

'Dat was niet de bedoeling, maar inderdaad.' Simone is een slimmerik. Opmerkzaam. Claire betwijfelt of haar eigen stiefdochters dat al doorhebben. Ze heeft een goudkleurige gebloemde jurk aangetrokken voor de avond die veel te ouwelijk voor haar is en ook iets te groot, en Claire begrijpt dat ze een jurk van haar stiefmoeder heeft geleend nu ze ook meegaat naar het restaurant.

'Ze heeft overgegeven, ben ik bang,' zegt Imogen. 'Maria is met haar naar de wc.'

'O, hemel,' zegt Claire. 'Ik hoop niet dat ze iets onder de leden heeft. Ze was wel stilletjes vandaag, maar ik dacht dat het gewoon... je weet wel... door gisteravond kwam.'

'O, we hebben het zalig gehad in de jacuzzi terwijl jij weg was,' zegt Simone opgewekt, 'en aan het strand leek ze het wel naar haar zin te hebben.'

'Waarschijnlijk heeft ze zich gewoon te druk gemaakt en te veel ijs gegeten,' oppert Imogen. 'Ze heeft ze aan het strand óók nog ijs gegeven, weet je. Je zult ze allemaal op dieet moeten zetten als ze weer thuis zijn.'

Claire lacht en schrikt dan. 'O. Je meent het. Echt?'

'Obesitas zal binnenkort een van de grote hete hangijzers in de politiek worden,' zegt Imogen betweterig. 'We kunnen het plebs moeilijk de les lezen over hun afgrijselijke eetgewoonten als we zelf met een stelletje vetgemeste biggetjes zeulen, hè?'

Hoe zit dat dan met de strijd tegen de drugs, vraagt Claire zich af. De laatste keer dat Imogens echtgenoot te gast was in *Question Time*, pleitte hij voor levenslange straffen voor dealers terwijl je de poedersporen onder zijn neus zo ongeveer kon zien. Ze houdt het voor zich. 'Ik was niet van plan iemand de les te lezen,' zegt ze.

'Maar toch,' zegt Imogen. 'Je wilt hoe dan ook hun gewicht in de gaten houden.'

'Ze zijn pas drie.'

'Nou, je weet wat ze zeggen. Obesitas begint in de vroege jeugd.'

'Zien ze er dik uit?'

'Mijn hemel,' zegt Imogen. 'Het was geen kritíék. Ik zéí het maar.'

'Nou, laat dat dan,' zegt Claire. 'Niet doen.'

'Nee,' zegt Linda. 'Ik kan ze niet vinden. Hij moet ze weer hebben opgeborgen, die stomme zak.'

Ze beent op haar palen naar de deur en loeit naar buiten. 'Jimmy! Waar is je trukendoos?'

Stilte. *'Jimmy!'*

'Kolere,' zegt Sean. 'Als de vuurtoren het ooit begeeft, kan de kustwacht jou de schepen laten waarschuwen.'

Jimmy sjokt de helling naar het huis op. De panden van zijn overhemd hangen open boven zijn teakbruine huid. Hij heeft de hele dag aan zijn toch al dramatische kleur gewerkt. Hij is ook om elf uur begonnen met drinken, met een snelle wodka 'tegen de kater', en hij loopt verre van recht. Zijn poedelkrullen zijn nat en plakken aan zijn hoofd. Hij is duidelijk weer in het zwembad gedoken terwijl de vrouwen zijn kinderen voedden. Er is geen man in dit huis die bereid is zijn steentje bij te dragen, denkt Claire. Het lijken de jaren zeventig wel.

'Wat is er?'

'Waar is je trukendoos?'

'Bij de open haard.'

Claires nekharen gaan overeind staan. 'Echt? Zes kinderen in huis en jij laat je tas slingeren?'

'Relax, chickie,' zegt Jimmy met zijn misselijkmakende nepaccent. 'Er zit een slot op.'

Hij zwalkt door de kamer en pakt zijn aktetas van achter de bank. Hij maakt hem open op het keukeneiland als M die Bond zijn nieuwste snufjes laat zien. 'Kijk eens aan, dame. Eén strip zopiclon, tot uw dienst.'

Linda grist de strip uit zijn hand en begint de pillen door het folie te drukken.

'En mag ik zeggen,' zegt hij terwijl hij een grijpgrage hand op haar in kant gestoken achterste legt, 'dat je er extra lekker uitziet vanavond?'

Linda slaat zijn hand weg zonder zelfs maar naar hem te kijken. Hij haalt zijn schouders op, alsof het de normale gang van zaken is. 'Wil er nog iemand iets anders, nu ik hem toch open heb? Nog pijntjes en kwaaltjes? Neerslachtigheid? Een blauw pilletje voor de jarige job?' Ze negeren hem allemaal. Ze zullen er ongetwijfeld anders over denken als ze terug zijn uit het restaurant, maar om de een of andere reden neigen mensen meer naar alcohol als ze netjes gekleed zijn. 'Nee?' Hij kijkt om zich heen met waterige blauwe ogen. 'Oké, nou, dan alleen een Oxy'tje voor de zere rug van die arme ouwe dokter en dan gaan we.'

Hij tikt een capsule uit een bruin potje, slikt hem door en spoelt hem weg met wodka. Grijnst triomfantelijk naar de anderen.

Maria komt met Ruby aan haar hand terug van de wc. Ze heeft haar uitgekleed tot op haar badpak en gooit haar roze jurkje in de wasmachine. Ruby ziet bleek, met een groene zweem.

'O, hemel.' Claire zakt voor haar dochter door haar knieën en voelt aan haar voorhoofd. Het is warm. Niet gloeiend heet, maar beslist warmer dan het zou moeten zijn. 'Voel je je niet lekker, schattebout?'

'Ik heb pijn in mijn buikje,' zegt Ruby.

'Ik hoop niet dat je ziek wordt.'

Ruby's mondhoeken trekken naar beneden en haar ogen vullen zich met tranen. 'Ik moest overgeven,' vertelt ze.

'O, ik weet het,' zegt Claire, en ze slaat haar armen om Ruby heen, die niet reageert, maar de knuffel gelaten over zich heen laat komen.

'Dat gaat wel over als je een nachtje goed slaapt,' zegt Linda zwaaiend met de pillensnijder.

Claire leunt achterover, met haar handen op de schouders van haar dochter, en kijkt verbijsterd naar Linda. 'Nee! Geen kwestie van! Ik geef haar dat spul niet als ze ziek is. Sorry, maar dat doe ik gewoon niet.'

'O, super!' barst Sean uit. 'Daar gaan we weer, verdomme!'

Ze kijkt om zich heen. Alle anderen werpen haar de Blik toe. Daar gaan we weer: Claire Jackson moet de pret weer zo nodig bederven, zoals altijd. Niet één iemand ziet eruit alsof hij haar zou kunnen steunen. Het zijn allemaal zíjn vrienden. Zelfs degenen zoals Maria, die doen alsof ze ook haar vrienden zijn. Uiteindelijk kiezen ze allemaal voor het geld. En hun eigen pleziertjes. Zelfs Imogen lijkt geen mening te hebben over haar slechte moederschap, in dit geval.

'O, luister, ik blijf wel thuis,' biedt ze aan.

'Nee!' Sean schreeuwt bijna, en ze kijkt naar de deur. Opeens heeft ze het verschrikkelijke gevoel dat de hele buurt luistert naar hun geruzie over het al of niet drogeren van hun kinderen. 'O, dat zou je prachtig vinden, hè? Prinses Claire de martelares die de avond verkloot door ons allemaal een schuldgevoel te bezorgen. Wat ben je toch... *Argh!*'

'Sean! Kom op! Ruby voelt zich niet lekker. Ik kan haar niet zomaar alleen laten!'

'Ja hoor,' snauwt hij verbitterd. 'Jóúw kind. Godsamme, ze heeft gewoon een virusje. Ze heeft ze continu. Ik snap niet waarom je nu opeens de moeder van het jaar moet uithangen.'

Omdat het niet mijn gewoonte is haar narcotica te voeren.

Ze slikt iets weg. Ik wist het. Ik wíst het wel. Hij is jaloers op de kinderen. Hij kan wel de liefhebbende vader spelen om indruk te maken, maar hij is al nukkig sinds hun geboorte omdat mijn wereld niet langer alleen om hem draait.

'Jij...' schreeuwt hij, 'jij moet gewoon altijd alles verpesten! Ik ben jarig! Jarig! Ik word vijftig! Ik word maar één keer vijftig! Ik heb god mag weten hoeveel moeite gedaan, laat staan hoeveel geld ik heb uitgegeven, om dit etentje te regelen en reken er maar niet op dat ik zo kort van tevoren jouw deel van de kosten nog terug kan krijgen. Het is net iets voor jou. Als het ook maar een beetje om míjn plezier lijkt te gaan, steek jij een spaak in het wiel. Nou, je bekijkt het maar, Claire. Ik ben het zat.'

'Sean, ik zeg alleen... Ik wil geen... Ik zeg gewoon... Ik...'

Zeven paar ogen kijken haar indringend aan, en zes daarvan smullen van het huwelijksdrama. Absolute stilte voor hun confrontatie. 'Het is prima gegaan,' zegt Sean. 'Je weet hoe je er gisteravond over hebt gezanikt en het is prima gegaan, hoe je je ook hebt verzet. Jimmy is arts, godbetert. Hij weet wat hij doet. Wat nou, ben jij opeens bevoegd medicus?'

'Maar we zijn er niet bíj!' jammert ze.

Linda is klaar met snijden. Terwijl Sean tekeergaat, loopt zij om de keukentafel heen om de kleintjes hun 'speciale vitamientjes' te geven, een voor een voor een. Coco doet haar mond open, laat Linda de kwart tablet op haar tong leggen en slikt hem weg met een slok sinaasappelsap. Zo heerlijk meegaand, mijn meisjes, denkt Claire. Als je het vriendelijk vraagt, doen ze alles voor je. Hij zou ze erbij moeten willen hebben op zijn grote dag.

'Jij... jij verziekt gewoon alles,' besluit hij. 'Wat dan ook. Dan blijf je maar hier. Het zal me worst wezen. Ik meen het, Claire, het boeit me niet meer.'

Hij wendt zich vol walging van haar af en stormt naar het prieel.

Charlie en Robert lopen achter hem aan en nadat hij zichzelf nog een wodka heeft ingeschonken, volgt Jimmy ook. Claire knielt op de vloer bij haar dochter, streelt met een duim over haar haar en kijkt haar echtgenoot na. Dat was het dan, denkt ze. Ik geloof dat ik mijn congé heb gekregen.

Maria is de eerste die iets zegt. 'Ik denk echt dat je je onnodig zorgen maakt. Er is gisteravond toch ook niets gebeurd? Vanavond gaat het weer net zo. En al worden ze toch wakker, dan kunnen ze nog de aanbouw niet uit.'

'Maar gisteravond was Simone erbij,' zegt Claire. 'Dat snap je toch wel? Toen waren ze niet alleen.'

'Weet je wat?' stelt Imogen voor. 'Zullen we om de beurt gaan? Er kan elk half uur iemand teruggaan om bij ze te kijken. Wat vind je daarvan? Het is maar vijf minuten lopen. We kunnen gewoon tussen de gangen door even heen en weer wippen. Het komt wel goed.'

'Maar ik...' begint ze, maar ze beseft dat ze moegestreden is. Als ik niet meega, denkt ze, is het echt voorbij. Ik kan de voldoening van die trut van hieraf voelen. Wat een verschrikkelijk mens. Ze viert vakantie met mijn kinderen, maar ziet er toch geen been in om ze van hun vader te beroven.

'Oké,' zegt ze. 'Zoals je wilt.'

27

De tijd is niet genadig geweest voor Jimmy Orizio. Toen ik een tiener was, dacht ik dat hij paps enige coole vriend was, al begreep ik niet echt hoe hij in het plaatje paste tot Linda overliep. Hij leek altijd zo zorgeloos en vrolijk – 's middags en 's avonds tenminste – en hij kleedde zich als een rockster, en hij had die kilo's eraf weten te houden die mijn vader en zijn andere vrienden aan het succes hadden overgehouden, en gewicht is heel belangrijk voor een tiener. Pas nu ik ouder ben, en een paar van de geweldige tieners die ik destijds kende naar het kindeke Jezus zijn gegaan omdat ze van geen ophouden wisten, begrijp ik hoe hij er in hun ogen moet hebben uitgezien.

Ik wist niet dat hij nog deel uitmaakte van hun club. Ik dacht dat hij eruit was gezet zoals mijn moeder eruit is gezet, en Claire, toen ze geen functie meer hadden.

Nu, twaalf jaar later, lijkt hij op een medisch specimen op sterk water. Ik betwijfel of ik hem zonder die bos krullen had herkend. Hij is grijs, maar de krullen zijn er nog, iets wat hij ongetwijfeld toeschrijft aan het feit dat hij het dertig jaar niet heeft gewassen. Hij is tegelijkertijd mager en gezwollen: zijn gezicht is pafferig en gerimpeld, de huid gelig wit, als iets wat je onder een houtblok in het bos kunt vinden, er steken botten door de schouders van zijn Metallica-T-shirt en zijn skinny jeans spant om een keihard uitziend buikje. Jimmy Orizio is een schoolvoorbeeld van leverbeschadiging.

Charlie en hij zitten nu al drie uur binnen te drinken. Het geluid van hun monologen zweefde door het huis terwijl Ruby, Joe en ik de tafel dekten, de bloemen weggooiden en deden wat we konden zonder dat Simone ons ervan weerhield. Ze heeft een lamsbout gebraden en stond erop de eetkamer te vullen met al het zilver, kristal en porselein dat maar te vinden was. Joe steekt kaarsen aan. Ruby is boven haar kleine zusje in bed aan het stoppen.

'Hallo daar,' zegt Jimmy als ik de salon in kom. Imogen en Robert zijn erbij komen zitten en drinken champagne alsof er iets te vieren valt. 'Ik dacht dat je zei dat ze het personeel de laan uit had gestuurd?'

'Dat is Milly,' zegt Imogen, die me zelf ook niet had herkend. 'Zie je dat niet?'

'Wie?'

'Mila,' zeg ik, al weet ik niet waarom ik de moeite neem. Dat doen families met je, hè? Ze stoppen je in een hokje en laten je er nooit meer uit. 'De dochter van Sean. Ik weet nog wel wie jíj bent, Jimmy.'

'Maar dat is toch nog maar een kind?' Jimmy kijkt eerst wantrouwig en dan alleen nog maar verwonderd door zijn glas wodka heen. Zijn stem is door de jaren heen nog nasaler geworden, zo hoog in zijn neus gekropen dat hij amper nog een keelklank kan uitstoten. Raar dat je dat van snuiven krijgt. Het zal wel iets met het neustussenschot te maken hebben.

'Ik ben een van de oudere kinderen,' zeg ik.

'Waren er ook oudere?' Flets geworden blauwe ogen dwalen door de kamer.

Shit. Ja, natuurlijk. Daar doe je het weer, denken dat alleen maar omdat jij iemand hebt opgemerkt, die ander jou ook moet hebben opgemerkt. 'Ja,' zeg ik. 'Toevallig hebben we elkaar een aantal keren gezien.'

Jimmy wuift met zijn glas in de lucht. 'O, nou ja,' zegt hij. 'Mijn geheugen is niet meer wat het geweest is.' Hij neemt een slok en plakt er bij nader inzien nog een 'Gecondoleerd met je verlies' aan vast.

'Dank je,' zeg ik. 'Ik kwam alleen even zeggen dat het eten klaar is.'

'Hoe is het met Simone?' vraagt hij, en weer lijkt het meer een losse flodder achteraf dan een echte vraag.

'Niet zo best,' antwoordt Robert. 'Ik weet niet of het al helemaal tot haar is doorgedrongen. We maken ons allemaal een beetje zorgen om haar.'

'O, nou ja.' Jimmy wuift weer met zijn glas. 'Al dat fijne geld moet wel helpen, toch?'

Ik hoor een collectief snakken naar adem. 'Juist,' zegt Robert. 'Laten we maar gaan eten, goed?'

Simone zit aan tafel, nog steeds met die verontrustend vrolijke glimlach op haar gezicht geplakt. 'Kom, kom,' zegt ze. 'Ga zitten. Eet.' Begroette ze de mensen aan hun eettafel ook op die manier voordat ze weduwe werd? Ik kan me niet voorstellen dat het meisje dat ik kende iets anders zou doen dan ze van achter haar haar aangapen. Er is heel veel veranderd toen ik even niet oplette.

De plaats aan het hoofd, waar mijn vader zich in zijn glorie wentelde, is niet gedekt, leeg. We vullen de tafel vanaf het uiteinde, alsof niemand dicht bij die lege plek wil zitten, tot uiteindelijk de twee plaatsen die ooit voor de eregasten geweest moeten zijn worden bezet door de twee drinkers. Robert en Maria zijn elk aan een kant van hun dochter gaan zitten, met Imogen naast Robert en Joe naast Maria. Ik treuzel een seconde en Ruby duikt tussen Joe en Jimmy in. Had je maar moeten opletten, zegt haar blik. Het verbaast me nog dat ze geen lange neus naar me trekt. Ik zet me in de binnenste cirkel van de hel, tussen twee Clusterfucks in geklemd. Natuurlijk zijn ze allemaal te deftig om naast hun partner te gaan zitten. Dat soort gedrag is voorbehouden aan het voetvolk.

Jimmy heeft zijn wodka meegenomen uit de salon. Het is niet nodig, want Charlie heeft zonder iets te vragen Seans Crozes-Hermitage en een paar flessen Oostenrijkse gewürztraminer voor de dames uit de kelder gepakt. Hij loopt om de tafel heen, de gastvrijheid van de dode schenkend, zet dan een volle fles op een onderzetter voor zich en gaat zitten. Jimmy drinkt met gekletter van ijsblokjes zijn glas wodka leeg. 'Trouwens,' deelt hij mede, 'de tonic is op.'

Ruby kijkt hem aan. 'Er zijn winkels genoeg in Appledore,' zegt ze. 'Simone zou het vast heel fijn vinden als je er morgen heen ging.'

'Ja, dat zal wel,' zegt Jimmy, 'maar ik zit tijdelijk zonder geld. Ik hóóp tijdelijk.'

Hij kijkt naar Robert, die doet alsof hij het niet merkt. 'Hoe is het met je moeder, Milly?' vraagt hij dan maar aan mij.

'Mila,' verbeter ik. 'Goed. Ze woont in Sutherland.'

'Sutherland?'

'In Schotland,' zeg ik.

Hij trekt een wenkbrauw op en glimlacht naar me. 'Weet ik. Ik vroeg me alleen af wat haar daar heeft gebracht.'

'Ze komt ervandaan.'

'Echt?' vraagt hij perplex. 'Ze klonk níét Schots.'

Klinkt, Robert. Dat jij haar hebt laten vallen, wil niet zeggen dat ze niet meer bestaat. 'Je zou ervan staan te kijken hoeveel Schotten niet Schots klinken. En zelfs degenen die wél een Schots accent hebben, klinken niet allemaal alsof ze uit Glasgow komen. Maar goed, ze heeft het huis van mijn oma overgenomen toen die doodging en daar zit ze nu.'

'En... doet ze ook iets?'

'Ze zit in het toerisme,' zeg ik. Wat tegenwoordig het Schotse codewoord is voor 'landeigenaar'. Ik sta er versteld van hoe weinig deze mensen mijn moeder over haar achtergrond hebben gevraagd in de jaren dat ze haar hebben gekend, in aanmerking genomen dat paps hele fortuin is gebouwd op het geld dat zij heeft ingebracht.

'Aha,' zegt hij en weg is zijn belangstelling, wat ook de bedoeling is van het codewoord.

'God, schat, jij luistert ook nooit, hè?' zegt Maria. 'Hoe is het met Barney?'

'Prima. Ze maken het allebei prima.'

'Maken ze al aanstalten om te trouwen?'

'Ik denk het niet. Ik denk dat ze op het huwelijk is afgeknapt toen...' Ik kan mijn zin niet afmaken. Simone heeft haar glimlach op me gericht en ik zie van alles gebeuren achter die lege ogen. Vier echtgenotes. De vaak-getrouwden hebben er geen idee van hoe ingewikkeld ze het leven maken voor hun nakomelingen. 'Nee,' besluit ik.

'En hoe is het met jouw moeder, Ruby?' vraagt Robert.

'Goed,' zegt Ruby. 'Goed. Ze verbouwt van alles.'

'Woont ze nog in Sussex?'

'Ja.' Ze schept een paar lepels couscous met dadels, pruimen en abrikozen op. Wat een waanzin. Als ik Simone was, zou ik in bed liggen wachten tot andere mensen me soep kwamen brengen in plaats van hele banketten te bereiden voor een stelletje egoïsten. Ruby biedt Jimmy de schaal aan. Hij tuurt ernaar.

'Wat is dat?'

'Couscous.'

'Is dat niet voor lesbo's?'

'Ik denk niet dat Simone zó snel van geaardheid is veranderd,' zegt Charlie, en hij lacht kakelend om zijn eigen gevatheid. Er lacht niemand mee. Ze kijken hem gewoon aan tot hij ophoudt en zijn mond vult met Crozes-Hermitage. Jimmy schept een berg couscous op zijn bord maar neemt de schaal niet over om hem door te geven, hoewel Ruby hem blijft vasthouden en met haar ogen naar hem knippert. Uiteindelijk draait ze zich om en houdt Joe de schaal voor. 'Couscous?'

'Ja, graag.' Hij schept zich op. 'Zal ik de schaal doorgeven?'

'Dat zou fijn zijn,' zegt ze. 'Volgens mij hoort dat zo, nietwaar?'

Mijn god. Kan het zelfingenomener dan een tiener die een volwassene betrapt op slechte tafelmanieren? Maar ik herinner me de frustratie aan tafel met Sean, het wachten terwijl de schalen zich ophoopten aan zijn linkerhand tot er iemand opstond en ze doorgaf. Sommige mensen hebben het gewoon niet in zich om de rest van de wereld op te merken. Gek dat al zijn beste vrienden uit hetzelfde hout zijn gesneden. Charlie Clutterbuck nam niet eens de moeite om uit de salon te komen om hallo te zeggen; hij liet het gemakshalve aan zijn tactloze vrouw over. Hoewel ik niet geloof dat narcisme Jimmy's voornaamste drijfveer is. Als ik weer thuis ben, moet ik de middelengerelateerde stoornissen opzoeken.

'Muntsaus?' vraagt Imogen aan niemand in het bijzonder, als een hertogin die een ondergeschikte vermaant.

'O.' Simone schuift haar stoel naar achteren. 'Ik zal het gaan maken.'

'O, nee, nee, nee, nee, nee,' zegt Imogen; een woord dat vrijwel altijd ja betekent. 'Ga zitten, Simone, toe. Het is allemaal perfect.'

'Nee,' zegt Simone bits. 'Straks zeggen ze nog dat ik niet eens een simpele maaltijd kan bereiden, en dat wil ik niet. En als ik toch in de keuken ben zal ik zien of ik nog wat lesbo's met aardappelen kan vinden, goed?'

'Ik wilde niet...'

'Geeft niet.' Simone ontbloot haar tanden en Imogen wordt een beetje bang. 'Ik ga je muntsaus maken.'

Ze beent de kamer uit. Imogen doet haar mond open, maar Charlie legt een hand op haar arm en ze klapt hem weer dicht. Maria staat op en gaat haar stiefdochter achterna. 'Niet doen,' zegt ze vanuit de deuropening als ze ziet dat ik mijn servet neerleg. 'Laat het maar aan mij over.' Ik doe wat me gezegd wordt.

'Ik wilde niet...' begint Imogen. 'O, hemel, het spijt me. Ik wilde niet...'

'Trek het je niet aan,' zegt Robert. 'Ze is over haar toeren.' Imogen kijkt hem aan met ogen die glanzen van bewondering, alsof hij zojuist de wereldvrede heeft afgekondigd.

Jimmy begint met een vork couscous van zijn bord in zijn mond te harken. 'Het lijkt erop dat íémand het allemaal niet zo goed aankan.' Een paar gelige korrels sproeien uit zijn mond en bevuilen het spierwitte tafelkleed.

'Denk je?' Robert leunt achterover en kijkt hem woest aan. 'Wat had je dan van haar verwacht?'

Jimmy haalt zijn schouders op.

'Hoor eens,' zegt Robert, 'ik weet dat het veel gevraagd is, maar zouden jullie allemaal kunnen proberen mijn dochter niet op te fokken? Nee, echt, Jimmy. Heb je dan helemaal geen empathie?'

'Ik zit een beetje krap op empathiegebied,' zegt Jimmy zonder op te houden met harken. 'Financieel ook. Ik heb mijn eigen zorgen.'

Robert knippert met zijn ogen. 'Jimmy, ik heb al tegen je gezegd dat dit niet het moment is. Ik bespreek het morgen met je. Sean zou vast niet hebben gewild dat je armoede moest lijden.'

'Reken maar van niet,' zegt Jimmy, die zijn glas leegdrinkt en zich nog eens inschenkt uit Charlies fles. Er daalt een kilte over de tafel neer. Charlie en Imogen staren hem als bange kinderen aan. Ruby en Joe fronsen niet-begrijpend hun voorhoofd. 'Hij wist waar anderen in hun radeloosheid toe in staat zijn.'

'Alsjeblieft, Jimmy,' zegt Robert. 'Hou je kop nou maar, ja? Ik wil dit gedoe niet waar mijn dochter bij zit, is dat duidelijk?'

'Ze is er niet.'

'Maar toch. Het is niet gepast. Helemaal niet. Zullen we proberen beschaafd de maaltijd te gebruiken?'

Jimmy snuift honend. 'Ja hoor,' zegt hij. 'Want Simone is zo onschuldig.'

'Ze is heel erg van streek,' zegt Robert. 'Haar man is overleden.'

Jimmy snuift weer. 'Ja. En dan ook nog op zo'n merkwaardige manier.'

'O, Jimmy,' zegt Imogen, 'hou óp. Kan het je dan echt niets schelen dat we met twee van zijn dochters aan tafel zitten?'

Hij haalt zijn schouders op. '*The Sun on Sunday* zal ze toch niet ontgaan zijn? Nou? Hebben jullie het gezien?'

Ruby wordt rood. Die vervloekte smartphone ook.

'Klep dicht, Jimmy,' zeg ik. 'Maandag wordt hij begraven.'

'Hmm,' zegt hij. 'Fijn om zo veel loyaliteit te zien, moet ik zeggen. Lekker is dat. Die goeie ouwe familiegeheimpjes, hè? Het is altijd het beste om ze voor je te houden.' Er valt een stilte zo dicht als modder. Hij kijkt van de een naar de ander. Zwaait met zijn vork in de lucht. 'Maar goed, Robert, de hypocrisie daargelaten wil ik je er alleen op wijzen dat geld mensen tot wanhoop kan drijven. Het gebrek eraan, dan. Sean leek er geen moeite mee te hebben dat te begrijpen.'

Dat is een dreigement. Op de een of andere manier. Ik kijk naar de anderen. Het is duidelijk dat iedereen het zo heeft opgevat. Zelfs Ruby. Ze kijkt strak naar haar bord, maar eet niet.

Hij richt zijn aandacht weer op zijn eten. 'Ik zit min of meer aan de grond. Als ik er niets op verzin, zal ik moeten uitkijken naar andere manieren om aan de kost te komen.'

'Een baan, bedoel je?' vraagt Joe, en nu klinkt hij niet plagerig meer.

'O, wat leuk, jochie,' zegt Jimmy. 'En hoe verdien jij de kost?'

'Hij studeert,' zegt Robert.

'Nou, fijn voor je,' zegt Jimmy. 'Ik spreek je wel weer als je zo oud bent als ik, eens zien of je dan nog zo blij bent met jezelf.'

Geluiden op de gang. Ik zie Roberts oogwit. 'Als je niet nu meteen je bek houdt en je gedraagt,' sist hij, 'garandeer ik je dat je geen cent krijgt, nooit. Is dat duidelijk?'

Jimmy haalt zijn schouders weer op. Hij heeft er echt talent voor, met die knokige schoudertjes.

Simone en Maria komen weer binnen. Maria heeft een zilveren juskom in haar handen. Ze zet hem bij Imogen neer en werpt haar haar liefste glimlach toe, die Imogen zegt hoe volkomen ze haar ongemak begrijpt en dat ze er al het mogelijke aan zal doen om het te verlichten. God, ik mag Maria wel. Ik kan er niets aan doen. Ze is een echte *mensch*. Imogen bedankt haar nederig en schept wat muntsaus op de rand van haar halflege bord. 'Heerlijk,' zegt ze. 'Perfect. Heel erg bedankt.'

Simone besteedt geen aandacht aan haar. Ze heeft een kartonnen doos in haar handen. Er heeft ooit een Dualit-broodrooster in gezeten, zie ik. Natuurlijk. Alleen het allerbeste in dit huis. Ze loopt naar Ruby en zet de doos naast haar op tafel. Tussen haar en Joe in, valt me op, niet aan Jimmy's kant. Ze vertrouwt er niet op dat hij van de inhoud af zal blijven, denk ik.

'Hier zitten wat dingen in waar je eens naar zou kunnen kijken,' zegt ze.

'Wat dan?' Ruby schuift haar eten nog eens over haar bord. Niemand lijkt veel trek te hebben, behalve Charlie en Jimmy dan, die nog door de zombieapocalyps heen zouden eten. Misschien kan ik ze naar Claire sturen om wat van die stellingplanken in de eetkamer leeg te krijgen.

'De sieraden van je vader.'

'Sieraden?'

Simone reageert geërgerd. 'O, hoe je het maar wilt noemen. Weet ik veel. Horloges en manchetknopen en zo. Metalen dingen die mannen dragen. Je moet ernaar kijken en pakken wat je hebben wilt. Ik weet zeker dat er dingen in zitten die je interessánt zult vinden.'

Ruby kijkt haar onzeker aan. 'Wil jij ze niet, Simone? Ik bedoel, ik wil heel graag... je weet wel, iets. Een aandenken. Maar het is allemaal van jou.'

Simones gezicht verstrakt. Daaronder borrelt een rancune, een razernij die ik niet goed begrijp. Of misschien toch wel. De vernedering moet verschrikkelijk zijn. 'Nee,' zegt ze. 'Dit niet. Er is meer dan genoeg uit zijn tijd met mij. Dit is allemaal van ervoor. Neem het maar aan, anders gaat het naar de kringloopwinkel.'

Ruby hoort de onderliggende boodschap niet. 'Maar Emma wil toch vast wel... Ik bedoel, als ze wat ouder is?'

'Nee. Dit niet.'

'Ik...'

'Zie maar,' zegt Simone. 'Ik dacht gewoon dat je er blij mee zou zijn, meer niet. Kijk er morgen maar naar en neem mee wat je wilt.'

'Oké,' zegt Ruby. 'Goed.' Dan, nederig: 'Alleen ik, of Mila ook?'

'Mila?' Simone fronst haar voorhoofd.

'Ik,' zeg ik. 'Ze bedoelt mij.' Ik vind het ontroerend dat Ruby mijn naam heeft geaccepteerd, maar ik voorzie allerlei complicaties. Voor deze mensen zal ik altijd Milly blijven.

'O,' zegt Simone. 'Ja, natuurlijk. En je moet ook wat voor India uitzoeken, natuurlijk. Ja. Enfin. Ik hoef het niet. Neem het maar gewoon mee, ja?'

'Dank je,' zeg ik. Ik praat later nog wel met Ruby. Misschien zou het het beste zijn als we alles meenamen en wat achterhielden voor Emma. Als we haar nog kennen tegen de tijd dat we oud zijn. God, tegen de tijd dat ze zo oud is als Ruby nu, ben ik veertig.

Simone gaat zitten. Begint te eten, werktuiglijk en zwijgend, door haar koud geworden eten ploegend zonder er ook maar enig genoegen in te scheppen, zo te zien. Ze heeft nu de toon voor de avond gezet. Met Jimmy samen. Ik denk niet dat iemand nog iets wil zeggen, want je zou iemand woest kunnen maken. Als ik de Clutterbucks was, zou ik zo snel mogelijk naar dat hotel willen.

Jimmy is klaar met het naar binnen harken van zijn couscous en schuift zijn bord van zich af.

'Maar goed,' zegt hij, 'zullen we drinken op de afwezige vrienden?'

We kijken hem allemaal zwijgend aan.

28

2004 | zaterdag | Simone

Hun enthousiasme heeft iets verbetens. Door de ruzie tussen Sean en Claire doen ze nog harder hun best om iedereen – en vooral degene die het feest bederft – te laten zien hoe Je Amuseren eruitziet. De vrouwen nemen het voortouw, giechelend, glitterend en flirtend alsof hun leven ervan afhangt. En Claire zit aan het eind van de tafel, een en al gekwetste trots, afgemeten antwoorden en die tweetonige 'O, wat leuk'-grinnik als iemand zich rechtstreeks tot haar wendt. Ze verliest haar man geen seconde uit het oog, als een kat die naar een gekooide vogel loert.

Arme man, denkt Simone. Op zijn verjaardag nog wel. Ze is echt een trut. Hij onthaalt ons op een prachtig feestmaal en zij doet haar best om het te verzieken. Ze heeft niet eens veel werk gemaakt van haar kleding. Alle anderen hebben hun mooiste kleren aangetrokken, maar zij ziet eruit alsof ze die jurk achter uit haar kleerkast heeft gevist en er met haar ogen dicht wat sieraden bij heeft gepakt.

Ze heeft wel van zulke etentjes gehoord, maar het is voor het eerst dat ze er zelf een meemaakt. Sean heeft het hele terras van de Canard Doré gereserveerd en het voelt alsof ze de jachthaven helemaal voor zichzelf hebben. Door de rookglazen deuren die hen van de klimaatgekoelde eetzaal scheiden, worden verlangende blikken geworpen op hun weelderige ongebruikte ruimte, maar niemand anders zal vanavond een zeebriesje voelen. Volgens haar menukaart zijn ze met de derde gang van de negen bezig, maar de amuses tussendoor waren net zo overvloedig als de gangen zelf. Een potje kaviaar de man, twee dikke, boterzachte oesters met mierikswortel om ze te laten kronkelen, een *nid d'escargots*, wat een vol-au-vent bleek te zijn vol knoflookachtige slakken (ze had haar twijfels, maar de volwassenen schrokten ze genietend naar binnen, dus deed zij dat ook maar; het ging er natuurlijk maar om de gulheid van de gastheer te belonen met blijken van enthousiasme), gevolgd door een borrelglaasje met exquis, zoet-maar-hartig basilicumijs om de smaakpapillen te neutraliseren. Nu kijkt ze naar een rechthoekige lei met daarop vier sashimi in edelsteenkleuren naast een torentje van iets groens, drie perfecte erwtenscheuten, een porseleinen kopje sake en een paar elegante doublé eetstokjes.

Simone voelt zich mondainer en volwassener dan ooit tevoren met haar gouden hemdjurk, de sandalen met open tenen, de verzameling geleende armbanden om haar pols en de pareltjes die aan haar oren bungelen. En Sean heeft haar een ereplaats aan zijn linkerhand gegeven; Linda Innes zit rechts van hem. Ze gloeit van trots om het compliment, ook al besteedt hij de meeste aandacht aan de oudere vrouw. Dat is geen verrassing. Hij heeft verfijnde manieren, en natuurlijk moet hij Linda het gevoel geven dat ze welkom is. Simone ziet niets om bang voor te zijn aan de volwassenheid. Nog een paar jaar conversatiestof opdoen en de kneepjes leren, en dan is ze een vlinder.

Claire schuift haar stoel achteruit en staat op. 'Ik ga even kijken,' kondigt ze aan.

De gesprekken verstommen en iedereen kijkt naar haar. Tussen al die schitterende wezens ziet ze er opvallend slonzig uit in haar allesbedekkende jurk. Ze doet het expres, denkt Simone. Het is een opzettelijke vernedering van haar man, die ze zo laat merken hoe weinig waardering ze voor hem heeft. Ze verdient hem niet. Ze heeft geen recht op alles wat ze heeft.

'Als je het nodig vindt,' zegt Sean.

'Het is meer dan een uur geleden. Elk half uur, hadden we gezegd.'

'Laat het maar weten als het huis is afgebrand.' Hij pakt zijn eetstokjes en wendt zich van haar af. Ze kijkt even beduusd, alsof ze meer bijval had verwacht. 'Nou ja, maar Ruby is zíék,' zegt ze, en dan pakt ze haar tas en haar omslagdoek en loopt weg. Ze kijken haar allemaal zwijgend na als ze over het terras loopt, zichzelf door de schuifdeur binnenlaat en hem achter zich dichttrekt.

'Hèhè,' zegt Charlie. 'Dan kunnen we nu lol gaan maken.'

De tafel barst in lachen uit.

'Gefeliciteerd, Seanie!' roept Charlie Clutterbuck, en de gasten lachen weer en proosten met elkaar.

'O, gelukkig,' zegt Sean. 'Ik begon al te denken dat niemand het had gemerkt.'

Ik heb het wel gemerkt, denkt Simone. O, Sean, liefste, ik heb het gemerkt. Je zou achterlijk moeten zijn om niet te zien hoe slecht ze je behandelt.

'Ik denk dat het niet lang meer gaat duren voordat Seanie op straat wordt gezet,' zegt Jimmy, en iedereen slikt zijn lachen in. Imogen verslikt zich in haar champagne en moet door Robert op haar rug worden geslagen. Wat een hork, denkt Simone.

Dan heft Sean zijn glas weer en klinkt met hem. 'Ze doet maar,' zegt hij, 'al heb ik weinig hoop. Ze heeft haar bedenkingen vanwege de meisjes. Ze wil ze niet van hun vader beroven of zoiets.'

'Of zoíéts,' herhaalt Linda sarcastisch.

'Trouwens,' zegt Sean, 'ze zal er heus wel op staan dat ik ze elke vijf minuten op bezoek laat komen, net zoals Heather.'

O, denkt Simone, zit dat zo. Arme Sean. Hij zal ze wel kinderen móéten schenken. Dat hoort bij het huwelijk, hè? Mensen lijken kinderen te krijgen zonder erover na te denken, en dan chanteren ze elkaar met die kinderen, om ze te laten blijven.

'Volgens mij,' zegt Imogen tactloos, 'zijn kinderen ontzettend veerkrachtig. Indy en Milly hebben niet bepaald onder de scheiding geleden, toch?'

'O, dat weet ik niet,' zegt Sean grootmoedig. Hij wil altijd sportief blijven, denkt Simone. Probeert het altijd van de andere kant te bekijken. 'Ze zullen vast wel hun grieven hebben.'

'Wij allemaal,' zegt Imogen. 'Tijd om volwassen te worden, eerlijk gezegd.'

'Arme stakkers, hoe moeten ze het ponytekort verwerken?' zegt Charlie, en iedereen lacht weer.

'Er is weinig te grazen voor pony's in Maida Vale,' probeert Simone, en ze wordt beloond met weer een uitbarsting van gelach en een klap op haar rug van Charlie Clutterbuck die al haar botten laat rammelen.

Maria smeert een dikke laag groen spul op iets romig zachtgeels, pakt het met haar eetstokjes en stopt het in haar mond. Ze kauwt met haar ogen dicht en slikt. 'Mijn god, schat, je hebt alles uit de kast gehaald vanavond. Wat is dit?'

'Dat was zee-egel,' zegt hij. 'Er is ook karper, *otoro* en een lekker malse coquille. Ik heb geprobeerd een *fugu* te bemachtigen, maar buiten Japan is het zo goed als onmogelijk een kok te vinden die hem kan bereiden.'

'Wat? Geen leeuweriktongetjes?' vraagt Jimmy.

'Een *fugu*?' vraagt Simone.

'Een kogelvis. Eén verkeerd plakje en het is...' Hij haalt theatraal zijn eetstokjes langs zijn keel.

'Mijn god. Heb je dat ooit gegeten?'

'Nee,' zegt hij spijtig. 'Ik had gehoopt dat het er vanavond van zou komen.'

'Ahh. Die arme Seanie heeft nog nooit gefugd,' zegt Jimmy, maar deze keer lacht er niemand om hem.

'En waar heb je die karper in vredesnaam vandaan?'

Hij lacht bulderend, pakt zijn kopje sake en slaat het achterover. 'Levend gekocht bij een koiverkoper in Wilmslow. Ik heb hem maar niet verteld wat ik ermee van plan was.'

Charlie schatert het uit. 'Je bent onverbeterlijk!'

'Als puntje bij paaltje komt, is het gewoon vis, toch? Ik kon het niet uit Kyoto laten overvliegen en het toch vers houden, wel?'

Sushi. Ze heeft het in etalages gezien, maar niemand is het ooit met haar gaan eten, niet eens in zo'n tent met een lopende band. De uitjes van de Gavila's worden meestal aangepast aan Joaquins smaak, en ze kan zich de kokhalsgeluiden wel voorstellen als iemand zou proberen hem rauwe vis te voeren. Ze is er zelf ook een tikkeltje huiverig voor, maar iedereen om haar heen zit te smikkelen alsof het snoepgoed is. En ze heeft tenslotte al twee oesters gegeten vandaag, en als ze slakken naar binnen kan krijgen, moet dit ook lukken.

Sean kijkt naar haar leisteen. 'Toe maar,' zegt hij, 'proef maar. Het is een ware delicatesse.'

Honderd jaar oude eieren ook, denkt ze. En eendenzwemvlies.

'Mijn eerste sushi,' zegt ze zacht.

'Sashimi,' verbetert hij. 'Ik garandeer je dat het de laatste niet zal zijn.'

Hij reikt met zijn eigen eetstokjes naar haar leisteen en smeert wat van het groene spul op iets wat zij aanziet voor een stukje tonijn. 'Wasabi,' legt hij uit. 'De echte, niet dat nepspul dat je in een tube koopt.' Hij pakt het hapje op en houdt het bij haar mond. 'Proef.'

Ze neemt de hele hap in haar mond en doet net als Maria haar ogen dicht bij het proeven. De scherpe wasabi dringt in haar neus, maakt dat ze moet niezen, dat de tranen haar in de gesloten ogen springen. Ze spuugt de hap bijna uit en dan, *boem!*, is de pijn voorbij en worden haar zintuigen in beslag genomen door de luisterrijke, kostelijke vetheid, room en fluweel ineen, niet zo vissig als ze had verwacht, niet zout, zoals ze van zeevis had verwacht. Exquise.

Ze doet haar ogen weer open. Hij kijkt naar haar. Er speelt een glimlachje om zijn lippen. Alle anderen kijken ook. Ze krijgt een onbehaaglijk gevoel van de uitdrukking op Jimmy's gezicht: een soort geamuseerde gulzigheid. Ze doet alsof ze hem niet ziet. Hij is een griezel. Een dronken griezel. Ze fladdert met haar wimpers naar Sean zoals ze Linda heeft zien doen. 'Verrukkelijk,' zegt ze. 'Mijn god, wat heerlijk. Ik had geen idee.'

Zijn glimlach wordt breder. Ze kijkt op en ziet dat haar vader naar hen kijkt. Zijn gezicht is ondoorgrondelijk, maar ze vermoedt dat dat niet onverdeeld gunstig is.

'Hoera! Een nieuwe ervaring voor jou!' zegt Sean, en dan wendt hij zich bruusk tot Linda. Voordat de oudere vrouw haar gezicht in de plooi heeft getrokken, vangt Simone iets wantrouwigs op, een vleugje ergernis. Is ze jaloers, vraagt ze zich af. Op mij? En ze voelt een rillinkje van triomf door haar lichaam trekken.

Ze pakken hun eetstokjes en eten door.

De volgende amuse is niet eetbaar. Het is een glaasje eau de vie, uit het zuidwesten van Frankrijk, vertelt hij, waar ook de beste foie gras vandaan komt. Het alcoholpercentage is zo barbaars hoog dat het haar de adem beneemt, dat ze moet hoesten, en de volwassenen lachen om haar consternatie. Ze vindt het niet erg. Het bedienend personeel heeft haar zonder een spier te vertrekken drank geserveerd. Voor het eerst in haar leven wordt ze ongemoeid gelaten tussen de volwassenen.

Een paar minuten later komt de alcohol aan als een klap voor haar kop. Ze deint zelfs op haar stoel en omklemt de rand van de tafel uit angst om te vallen. Niemand lijkt het te zien, of net zo op de drank te reageren als zij, maar een onzichtbare hand heeft plotseling het conversatievolume hoger gezet.

De eerste golf trekt voorbij, haar spraakzaam en glimlachend achterlatend. Jimmy en Linda steken een sigaret op, Marlboro Menthol, en Linda houdt haar het pakje voor. Ze neemt er ook een.

'Nee,' zegt Robert met stemverheffing vanaf de andere kant van de tafel. 'Pertinent niet, Simone. Nee.'

'O, kom op,' zegt Charlie. 'Het is feest. Wat moet dit voorstellen, het congres van New Labour?'

'Ze is vijftien,' zegt Robert, en iedereen kijkt meteen reikhalzend naar het restaurant om te zien of iemand het heeft gehoord, maar ze zijn alleen op het terras. Binnen is iemand foie gras aan het bakken terwijl iemand anders negen glazen monbazillac inschenkt voor erbij.

'Een echte jurist,' hoont Jimmy Orizio. 'Altijd de letter van de wet erbij halen in het openbaar.'

Linda reikt voor haar gastheer langs en knipt haar aansteker aan. Simone, verrukt over de verontwaardiging die ze bij haar vader heeft gewekt, neemt een hijs, onderdrukt een hoestbui en houdt het ding tussen haar wijs- en middelvinger in de lucht zoals Bette Davis het in de film doet. Ze pruilt een stroom rook de warme zeelucht in. Ze kan niet beweren dat ze echt van de ervaring geniet, want ze wordt weer duizelig, maar dit is duidelijk een avond voor overgangsriten. Morgen wordt alles anders, denkt ze. Alles zal er anders uitzien. Ze brengt de filter weer naar haar lippen. Hij lijkt vochtig koel te zijn geworden op haar huid.

'Ik vind het zelf ook niet zo'n prettig gezicht, een klein meisje dat rookt,' zegt Sean, en het beetje plezier dat er was, is weg. Ze neemt nog een haal, gewoon om te demonstreren dat ze haar eigen beslissingen neemt, en drukt de sigaret dan uit. Ze leunt achterover, een beetje overweldigd, maar fleurt op bij de gedachte aan alle volwassen geneugten die ze vanavond heeft gesmaakt.

'Ik heb het nog nooit zo leuk gehad,' verkondigt ze.

Weer een golf van gelach. 'Het wordt nog veel leuker,' zegt Sean. 'Wees maar niet bang. Was ik nog maar zo jong als jij.'

De foie gras wordt gebracht. Charlie leunt naar voren en pakt Claires portie. Een voor een pakken de vrouwen de ganzenlever van de geroosterde brioche waarop hij ligt en schuiven het brood opzij.

‘Ik neem aan,’ zegt Imogen, ‘dat we moeten loten wie de volgende is die gaat kijken voordat de Bemoeimoeder terugkomt.’

‘Moet dat echt?’ kreunt Charlie.

‘Wees maar niet bang, Charlie,’ zegt Maria. ‘Ik denk niet dat iemand jóú zal vragen te gaan kijken.’

‘Maar echt. Het is zo hinderlijk.’

‘Weet ik,’ zegt Sean. ‘Wat bezielde ons toen we ze kregen?’

‘Je weet toch dat ze gewoon zelf gaat als niemand van ons het doet?’ zegt Imogen.

Charlie snuift minachtend. ‘Nou en? Hoor eens, als mensen iedereen hun waarden en normen willen opdringen, moeten ze wel beseffen dat ze de consequenties moeten dragen. Als zij ze in de gaten wil houden terwijl ze slapen, moet ze dat vooral doen.’

Simone ziet haar kans schoon. ‘Ik ga wel!’ tjilpt ze.

‘Absoluut niet,’ zegt Sean met een hartverwarmende betrokkenheid. ‘Je hebt gisteren al veel meer dan je plicht gedaan.’

‘O, maar ik vind het niet erg. Anders mist ze dit fantastische diner.’

Ze heeft gekeken wat er nu komt en gezien dat het chateaubriand met truffels is. Na de volgende tussengangse traktatie zou een goed moment zijn om hem te smeren en een wit voetje te halen. Veel tijd zal het niet kosten om te doen wat ze moet doen, en de volgende gang is maar een mangoestansorbet. Ze geeft weinig om truffels en heeft geen idee wat een mangoestan is. Ze zal het niet echt missen als ze er nooit achter komt.

‘Nou,’ zegt Sean, ‘me dunkt dat Claire wel een maaltijd kan overslaan.’

Linda gnuift. Vanaf de plek waar ze zit, ziet Simone haar een hand halverwege Seans dij liggen. Ze werpt haar een vernietigende blik toe. Dit is volkomen ongepast, dat weet zij zelfs. Sean lijkt het niet te merken. Hij pakt gewoon zijn glas en neemt een keizerlijke slok wijn.

‘Echt,’ zegt ze, ‘ik vind het niet erg. Ik doe het graag. Mijn manier om te bedanken voor deze ongelooflijke gastvrijheid.’

Robert glundert en Maria straalt haar gebruikelijke warme goedkeuring uit. Ik strek jullie tot eer, denkt ze. Dat denken jullie op dit moment. Goed zo. Ik vind het prettig om gewaardeerd te worden.

'Tja, als je erop staat,' zegt Imogen. Linda heeft er nog geen blijk van gegeven dat ze zich ervan bewust is, of althans er iets om geeft, dat drie van de slapende kinderen van haarzelf zijn. Waarschijnlijk weet ze het echt niet, de helft van de tijd. De kinderen brengen veel tijd door bij hun grootouders in Godalming, zodat hun ouders zich aan hun reizende carrière kunnen wijden. Dat ze nu hier zijn, is zuiver omdat oma een cruise wilde maken. 'Ik kan niet zeggen dat ik je het voorrecht zal betwisten.'

Simone wendt zich tot Sean en werkt nog wat met haar wimpers. 'Trouwens,' zegt ze luchtig, 'je weet toch dat ik alles voor je zou doen, hè?'

Sean lacht achter in zijn keel, met zijn mond dicht, en legt een hand op haar schouder. Hij streelt er vol genegenheid over met zijn duim, wat een siddering over haar rug jaagt. 'Je bent echt een klein wondertje, hè?' zegt hij.

29

Om half negen word ik gewekt door mijn telefoon. Ik denk eerst nog dat het de wekker is (ik had gisteren geen ziertje bereik), maar het is India. Het is borreltijd waar zij zit, maar ik hoor alleen het gerommel en het *ding-ding-ding* van een passerende trein. Ze is de enige die me dit weekend heeft gebeld. Gêne? Of is het gewoon uit het oog, uit het hart? Heb ik dan helemaal geen vrienden die aan me denken als ik er niet ben?

'Hoe gaat het?' vraagt ze. 'O, maak ik je wakker?'

'Ja,' zeg ik, en ik probeer de slaap uit mijn hoofd te vegen.

'Sorry,' zegt ze weinig berouwvol. Ze is er zo aan gewend om om half zeven te beginnen dat het niet in haar opkomt dat andere mensen misschien moeten slapen. Ze zal haar leven veel welvarender eindigen dan ik, dat geef ik je op een briefje. 'En, hoe gaat het?'

'Uitstekend. Ik had gisteravond het grote genoegen tussen de Clusterfucks te mogen zitten.'

Ze rilt over de lijn naar me. 'En hoe is het met die lieve Clusterfuckjes?'

'Hetzelfde, maar dan erger. Imogen heeft zich laten lamineren en Charlie ziet paars. Ze slapen in een duur hotel in Ilfracombe, als dat bestaat, goddank. Ik weet niet of ik zijn jovialiteit op dit moment aan zou kunnen.'

'Hij is de volgende,' zegt ze.

'Misschien niet. Je raadt nooit wie hier gisteren ook nog binnen kwam strompelen. Jimmy Orizio, toevallig.'

'Jimmy Orizio? Leeft die dan nog?'

'Hij loopt. Houterig. Ik blijf maar verwachten dat hij zal proberen me te bijten.'

'En hoe is het met de Kindbruid?'

'Raar.' Ik denk even na. 'Nee. Bizar.'

'O.'

'Ze gedraagt zich alsof ze aan een soort gastvrouwencompetitie meedoet. Met driftbuien.'

'O.'

'Ruby, Joe en ik hebben tot twee uur vannacht wijnglazen staan afwassen.'

'Joe?'

'Joaquin Gavila.'

'Wâh-kíén? Wat doet hij tegenwoordig? Slaat hij nog met stokken tegen dingen?'

'Die indruk heb ik niet. Hij is eigenlijk nogal een mooie jongen geworden. Met hertenogen en zo. Ruby kon een half uur geen woord uitbrengen. Ik denk dat de naamsverandering hem aantrekkelijker heeft gemaakt.'

'En hij wast af?'

'Ja. Ik weet het. Wie had dat kunnen denken?'

'Ik zou denken dat er veel wijnglazen geweest moeten zijn.'

'Dan zou je gelijk hebben. Hoe is het met je?'

'Gaat wel,' zegt ze met een zucht. 'Op en neer. Eigenlijk ben ik wel verbaasd. Uiteindelijk heb ik donderdag vrijgenomen. Ik had niet gedacht dat ik nog tranen voor Sean overhad.'

'Ik ook niet! Ik had geen idee!'

'Maar ik vraag me af...'

'Nou?'

'Waar huilen we om? Ik bedoel, we zullen hem niet bepaald missen.'

Ik denk na. Ze heeft gelijk. Wanneer ik aan hem denk, kan ik hem alleen maar voor me zien met zijn gabbers. Een fenomeen, zeker, zoals hij zijn pleziertjes met beide handen greep en het sap eruit kneep, maar ik herinner me niets van die papadingen waar iedereen het over heeft. Niet sinds ik klein was, in elk geval. Iets in mij heeft altijd verondersteld dat die dingen een verzinsel zijn van reclamebureaus, net als Moederdag.

'Ik weet het niet.'

'Ik schrik 's nachts telkens wakker met herinneringen aan al die rotstreken van hem. Weet je nog, toen hij hem smeerde? En toen bleek dat al zijn spullen al eerder weg waren dan hij, zodat hij niet terug hoefde te komen om ze te halen. Hij had ze stukje bij beetje het huis uit gesmokkeld zodat ze het niet zou merken.'

'Ja.' Ik herinner me hoe mam voor zijn kleerkast stond, met de open, lege laden. Zijn werktafel, het blad leeg op de telefoon in het midden na, het zakelijke nummer al afgesloten. 'En hij nam geen afscheid.'

'Nee,' zegt India, en ik hoor dat ze haar emoties wegslikt. 'Maar goed,' zegt ze. Weer ter zake. 'Lukt het een beetje met de grafrede?'

'O, god. Niet echt. Verschrikkelijk hoe het tot je doordringt dat je iemand eigenlijk helemaal niet kent als je in het openbaar over hem moet spreken.'

'Ja, ik weet het. Ik moest vorig jaar namens kantoor de grafrede voor mijn baas houden en toen besefte ik dat ik niet meer van hem wist dan dat hij een nogal grijze man was die me dossiers bracht en meningen verkondigde. God zij gedankt voor Google, meer kan ik er niet over zeggen. Ik moest een LinkedIn-account aanmaken om erachter te komen waar hij had gestudeerd.'

'God, waar heeft pap eigenlijk gestudeerd?'

'Echt waar, Milly? Zó onwetend? Sheffield. Net als Robert.'

'Oké. En wat doe ik met de echtgenotes? Ik bedoel twee, daar kun je nog overheen praten, maar vier begint een beetje een klucht te worden, hè?'

'Tja, Linda kan de tragedie zijn waar Simone hem van heeft verlost,' zegt ze. 'Dat is alvast één. En mam en Claire zullen wel niet komen, toch?'

'Nee.'

'Tja, voor ma kun je het gewoon op de fundamentele botsing van karakters gooien, en Claire... O, god, je zult het Coco-gedoe wel niet kunnen vermijden, hè? Hoe is het trouwens met het Duivelsgebroed?'

En dat is het met zussen. Je hebt al die dingen, die gezamenlijke herinneringen, je eigen idioom, waar alleen jullie tweeën van weten. We zouden niet minder op elkaar kunnen lijken, India en ik, maar we zullen altijd met elkaar verbonden blijven omdat wij de enige mensen zijn die weten hoe het was.

'Ze is best lief, eigenlijk. Een groot klossend geval, als een jong trekpaard.'

'Dus ze lijkt niet op haar moeder?'

'Niet echt. Ze heeft onze tanden. Ze heeft precies dezelfde beugel die wij hadden.'

'O, wat gek. Die moeten we dan van pap hebben.'

'Het zal wel.' We zien er geen van allen meer uit zoals God het heeft bedoeld, tegenwoordig. In deze wereld van cosmetische chirurgie en 'behandelingen' en orthodontie heb je er in wezen geen idee meer van hoe je kinderen zullen uitpakken. Hoe rijker je bent, hoe minder idee je ervan hebt, want de rijken ondergaan meer behandelingen op jongere leeftijden. De enige manier waarop een man er zeker van kan zijn waarmee hij fokt, is een boerenmeid op haar negende van een akker plukken en haar binnenhouden tot ze oud genoeg is, een beetje zoals in het kalifaat. En zelfs dan moet je er verdomd goed om denken dat je haar grootmoeders hebt gezien.

'En ze ziet eruit alsof ze in de verkleedkist heeft gezeten. Ik verwacht half en half dat ze in piratenkostuum naar de begrafenis zal komen.'

'Hoe ga jij?'

'Als Wednesday Addams.'

'Goeie keus.'

'Trouwens...' Ik ga rechtop in bed zitten. Weer zo'n anonieme Jackson-slaapkamer, met roomkleurige muren die behangen zijn met hotelkunst die ergert noch stimuleert en een fantastische waterdruk in de aangrenzende badkamer. 'Ik kan maar beter opstaan. Het Duivelsgebroed en ik moeten een doos met bijouterieën bekijken en ze zal al wel uren op zijn.'

'Bijouterieën?'

'Weet ik veel. Paps bling, geloof ik. Simone heeft het ons gisteren in de maag gesplitst. Ze hoeft het niet, zegt ze.'

'O.'

'Moet ik een paar dingen voor je uitzoeken?'

Het blijft even stil. Dan, een beetje omfloerst: 'Ja. Dat zou fijn zijn. Gek, hè? Al die huizen en er is niet veel wat je als persoonlijk zou zien, hè?'

'Nee.'

'Iets... Ja, iets zou wel fijn zijn. Het zal wel ergens in een la belanden, maar... ja. Dank je. Ik zal proberen je maandag te bellen. Heb je mam al gesproken?'

'Nee.'

'Ik ook niet. Jij zult wel net zo weinig zin hebben om met haar over papdingen te praten als ik.'

'Echtscheiding,' zeg ik. 'Het mag dan jouw makkelijke uitweg zijn, het zal je kroost de rest van je leven bijblijven.'

'Verdomd als het niet waar is,' zegt ze, en nu hoor ik voor het eerst een zweempje van een Nieuw-Zeelands accent. Mijn zus wordt een inboorling en ze komt nooit meer terug.

'Ik hou van je, Indy.'

Ze klinkt verbaasd. 'Ja. Ik ook van jou, Onderdeurtje.'

Ik tref Ruby in de tuin, waar ze langzaam om het lege zwembad heen drentelt. Ze is genopt vandaag: wit-op-zwart op haar rok en zwart-op-wit op haar truitje, gecombineerd met een grijs-met-zwart gestreepte panty en een met bananen bedrukte bandana. Over alles heen een Barbour en uit de achtergang geleende rubberlaarzen. Ze heeft Emma bij zich, die over het gras van de ommuurde tuin heen en weer waggelt. Het is nog heiig. Het berijpte gras knerpt onder mijn zolen en ik laat duidelijke, donkere voetsporen achter. Het lijkt nog amper licht te zijn.

'Hoi,' zeg ik.

'Hoi,' antwoordt ze somber.

'Heb je wel geslapen?'

Ze schokschoudert. 'Die mensen. Ik heb gewoon zo'n medelijden met hem.'

'Hoe bedoel je?'

'Nou... dat je terugkijkt op je leven en bedenkt dat die lui je vrienden waren.'

'Dat zijn geen vrienden,' zeg ik gedecideerd. 'Dat zijn drinkmaatjes.' En dan denk ik: god, en wat zijn jouw vrienden dan, Camilla? Wanneer heb jij tijd met een of meer van die mensen doorgebracht zonder dat iedereen een glas in de hand had? En wie stonden er op je stoep met stoofschotels of zelfs maar een fles troostrijke whisky? Waar waren de brieven en kaartjes? De telefoontjes? Ik mag graag denken dat ik mijn jeugd achter me heb gelaten, maar ik zal mezelf onder handen moeten nemen.

'We moeten nog naar die doos kijken,' zeg ik.

'Ja, hè?' zegt ze met een grimas.

Emma heeft een regenworm gevonden in een net geschoffeld rozenperk. Ze hurkt om te zien hoe hij zich de bevroren grond in probeert te worstelen en babbelt in zichzelf.

'Hoe oud is ze nou?' vraag ik. Ik schaam me een beetje omdat ik het niet weet.

'Ik weet het niet precies. Net twee geworden, denk ik.'

Ik kijk voor het eerst echt naar haar en doe een vergeefse poging iets van een familiegevoel op te brengen. Ze is Seans laatste triomf, voor de rest van mijn leven familie van me, of ik het nou leuk vind of niet. 'Arme stumper.'

'Vind jij haar op iemand lijken?' vraagt Ruby.

Ik neem haar in me op. Kastanjebruin haar (zijn eerste brunette) en mollige kuitjes in een wollen maillot. Zo te zien gaat ze een ragebol worden; niets wijst op de steile lokken waar Simone door wordt geplaagd. We benijdden haar er destijds natuurlijk om terwijl we gehoorzaam onze wangen schroeiden aan stijltangen omdat het Moest van de Mode, maar nu hou ik van mijn Keltische krullen waar niets aan te doen valt. Ik zal er nooit mondain uitzien, maar ook nooit ouder dan ik ben. 'Ze heeft zijn haar.'

'O? Ik herinner het me niet. Er was weinig van over tegen de tijd dat ik oud genoeg was om het op te merken.'

'Nou, hopelijk houdt zij het hare. Maar verder zie ik weinig. Ze is natuurlijk nog wel een baby, eigenlijk. Ze heeft nog geen tijd gehad om een neus te kweken, om maar iets te noemen. Jullie hadden kleine mopsneusjes, op die leeftijd.'

Ze kijkt me aan alsof ze me nu pas goed ziet. 'Goh. We hebben dezelfde neus.'

'Dat méén je niet!' Ik grinnik aarzelend naar haar. Ze grinnikt terug.

'Is het niet gek? Ik dacht altijd dat het mijn neus was.'

'Nee, het is die van pap.'

Emma geeft de worm een porretje met een worstvingertje. Hij draait zich op de grond om en richt zich op als een slang, en zij deinst geschrokken achteruit. Ze verliest haar evenwicht en valt ruggelings op het gras.

'Kut,' zegt ze met een helder kinderstemmetje.

We barsten in lachen uit. 'Pap,' zeggen we.

We lopen achterom terug naar het huis in de hoop iemand te vinden die de dreumes kan overnemen. Maria zegt dat er een schoonmaakster is en dat er elke ochtend een soort kinderjuf uit het dorp komt, en we hopen dat de zondagochtend daar ook bij hoort. Simone heeft het niet zo op inwonend personeel. Geen van de echtgenotes, kennelijk.

Onderweg stuiten we op de binnenplaats op een groepje mensen. Simone, Robert en Joe bij de afvalcontainers. Het is een hele batterij, een fraai staaltje van gemeentelijke verspilling. Een zwarte voor restafval, een groene voor glas, een blauwe voor papier en nog een bruine waar simpelweg HERBRUIKBAAR AFVAL op staat. Simone heeft het deksel van de bruine opengemaakt en mikt er een stapel overhemden in. Joe staat zwijgend achter haar, wankelend onder de berg pakken in zijn armen, die zijn gezicht bijna bedekt. Robert smeekt.

'Lieverd, toe. Niet zo snel. Je hoeft dit niet nu al te doen. Je hoeft je niet zo te haasten.'

Simone gooit de overhemden een voor een in de container, met een enthousiasme dat je niet zou verwachten van een kersverse weduwe. Ze zegt niets terug; ze gooit en propt, gooit en propt. Aan haar voeten staat een kartonnen doos vol stropdassen en gaatjesschoenen. Sean had zijn eigen leesten bij John Lobb. Elk paar schoenen is gemaakt om een leven lang mee te gaan, al liet hij minstens één keer per jaar nieuwe maken. Simones bovenlip krult op alsof ze iets smerigs ruikt. Ze reikt achter zich naar haar halfbroer en begint de pakken weg te gooien.

'Nee, echt,' zegt Robert, 'dit is duizenden ponden waard. Die overhemden zijn van Turnbull & Asser, de meeste.'

'Goed zo,' zegt ze. 'Ik zou niet weten waarom bedelaars geen kleren van goede kwaliteit zouden mogen dragen.'

'Ja, maar schat,' zegt Robert, 'het zijn zíjn kleren! Het zijn ook herinneringen. Je hoeft niet alles te houden, maar het blijven herinneringen. En misschien wil iemand anders ze graag hebben.'

'Niet míjn herinneringen,' zegt Simone. 'En daarom gaan ze ook in de bruine bak, niet bij het restafval. Trouwens, wie zou ze willen hebben? Jij?'

Ze draait zich bliksemsnel om en bijt Joe het laatste woord toe. Hij bloost. Me dunkt dat hij heel graag een verzameling van die chique kleding zou willen hebben. Over een paar jaar zal hij wel aan het werk gaan. Maar hij schudt alleen zijn hoofd en slaat zijn ogen neer. Simone pakt nog een pak en mikt het met hanger en al op de andere. Ik hoop dat hij vannacht teruggaat met een vuilniszak en er zo veel mogelijk in propt.

'Schat, alsjeblieft!' zegt Robert weer. 'Het is net alsof je je man weggooit!'

Ze draait zich naar hem om en daar is die brede robotglimlach van gisteravond aan tafel weer. 'Doe niet zo mal, pappie. Dit zijn de kleren van daarvóór! Alles van nú is veilig boven, maar dit hoort hier allemaal niet. Het is niet van óns. Het hoort niet in dit huis.'

'Dus je...'

'Ja. Hij kon het niet, maar ik kan het wel. Het was dom om al die dingen te bewaren van voordat hij gelukkig werd. Ze laten rondhangen, zodat hij eraan werd herinnerd. Ik had het voor hem moeten doen, dat zie ik nu wel in. Het is het minste wat ik nu voor hem kan doen. Alleen dingen van óns in dit huis. Dit was óns huis.'

O, mijn god, denk ik, ze is krankzinnig geworden. We staan er allemaal omheen, met onze mond vol tanden. Er hingen vroeger foto's van ons in zijn werkkamer. Ik vraag me af of ze er nog zijn.

'Ik wil wel een overhemd,' zegt Ruby uiteindelijk nederig.

Simone gaapt haar aan alsof het nu pas tot haar doordringt dat ze er is. Alsof ze haar uit haar database heeft gewist, samen met alles van vóór hun prachtige romance. 'Mij best. Ga je gang. Had je iets in gedachten?'

'Nee. Gewoon... iets van hem.'

Simone klakt vreemd afkeurend met haar tong en maakt een ballerinaachtig armgebaar naar de container. 'Ik zal je niet in de weg staan.'

Ruby schuifelt naar voren, rommelt gehaast in de berg kleren en vist er een blauw-met-wit gestreept overhemd met lange mouwen en doorgesleten ellebogen uit. Ze drukt het aan haar borst alsof het een knuffeldekentje is. Simone kijkt haar vader woest aan. 'Ben je nou tevreden?' vraagt ze.

We gaan met de doos naar Ruby's slaapkamer. Op de een of andere manier voelt het niet goed om de bezittingen van de dode beneden te verdelen. Zeker niet onder de neus van iemand die duidelijk financiële grieven koestert. Ruby is op zolder ondergebracht. Ik had het op haar leeftijd vermoedelijk als een belediging opgevat, alsof ik niet beter werd geacht dan een kamermeisje, maar het is wel de ruimte met het meeste karakter van het huis, een en al balken en schuine wanden, en het dakraam biedt een schitterend uitzicht over de bomen heen naar de riviermonding. Appledore. Wat een prachtige naam voor een dorp. Al zal het wel weer een en al partijverkoop- en kringloopwinkels zijn, zoals langs de hele Engelse kust, natuurlijk.

Het is een rommeltje in de doos. Een kluwen kettingen en horlogebandjes, alsof alles erin is gesmeten door iemand die moest vluchten voor de oprukkende vijand. Ik kan me niet voorstellen dat mijn pietluttige vader zijn kostelijke goud zó zou behandelen. Simone moet het allemaal bij elkaar hebben geveegd toen ze de kamer uit was, onder het eten, en het in die doos hebben gekieperd, net als de kleren.

'Ik geloof dat Simone in de boze fase zit,' zegt Ruby. Het zal wel onvermijdelijk zijn dat ze minimaal één boek over rouwverwerking heeft gelezen, als ze nu al op regelmatige basis de DSM raadpleegt.

'Het lijkt er wel op,' zeg ik.

'Ik denk dat ik zelf nog in de ontkenningsfase zit.' Ze begraaft haar gezicht in het geredde overhemd.

'O, Rubes.'

'Het ruikt nog naar hem,' zegt ze, en ze geeft het door. Ik neem het onwillig aan en ruik even, vooral om haar een plezier te doen, maar dan snuif ik de geur diep op. Het is gewassen nadat hij het voor het laatst heeft gedragen, natuurlijk, maar hij is er nog, onder de neutrale geur van wasverzachter. Een zwakke, verre vleug van de speciaal voor hem bereide eau de cologne, met veel cederhout en rijk aan citrusoliën; de geur van ooit warme huid; fantoomsigaren. En ik ben weer terug in Zuid-Frankrijk, een kind dat op zijn schoot is gekropen om weg te doezelen in de loop van een lang diner, heldere lichtbollen, als vollemanen, langs de kustweg, een veilig, geliefd gevoel. Wat is er met ons gebeurd? God, wat is hij nog maar kort dood.

Ik geef het overhemd terug. Ik kan geen woord uitbrengen. Ze kijkt me aan. Haar pupillen zijn enorm. Ik keer de doos om en de inhoud rolt over het kleed.

Het is veel, en het is van alles wat. Een deel moet afkomstig zijn van zijn eigen ouders, besef ik: het goedkope spul, het horloge met het afgesleten doublé, de trouwringen. Hoewel, misschien niet allemaal. Hij had tenslotte zelf ook een leuke verzameling aangelegd. En een Rolex voor elke dag van de week en genoeg manchetknopen om twee weken in Dubai door te komen. Een ketting met een enkel, paarsrood brokje robijn in een gouden hart. Een doopbeker, gegraveerd. Een paar zilveren bonbonnières. Een gouden zakhorloge met zijn initialen in het deksel.

Een gouden armbandje.

'Hoe pakken we dit aan?' vraagt Ruby terwijl ik ernaar staar. 'Eerst sorteren en dan kiezen?'

Ik schraap mijn keel. 'Ja. Waarom niet?'

Het voelt alsof het object van mijn blik door een schijnwerper wordt belicht. Ruby lijkt niets in de gaten te hebben. Óf ze heeft het armbandje nog niet gezien, óf ze weet niet wat het is, wat het betekent. Ik staar en staar ernaar. Het moet wel. Ruby draagt het andere om haar rechterpols. Nu weet ik het weer. Zo kon je ze uit elkaar houden. De R van Ruby rechts, Coco links. Geschonken door Maria en Robert, allebei peetouder van een van de twee, als doopcadeautje al die jaren geleden, buigzame gouden schakeltjes en een schuifsluiting, zodat ze met de draagster mee zouden groeien, en elke dag gedragen, tot aan haar verdwijning.

Maar het armbandje was samen met haar verdwenen. Ik weet het zeker. Dat is het verhaal altijd geweest. Ze had het armbandje om, zoals altijd, en het hele land, nee, de hele wéreld, werd opgeroepen ernaar te zoeken.

Ik herinner het me nog zo goed, van de 'Waar is Coco?'-flyers, het tv-scherm, de e-mails die maar binnen bleven stromen in dat pre-Facebook-tijdperk. Er werd niet gedeeld of geretweet, maar toch denken ze dat een miljard mensen Maria's foto van Ruby's armband hebben gezien, vergroot zodat je de inscriptie aan de binnenkant kon lezen. Ruby's naam en de geboortedatum van de tweeling: *11-07-01*. Als dit hem is, draagt hij die inscriptie ook. Ik wil Ruby's aandacht niet trekken door ernaar te kijken. Niet nu, nu ik nog geen idee heb wat ik moet doen. Want ik heb het misselijkmakende gevoel dat hoewel ze veel te klein was om zich iets te kunnen herinneren, ze wel zal begrijpen wat de aanwezigheid van het armbandje hier moet betekenen.

Ruby werkt zich door de berg heen met de nauwgezette efficiency van haar moeder. Horloges hier, manchetknopen daar, ringen op een Hobbitstapeltje links, varia rechts en al het andere – colliers, kettingen, armbanden met paardenbitten uit de tijd voordat Sean zichzelf opnieuw uitvond als landheer – in het midden. Haar hand dwaalt over de armband, komt tot stilstand. 'Wat gek,' zegt ze.

Ik kan amper praten. 'Wat?' pers ik eruit.

Ze houdt de armband naast die om haar pols. 'Ik heb precies dezelfde.'

Ik week mijn tong los. 'Is het niet bizar?' zeg ik.

Ze kijkt er niet al te goed naar. Ze ziet de binnenkant niet. Legt de armband bij de varia. 'Ik heb er niets aan. De mijne is op zijn wijdst nu en ik zou hem nooit over mijn hand krijgen. Ik zal hem moeten laten losknippen als ik ooit geopereerd moet worden.'

Ik weersta de verleiding de armband weg te grissen, maar ik zie een kans. Ruby is veel groter dan ik, en ik heb de kleine, sierlijke handen van mijn moeder: waardeloos om piano mee te spelen, maar fantastisch om draden door naalden te halen. Ik reik zo achteloos mogelijk naar de armband. 'Ik vraag me af...' zeg ik alsof het zomaar een ideetje is. Ik maak de armband zo wijd mogelijk met het schuifje, vouw mijn vingers naar binnen en schuif de armband erover. Hij blijft steken bij de knokkel onder aan mijn duim. Ik duw harder. Het begint pijn te doen.

'Wacht,' zegt Ruby, en ze reikt in haar koffer, die onder het bed staat. Ze haalt er een grote flacon Vaseline Intensive Care uit. 'Ik moet hem overal mee naartoe nemen van haar. Voor mijn eczeem.'

Ze wipt de dop eraf, spuit een obscene kwak in mijn hand en smeert hem over mijn huid uit. Ze stroopt mijn mouw op, waardoor mijn meest zichtbare tattoo tevoorschijn komt. Ik ben er gek op, maar dit is de enige die niet strategisch zó is geplaatst dat advocaten, personeelschefs en oma's geen onbezonnen oordeel kunnen vellen. Het is een lijntekeningetje van een katje, mijn allereerste tattoo. Maar twee gebogen lijnen, en twee jadegroene ogen, aan de gevoelige binnenkant van mijn onderarm. Ik heb hem op mijn zestiende laten zetten en daarna heb ik er nooit meer een op een plek genomen die India kon zien, waarna ze me kon uitfoeteren omdat ik een idioot was.

Ruby houdt even op en streelt de tattoo met haar duim. 'Mooi,' zegt ze. 'Ik wil dolgraag een tattoo.'

Ik doe nog verwoede pogingen om mijn stem in bedwang te krijgen. Autoritair is makkelijker, gek genoeg. 'Nee, dat wil je niet,' zeg ik. 'Het doet godvergeten veel pijn en je zit er voor de rest van je leven aan vast.'

'Je wilt toch niet zeggen dat je híér spijt van hebt?' Ze kijkt naar me op en ziet me blozen. 'Nee, dat dacht ik al. Heb je er meer?'

'Ja.'

'Waar?'

'Dat vertel ik je wel als je er oud genoeg voor bent.'

'O, god, zeg nou niet dat je een tribal om je bovenarm hebt.'

'Wie denk je dat ik ben? Robbie Williams?'

Ruby zucht. 'Waarschijnlijk kan het toch niet. Vanwege het eczeem en alles. Waarschijnlijk zou het een etterende puist worden.'

'Blijf dat vooral denken, kind,' zeg ik. 'Zelfs als je hebt gedronken.'

'Dus, ga door. Wat heb je verder nog?'

Ik denk even na. Besluit de schaamstreeksterren over te slaan. 'Niet zo veel. Een opgekrulde kat op mijn schouder en een *nil illegitimi hoc carborundum* op mijn heup. En ik heb er een op mijn hoofdhuid. Drie vallende sterren.' Ze horen bij die op mijn venusheuvel, maar dat hoeft zij niet te weten. 'Maar ik scheer mijn hoofd allang niet meer. Ik zal ze waarschijnlijk nooit meer zien, tenzij ik kanker krijg.'

'Goh, je kiest wel plekken uit waar het zeer doet,' zegt ze. 'Wat betekent die Latijnse spreuk?'

'Zoek maar op.'

Ze buigt haar hoofd weer over de armband. 'Probeer het nog eens? Duw je duim naar binnen. Toe dan?'

Ik druk mijn duim nog een paar millimeter verder naar binnen en wrik weer aan de armband. Die blijft steken en floept dan om mijn pols. De inscriptie die ik aan de binnenkant vermoed, zit veilig tegen mijn huid aan gedrukt. Die kan ik bekijken als ik alleen ben, en het bestaan ervan verifiëren. Uitknobbelen wat dat bestaan in jezusnaam betekent.

'Zo!' Ruby kijkt stralend op.

'Goed gedaan! Supersmeeractie,' zeg ik bemoedigend.

'Nu zal iedereen altijd kunnen zien dat we zusjes zijn.'

Ik glimlach terug, maar het voelt als een flauwe, krachteloze glimlach. 'Ja,' zeg ik. 'Zusjes.'

30

2004 | zaterdag | Claire

Ze is altijd vatbaar geweest voor spanningshoofdpijn, en de stress van dit weekend, plus vier uur schranzen en schreeuwen, heeft erin gehakt. Ze kan amper uit haar ogen kijken, zo veel pijn doet het, en het feest lijkt nog geen aanstalten te maken tot bedaren te komen. Terwijl Simone bij de kinderen aan het kijken was, heeft Jimmy een zakje met xtc-pillen tevoorschijn gehaald die hij 'partysmarties' noemt, en tegen de tijd dat ze terugkwam, waren ze allemaal high. Sean rolde natuurlijk met zijn ogen, zoals hij dat kan, toen Claire weigerde mee te doen. Een half uur later zat hij met een grote, halfgare grijns op zijn gezicht Linda en Simone om beurten te bepotelen en verklaarde hij iedereen aan tafel de liefde. De enige pijnstillers die Jimmy bij zich had, waren verschillende soorten opiaten, en er blijken wetten te zijn die restaurants verbieden dingen als aspirine of ibuprofen aan klanten te geven omdat, nou ja, omdat het de wet is, hè? Haar hoofd bonst en ze begint de dansende lichtjes te zien. Ze mag van geluk spreken als dit geen migraine wordt.

Nu lopen ze dansend langs het strand, Linda krijst een pijnlijke versie van 'Ride on Time' en overal waar ze passeren, floepen lampen aan op bovenverdiepingen. Claire stommelt een meter of vijftien achter hen aan, opgehouden door het vuurwerk achter haar ogen, vergeten en blij toe. Ik ben getrouwd met een man en nu zit ik opgescheept met een kind van twaalf. Of ligt het aan mij? Ben ik het buitenbeentje? Zelfs Robert Gavila doet mee, terwijl hij binnen de kortste keren uit zijn ambt zou worden gezet als de orde van advocaten erachter kwam dat hij gebruikt.

Ze blijven staan aan de voet van een drijvende steiger waar een kleine verzameling tenders is vastgelegd aan bungelende kettingen met fiets- en hangsloten. Ze hoort gegiechel en gelach en een paar keer 'Oeh, ja!' Ze haalt de anderen in. 'Wat doen jullie?'

'We gaan nog een slaapmutsje drinken op de Gin O'Clock.' Imogen wijst naar het diepere water, waar een immens wit jacht tussen de minder opzichtige, kleinere boten dobbert.

'Naaktzwemmen!' roept Linda.

Sean springt in een van de tenders terwijl Robert zich bukt om hem los te maken. De boot deint en hij spreidt zijn armen. 'Op het nippertje,' zegt hij. 'Vooruit, dames.'

Linda wankelt naar zijn uitgestoken hand.

'Geen stiletto's op boten, Linda,' zegt Maria. 'Kom op. Je prikt er dwars doorheen.'

'O,' zegt Linda. Ze legt een hand op Charlies schouder voor het evenwicht en begint aan het gespje van een enkelbandje te prutsen. 'Kolere, ik heb twee linkerhanden.'

'Kom maar,' zegt Sean. Ze trippelt naar de rand van de steiger, blijft boven hem staan en steekt een voet uit. Hij kijkt recht in haar jurk, denkt Claire. Ik dacht dat ze minstens een string moest dragen onder die lapjes kant, maar blijkbaar toch niet. Hij vond het heerlijk om me op te dragen zonder slipje aan naar een date te komen. Hij stuurde me een keer een bontjas – een echte, geen nepper; iets wat op de rug van de een of andere fret had gezeten – en liet me in alleen die jas aan de rand van Park Lane staan tot hij aankwam in een limo en me op de achterbank neukte terwijl we om Marble Arch heen reden. Dat vindt hij lekker, dat clandestiene exhibitionistische gedoe, in elk geval tot hij met je getrouwd is. Wat ben ik toch stom. Ik dacht dat het sexy was, een zo lichte afwijking dat het bijna vanilleseks was, maar nu weet ik dat het allemaal om macht draaide.

Sean begint het gespje los te maken. 'Ik ga naar huis,' zegt ze.

'Maar natuurlijk,' zegt Sean, die naar Linda Innes' schaamspleet blijft kijken.

'Ik heb een knallende koppijn.'

'Goh, wat een verrassing,' zegt Sean, en Charlie Clutterbuck gnuift, het is echt gnuiven. Claire wordt gegrepen door een woeste, moordlustige woede en stort zich bijna op die arrogante eikel zijn kop met haar net gemanicuurde rode nagels. Ze bedwingt de aanvechting, zoals altijd, en strompelt door niemand nagekeken weg door het duister en de flitslichten in haar hoofd.

Ik haat hem, ik haat hem. Tot dit weekend dacht ik dat ik mijn man gewoon niet mocht, maar nu weet ik dat ik hem hartstochtelijk haat. Het is mijn eigen stomme schuld, natuurlijk. Ik had moeten snappen dat een man die zijn eerste vrouw zo had behandeld, niet zou veranderen alleen maar omdat ik zijn vrouw nu ben. God, wat kunnen vrouwen toch stom zijn. Het is allemaal zo klaar als een klontje, maar in onze eigen stomme ijdelheid denken we dat wij anders zijn, dat wij de Ware zijn. Feministen beweren dat liefdesromannetjes de verkeerde verwachtingen wekken bij vrouwen, maar ik denk dat het nog veel erger is. Ik denk dat ze domweg dat funeste, zelfsaboterende trekje reflecteren dat toch al in ons zit.

Op de oprit schopt ze haar schoenen uit en draagt ze het huis in. Ze zet ze in een gebaar van opstandigheid op het keukeneiland, want ze weet dat het een van de dingen is die hij het allerergste vindt aan andermans gedrag. Niemand heeft de moeite genomen het huis af te sluiten, alsof ze denken dat Sandbanks te deftig is voor inbrekers. Ze gaat naar haar kamer, zoekt de ibuprofen en slikt er vier weg met een glas water bij de wastafel in de badkamer. In de spiegel ziet ze een boze vrouw met grote zwarte kringen onder haar ogen. Goddank ben ik na de eerste gang opgehouden met drinken, denkt ze. Het laatste wat ik er nu nog bij kan hebben is een kater.

Ze komt in de verleiding om gewoon onder de koele lakens op het grote bed te kruipen, maar het moederlijke plichtsbesef drijft haar de trap weer af en naar de aanbouw.

Het is stil binnen, alleen het vredige geluid van zes in- en uitademende lijfjes. Maar het ruikt niet goed. Er hangt een penetrante, zure geur van braaksel in de lucht. Ze knipt het licht aan en ziet dat Ruby zich moet hebben omgedraaid en haar hele kant van het luchtbed heeft ondergekotst. Mijn god, denkt ze, nog een geluk dat ze zich heeft omgedraaid. Ik begrijp niet dat we er niet tenminste om hebben gedacht ze in de stabiele zijligging te leggen. Daar ligt dat arme kleine ding, diep in slaap in haar eigen braaksel. O, god, hier ben ik te ziek voor. Straks moet ik zelf ook over mijn nek.

Maar ze laat de deur open en ademt de nachtlucht diep in voordat ze zichzelf dwingt er iets aan te doen. Om te beginnen tilt ze Coco van het laken – ze zwaait als een lappenpop met haar armen, maar wordt niet wakker – en legt haar terug op het velours van het luchtbed. Het zal wel warm zijn, maar ze wil niet het risico nemen een van de kinderen wakker te maken door meer te doen dan strikt noodzakelijk is. Dan veegt ze het laken, het kussen en Ruby bij elkaar in een grote, stinkende bundel en loopt er kokhalzend mee naar de badkamer.

Ze wikkelt haar dochter uit het beddengoed, dat ze in een hoek gooit, zet het kind in het bad en zakt door haar knieën om het haar pyjamaatje uit te trekken. Er ligt er gelukkig nog een in haar koffer; ongestreken en opgerold, maar schoon. Ruby wordt half wakker, slaapdronken en amper bij bewustzijn, en begint te jengelen. Haar voorhoofd gloeit en ze heeft rode wangen. Hopelijk is het maar zo'n virusje dat snel weer over is, denkt ze. Ze heeft ze zo vaak. De tweede van mijn tweeling, zo veel kwetsbaarder dan haar zusje. Ze pikt elk virus op dat voorbijkomt, alsof ze ziek wordt voor twee om Coco ongedeerd door het leven te laten gaan. Geen wonder dat Sean zo onverhuld de voorkeur geeft aan Coco: die is een stuk minder lastig.

'Stil maar, schatje,' sust ze. Haar eigen misselijkheid is gezakt, zoals dat gaat. Een paar duizend keer een luier verschonen en je walgingsrespons is voorgoed veranderd. 'Stil maar. Ik maak je alleen even schoon. Ik stop je zo weer in bed.'

Ze vindt het babybadschuim, zet de douche op lauw en spuit haar dochter schoon. Ruby steekt een zeesterrenhandje op om haar gezicht tegen het water te beschermen, maar verder biedt ze geen weerstand. Inzepen, nog een keer spuiten en alle troep is door de afvoer gespoeld. Ze pakt een van de grote witte badlakens van de plank, wikkelt Ruby erin en wrijft haar haar een beetje droog.

'Arm kindje toch,' zegt ze. 'Wat een pech, dat gekke buikje van je. Je groeit er wel overheen, ik weet het zeker.'

Het valt niet mee om een soezend kind in een schone pyjama te hijsen, maar ze heeft het vaak genoeg gedaan. Als Ruby eenmaal schoon en aangekleed is, lijkt het alsof er nooit iets is gebeurd. Claire draagt haar terug naar het luchtbed, legt haar op haar zij en wacht tot de sluimering zich verdiept, de ademhaling langzamer wordt en haar dochter weer slaapt. Ze geeft haar meisjes een zoen op hun voorhoofd, strijkt het haar uit hun gezicht en houdt weer van ze zoals ze altijd van ze heeft gehouden.

'Trusten, lieverds,' fluistert ze. 'Slaap lekker.'

Haar dochters reageren niet. Joaquin, die bij het raam ligt, beweegt in zijn slaap, mompelt iets over dat het daar ligt en is weer stil. Ze gaat terug naar de badkamer en raapt het bevuilde beddengoed bij elkaar om het samen met Ruby's pyjama in de wasmachine te stoppen. Het kussen is bedorven. Een reddingspoging heeft geen zin. Ze kan het in de afvalbak in de keuken proppen, waar een heel varken in past. Ze blijft even in de deuropening staan en kijkt naar de slapende gezichtjes. Goddank zullen ze zich hier niets van herinneren, denkt ze. Ik zou me kapotschamen als ze het ooit te weten kwamen. Ze doet het licht uit, ploetert terug door de tuin, controleert of het hek van het zwembad goed dicht is, gooit het beddengoed in de wasmachine, zet die aan, stommelt de trap weer op en ploft uitgeput in bed. Ze slaapt al bijna voordat ze ligt.

Ze wordt in het eerste daglicht wakker van het geluid van gelach. De dageraad is aangebroken, maar de zon moet zich nog boven de bomen uit tillen, en de anderen zijn kennelijk terug van de boot. Ze is zwaar van de slaap, met een droge mond en korrelige ogen, maar de hoofdpijn is weg, en daarmee ook haar vermogen door te slapen. Ze kijkt op haar horloge. Bijna half vijf. Lang na het tijdstip waarop iedereen die van plan was mee te doen aan het op de kinderen passen naar bed had moeten gaan. Ik had in elk geval van Maria meer verwacht, denkt ze, maar haar kinderen zijn nu iets ouder en waarschijnlijk heeft ze niet het gevoel dat ze helder van geest moet blijven om op de peuters van anderen te letten, en waarom zou ze ook?

Ze kan niet meer slapen, daar zorgt het feest dat beneden nog steeds aan de gang is wel voor. De pijn is weg, maar haar hoofd lijkt nog vol watten te zitten en ze weet dat ze straks beslissingen zal moeten nemen. Ze voelt zich klemgezet, verslagen en boos. Ik heb beweging nodig, denkt ze. Terwijl de rest zich bezighoudt met zuipen. Het zal me helpen denken. Ik trek een paar baantjes in dat zwembad. Het moet heerlijk zijn op dit uur, nu de zon net opkomt. Er zal mist van het water slaan en er is geen mens die me lastigvalt.

Ze staat op, trekt haar badpak aan met een jurk erover en gaat naar beneden. De Gavila's en de Clutterbucks liggen languit op de banken thee te drinken. Nou ja, de Gavila's en Imogen drinken thee. Charlie drinkt cognac uit een van die bovenmaatse bellen die Linda in de kasten heeft gezet om te laten zien hoeveel erin past. Op de derde bank ligt Jimmy onder een kleed te snurken. Hij zal de slaapkamer wel nooit halen, denkt ze. Wanneer zou het hem voor het laatst zijn gelukt?

Robert ziet haar van de trap komen. 'Claire!' roept hij. 'Hoe voel je je?'

'Beter, dank je,' zegt ze. Ze voelt zich naakt onder hun blikken, alsof ze in alleen het badpak van de trap komt.

'Waar ga je heen?'

'Ik wilde even gaan zwemmen om wakker te worden.'

Ze wisselen korte, veelbetekenende blikken uit. 'Nee, nee! Blijf toch!' zegt Imogen snel. 'Ik zal thee voor je zetten! Hoe is het met je arme hoofd? Doet het nog zeer?'

'Nee, dank je.' Ze wil geen tijd meer doorbrengen met die lui. Het zijn haar vrienden niet. 'Ik voel me een beetje blâh, alsof ik in geen eeuwen heb bewogen. Trouwens, zouden jullie niet in bed moeten liggen?'

'Hoezo?' vraagt Charlie. 'Hoe laat is het?'

'Half vijf geweest.'

'Kolere,' zegt hij. 'Wat vliegt de tijd als je het naar je zin hebt. Wat dacht je van een slaapmutsje? Kom op. Een lekkere cognac om de bloedsomloop te bevorderen?'

Ze wordt al misselijk bij het idee. 'Voor mij is het vroeg in de ochtend, Charlie. Dank je, maar ik ben nog niet zo ver heen dat ik cognac nodig heb om uit bed te komen. Als je een drinkmaatje zoekt, moet je Jimmy maar wakker maken.' Ze kan het niet meer opbrengen om beleefd tegen hem te doen. Die lach bij de steiger was de laatste druppel.

'O!' zegt hij beledigd. 'Zoals je wilt.'

Maria komt overeind. 'Kom op,' zegt ze. 'Een kop koffie dan, om wakker te worden?'

Ze steekt een hand op. 'Nee, Maria. Heel aardig, maar dank je. Ik hoef geen thee, ik hoef geen koffie, ik wil zwemmen.' Ze weet dat ze proberen haar binnen te houden. Ze is benieuwd wat ze niet zou mogen zien.

'O, in godsnaam,' zegt Charlie, 'laat die stomme trut gaan. We zijn haar niets verplicht, hoor.'

'Dank je, Charlie,' zegt ze. 'Het is altijd goed om je uit te spreken.'

'Nee, Claire...' begint Maria.

'Laat maar,' zegt ze, en ze loopt de heerlijke ochtend in. Ze heeft wel een vermoeden wat ze op haar bestemming zal aantreffen, en haar hart klopt in haar keel. Dan is het maar gebeurd, denkt ze. Niet dat ik het niet al wéét, maar als ik hem betrap, kan hij niet meer doen alsof het allemaal mijn schuld is, tegen me zeggen dat ik geschift ben terwijl hij liegt en bedriegt en...

Ze zijn op de treden aan de ondiepe kant van het zwembad bezig. Hij neemt haar van achteren, en haar schriele reet duikt op het ritme van zijn stoten onder en boven water. Ieuw, is het eerste wat in haar opkomt. Mijn kinderen willen morgen in dat water spelen. Claire is blootsvoets, dus ze horen haar niet aankomen. Ze hebben het hek open laten staan, dus ze komt er geluidloos door. Ze blijft bij de ligstoelen staan en kijkt even voordat ze iets zegt: naar Seans geschoren kop die heen en weer wipt, heen en weer, naar de billen van de vrouw, die glad en bruin zijn, zonder aftekening van een bikinibroekje. Dat is geen echte seks, denkt ze. Het is die filmseks waar hij altijd zo dol op was: het soort waarbij je je afvraagt of hij niet ergens een videocamera heeft verstopt zodat hij zichzelf later kan bekijken.

'Je zult het water in dat zwembad moeten verversen,' zegt ze. 'Ik denk niet dat er nog iemand in wil zwemmen.'

Hij schrikt als de slechterik uit een klucht, verliest zijn evenwicht bijna op de treden en houdt zich overeind door zich met twee handen aan Linda's rug vast te klampen. 'Au!' roept die; ze maakte te veel lawaai van zichzelf om Claire te horen. Ze draait haar hoofd om Sean op zijn donder te geven, ziet de echtgenote van haar minnaar en zegt: 'O.'

'Claire,' zegt Sean.

'Wat? Wil je zeggen dat het niet is wat het lijkt? Wat? Help je haar naar haar contactlens zoeken? Smeer je haar leidingen even door?'

'Ik...' zegt hij.

'Haal het niet in je hóófd.' Ze hoort dat ze steeds harder gaat praten. 'Je kunt niéts tegen me zeggen. Ik heb je op heterdaad betrapt en je kunt niéts zeggen om het beter te maken.'

Dan beseft ze dat hij helemaal niets wil zeggen. Hij heeft er geen behoefte aan het goed te maken, het op te lossen, haar over te halen te blijven.

'Krijg de pest, Sean,' zegt ze, en ze hoort dat ze schreeuwt. 'En jij ook, vuile stinkhoer. Wil je hem? Je mag hem hebben. Als je maar niet denkt dat hij je kinderen erbij zal willen. Hij wil zijn éígen kinderen niet eens.'

Ze draait zich met een ruk om en loopt terug naar het huis. Zij blijven in het zwembad, nog steeds aan elkaar gekoppeld, waarschijnlijk. Ik kan niet terug naar binnen, denkt ze. Het was al erg genoeg om te weten dat zij het wisten, maar nu zij ook weten dat ik het weet, is de schaamte ondraaglijk. De vernedering. Dat ik op mijn beurt van minnares in bedrogen echtgenote verander.

Maar ze moet wel naar binnen, want er is niets buiten. Ze stapt de kamer in, voelt alle blikken, steekt haar kin omhoog en kijkt strak voor zich. 'Claire...' begint Maria, maar ze doet alsof ze het niet hoort. Ze loopt door, haar waardigheid als een pantser om haar schouders gegord. Ze beklimt de treden, een, twee, drie, vier, vijf, het glas koud onder haar voeten, de metalen leuning koud onder haar hand. Ik geef geen krimp, denkt ze. Mij zullen ze niet zien huilen. Niet die lui. Nooit.

Op haar slaapkamer aangekomen pakt ze haar handtas en kijkt of haar telefoon en huissleutels erin zitten. Ze pakt de autosleutels van het nachtkastje en grist een vest van de stoel. Wat moet ik meenemen? Ik moet hun spullen hebben. Ruby's medicijnen en Coco's knuffelbeer en iets om ze in te vervoeren, slapend, zwaar, en ik moet hier weg, ik kan hier niet blijven, niet hier waar al die mensen, zijn maten, zijn hoer, naar me kijken en me uitlachen. Ik kan het niet. Ik kan het echt niet. Ik moet hier weg. Nu. Ik kan niet terug naar buiten, waar zij zijn, en de meisjes halen. Ik wil ze niet zien. Ik kan het niet.

Ze loopt de trap weer af, beheerst en statig als een debutante die de balzaal betreedt. Daar zitten ze, zwijgend, te kijken hoe zij weer door de kamer loopt. Linda is naar binnen gekomen en zit er stilletjes tussen. Ze zal wel bescherming zoeken, denkt Claire. Haar man is nergens te bekennen. Deze keer probeert Maria niet iets te zeggen. Ze proberen het geen van allen. Ze staan allemaal aan zijn kant. Ze zijn haar al zo goed als vergeten.

Claire doet afstand van het idee haar kinderen mee te nemen, loopt de oprit af en maakt de auto open. Ze stapt in en verstelt de bestuurdersstoel. De knoppen zijn plakkerig en ingewikkeld; het kost haar een paar minuten om de stoel hoog genoeg te krijgen, en dicht genoeg bij het stuur, om door de voorruit te kunnen kijken. In die tijd had er makkelijk iemand naar haar toe kunnen komen. In die tijd had hij haar makkelijk kunnen smeken te blijven.

Ze rijdt langzaam achteruit de oprit af. De weg is verlaten. De eerste pont komt pas om zeven uur en niemand op Sandbanks moet echt ergens naartoe, op zondag. Ze schakelt en rijdt weg. Ze begint pas te huilen op de ringweg bij Southampton.

31

‘Bel nou niet om te zeggen dat je een horloge voor me hebt uitgekozen.’

‘O. Maak ik je wakker?’

‘Het zal wel wraak zijn,’ zegt ze droog.

‘Sorry,’ zeg ik. ‘Maar o, god, Indy, ik heb iets gevonden en ik weet niet wat ik moet doen.’

‘Wat dan?’ vraagt ze ongeïnteresseerd. Ik was bij ons thuis altijd de dramatische, en zo reageert iedereen als ik iets zeg wat in dat stereotype past. Ik voel me een heel klein beetje triomfantelijk. Ik bén niet altijd het drama, trut. Soms bréng ik het drama.

‘Ik heb Coco’s armbandje gevonden.’

‘Wát?’

Nu is ze wel wakker. ‘Tussen Seans spullen.’

‘Wát? Weet je het zeker?’

‘Nee, ik zeg het maar voor het effect. Natuurlijk weet ik het zeker. Hoe kan het anders? Haar naam staat aan de binnenkant gegraveerd.’

‘O, god.’

Ik gun haar even. Het kostte mij tenslotte ook wel even voordat ik mijn stem weer had toen ik het had gevonden.

'O, god,' zegt ze weer, 'dat arme kleine meisje.'

'Ik weet niet... Wat betekent het?'

'Kom op, Mills. We weten best wat het betekent.'

'Echt?'

'Ja,' zegt ze. 'Dat weet jij ook wel. Je hebt dat armbandje niet tussen de kussens van de bank gevonden, hoor. Hij heeft het geheimgehouden. Hij moet het zo ongeveer elke dag hebben gezien, als het tussen spullen zat die Simone in het wilde weg in een doos heeft gegooid. Het is onmogelijk dat hij niet wist dat hij het had. Kom op. Als hij het later had gevonden, had hij het wel gezegd. Dan had hij het aan iemand verteld. Ze hebben elke amateurdetective in Europa ernaar laten uitkijken. Weet je nog, die keer toen Claire in Alicante door de politie werd opgepakt omdat iemand Ruby had gezien en niet leek op te merken wie er bij haar was? En dat was jaren later. Echt jaren. Hij zou wel iets hebben gezegd toen hij het vond. Dat weet jij ook. Maar hij heeft niets gezegd.'

'O, god, India. Wat moet ik nou doen?'

'Wat wil je zelf?'

'Ik weet het niet. Ik wéét het niet.'

Ik kijk naar de armband om mijn pols. Ik heb er nu echt spijt van dat ik hem door haar om mijn hand heb laten wringen. Dat ik Ruby er zo snel een symbool van onze bloedverwantschap van heb laten maken. Ze zal het merken als ik hem afdoe. Maar als ik hem omhoud, zal iemand anders het merken. Ik kan zo veel lange mouwen dragen als ik wil, maar op een gegeven moment zullen ze opkruipen.

'Volgens mij moeten we nu nog niets doen,' zegt India. 'We moeten nadenken. Het is een wespennest. En dat het armbandje tussen paps spullen zat, wil nog niet zeggen dat hij de enige is die er iets mee te maken had.'

'Nee. India?'

'Ja?'

'Denk je dat dit betekent dat hij iets... heeft gedaan?'

'Ik weet het niet. Ik weet het werkelijk niet. Hoor eens, als ik hem nu voor de rechtbank moest verdedigen, zou ik aanvoeren dat dit alleen aantoonde dat hij over één ding de waarheid niet had verteld. Niet over alles, alleen over dat ene ding.'

'Ja, maar als je de aanklager was, zou je zeggen dat het elke bewering die hij ooit heeft gedaan in een twijfelachtig daglicht stelde.'

'Goh, heb jij je Grisham even goed gelezen?'

'Je weet best dat ik alleen het internet lees. Je kunt ook van alles van de tv opsteken. Ik zou prima de heimlichgreep kunnen doen en ik heb nog nooit een EHBO-cursus gedaan.'

'Ja hoor,' zegt ze. 'Hoor eens, ik zeg alleen dat we moeten nadenken. Echt. Hij is dood. We kunnen hem geen kruisverhoor meer afnemen.'

'Maar...'

'Weet ik. Maar denk eens na over de gevolgen. Ruby heeft de afgelopen paar dagen al overal bevestigd gezien dat iedereen haar heeft voorgelogen. Denk je dat het er voor haar beter op zou worden als ze erachter moest komen dat de leugen nog groter was?'

'O, god. Ik lieg nu al tegen haar. O, god, India, die rotfamilie houdt alles geheim. Ik ben het zo zat. Het heeft zo veel schade aangericht.'

'Dat zal wel,' zegt ze, 'maar het gaat niet alleen om jóúw leven, hè?'

'Weet ik wel...'

'Weet je wat de Boeddha zegt over liegen?'

'Dat zal me worst wezen, India. Ik zit nu niet te springen om een godsdienstles.'

'Nee, luister. Hij zegt dat je er wel naar moet streven de waarheid te spreken, maar dat je je eerst moet afvragen of het wel vriendelijk en dienstig is.'

'En?'

'Wie is ermee gediend, Milly? Ruby? Claire? Coco?'

'Ik...'

'Dit brengt niemand dichter bij een antwoord op de vraag wat er is gebeurd, Milly. Het zal alleen oude wonden openrijten en er zout in strooien.'

God, ze heeft gelijk.

'Maar lieverd,' zeg ik, 'er is ook zoiets als het juiste doen.'

'Ja. Maar het juiste is een rekbaarder begrip dan jij nu denkt.'

Ik ga naar beneden, diep in gedachten verzonken, maar ze verdwijnen allemaal in de hal. Simone zit op het bankje bij de voordeur te wiegen, naast Joe, die een hand op haar schouder heeft gelegd, terwijl er in de salon om het hardst wordt geschreeuwd. Jimmy wint, want hij is de enige die schreeuwt.

'Ik meen het, Robert! Je wilt mij niet als vijand hebben!'

'O, hou op, zeg.' Zo heb ik Robert nog nooit gehoord. Dezelfde stembuigingen, maar dan vol minachting. Het klinkt bijna alsof hij Jimmy uitlacht. 'Je weet niet eens wat voor dag het vandaag is.'

'Ik ben al te lang je pispaaltje.'

'Je hebt je problemen helemaal aan jezelf te danken, Jim. Geen mens heeft je gedwongen verdachte recepten uit te schrijven.'

'Je was er zelf ook niet vies van, hè?'

'Ik denk dat je dat moeilijk zult kunnen bewijzen.'

'Ik heb niets meer,' schreeuwt Jimmy. 'Helemaal niets!'

Maria's stem. 'Heb je dan níéts gespaard?'

Ik kijk met opgetrokken wenkbrauwen naar Joe. Simone lijkt mijn komst niet eens te hebben opgemerkt. Hij werpt me een blik vol tegenstrijdige signalen toe. Help me: ik weet me geen raad. Ga weg, ga weg, we willen niet dat je dit ziet. Ik verstijf. Blijven, gaan: wat ik ook doe, het is altijd fout. Ik aarzel in de hal. Ik kan moeilijk doen alsof het niet gebeurt en gewoon doorgaan.

Jimmy lijkt even stil te zijn van de vraag.

'Sean begreep het wel,' zegt hij uiteindelijk, zonder nog te schreeuwen. 'Als je niets hebt, heb je ook niets te verliezen.'

'Goh, dank je wel, Bob Dylan.'

'Hou je kop, Robert!'

'Kom op, Gavvers,' zegt Jimmy. 'Zeg nou niet dat hij Clútters niet al die jaren aan geld voor zijn verkiezingscampagnes heeft geholpen.'

'Dat is iets anders,' zegt Robert. 'Ze waren oude vrienden.'

'Ja,' zegt Jimmy. 'Hij is al die tijd uit loyalitéít blijven schuiven, zeker.'

'Kalmeer, allebei,' zegt Maria. 'Jimmy, welk deel van "het testament is nog niet geverifieerd" begrijp je niet? Simone kan van het geld leven, maar wij kunnen niet lukraak handenvol geld aan niet-familieleden uitdelen zonder dat de fiscus vragen gaat stellen. Je zult geduld moeten hebben terwijl Robert het uitzoekt. Er zijn toch al problemen met al die "donaties" die hij de afgelopen zeven jaar heeft gedaan.'

'En tot die tijd?'

'Minder geld over de balk gooien?' stelt Robert voor, weer met die minachting in zijn stem.

'Jíj hebt geld zat,' zegt Jimmy op suggestieve toon. 'Ik wil wedden dat je ook een creditcard of twee hebt. Denk erom, Robert. Maria en jij hebben net zo veel te verliezen als ieder ander.'

'Niet zo veel,' zegt Robert.

'Wat bedoel je daarmee?'

'Ik zeg het maar, Jimmy. Reputatiemanagement werkt twee kanten op.'

'Ik heb niet gemerkt dat je veel hebt gedaan om míjn reputatie te managen.'

Robert slaakt een diepe zucht. 'Nee. Hoor eens, we zijn goed in wat we doen, maar we kunnen geen wonderen verrichten. Maar neem maar van mij aan dat je een aantal keren weer in de belangstelling had kunnen komen te staan.'

'Maar dat wilde je niet, hè?' zegt Jimmy, iets insinuerend wat ik niet begrijp.

'Hoor eens,' zegt Robert, en opeens krijg ik de deur in mijn gezicht. Een zware deur van goede kwaliteit die het geluid zo doelmatig dempt alsof hij van lood is.

Ik wend me weer tot de anderen. 'Gaat het, Simone?'

Ze houdt op met wiegen en schiet overeind. 'Goedemorgen!' zegt ze. 'Hoe is het met jou?'

'Goed. En met jou?'

'Met mij gaat het uitstekend. Echt uitstekend.' Ze schudt Joes hand van haar schouder en staat op. 'Lunch!' zegt ze. 'Ik heb net wat vleeswaren en lekker brood gehaald, als je dat lust.'

'Ja, prima,' zeg ik. 'Kan ik helpen?'

'Nee,' zegt ze. 'En soep. Ik moet soep maken. Iedereen lust soep. Die spruitjes. En een zak kastanjes. Ik ga soep maken.'

Ik loop toch maar achter haar aan de gang in, maar ze draait zich vliegensvlug naar me om en steekt haar hoofd naar voren als een cobra in de aanval. 'Ik zei nee! Luisteren jullie dan nooit?'

Ik krimp in elkaar. 'Sorry.'

'Ja,' zegt ze. 'Je bent net je vader, weet je. Je luistert naar niemand.'

Oei, die is onder de gordel. Ik zie haar naar de keuken benen. Voel me boos en gekleineerd.

'Let maar niet op haar,' zegt Joe. 'Ze is overstuur.'

'Kennelijk,' zeg ik knarsetandend.

'Iedereen reageert anders op het verlies van een dierbare. We doen ons best.'

'Maar waarom is ze zo boos?'

Joe trekt een grimas. 'Hoor eens, Mila, van de doden niets dan goeds, maar zou jij niet boos zijn? De kranten staan er bol van, en niet op een positieve manier. Hij had geen vernederender manier kunnen verzinnen om te gaan, toch?'

'Dat is mijn schuld toch niet?' jengel ik, en terwijl ik het zeg, hoor ik al hoe het moet klinken. Ik kijk hem aan en bloos. 'Sorry. Sorry, Joe. Dat was sneu. Ik schaam me voor mezelf.'

Zijn wenkbrauwen schieten omhoog en hij grinnikt. 'Je lijkt dus toch niet zo op je vader.'

‘Waar gaat die ruzie over?’

‘Eh… Jimmy wil geld. Hij schijnt te denken dat hij er recht op heeft.’

‘Bah. Boven elke begrafenis cirkelt een aasgier.’

‘Naar het schijnt heeft je vader hem onderhouden sinds hij uit de bak is gekomen,’ zegt hij. ‘Ik denk niet dat Simone ermee door wil gaan.’

‘Waarom in vredesnaam? Waaróm?’

Hij haalt zijn schouders op. ‘Schuldgevoel?’

‘Waarom zou hij zich schuldig voelen?’

‘Ik weet het niet. Zo te horen heeft hij er nogal een zootje van gemaakt nadat Linda bij hem weg was gegaan.’

‘O, gelul,’ zeg ik. ‘Hij maakte er al veel eerder een zootje van. Het verbaast me absoluut niet dat ze bij hem weg is gegaan. Ik bedoel, serieus: heb jij hem ooit zonder dubbele tong horen praten?’

De deur slaat open. Jimmy stort zich erdoor, ziet ons, trekt een kwaad gezicht en stormt naar de trap. Robert komt achter hem aan. ‘Jimmy, kom op! Dit is gewoon…’

Hij ziet ons beiden staan en breekt zijn zin af. ‘Wat doen jullie hier?’

‘We vroegen ons gewoon af of we met de lunch moeten helpen,’ zegt Joe. Hij denkt snel voor een jongen van negentien. Ik mag dan niet op mijn vader lijken, hij is onmiskenbaar de zoon van zijn moeder. ‘Waar gaat Jimmy heen?’

Robert wrijft over zijn geschoren achterhoofd. ‘Ik hoop van harte naar zijn kamer, om te kniezen,’ zegt hij. Maria duikt achter hem op, beheerst als altijd, maar haar pupillen verduisteren haar irissen bijna.

Boven slaat een deur en Jimmy verschijnt weer boven aan de trap. Hij heeft de leren trenchcoat aangetrokken die ik me uit de jaren negentig herinner en hij heeft een gehavende weekendtas bij zich. Hij heeft zich in geen dagen geschoren en zijn gelige wangen zijn bedekt met een dikke laag grijzig zwarte stoppels. ‘O, kom op nou, Jimmy,’ zegt Robert.

Jimmy neemt er geen notitie van, hijst de tas over zijn ene schouder en stommelt de trap af.

Robert wacht tot Jimmy beneden is en langs hem heen wil lopen. 'Jimmy, kom op. Morgen is de begrafenis, verdomme. Blijf nou. Dit is waanzin.'

'O, wees maar niet bang. Ik kom echt wel naar de begrafenis.'

'Nou, waarom blijf je dan niet?'

'Ik blijf niet waar ik niet welkom ben.' Hij klinkt als een gepikeerde matrone uit een ouderwetse klucht. Toen ik jonger was, dacht ik dat volwassen worden betekende dat je, nou ja, volwassen werd. Zelfs de kinderachtige driftbuien van alle volwassenen in mijn leven, vlak voor mijn neus, brachten me niet op andere ideeën. Toch lijkt Joe momenteel de kalmste hier. Jimmy is net een twaalfjarige die mokt omdat zijn voetbal is afgepakt en Robert en Maria doen denken aan een paar radeloze onderwijzers, vertwijfeld en machteloos.

'En denk maar niet dat ik niets te melden zal hebben,' zegt Jimmy.

'Jimmy...' zegt Maria.

'Je kunt me niet tegenhouden, hoor. Het is een openbare gelegenheid.'

Maria steekt als een diva haar handen op en drukt ze tegen haar oren, alsof ze probeert de ruzie helemaal buiten te sluiten.

'Maar waar moet je dan slapen?' Robert klinkt moe en wanhopig.

'Ik vind wel wat. Het is niet bepaald het toppunt van het toeristenseizoen, wel?'

'Ik dacht dat je geen geld had,' zegt Joe.

'O, hou je kop, Joaquin!' brult Robert. 'Hou toch je kop! Voel je dan helemaal niet aan wanneer het een goed idee is om je grote bek te houden?'

Joe krimpt in elkaar; zijn grote ogen staan gegriefd. Robert wendt zich weer tot Jimmy, die al met zijn hand op de knop van de voordeur staat. 'Luister. Je kunt hier slapen. Het is hier veel prettiger dan wat je op stel en sprong ook maar kunt vinden, en je vrienden zijn hier.'

Jimmy draait zich om en lacht hem in zijn gezicht uit. 'Vrienden? Laat me niet lachen. Jullie zijn geen van allen vrienden. Jullie zijn allemaal alleen maar elkaars cipiers, zoals jullie elkaar in de gaten houden.'

32

2004 | zondag | Sean

Ze staan allemaal in de deuropening van de aanbouw geperst. De mannen zijn stil, eindelijk stil, en de vrouwen kletsen door elkaar heen. Hij hoort Jimmy's naam roepen, telkens weer. Linda en Imogen roepen hem met een hysterische radeloosheid in hun stem. O, god, denkt hij, is hij eindelijk te ver gegaan? Ik dacht dat hij op sterk water stond, dat hij was gebalsemd door zijn eigen alcoholconsumptie, als een goedkope versie van Keith Richards, voorbestemd om de hele wereld te overleven, als een kakkerlak. Maar wat doet hij in de aanbouw? Toen wij wegglipten lag hij op een bank te snurken als een os.

Hij draaft het laatste stukje. 'Wat is er aan de hand? Wat is er gebeurd?'

Ze draaien zich allemaal tegelijk naar hem om, Maria, Linda, Imogen en Charlie, en hun gezichten zijn allemaal een miljoen jaar ouder geworden. Hij ziet vier dode zielen die naar hem opkijken vanuit de hellepoel.

De aarde staat stil. Springt een halve meter naar links en trekt bijna de grond onder zijn voeten vandaan. 'Wat is er?' vraagt hij, en het voelt alsof hij doof is, zo gedempt en ver weg klinkt zijn stem.

Niemand zegt iets terug. Sean wringt zich tussen hen door en dan stort zijn leven met een klap in.

Jimmy en Robert zitten, plotseling nuchter, op hun knieën bij het luchtbed van zijn dochtertjes. Simone loopt door de kamer en voelt de pols van elk kind. Ruby ligt op haar zij, zich nergens van bewust, met vochtig haar, alsof ze vannacht heeft gedoucht. Niemand let op haar, want de mannen buigen zich over Coco. Robert pompt met de muis van zijn ene hand op haar borstbeen; Jimmy houdt haar hoofd naar achteren, bedekt haar mond om de zo veel tellen met de zijne en blaast, blaast, blaast.

Sean moet steun zoeken bij de deurpost, want hij heeft geen kracht meer in zijn benen. Linda probeert snikkend een hand op zijn schouder te leggen, maar vervuld met een plotselinge weerzin slaat hij haar hand weg met de zijne.

'Wat is er gebeurd?'

Niemand geeft antwoord. Het hoeft niet. Ze weten het allemaal.

Hij strompelt naar voren en zakt op zijn knieën naast zijn oudste vriend.

'Coco,' hoort hij zijn eigen stem zeggen. 'Coco?'

Haar ogen zijn dicht, alsof ze nog slaapt. Haar lichaam stuitert bij elke neerwaartse stoot van Roberts arm. Een... twee... drie... vier... vijf... blaas... en telkens wanneer Jimmy uitblaast, ademt hij onbewust in, alsof hij het borstkasje zo kan dwingen uit te zetten en heel langzaam weer te dalen.

'Jimmy, doe iets!' roept Linda.

Hou je kop, hou je kop, hou óp. Haar stem klinkt schel in zijn oren, gespeend van intelligentie en nuance, als een stompzinnige zeevogel die naar zijn prooi in de diepte duikt.

'Ik doe al iets, stomme trut,' snauwt Jimmy. 'Ga mijn tas halen. Snel!'

Linda wankelt huilend de schitterende dageraad in. Vanuit de schemering binnen ziet hij dat de zon nu op is, dat de rode blos op de hoge, lichte wolken wijkt voor een hemelsblauw waas, en dat zijn net gelegde gras smaragdgroen is waar het licht het raakt en de dauw laat verdampen. Hij kijkt op zijn andere dochter neer, pakt haar pols tussen zijn vingers. Ze ademt oppervlakkig en reageert net zomin op zijn aanwezigheid als eerder op die van de anderen, maar haar polsslag is krachtig en regelmatig.

Coco is wasbleek onder het lichtbruine kleurtje dat ze heeft gekregen, al heeft Claire de tweeling de hele zomer fanatiek ingesmeerd. Haar mond is open, misschien geforceerd door Jimmy, en haar lichtroze tong ziet er droog uit, als suède. Hij voelt diep vanbinnen dat ze dood is. Er is daar niemand meer, denkt hij. Alle giechels, de driftbuien, de knuffels, de slaaponderbrekingen, de geschaafde knietjes, de tranen en de glimlachjes: wat een verspilling. Wat een stomme, zinloze verspilling. Hij laat Ruby's hand abrupt terugvallen op de matras, vol weerzin omdat zij er nog is. Coco was altijd de sterkste van de twee. Waarom de goede halen en de gebrekkige achterlaten?

Linda komt terug met Jimmy's aktetas horizontaal tussen haar uitgestoken handen, als een dienblad. Jimmy keert hem boven de vloer om en Sean ziet een overvloed aan recreatieve drugs: kleine plastic zakjes, door elkaar geraakte doordrukstrips, een receptenboekje, een linnen etui met een rits en een wit kruis op het deksel waar EHBO onder staat. Wat krijgen we nou? denkt hij als Jimmy het etui pakt. We hebben nu niets aan pleisters, verband en zinkzalf. Ze is stervende. Mijn kleine meisje gaat dood.

In het etui: naalden, ampullen met een heldere vloeistof erin, naalden ter grootte van balpenvullingen.

'O, god,' zegt Imogen. 'O, god, o, god, o, god.' Bij elke aanroep wordt haar stem harder en hoger.

'Godver, kan iemand haar stilhouden?' snauwt Jimmy, en Maria, die nog kalm is, zoals altijd, maar spierwit, legt een hand op Imogens arm, gedecideerd maar vriendelijk. Imogen slaat haar hand voor haar mond. Simone, die haar broertje als laatste heeft gecontroleerd, richt zich op en kijkt toe. Zo kalm, denkt hij, als haar stiefmoeder. Niets brengt haar uit haar evenwicht, al is ze op een kwetsbare leeftijd.

Jimmy prepareert een injectiespuit. 'Misschien kun je beter een andere kant op kijken,' zegt hij. 'Ik ga proberen haar hart op gang te krijgen, maar het is geen leuk gezicht.'

Sean knikt, maar hij blijft naar de handen van de arts kijken. Imogen kreunt door haar vingers en Jimmy werpt haar een felle blik toe. 'Nee, echt,' zegt hij. 'Als ze zich niet koest kan houden, moeten jullie haar hier weghalen.' Hij trekt de inhoud van een ampul in de spuit en knipt er met zijn vingers tegen om de luchtbelletjes te laten opstijgen. Kom op, schiet op, denkt Sean, al weet hij dat een weer aan de praat gekregen hart er voorgoed mee op zal houden als Jimmy niet doet wat hij doet, maar het duurt zo lang. De seconden tikken weg in zijn hoofd. Kom op. Hij wacht, met ingehouden adem, terwijl Jimmy de plunjer indrukt tot de adrenaline in een boog uit de naald spuit. Zo weinig, denkt hij. Een klein beetje voor een klein lichaampje. O, god.

Jimmy draait zijn dochter op haar rug, heft zijn vuist en stoot de naald door haar borstbeen. Iedereen kijkt met ingehouden adem toe, wachtend op het beeld dat ze wel duizend keer op tv hebben gezien: de gereanimeerde dode die snakkend naar adem overeind schiet, met uitpuilende ogen en een wijd open mond.

Niets.

Coco stuitert weer op door de kracht van de klap en haar ogen vliegen open. Even denkt hij dat het heeft gewerkt, en zijn hart slaat een slag over, maar nee. Ze ligt op haar rug en staart glazig naar de plafondtegels.

Jimmy zakt achterover. Sluit de ogen weer. 'Shit,' zegt hij. 'O, shit, het spijt me.'

Stilte.

Sean weet niet wat hij voelt. Ik zou moeten huilen, denkt hij, maar ik voel me verdoofd. Het is voorbij. Het is allemaal voorbij. Mijn leven, haar leven, het leven van ons allemaal. Hier zullen we nooit overheen komen, wij geen van allen. Alles – we raken alles kwijt. Voogdij, werk, reputaties, vrijheid.

Maria's kalme stem, zakelijk, alsof ze op kantoor zit en een campagne opzet. 'We moeten de kinderen hier weghalen,' zegt ze, 'voordat ze wakker worden.'

33

'Ik wil nog niet terug,' zegt Ruby.

Het is nog geen vier uur, maar de riviermonding is al diep in de laatste stadia van de schemering en er twinkelen lichtjes in Instow aan de andere kant van het water.

'Nee,' val ik haar bij.

'Ergens wil ik nóóit meer terug.'

'Ik kan het me voorstellen.'

'Het is raar, dat huis.'

'Ja. De sfeer is niet super, hè?'

Ruby's neus is rood van de kou. Na de lunch zijn we naar de supermarkt in Bideford gegaan en sindsdien verkennen we de verrukkingen van Appledore: door de smalle straatjes, via Irsha Street naar de post van de reddingsbrigade en weer terug. In weerwil van mijn verwachtingen blijkt Appledore mooi te zijn. Een doolhof van laantjes en eeuwenoude gebouwen: een smokkelaarshemel met wel honderd vastgelegde bootjes op de zandplaat. Maar toch echt, op de een of andere manier. Niet in amber gegoten, zoals Padstow. Als we het op tijd hadden bedacht, hadden we met de boot naar Lundy Island kunnen gaan, maar op de een of andere manier leek het niet netjes om plannen te maken voor boottochtjes in een huis dat in rouw is gedompeld.

'Negen komma zes procent van de bevolking heeft een persoonlijkheidsstoornis,' zegt ze. 'Boeiend dat ze trosjes vormen, hè?'

'Ja.' Ik ben dus niet de enige.

'Zou pap er een hebben gehad?'

'Hm. Ja, waarschijnlijk wel.'

'Narcistisch?'

'En antisociaal,' zeg ik. 'Hij was een beetje een psychopaat, hè?'

'O, goddank,' zegt ze. 'Ik heb altijd gedacht dat het aan mij lag. Gek, maar je denkt altijd dat het aan jezelf ligt, hè?'

'Is dat niet een van de dingen waaruit je kunt afleiden dat je zelf geen persoonlijkheidsstoornis hebt? Maar Seans huizen waren altijd een beetje unheimisch. Net hotels. Hij vond het niet prettig als een huis echt bewoond leek. Maar waarom dacht je dat het aan jou lag?'

Ze snuift. 'Ik weet het niet. Ik bedoel, misschien was het gewoon het stiefmoedergedoe. Stiefouders. Ik bedoel, dat is toch raar? Daarom zitten er zo veel in sprookjes.'

Ik denk aan Barney. Hij heeft nooit raar tegen ons gedaan. Het kostte wat tijd om hem te leren kennen, maar hij heeft ons ook nooit onder druk gezet. 'Kweenie. Mijn huidige stiefvader deugt wel.'

'Mammie zegt dat ze daarom nooit hertrouwd is. Ze wil me dat niet van twee kanten aandoen.'

Hm, denk ik, je mammie neemt het niet zo nauw met de waarheid. Het kostte de mijne wel tien jaar voordat ze het weer kon opbrengen om te daten, maar zij zei tenminste eerlijk hoe dat kwam. Is dat eigenlijk wel zo goed? Ik weet het niet. In de tussentijd heb ik verdomd veel over mijn vader moeten horen wat ik liever niet had gehoord. Is dat wat ze bedoelen als ze zeggen dat de relatie tussen ouders en kinderen wordt vergiftigd? Je kunt vergif tenslotte ook druppelsgewijs toedienen, zoals arsenicum. Het is niet allemaal cyaankali wat de klok slaat.

'Ik weet het niet,' zeg ik. 'Misschien zegt het gewoon iets over paps smaak op het gebied van vrouwen?'

Een zijdelingse blik. 'Hoe was mam als stiefmoeder?'

Dit kind is gewoon een monster als het op vragen aankomt. 'Eerlijk zeggen?'

'Ja.'

'Nou, oké dan. Best waardeloos. Ze heeft ons niet bepaald het gevoel gegeven dat ze het leuk vond dat we er waren.'

'O,' zegt ze met een triest gezicht.

'Je vroeg het zelf.'

Misschien lag het toch aan Sean. Tijdens mijn verblijf in huize Downside leek Claire totaal niet op de kille persoonlijkheid die ik uit mijn jeugd kende. Ze is een controlfreak, zeker. Niet te zuinig. Maar ze was niet kil. Niet dat geknies in een hoekje dat ik me herinner van haar huwelijk met mijn vader. Dat heb je met psychopaten, hè? Ze sluipen niet altijd met een mes door een donker steegje. De meesten vermoorden je van binnenuit.

'Weet je,' zegt ze, 'ik heb nooit echt het gevoel gehad dat hij me graag mocht.' Haar ogen vullen zich met tranen achter de brillenglazen.

'O, Ruby.'

Ik steek mijn hand uit en geef een kneepje in de hare. Ik kan niet zeggen dat hij ons dat gevoel wél gaf nadat hij verder was gegaan met zijn leven. Sommige mannen kunnen dat goed. Het verleden is geweest, *je ne regrette rien* en al die andere zelfhulpmantra's. Maar wij waren tenminste iets ouder. Ons had hij tenminste nog een paar jaar wél om zich heen willen hebben.

'Ik denk,' zegt ze met een klein stemmetje, 'dat hij het me altijd kwalijk is blijven nemen dat ik Coco niet was.'

'Nee,' zeg ik. 'Nee, schat, natuurlijk niet.' Maar terwijl ik het zeg, vraag ik me al af of ik geen leugen toevoeg aan de familieverzameling, want ik heb nooit met pap over Coco gepraat, echt nooit. Niet over hoe hij zich voelde, niet over wat hij dacht en zelfs niet over zijn theorieën. Het onderwerp was taboe. Buiten zijn optredens voor Maria's campagne om leek hij er helemaal niet over te willen praten. Hij dompelde zich onder in de ontwikkeling van een appartementencomplex voor Britse expats in de Emiraten en kwam pas weer boven toen Claire en Ruby veilig weg waren. En toen werd Linda het slachtoffer van haar eigen trapkeuze, en toen moest er om Linda worden gerouwd, en toen kwam Simone, en nu is het te laat. Ik weet het niet. Een kwaad geweten? Zou hij niet hoe dan ook een kwaad geweten hebben gehad? Ook als wat er met Coco is gebeurd is gegaan zoals hij beweerde?

'Hij wilde nooit met mij alleen in een kamer zijn,' zegt ze. 'Nooit. Het was alsof zijn vrouwen de opdracht hadden hem nooit met mij alleen te laten. Ze reden zelfs mee in de auto als hij me van het station kwam afhalen. En ik weet dat hij alleen maar met me omging omdat het moest van mam. Toen zij het opgaf, deed hij dat ook.'

'Wanneer gaf ze het op?'

Ze denkt even na. 'Rond de tijd van Emma's geboorte, denk ik. Tot vandaag had ik haar maar één keer gezien. Ik ben met een beertje naar het St.-Mary's in Paddington gegaan toen ze geboren was.'

'O, dat is wel klassiek, hè?'

'Vast wel.'

We komen bij een bocht met uitzicht over de Torridge. 'Ik ben wel toe aan een sigaret,' zeg ik, en ik ga zitten.

'Ik ook.' Ze komt naast me zitten.

'Nou, maar je krijgt er geen.'

'Ik kon het toch proberen?' Ze grinnikt naar me.

'Je kunt het altijd proberen. En als je achttien bent, werkt het misschien.'

Goh. Zei ik daar dat ik je nog zal kennen als je achttien bent? Ik geloof het wel. Krijg nou wat.

Onder mijn trui brandt de armband zijn afdruk in mijn huid. Zal ik het haar vertellen? Of ga ik door met dezelfde oude halve waarheden om de lieve vrede te bewaren?

Ze trekt haar handen in haar mouwen alsof ze een mof zijn en staart naar het water. Het is vloed, en de golven kabbelen tegen de oever onder de kade. 'Mooi hier,' zegt ze.

'Ja. Ik had er geen idee van.'

'Ik ben hier een paar keer geweest tijdens logeerpartijen. Je kunt hier leuk fietsen. Ik ben zelfs een keer naar Ilfracombe gefietst.'

'Jammer dat hij niet tot de zomer heeft gewacht,' zeg ik. 'Dan hadden we samen een tochtje kunnen maken.'

'Hm-hm.' Ze snottert weer. De lucht is erg vochtig, al laat de regen gelukkig op zich wachten. 'Veel drijfzand hier.'

'Echt waar? Drijfzand? Zoals in cowboyfilms?'

'Ja. De kustwacht moet er altijd op uit om de toeristen eruit te vissen, schijnt het.'

'Kolere.'

'Ja.'

'O, nou ja. Daarom zal het nog wel een echt dorp zijn in plaats van een verzameling vakantiehuizen.'

'Ja,' zegt ze. 'En vanwege de scheepswerf, natuurlijk. Maar weinig Londenaren laten hun kind zonder toezicht zandkastelen bouwen, en ze vinden het verschrikkelijk als mensen echt iets máken op het platteland.'

De grap zet haar aan het denken en ze is weer stil. Ik rook mijn peuk en wacht, en na een tijdje vraagt ze: 'Mila, wat denk jíj dat er is gebeurd?'

Ik hoef niet te vragen waar ze het over heeft. 'Ik weet het niet, Rubes. Ik weet het werkelijk niet.'

En nu nog minder.

'Wat je eerder zei. Over mammie. Al die complottheorieën op internet. Waarom gaf iedereen haar de schuld?'

'Zo zijn de mensen, lieveling. De algehele vrouwenhaat van het groepsdenken.'

Ruby kijkt bedenkelijk. Ze gelooft me niet. O, kleine meid, jij wordt dit weekend veel te snel volwassen.

'Als er een zaak is, moet er een óórzaak zijn. Dat is toch niet meer dan logisch? En als er een vrouw bij betrokken is, kun je er donder op zeggen dat zij de schuld krijgt. Denk maar aan hoe er in de straten werd gedanst toen Thatcher was overleden. Als mensen het zich in hun hoofd halen dat een vrouw macht heeft, wordt die macht legendarisch, maar nooit in gunstige zin. Thatcher werd uiteindelijk een soort almachtige meesteres in de zwarte magie in plaats van een Oost-Indisch dove ideoloog.'

'Maar... meestal is de moeder ook de dader. Er zijn heel veel gevallen bekend van vrouwen die hun eigen kind hebben vermoord.'

'O, Ruby. Ik zeg het niet graag, maar vrouwen kunnen de ergste vrouwenhaters van allemaal zijn.'

'Maar waaróm?' jammert ze.

'Ik weet het niet. Stockholmsyndroom? Angst voor verandering? Zelfhaat? Er zelf mee beginnen om de mannen vóór te zijn?'

'Maar ze wás er niet eens.' Haar handen komen uit haar mouwen en ze begint duimen te draaien. Ze kijkt verbeten naar haar handen.

'Feiten,' zeg ik gewichtig, 'staan gerechtvaardigde verontwaardiging zelden in de weg.'

Ik denk aan Claire. Ze moest zich helemaal alleen verdedigen tegen de beschuldigingen terwijl haar echtgenoot weigerde zich zelfs maar te gedragen alsof er iets was gebeurd. Hondendrollen en haatbrieven door de brievenbus. Ik schaam me diep voor mijn eigen rol in het geheel. Het was zo makkelijk voor India en mij. Eén groot 'had ik het niet gezegd' dat ons het zelfvoldane gevoel gaf dat we het altijd al hadden geweten. Ik herinner me haar op een persconferentie een paar dagen na Coco's verdwijning. De rest van de Jackson-kliek klitte op een meter afstand bij elkaar, zich letterlijk distantiërend toen ze beseften wie de zondebok was. Haar gezicht, voortijdig gerimpeld en uitdrukkingsloos van angst en verdriet. En de 'sterf, trut, sterf'-types in de brievenrubrieken, de schreeuwers op straat, de 'ik ben zelf moeder'-columnistes die hun zilverlingen verdienden met hun 'denk na'-stukjes die het er de volgende dag allemaal over eens waren dat ze niet overstuur genoeg was. Je kunt het natuurlijk niet winnen. Als ze haar ogen uit haar kop had gehuild, hadden ze gezegd dat ze toneelspeelde.

Ruby kijkt op. Ik vraag me af of ik nog een sigaret kan opsteken nu we hier toch zitten. Er gaat niets boven beperkingen om te maken dat je zo veel mogelijk in de toegestane tijden wilt proppen. Mijn nicotinespiegels gaan op en neer als een meeuw in een orkaan. O, wat kan het me ook verdommen, denk ik, en ik steek er nog een op.

'Weet je, die dozen? In de gang?'

Ze heeft het niet over Blackheath. 'Ja.'

'Ze staan er al sinds we er zijn komen wonen, weet je. Daarvoor waren ze in de opslag, maar toen we gingen verhuizen haalde ze ze eruit en liet ze daar gewoon staan. En ze kijkt er nooit in. Nooit.'

'Weet je wat erin zit?'

'Denk je dat ik in de slaapstand schiet als zij weg is?'

Brutale troel. 'Nou, wat zit erin?'

'Alles,' zegt ze. 'Haar hele leven van vroeger. Alles. Dure kleren en schoenen en tassen en parfum en hard geworden gezichtscrème en fotoalbums van voordat wij er waren en sieraden, allemaal bij elkaar gegooid zoals Simone met paps spullen had gedaan. Alles.'

'Ze zal er wel weinig mee kunnen in jullie nieuwe leven,' probeer ik.

Ze onthaalt me op een minachtend gesnuif. 'O, hou op. Waarom doet ze ze dan niet gewoon weg? Naar de stort? Verkopen? Nee, echt: we zouden waarschijnlijk een huis kunnen kopen van wat er in die dozen zit. Waarom bewaart ze ze? Ze verpesten ons hele huis. We kunnen alleen zijdelings door de gang lopen.'

'Misschien is ze er nog niet aan toe?'

'Waaraan? Waar is ze nog niet aan toe?'

Mijn huis is net zo. Het brein legt de bedrading zo vaak verkeerd aan. We verhuisden om de haverklap toen we jong waren, en dan werden al onze spullen 'gesorteerd', en daardoor ben ik nu fysiek niet meer in staat iets weg te doen. In een van mijn vele dozen zit mijn teddybeer. Ik gebruik hem vanaf mijn negende niet meer (ik herinner me dat ik er welbewust voor koos hem niet meer te gebruiken) maar hem weggooien zou als een amputatie voelen. Iemand anders zal het doen, uiteindelijk, wanneer mijn dode, door katten opgegeten lichaam wordt gevonden. Hij of zij zal even weemoedig met de beer in zijn hand blijven staan en hem dan in een vuilniszak stoppen, en dan is mijn kindertijd eindelijk voorbij.

'Het is een soort gijzeling,' zeg ik tegen haar. Het verleden is weggestopt, maar het wacht nog, het ligt altijd op de loer om je te saboteren.

'De fotoalbums zijn het ergst,' zegt ze. 'Ze had ooit hopen vrienden. Er zijn allemaal foto's van toen ze nog studeerde, en ze ziet er zo gelukkig uit. Omringd door mensen, weet je wel, jongens, meiden, mensen van haar eigen leeftijd, en ze hebben allemaal lol, ze omhelzen elkaar en ze lachen en ze tutten zich op voor feestjes en het is bijna ondraaglijk.'

Ik had er niet eens bij stilgestaan dat Claire had gestudeerd. God, we werden zo in beslag genomen door onze eigen pijn dat het niet eens in ons opkwam haar iets over haarzelf te vragen. Daar komt nog bij dat ik de Echtgenotes nooit als iets meer zag dan als aanhangsels van Sean, alsof ze pas tot leven kwamen wanneer hij zijn gewijde blik op hen liet vallen. Waarschijnlijk kwam dat hem goed uit.

'En nu is ze de hele tijd verdrietig,' zegt Ruby, 'en komt er nooit iemand op bezoek.'

Mijn vader wist wat er met Coco was gebeurd.

'Ruby,' vraag ik, 'denk je dat het iets uit zou maken? Als ze het wist? Wat er was gebeurd?'

'Hoezo?' Ze neemt me achterdochtig op. 'Weet je iets?'

Ik krabbel meteen terug. 'Nee. Nee, dat niet. Het was maar een vraag. Ik vroeg het me gewoon af.'

Ze wendt zich af. Ze wendt zich altijd af als ze iets gaat zeggen wat haar niet lekker zit. 'Ik haat die kut-Coco om wat ze ons heeft aangedaan,' zegt ze, en dan barst ze in huilen uit.

'O, Ruby.' Ik denk dat ze het opvat als een vermaning, want ze slaat haar armen om zichzelf heen alsof ze buikpijn heeft. Ik sla een arm om haar schouder en ze begint nog harder te huilen.

'Het doet er helemaal niet toe wat er is gebeurd, toch? Het kwaad is toch al geschied. Wat bóéit het of ze met de zigeuners mee is of ergens onder de grond ligt? Het maakt niets uit! De hele wereld haat ons en mijn moeder verliest me geen moment uit het oog en het is allemaal haar schuld. Ze is gewoon een... een gegeven. Ik herinner me haar niet eens meer, niet echt. Ze is een stukje geschiedenis, een complottheorie, zoals prinses Diana. Ik wíl het niet weten. Het bóéit me niet. Hielden ze er maar eens over op, of hielden ze maar eens op het zo nadrukkelijk niet ter sprake te brengen of me te vragen hoe het met mijn moeder is, alsof ik ooit iets anders zou antwoorden dan "goed". Ik haat het gewoon. Ik haat haar. Ik kan niet eens naar schóól vanwege Coco.'

Ik gooi mijn peuk weg en sla dan eindelijk mijn beide armen om haar heen. Ik ruik haar haar op mijn gezicht en besef dat ze net zo ruikt als India. Zoals Sean. Ze ruikt naar familie. Zou Emma ook zo ruiken? O, mijn kleine zusjes.

'Het was haar schuld niet, Ruby. Ik weet dat het niet eerlijk is, maar zij kon er net zomin iets aan doen als jij.'

Ze heft haar betraande gezicht naar me op. 'Maar anders? Stel dat ik iets heb gedaan?'

Ik veeg met mijn duim de tranen van haar gezicht. Geef haar nog een kneepje. Hoe verklaar je de willekeur van de kosmos aan iemand die troost zoekt?

'Ik bedoel...' Er blijft weer een snik in haar keel steken. 'Waarom heeft hij haar wel meegenomen en mij niet?'

Er is geen antwoord. Ik knuffel haar nog wat en laat haar uithuilen. Ik denk aan Claire en al haar ingepakte opsmuk, hoe ze doet alsof ze leeft, maar het verleden niet los kan laten. Wat heeft het voor zin om het allemaal weer op te rakelen, om me in een wespennest te steken? Zal het makkelijker voor haar zijn als ze weet dat iemand die niets meer kan zeggen het antwoord op het raadsel wist? O, god, o, Sean, wat heb je gedaan? Jimmy weet er meer van. Al had hij het gewild, dan had hij het nog niet duidelijker kunnen maken. En dat betekent dat ze allemáál iets weten. Wat moet ik doen?

Haar ademhaling wordt langzamer en ze haalt met een enorme snuif haar verstopte neus op. Ze maakt zich van me los en leunt achterover. Maar ik geef haar een hand en ze houdt hem vast.

'Sorry,' zegt ze.

'Hoeft niet. Je kunt het er beter uit gooien dan het op te kroppen, toch?'

'Het zal wel. Maar zo voelt het nooit.'

'Nee. Ik weet ook niet waarom ze dat zeggen, eigenlijk. Het is klinkklare onzin.'

'Het is gewoon iets wat je kunt zeggen, als iemand zichzelf finaal voor schut heeft gezet.' Ze glimlacht beverig naar me. 'Dank je wel, Mila.'

'Jij bedankt dat je niet "Milly" zegt.'

'O, ik weet het! Waarom doen ze dat?'

'Heb je ze ooit zien luisteren naar iets wat een ander zegt? Kom op.'

'Huh. Nee. Maar Joe is leuk.'

'Het lijkt er wel op. Hij is ook niet akelig om naar te kijken.'

Ze gaat er niet op in. Dat dacht ik al. Onze Ruby heeft Gevoelens voor die jongen van Gavila. Ik kan het haar niet kwalijk nemen. Als we in Londen waren en ik wist niet wie hij was en hij kwam het café in, dan zou ik hem zelf wegslepen en hem eens laten zien wat de voordelen zijn van een Oudere Vrouw.

'Ze zijn allemaal wel oké, eigenlijk,' zegt ze. 'Zij zijn de enigen die niet gestoord zijn, eigenlijk.'

'Simone ook niet?'

'Niet eerlijk. Daar kun je niet over oordelen, nu ze er zo aan toe is.'

'Nee. Jij bent een beter mens dan ik, Ruby. Maar ik kende haar natuurlijk al toen ze jong was. We konden er met ons hoofd niet bij hoe zij deel kon uitmaken van dat gezin.'

Ze zwijgt even. 'Ik mis hem, hoor.'

'Ja.' Ik mis hem al mijn hele leven, of zo voelt het.

'Ik weet dat het niet goed is, maar toch mis ik hem. Ook al was hij een waardeloze vader. Hoe verknipt is dat?'

'Ja. Maar het leven zit ingewikkelder in elkaar, toch? Met liefde kun je geen goed mens van iemand maken en je kunt je liefde niet zomaar uitschakelen. Mensen zijn van veel ergere mensen dan Sean Jackson blijven houden. Je moet je er gewoon doorheen leven.'

'Oké,' zegt ze. 'Shit, ik zou wel iets warms lusten.'

'En ik zou wel een whisky lusten om warm te worden. Zullen we naar het café gaan?'

'Mag ik daar komen?'

'Jezus, je moeder heeft je echt nérgens op voorbereid, hè?'

'Dat had ik toch gezegd.'

We gaan staan. 'Al goed, al goed,' zeg ik. 'Mensen die niet naar andere mensen luisteren.'

Honderd meter verderop zit een café; zo'n massief classicistisch geval met een verleden vol criminele ondernemingen onder een laagje fatsoen. Dat weet ik omdat het de Smuggler's Arms heet. We lopen zwijgend gearmd door het donker. Het geklots van water links van ons werkt op de een of andere manier kalmerend. En als we de deur openduwen, zien we Jimmy Orizio aan de bar hangen.

34

2004 | zondag | Maria

Voor Maria Gavila is elke crisis een gelegenheid om haar competentie te demonstreren. Zo is het al sinds haar kindertijd. Als je opgroeit in de chaos van een gezin dat het bijltje erbij neer heeft gegooid, in een wijk die het bijltje erbij neer heeft gegooid, in een stad die het bijltje erbij neer heeft gegooid, kun je twee dingen doen: óf je gooit het bijltje er zelf ook bij neer, óf je wordt degene die weigert te zwichten. Degene die weet te ontkomen.

Ze maakt nu al lijstjes in haar hoofd. Ze popelt om haar PalmPilot te pakken en te kunnen beginnen met afvinken. Hoewel, nee, geen sporen: papier moet het zijn, en alles op losse vellen geschreven, zodat iemand op zoek naar geheimen ze niet met een beetje geduld en een zacht potlood van onderliggende bladzijden kan halen. Lijstjes houden Maria op de been. In een wereld waarin alles om geheimhouding draait, is degene die over de lijstjes gaat God.

'Eerst Joaquin,' zegt ze. 'Hij is de zwaarste, dus vermoedelijk zal hij het eerst wakker worden.'

De anderen gapen haar aan. Maria is het wel gewend dat anderen achter de realiteit aan sukkelen. Robert en zij hebben een fortuin verdiend aan het feit dat de meeste mensen pas over de gevolgen van hun daden nadenken wanneer ze ze al hebben begaan en de gevolgen zich beginnen te manifesteren. Nog terwijl ze akkoord ging met het plan, afwoog hoe groot de kans was dat het fout zou gaan en besloot dat die zo klein was dat het gemak het risico wel waard was, nam haar brein de lijst van eventualiteiten al door. Hoe de schijn van een ongelukje te wekken als er een uitstapje naar de Spoedeisende Hulp gemaakt zou moeten worden, wie je kon bellen om een maag leeg te pompen. En dit. Het allerergste gevolg. Zo onwaarschijnlijk dat ze alleen uit gewoonte had nagedacht over wat ze dan zou doen.

'Moeten we geen ambulance bellen?' vraagt Imogen.

Jimmy reageert natuurlijk net zo snel als zij. Hij heeft genoeg rotzooi met rocksterren moeten opknappen die geheim moest blijven, van verslavingen tot mishandelingen tot helikoptertochtjes naar particuliere klinieken die de meeste buitenstaanders een psychiatrische instelling zouden noemen, om precies te weten wat er nu moet worden gedaan. Platenmaatschappijen nemen Jimmy niet zomaar aan. Hij mag dan het grootste deel van de tijd high zijn, hij heeft een griezelig vermogen broodnuchter te worden wanneer er een probleem moet worden opgelost. En dit is een probleem. Een ongelooflijk, etterend probleem rond een dood kind, en het zal de ondergang van hen allemaal worden.

'Ze is dood, Imogen,' zegt hij. 'Een ambulance kan niets meer doen.'

Sean snakt vanaf de vloer naar adem, maar hij gaat er niet tegen in.

Maria weet dit: dat er een tijdsspanne is waarin het brein van mensen die een schok voor hun kiezen krijgen blijft hangen, als een computer die wordt overladen met data, en dan snakken ze naar iemand die tegen ze zegt wat ze moeten doen. Als niemand die taak op zich neemt, wordt het een chaos. Linda staat op het punt weer te gaan bazelen, en als ze dat doet, is het nog maar een kwestie van tijd voordat ze de aandacht van een buitenstaander trekt.

Ze schopt haar schoenen uit. Hoewel ze haar langer en gezaghebbender maken, weegt het praktische aspect soms zwaarder. 'Kom binnen,' zegt ze, en ze houdt de deur open om degenen op de drempel de weg te wijzen. Imogen kijkt om naar het huis alsof ze overweegt het op een lopen te zetten. 'Kom op,' zegt Maria streng. 'Naar binnen.'

Imogen gehoorzaamt. Zij zal nooit een probleem zijn. Ze kleedt zich om er imposant uit te zien, maar ze is een van de ondergeschikten van het leven. Anders zou ze die brallerige idioot van een man van haar nooit verdragen. Charlie loopt achter haar aan en gaat in de hoek staan als een uit zijn krachten gegroeide schooljongen die een standje heeft gekregen. Robert buigt gehoorzaam zijn hoofd. Zo werken ze, zij tweeën, altijd al: Maria is degene met de directe respons, Robert degene die de juridische aspecten bekijkt en met een beredeneerde oplossing komt. Zij is de prater van hen tweeën, de pleitbezorger, en hij heeft zijn gezag aan haar overgedragen omdat er nu behoefte is aan haar vaardigheden.

Sean snikt. Dikke tranen druppelen van het puntje van zijn neus op het wasachtige gezicht, maar niemand besteedt aandacht aan hem. Iedereen kijkt naar Linda, die met haar telefoon in haar hand op het grind treuzelt.

'Kom binnen, Linda,' zegt Maria. De seconden waarin ze nog invloed heeft, tikken voorbij. Als Linda haar eigen gang gaat, is de situatie niet meer in de hand te houden.

Simone loopt door de kamer en knielt naast Sean. Ze werpt Linda een blik toe die zegt: Dit zou jíj moeten doen, en legt een hand op zijn schouder, met haar onderarm over zijn rug. Met haar lange haar is ze net een najade in nachtpon. Ze heeft in de meidenkamer in het huis geslapen, op Seans aandringen. Aangezien de aanbouw naast het zwembad is, weten ze nu allemaal waarom. Ze steekt haar andere hand uit en omklemt zijn pols. Sean zuigt een grote hap lucht naar binnen en zakt tegen haar aan. Ze houdt hem overeind terwijl hij snikt.

Linda stapt over de drempel. Maria sluit de deur.

'We moeten praten,' zegt ze.

‘Nee,’ zegt Linda. ‘Nee, nee, nee, nee.’

Had ik ook maar een telefoon bij me, denkt Maria. Als je met een telefoon zwaait, zie je er altijd veel serieuzer uit. Niet dat ik nu veel aan mijn telefoon zou hebben. Er staan ik weet niet hoeveel mensen in mijn contactenlijst die rommel kunnen opruimen, tegen een prijs, maar deze situatie zou zelfs hun rekbare moraal tot het uiterste op de proef stellen.

Iedereen zwijgt en de kinderen slapen door. Ze heeft het licht niet aangedaan; ze wil het tafereel niet in alle gruwelijkheid laten zien, want ze moet de gemoederen sussen, niet verhitten, maar er valt een zwak ochtendlicht door de latjes van de shutters waarin hun zes gezichtjes te zien zijn, wit en grijs. Sean en Simone kijken naar haar op vanaf de vloer. Jimmy doet de ronde langs de kinderen en voelt aan polsen, alsof hij er niet op vertrouwt dat Simone het naar behoren heeft gedaan.

‘Laten we één ding duidelijk stellen,’ zegt ze, waarbij ze Linda recht in de ogen kijkt. ‘Als we doen wat jij wilt, gaan we allemaal naar de kloten. Stuk voor stuk.’

Ze kiest de schuttingterm opzettelijk en spreekt hem hard uit, zodat Linda ervan schrikt. Linda is degene die ze moet overhalen, en door haar zelfabsorptie heen dringen is een hele klus. De anderen zijn zich al bewust van de ernst van hun situatie en kijken haar aan alsof ze een messias is die iedereen komt redden.

‘Begrijp je dat?’

‘Maar...’ begint Linda.

‘Nee. Geen gemaar. Niemand die dit ziet, zal zeggen dat het een ongelukje was. We hebben vijf gedrogeerde kinderen en een dood kind. Wat denk je dat ze zouden zien als je ze hierheen haalde?’

Er trekt een spier in Linda’s kaak. Ze denkt dat ze de schuld op alle anderen kan schuiven, denkt Maria. Ze gelooft nog steeds dat ze zich hier op de een of andere manier uit kan draaien.

‘Je hebt het zelf voorgesteld, Linda,’ zegt ze.

Linda is onthutst. ‘Nee, niet waar. Niet waar!’

‘O, jawel,’ zegt Maria, en ze laat het dreigement in de lucht hangen.

‘We waren er allemaal bij,’ zegt Charlie, die nooit traag van begrip is als het om zijn eigen belangen gaat. Hij ziet zichzelf al, denkt ze, als in ongenade geraakt parlementslid, geen kabinetsglorie, geen bestuursfuncties meer, en, voor eeuwig achtervolgd door een louche sterfgeval, niet eens meer geschikt als kandidaat voor *I'm a celebrity... Get me out of here!*

‘Ja,’ zegt Imogen, die het nu ook snapt. ‘Jij was het, hoor. Wij waren nooit op het idee gekomen als jij het niet had voorgesteld.’

Linda kijkt van de een naar de ander en haar mond valt open.

‘Dit kunnen jullie niet menen. Dit kúnnen jullie niet menen. Dit is... Dit kán niet. Ze is nog niet eens koud en jullie... Sean!’ Haar beroep op haar minnaar levert haar alleen een geschokte, beschaamde blik op. Sean voelt wel iets, zeker, maar zijn gevoelens zijn vluchtig vergeleken bij die van de gemiddelde mens. Hij zal ongetwijfeld van zijn dochter hebben gehouden, maar terwijl haar lichaam afkoelt, trekt ze zich al terug in het verleden en wordt ze een probleem dat om een oplossing vraagt.

‘Want de tijd dringt,’ zegt Maria. ‘Het spijt me.’

Ze verbaast zich niet over haar eigen koelbloedigheid. Ze houdt het hoofd altijd koel onder druk. Ze kan de tijd nemen om de emoties te voelen als de praktische zaken zijn afgehandeld. Maar het regelen van de praktische kant lijkt vaak om emoties te gaan, en ze voelt helemaal niets.

‘Ongelooflijk. Ik vind het ongelooflijk dat jij zo'n harde bent, Maria. Begrijp je het dan niet? Snáp je het niet? Coco is dood. Kleine Coco. Je peetdochter. Ik dacht dat ik je kende, maar ik ken jou helemaal niet.’

Nee, je kent me niet, denkt Maria. Robert is de enige die me kent. Maar jij gaat ons niet mee de afgrond in slepen door een plotselinge omschakeling naar de pretentie dat je principes hebt. De kinderen drogeren om met de vader van het dode kind te kunnen neuken? Hoe denk je dat dat zal overkomen voor de rechtbank?

‘Zullen we even iets duidelijk stellen?’ zegt ze. ‘Iedereen hier gaat naar de gevangenis. Geen verzachtende omstandigheden. Geen “hij is al genoeg gestraft". Mensen die dit soort dingen doen, draaien de bak in. En lang ook.'

Ter aansporing van de anderen, denkt ze. Zelfs Sean is nu stil. Zijn tranen zijn allang gedroogd.

'Dacht je dat Sean de enige zou zijn?' zet ze door. Ze kijkt Linda strak aan, maar weet dat haar woorden alle anderen de rillingen over de rug laten lopen. 'Nou, dat is dus niet zo. Iedereen hier heeft een kind gedrogeerd of eraan meegewerkt. Dat betekent een gevangenisstraf, zo simpel is dat, en je kinderen worden je afgenomen. Denk je dat je ze wel terugkrijgt als je weer vrij bent? Nou, hallo, Linda. Ze blijven voor eeuwig verstrikt in het systeem en je weet wat dat betekent.'

Linda barst in snikken uit. Niet het feest dat je in gedachten had, denkt Maria, en ze grijpt haar kans. 'En denk maar niet dat je je oude leventje weer kunt oppakken als je weer vrij bent. Charlie komt niet meer in het parlement, Jimmy en Robert worden uit hun ambt gezet. Ik hoop dat je flink wat hebt gespaard, Linda, want we zullen geen van allen ooit nog iets verdienen. Sean redt zich wel, denk ik. Al wordt het hele directeurschap lastiger met een strafblad, laat staan buitenlandse reizen maken. En je sociale leven is voorbij. Voor hoeveel benefietgala's zou je nog gevraagd worden? Godver, we zullen niet eens meer over straat durven nadat het Volk er alles over heeft gelezen.'

Sean is de eerste die iets zegt. 'Wat stel je voor?' vraagt hij.

35

Hij hangt aan de bar en praat zo hard als hij kan met zijn piepstem en hij is omringd door mensen met wie hij niet zou moeten praten. De mannen die foto's stonden te maken bij het hek zijn er, en een hard uitziende vrouw met een loensend oog en een recordertje en nog wat andere mensen die gefascineerde dorpelingen of meer van hetzelfde zouden kunnen zijn. Het café is halfleeg. Of halfvol, het is maar hoe je het bekijkt. Het is nog geen tijd om echt te drinken en er zijn erbarmelijk weinig toeristen in Devon in deze tijd van het jaar. Niemand zegt iets, behalve Jimmy, en Jimmy zegt veel.

'... zouden niet willen dat het uitkwam...' zegt hij net als wij binnenkomen. 'O, ik zou jullie verhalen kunnen vertellen. Jullie komen toch naar de uitvaart? Dat zou ik maar doen als ik jullie was. Misschien vertel ik daar wel het een en ander.'

'Waarom vertel je het nu niet, James?' vraagt iemand uit zijn publiek.

Jimmy steekt een beverige vinger op en tikt tegen zijn neus. 'Ik ben niet van gisteren, hoor,' zegt hij met zijn droge, vervellende lippen, 'al zie ik er wel zo uit.'

Ik zet een stap achteruit, klaar om weg te lopen, maar Ruby staat pal achter me, en heeft nog niet door wat er gaande is, en onze voeten haken in elkaar. En de verwarring trekt zijn aandacht.

'Nee, maar, als je het over de duivel hebt!' roept Jimmy uit. Het hele café kijkt naar ons om. Dit is waarschijnlijk de opwindendste gebeurtenis in Appledore in januari sinds de laatste orkaan. 'Kom binnen, dames, kom binnen!'

We blijven besluiteloos staan, maar dan zie ik dat het de pers begint te dagen en besef ik dat we twee dingen kunnen doen: ons erdoorheen slaan of ons door de straten naar het parkeerterrein achterna laten zitten. Ik wikkel mijn sjaal los en stap het café in.

'Deur dicht, schat,' zegt de barkeeper, en Ruby gehoorzaamt onwillig. Ze ziet eruit als een konijntje in een strik, al krijst ze niet zo hard.

'Alles goed, Jimmy?' vraag ik zo zelfverzekerd mogelijk. 'Je was er niet bij de lunch.'

Jimmy lacht kakelend. 'Ik was in de stemming voor een vloeibare lunch, dank je. Heren, kent u Camilla en Ruby Jackson, alias "de dochters"?'

'Twee ervan,' zeg ik, en de 'heren' kijken allemaal naar ons alsof we een paar verdwaalde lapdanseressen zijn.

'Wil je wat drinken?' vraagt de man die donderdag in mijn oor stond te schreeuwen toen ik bij het hek wachtte.

'Nee, dank je,' zeg ik zonder hem aan te kijken. Ik snak ernaar om die whisky te atten, maar het zal nu moeten wachten, denk ik. 'Hoe is het, Jimmy? We hebben je uren lopen zoeken.'

'Er wordt aan gewerkt,' zegt hij veelbetekenend, en hij brengt zijn bierglas naar zijn gezicht. 'Weet u wat, heren? Als jullie iemand willen citeren, zou ik bij die twee beginnen.'

'We zijn diepbedroefd,' zeg ik gladjes, 'zoals dat hoort als je je vader net hebt verloren. Logeer je hier, Jimmy?'

'O, daar zeg je wat. Heb je kamers vrij, maat?'

De barkeeper wrijft met nauwverholen minachting een glas op en geeft geen antwoord.

'Heb je kamers vrij, maat?'

'O, sorry. Had je het tegen mij? Ik heet namelijk Terry. En nee, we zitten vol.'

Jimmy klakt met zijn tong. 'Ik noemde je gewoon "maat".'

'Tja,' zegt Terry, 'daar doen we hier niet aan. De mensen hier vinden het niet fatsoenlijk.'

'Wóóó!' roept Jimmy lachend uit. Als hij niet het soort inkomsten met zich meebracht dat je krijgt als de pers in het café is, was hij er waarschijnlijk allang uit gesmeten.

De vrouw met het loensende oog ontdekt Ruby. 'Ben jij het tweelingzusje?' vraagt ze. Het tweelingzusje. Lekker is dat. Ik kan me wel voorstellen hoe het moet zijn om niet je eigen bestaansrecht te hebben.

'Niet meer,' zegt Ruby. Ze houdt zich goed voor iemand die net komt kijken.

'Jemig,' zegt iemand. 'Ze zullen die compositiefoto moeten aanpassen.' Een paar mensen lachen. Ruby verstijft.

'Oké,' zeg ik. 'We gaan weer. Ik wilde alleen even zien of het goed met je ging. Fijne avond allemaal!'

Ik drijf mijn zusje naar buiten. 'Kut,' zeg ik, 'dat was op het nippertje.'

'Mijn moeder zegt dat het onbeleefd is om iets over andermans uiterlijk te zeggen,' zegt ze.

'Ja. Daarom deed hij het ook, de rukker.'

'Hij zal ergens wel gelijk hebben,' zegt ze. 'Ik ben niet meer dat poppetje van vroeger.'

'Nou en? Je bent prachtig. Ik zou je niet half zo aardig vinden als je een over het paard getild leeghoofdje was. Kom mee.'

We haasten ons langs de kade om wat afstand tussen onszelf en het café te scheppen.

'Wat is hij van plan?' vraagt ze. 'Hij had toch gezegd dat hij geen geld had?'

'O, hemel. Iedereen definieert "geen geld" anders. Zolang hij rondjes van andere mensen los kan peuteren, zal hij het wel naar zijn zin hebben.'

'Maar waar moet hij slapen? Die barkeeper loog dat hij geen kamers meer had, hè?'

'Wat zou jij doen?'

'Daar heb je een punt.'

'Hij zal wel in zijn auto slapen,' zeg ik. 'Het zou me verbazen als hij dat niet al vrij vaak had gedaan de laatste tijd, wat jij?'

'Gadver. Geen wonder dat hij stinkt. Heeft hij zich in het huis wel een keer gewassen? Hij ruikt schimmelig. Waar had hij het over? Over de uitvaart?'

'Weet ik veel. Hij lult maar wat, Ruby, ik zou me er maar niet druk om maken.'

Makkelijk gezegd, maar ik maak me er wel druk om. Ze doen allemaal zo verdomde stiekem, zoals ze elkaar het zwijgen opleggen, in hoekjes staan te smiespelen en de Clutterbucks naar hun hotel sturen voordat ze er goed en wel zijn. Ze weten allemaal wat er is gebeurd, denk ik. Zelfs Simone, en die is zo ongeveer uitgehold vanbinnen. Hij was geen weldoener, mijn vader. Hij deed alleen iets voor anderen in het kader van een banket gevolgd door een veiling. Waarom zou hij Jimmy dan al die jaren uit de goedheid van zijn hart hebben onderhouden?

Ik moet vijf keer op de bel van Blackheath drukken voordat er iemand komt. Dan knettert Joes stem door de avondlucht. 'O. Staan jullie daar al lang?'

'Een poosje.'

'Sorry,' zegt hij, en hij zoemt ons naar binnen.

Het is donker in huis. Zelfs het licht boven de voordeur dat ons verwelkomde toen we aankwamen, is nu uit. Joe knipt het aan terwijl wij onze boodschappen uitladen en blijft boven aan de treden op ons wachten. 'Sorry,' zegt hij nog eens.

'Geeft niet. Niet jouw schuld,' zeg ik. 'Waar is iedereen?'

'Simone ligt in bed. Het kindermeisje is met Emma naar de speelkamer gegaan. Verder zit iedereen in de salon. Meneer Clutterbuck is er weer.'

Daar kijk ik van op. De bel zit naast de voordeur, dus ze moeten hem hebben gehoord. Maar dan denk ik aan de Clutterbucks en vind ik het niet zo gek meer.

Als een krab aan het strand. Aangetrokken door de stank van een rottend kadaver. 'We hebben wat dingen gehaald,' zeg ik. 'Brood en aardappelen en melk en groenten en zo. En wat kaas en vleeswaren. Ik heb geen vlees voor het avondeten gekocht, want ik wist niet wat ik moest nemen, maar ik kan morgen altijd teruggaan.'

'Nee, het is goed,' zegt hij. 'De vriezer puilt uit van het vlees. Allemaal biologisch, natuurlijk, of door Sean geschoten.' Hij herinnert zich dat hij het tegen een nabestaande heeft en slikt gegeneerd zijn woorden in.

'Hij mocht graag dingen doodmaken,' zeg ik. 'Ik denk dat het zijn manier was om zijn innerlijke psychopaat uit te laten.'

Hij glimlacht opgelucht en neemt Ruby's tassen van haar over. 'Dank je wel. Ik wilde een visschotel maken, maar ik had én te weinig aardappelen én te weinig melk.'

'O, super,' zeg ik. 'Een man die zich nuttig maakt.'

Hij grinnikt. 'Ik heb er alles voor over om te voorkomen dat Simone naar beneden komt en weer aan een megamenu begint. Er ligt een compleet speenvarken in die vriezer. Ze moet rusten. Ze is uitgeput. Al geloof ik niet dat ik hier erg goed in ben. Ik heb drie keer geprobeerd bechamelsaus te maken, maar het wordt telkens een klonterboel.'

De salondeur is dicht. Ik vang geen stemgeluiden op. Misschien hebben ze de bel echt niet gehoord. Ik zal ze over Jimmy moeten gaan vertellen. Het is het laatste waar ik zin in heb. Ik wil naar boven, op het bed ploffen en nadenken. Of niet nadenken. Niet denken zou een grote luxe zijn.

'Ik leer het je wel,' zegt Ruby. 'We kunnen geen klonterige bechamelsaus gebruiken.'

'Cool.' Hij gaat haar voor naar de keuken. Ik hoor ze lachen in de bocht bij de trap. Hij is een verkwikking, die jongen. Kon ik die tijd maar overdoen. Misschien was ik dan niet zo cynisch geworden.

Ik haal diep adem en duw de deur open. Het geroezemoes verstomt.

'Hallo, Milly!' zegt Maria op die gemaakt opgewekte toon die duidelijk maakt dat je stoort. Ze zitten op de banken, banken in de stijl van het huis, leer en rozenhouten frames, gestoffeerd met brokaat dat nog net zo glanst als de dag dat het werd vastgespijkerd. Als Simone besluit te verkopen, zou de Elite Group het huis met alles erin kunnen nemen, een balie in de hal installeren en er meteen een hotel van kunnen maken.

'Hebben jullie het leuk gehad?' vraagt Robert.

'Ja, hoor,' zeg ik. 'Appledore is een schilderachtig dorpje. We hebben nog wat wodka en tonic ingeslagen.' Ik hou mijn boodschappentas in de lucht om het te laten zien.

'O, goed gedaan,' zegt Maria.

'Die hebben we nu niet meer nodig,' zegt Charlie. Hij zit aan de armagnac, zie ik; de fles Janneau staat op een onderzetter op de bijzettafel, binnen handbereik. Hij zal wel door de VSOP heen zijn, denk ik.

'O, nu je het zegt, we hebben Jimmy gevonden. Hij hangt in de Smuggler's Arms aan de bar.'

'Hoe voorspelbaar,' zegt Charlie.

'Hij is aan het oreren, en die persmuskieten die bij de poort stonden lijken hem te hebben gevonden.'

Er gaat een rilling door de kamer. Ja, denk ik, jullie weten het allemaal. Jullie weten in elk geval íéts wat jullie voor de rest van de wereld verborgen willen houden.

'O,' zegt Maria.

Robert kreunt vermoeid en hijst zich overeind. 'De Smuggler's Arms, zeg je? Waar is dat?'

'Aan de kade in Appledore.'

'Maar natuurlijk,' zegt Maria. 'Hij heeft altijd van zuipen aan zee gehouden.'

‘De zee, het stadscentrum, de buitenwijk, het maakt hem allemaal niets uit,’ zegt Robert.

‘Hoezo, geen geld?’ zegt Charlie.

‘Ik denk niet dat hij zijn eigen drankjes betaalt.’

‘Dat heeft hij toch nooit gedaan?’

‘Oké,’ zegt Robert. ‘Nou, ik zal zien wat ik kan doen. Charlie, ga je mee?’

Charlie komt moeizaam van zijn bank. ‘Ik weet niet of het jullie zal lukken,’ zeg ik. ‘Hij zag eruit alsof hij van geen wijken wilde weten.’

Hij pakt de fles wodka uit de supermarkttas en drukt hem aan zijn heup. ‘Dit helpt vast wel. En als ik iets weet, is het wel dat hij om de haverklap naar buiten gaat om te roken. Hebben ze een tuin?’

‘Een terras aan het water.’

‘Oké,’ zegt hij, en ze gaan weg.

36

2004 | zondag | Sean

De lijst is opgesteld. De vrouwen lopen gejaagd heen en weer, kinderen en hun spullen naar slaapkamers brengend voor ze wakker kunnen worden, het huis zuiverend van alles wat erop zou kunnen duiden dat er zich hier iets anders heeft afgespeeld dan een hoogst bezadigd familieweekendje. Lege flessen zijn om het geluid te maskeren een voor een uit de glasbakken overgedaan in kartonnen dozen die naar de grote containers bij de hypermarkt zullen worden gebracht, samen met Coco's luchtbed en kussen. Alle werkbladen en tafels worden geboend en gepoetst tot ze er als nieuw uitzien, de vloeren geveegd en gedweild, hoekjes geïnspecteerd op verdwaalde aanwijzingen. En intussen gaan de mannen zich ontdoen van het grootste bewijsstuk.

Ze zeggen niets. Niet alleen omdat stemmen ver dragen om zes uur 's ochtends, maar omdat ze allemaal met stomheid geslagen zijn. Ze kunnen elkaar niet aankijken. Sean Jackson, Charlie Clutterbuck en Robert Gavila lopen zwijgend over de oprit met hun levenslange last. Jimmy slaapt. Misschien maar goed ook.

Sean is het verhaal al aan het herschrijven in zijn hoofd. Zelfverwijt is geen emotie die lang in zijn psyche blijft hangen. Het is mijn schuld niet, denkt hij, het lichaam van zijn dochter dragend in een oude puinzak die ze achter in een van de manshoge keukenkasten gepropt hebben gevonden. Als Claire ook maar een beetje zelfbeheersing had, als ze niet eeuwig ruzie zocht met iedereen, hadden we dit weekend personeel gehad en was dit allemaal niet gebeurd. Wat had ik anders moeten doen? Ik had dit maanden voorbereid, duizenden ponden uitgegeven. Ze saboteerde mijn verjaardag en ik probeerde gewoon de situatie te redden.

Coco lijkt veel meer te wegen dan toen ze nog levend in zijn armen spartelde. Nu begrijpt hij wat ze bedoelen met 'dood gewicht'. Ze beweegt en rolt in de zak als een houten marionet.

Seans hart breekt. Claire denkt dat ik geen gevoel heb, denkt hij, maar dat heb ik wel. Ik herinner me haar puppywarmte, hoe ze tegen me op klauterde, haar adem in mijn oor, het *klop-klop-klop* van haar hartslag. Als iemand wist wat ik nu aan het doen ben, zou hij me een ijskoude vinden, maar dat ben ik niet. Wat zou het opleveren om al die toch al geruïneerde levens nog verder te ruïneren, alleen vanuit de veronderstelling dat 'het recht' alles beter maakt? Het is allemaal toch al bedorven. Niets kan haar nog terugbrengen.

Robert gaat vooroplopen als ze bij het gevaarlijke punt komen waar de oprit de ingang naar Harbour View en de weg bereikt. Het duurt nog meer dan een half uur voordat de pont de eerste oversteek maakt, maar er zou al een rij kunnen staan. De mensen van de andere kant van het levensspectrum, de mensen met wie hij niets gemeen heeft: de vroegeochtendwandelaars, de duikschoolkoeriers met hun Land Rovers vol zuurstoftanks, de naturisten die klaar zijn om weer een dag met zichzelf te spelen in de duinen achter het strand. Al die mensen die denken dat de dageraad iets is wat je ziet als je opstaat, niet als aansporing om naar bed te gaan.

De weg is verlaten. Heel Poole moet zijn roes aan het uitslapen zijn, dit laatste lange weekend voordat de detailhandel aan de aanloop naar Kerstmis begint ten volle benuttend. Robert wenkt en Sean en Charlie haasten zich met hun gedeelde last naar de beschutting van de afgesloten graafmachine. Er nadert een eenzame auto en ze houden hun adem in tot hij de bocht om is. De bestuurder drinkt koffie; hij kijkt niet eens hun kant op in het voorbijgaan. Nog een paar seconden het risico betrapt te worden en dan worden ze beschermd door de schutting van Seawings.

Ze zetten het op een rennen. Coco slaat tegen hun schenen. Hij wil er niet aan denken. Het is zijn Coco niet meer. Het is nu een praktisch probleem dat om een praktische oplossing vraagt. En praktische oplossingen zijn zijn fort.

De tuin van Seawings is er verschrikkelijk aan toe. Zanderige modder, omwoeld door banden en laarzen, en die raadselachtige hopen stenen en geverfd hout en beton die bouwvakkers overal waar ze gaan lijken achter te laten, als katten die hun territorium afbakenen. De polyester kuip die het zwembad moet worden ligt boven op de aardwal tussen zes schouderhoge stapels van de tegels die er na de installatie omheen zullen worden gelegd. Moeilijk te geloven dat het hele terrein vanavond klaar zal zijn voor de tuinmannen die het weer helemaal groen gaan maken, maar hij weet dat de bouwvakkers gereserveerd hebben op een late veerboot vanuit Portsmouth, en als hem iets is opgevallen aan die recente toestroom vanuit het oosten is het wel dat die Poolse arbeidskrachten veel gewetensvoller zijn dan hun Britse tegenhangers. Als die Janusz ook maar even vreest dat ze het niet zullen redden, zal hij een leger losse werkmannen uit de ether van het Poolse netwerk toveren, en zijn contant uitgekeerde smeergeld zal helpen ervoor te zorgen dat hij het redt. Tegen de middag zal het hier wemelen van de zongebruinde, slordig geschoren mannen die voor niets anders oog zullen hebben dan voor de klus die ze moeten klaren.

Steun zoekend bij de schutting tussen Seawings en Harbour View klimmen ze de helling op. Die ouwe cryptohomo met zijn pruimenmondje van Seagulls ligt waarschijnlijk te slapen achter zijn potdichte shutters, maar het is verstandig om rekening te houden met de mogelijkheid dat hij ergens op de loer ligt. Ze zijn boven en kijken om zich heen. De enige ramen die uitkijken op wat het zwembad moet worden zijn die van de ouderslaapkamer van Harbour View. Er is veel tussen bestaande huizen in gebouwd in Sandbanks naarmate de grondprijzen stegen, maar in deze kleine enclave zijn de kleinsteedse tuindromen van de oorspronkelijke architecten intact gebleven. Ze lopen door de modder naar de ladder die boven de rand van de kuil uitsteekt.

De kuil is diep, en nat. De uitgraving is tot onder zeeniveau gekomen. Water is uit de zandgrond gesijpeld en staat nu brak en onaantrekkelijk tot twee meter in de diepte.

'Hoe diep denk jij dat het is?' vraagt Charlie, die voor het eerst in zijn volwassen leven met ingehouden stem praat.

'Daar zullen we wel achter komen,' zegt Sean, en hij begint de ladder af te dalen.

De anderen wachten terwijl hij van de onderste sport stapt en tot zijn knieën in het water plonst. De zak ligt tussen hun enkels, deerniswekkend klein voor iets zo zwaars. Hij waadt een stukje om het terrein te verkennen. Voor een fundering is het primitief: eigenlijk niet meer dan een gat in de grond. Het zand slurpt nat aan zijn voeten en er is zelfs nauwelijks een poging gedaan het diepe en het ondiepe aan te geven. Hij heeft zelf een aantal van zulke zwembaden geïnstalleerd in zijn tijd en weet dat de kuip erin neergelaten zal worden met de afvoer en pompen al ongeveer op hun plaats, klaar om aangesloten te worden op het filtersysteem dat al onder een mangat aan de kant van het diepe is aangelegd. Het hoeft geen zorgvuldig op maat gemaakte kuil te zijn, als hij maar diep genoeg is voor het zwembad. De kuil wordt opgevuld met puin, dat voor een stabiele basis zorgt. En het lichaam zal bedekken.

We leggen haar in het ondiepe, denkt hij. Niet aan de kant van de filters. Als er dan toch iets misgaat en een nieuwsgierige installateur in de leidingen moet wroeten, zal hij er nooit ver genoeg in komen om iets te vinden. Hij waadt terug naar de ladder. 'Oké,' zegt hij zacht. 'Geef haar maar aan.'

Hij schrikt zelf even van het vrouwelijke voornaamwoord. Ophouden, denkt hij, gewoon ophouden. Je kunt het je niet permitteren eraan te denken. Het is niet Coco, je kleine meid; het is een pakketje waar we vanaf moeten. Waarschijnlijk zullen ze de helft van het puin hier storten en het 'de onderlaag' noemen.

'Hoe diep is het?' vraagt Robert.

'Een kwart tot een halve meter?'

'Jezus.'

Ga nou niet terugkrabbelen, Robert.

Hij voelt dat hij wegzakt in de zanderige bodem. Verplaatst zijn voeten en voelt het zuigen. We moeten voorzichtig zijn hier beneden, denkt hij. Blijven bewegen, anders komen we vast te zitten.

'Moeten we ballast hebben?' vraagt Robert.

Hij denkt na. Ze zullen de zak mee terug moeten nemen, die moeten ze aan Imogen geven, die hem samen met het luchtbed en het kussen naar de containers bij de grote Asda in Bournemouth zal brengen. Niets wat in contact is geweest met de dood, mag in Harbour View blijven. Als de politie achterdochtig wordt, kunnen die lijkenhonden de dood van duizend passen afstand ruiken. Het is een gewone puinzak, voor zover hij weet, in een bundel van honderd gekocht bij een groothandel, maar je kunt niet voorzichtig genoeg zijn. 'Waarschijnlijk wel,' antwoordt hij, en hij reikt omhoog naar de zak. 'Misschien een paar van die terrastegels? Dat zal wel genoeg zijn. Kijk of je gebroken exemplaren ziet.'

De beide mannen pakken elk een hengsel en laten hun last over de rand zakken. Charlie kreunt van inspanning en Sean heeft net tijd om minachting te voelen voordat hij het volle gewicht met gestrekte armen aanpakt en achteruitwankelt. Hij voelt geen grond meer onder zijn voeten en plonst ruggelings in het water, bedolven onder de zware zak.

Coco's hand glipt uit de opening en slaat op het wateroppervlak. Hij kijkt er ademloos naar. Ze heeft haar armbandje om. Als hij dat ziet, samen met hoe klein de vingers zijn en de lichte, naar de hemelsblauwe lucht gekeerde handpalm, wordt zijn keel dichtgeknepen en branden de tranen in zijn ogen.

'Gaat het?' vraagt Robert.

Praten is een worsteling. O, mijn schatje. Mijn kleine schatje. Mijn beste kind van allemaal, het spijt me zo. 'Ja,' antwoordt hij. 'Haal een paar spaden en wat van die tegels. Ik red me wel.'

Onder het wachten kijkt hij naar het handje. Tot vandaag heeft Sean nog nooit onvoorbereid een dode gezien. Hij heeft het overlijden van allebei zijn ouders gemist; dat van zijn vader omdat het een plotse, ongecompliceerde hartaanval was, toen hij in Sheffield studeerde, dat van zijn moeder omdat hij de rit naar Devon net te lang had uitgesteld, nog een paar uurtjes bleef om een contract te ondertekenen voor de renovatie van een paar pakhuizen in Shoreditch, en toen hij in het ziekenhuis aankwam, was ze al afgelegd, schoon en mooi en vredig op een bed in een zijkamertje in afwachting van de diepbedroefde nabestaanden. Ze heeft vieze nagels. Hoe kan dat, vraagt hij zich af, zo'n idiote gedachte die je krijgt als het je allemaal te veel wordt. Hebben we ze gisteravond niet in bad gestopt?

Het armbandje lijkt gruwelijk misplaatst in deze treurigheid: te glimmend, te schoon. Hij herinnert zich dat hij het haar omdeed, op de dag dat de tweeling werd gedoopt in die prachtige kerk in Ludgate Hill, een gunst die Robert had weten binnen te halen via een collega in een van de loges. Hij neemt het handje in zijn eigen hand en houdt het vast. Het is koud, passief; nog buigzaam omdat de lucht warm is en de lijkstijfheid nog moet intreden. Hij streelt de binnenkant met een duim; volgt de levenslijn. Die ziet er niet opvallend kort uit. Hij loopt helemaal tot de rand van de handpalm. Opeens stromen de tranen over zijn gezicht. 'O, Coco,' prevelt hij. 'O, mijn Coco.'

Ik verdraag het niet, denkt hij. Niets van haar, geen plek om naartoe te gaan, geen aandenken. Hij voelt aan de armband, laat hem over de pols glijden. Hij zit los en het schuifje kan nog verplaatst worden. Zal ik hem meenemen? Hij denkt na. Het is iets van haar. Als ik hem bij me hou, kan ik er af en toe naar kijken om mezelf eraan te herinneren dat ze er was, ooit.

Het is een stomme zet, dat weet hij. Maar Sean wordt overweldigd door een ongekende golf van emoties en die armband lijkt verschrikkelijk belangrijk, althans op dit moment, alsof iets van de ziel van zijn dochter erin is gevaren. Hij kijkt op naar de lucht boven zijn hoofd. Als ze nu over de rand kijken, denkt hij, doe ik het niet. Maar hij hoort ze een stukje verderop, het schrapen van steen op steen, en hij gaat door. Hij maakt de armband zo wijd mogelijk en schuift hem over de hand. Hij ligt klein en verbazend zwaar in zijn eigen hand. Zuiver goud, denkt hij. Alleen het allerbeste van de Gavila's. Hij stopt hem in het borstzakje van zijn polo en maakt het knoopje dicht.

37

Ik kan het niet. Ik kan het gewoon niet.

Ik weet niets van mijn vader. Zelfs de dingen die ik wél dacht te weten, weet ik niet meer. En maandag moet ik voor een kerk vol mensen gaan staan en over zijn leven vertellen. Ik weet wat er van me wordt verwacht. Ik ben bij uitvaarten van veel jongere mensen geweest, die veel minder hadden bereikt dan Sean; mensen die niets anders met hun leven hadden gedaan dan zichzelf uitschakelen met drugs en drank tot er niets meer over was om hun lichaam in stand te houden, maar toch slaagden de sprekers erin hun leven rijk te laten lijken, hun persoonlijkheid afgerond en beminnelijk, de nabestaanden verdrietig maar toch blij dat de overledene er was geweest.

En ik heb alleen een onbeschreven blad papier. Nou ja, onbeschreven los van de woorden 'Grafrede pap' en de verzameling puntige droedels die het enige zijn wat ik in twee uur heb geproduceerd. Beneden is het stil. Zo nu en dan klinken er voetstappen in een gang, maar verder niets. Er wordt niet gedineerd vanavond. We mogen zelf opscheppen van Joes visschotel en hebben ons allemaal in afzonderlijke kamers teruggetrokken, alsof de gedachte aan nog meer gezamenlijk doorgebrachte tijd beangstigend is.

Wat kan ik zeggen? Robert praat over de prestaties: de gebouwde huizen, het verdiende geld, de schone schijn. Ik moet het dochtergedeelte doen. De gelukkige jeugdherinneringen, de anekdotes om de mensen te laten lachen en huilen. En mijn hoofd is leeg. Ik kan alleen maar denken: wat deed die armband daar? Wat deed hij daar?

Het is zeven uur. De tijd gaat steeds sneller en als ik nu niet begin, word ik door die uitvaart overvallen voordat ik klaar ben. Ik besluit een lijstje te proberen. India houdt van lijstjes. Ze zegt dat ze de basis van het hele leven zijn. Ze zegt dat geen weldenkend mens een ingewikkelde taak kan volbrengen zonder lijstjes. Misschien heeft ze gelijk. Ik begin. *Dingen die ik van mijn vader weet*, schrijf ik onder de kop.

Vijf minuten later ziet het papier er zo uit:

Hij hield van goede wijn.
Hij had vier vrouwen.
Hij verhuisde elk half jaar.
Hij ging elk jaar minstens twee weken naar Cap Ferrat.
Mijn moeder noch Claire is ooit een tweede keer naar Cap Ferrat gegaan.
Hij heeft Saddam Hoessein een keer ontmoet. Hij noemde hem niet onvermoeibaar.
Met uitzondering van Linda was iedere nieuwe vrouw aanzienlijk jonger dan de vorige toen hij met haar trouwde.
Hij trouwde voor het eerst op zijn 32e, voor de tweede keer op zijn 44e, voor de derde keer op zijn 52e en voor de vierde keer op zijn 57e.
Zijn vrouwen waren 32, 27, 45 en 22 toen hij met ze trouwde.
Zijn derde vrouw was erbij op de avond dat zijn tweede huwelijk op de klippen liep. Zijn vierde vrouw trof de derde dood aan toen ze met haar ouders op bezoek kwam.

Met uitzondering van mijn moeder kende hij al zijn vrouwen via de Gavila's. Claire was een beginnende pr-vrouw, net opgeklommen van een functie als personal assistant en zich aan het opwerken toen ze Sean ontmoette op een van hun kerstborrels. Linda had iets met Jimmy Orizio, die iets had met veel van hun cliënten. Simone was hun dochter. Een wantrouwiger iemand zou denken dat het opzet was.
Hij rookte elke dag van zijn volwassen leven drie dikke sigaren.
We hebben geen van allen onze grootouders ooit gezien.
Hij stemde op de Liberaal-Democraten, behalve in 1997, toen hij op de Conservatieven stemde (wat Charlie waarschijnlijk niet weet).
Hij had vijf dochters. Tegen de tijd dat hij stierf, had hij met drie van hen geen contact meer, eentje was vermist en vermoedelijk dood en de vijfde was te jong om er iets over te zeggen te hebben.
Ik heb het armbandje van de vermiste dochter.
Kut.

Ik moet even wat afleiding hebben. Dit schiet niet op. Die neutrale omgeving, die anonimiteit. Iets nieuws om naar te kijken zou me op ideeën kunnen brengen. Aan de andere kant van het gazon, bij het zwembad, heb ik een Romeins tempeltje met veel tierlantijnen gezien toen ik vanochtend met Ruby en Emma buiten was, in de negentiende eeuw neergezet door de een of andere landjonker die zichzelf een hele wereldreiziger vond en amper gerestaureerd door Sean. Het is een en al mos en bladderend marmer, maar beschut en heerlijk afgelegen. Daar kan ik Charlies gebral niet horen, ik zal het huis zelfs amper kunnen zien van achter de bomen. Ik pak een deken en mijn schrijfblok en ga op zoek naar een zaklamp.

Koud. Dicht bij de zee krijg je nooit echt die knisperende kou van dieper in het binnenland. De tuin is vochtig en druipend en heeft die uitstraling van winterse verwaarlozing; alles is uitgelopen en wacht tot het weer op orde wordt gebracht door snoeischaar en opbindtouw. De grond is glibberig en de struiken lijken op de loer te liggen als ik ze in de bundel van mijn zaklamp vang. Ik maak bijna rechtsomkeert. Maar teruggaan is erger, in zekere zin. Het komt wel goed als je er eenmaal bent, zeg ik tegen mezelf. Als je met je rug tegen een pilaar staat en kunt zien wat je voor je hebt. Als je ogen aan het donker zijn gewend.

Ik heb het zo druk met niet-struikelen dat ik pas merk dat het tempeltje niet leeg is als ik te dichtbij ben om nog om te keren. Ik maak een sprongetje van schrik als ik haar zie, maar dan besef ik wie ze is.

Ze ligt op een halfronde bank, in een deken gewikkeld. Haar haar is losgeraakt en valt in slierten tot op de met bladeren bezaaide vloer. Ze ligt zo stil dat ik me een afschuwelijk moment lang afvraag of ze niet dood is. Ik overweeg stilletjes de aftocht te blazen en terug te vluchten naar het veilige huis, maar nee. Ik moet boven al die gevoelens staan. Ik schraap mijn keel.

'Simone?'

Ze beweegt traag, als een dier dat uit een winterslaap ontwaakt. Ze heft haar hoofd van de arm waarop het rustte en draait haar gezicht langzaam mijn kant op. Ze huilt. Een trage, dichte tranenvloed bedekt haar wangen en loopt in stroompjes langs haar neusvleugels. Ze kijkt me wezenloos aan, alsof ze me niet kent; ze wordt verblind door de zaklamp, natuurlijk, maar dat is het niet alleen. Ze is van Echo in Andromache in de eerste mevrouw Rochester veranderd. Ik weet niet eens of mijn aanwezigheid wel tot haar doordringt.

Ik wil wegrennen. Ik wil zo snel mogelijk wegrennen. Iemand anders zoeken die dit kan opknappen. Ik heb niets met Simone te maken. Ze was zijn keus, zijn schade. Ik ga behoedzaam op de bank zitten, met langzame bewegingen, alsof ze een wilde kat is die ik niet aan het schrikken wil maken. 'Gaat het?' vraag ik. 'Kan ik iets voor je doen?'

Ze geeft geen antwoord. Gaat rechtop zitten, trekt haar knieën hoog op, slaat haar armen om haar schenen en staart voor zich uit.

'Wat doe je hier?' vraagt ze uiteindelijk met haar kleinemeisjesstemmetje.

'Ik... ik probeer de grafrede te schrijven en ik dacht... Het lukt niet. Ik dacht dat ik misschien buiten het huis...'

'Ja. Wat een verstandig idee.'

O, god.

'Het is een prachtig huis,' zeg ik op goed geluk.

'Dat was het,' zegt ze. 'En dat wordt het weer. Als we het weer voor onszelf hebben, Emma en ik. Als jullie allemaal opgekrast zijn.'

Ik schrik. Ze is uit haar evenwicht, Camilla. Vat het niet persoonlijk op. Ze weet niet wat ze zegt. Ik had geen idee dat mijn vader zo veel verdriet teweeg zou kunnen brengen, maar ze is zo ongeveer buiten zinnen.

'Ik kan nu niet daar binnen zijn,' zegt Simone. 'Het voelt alsof mijn hele leven uit me wordt gezogen.'

'O, schat,' zeg ik. 'Ik denk dat ik het wel begrijp.'

'Nee, je begrijpt het niet.' Haar stem wordt onbuigzamer. 'Als je het begreep, zou je hier niet zijn.'

'Wauw,' zeg ik. Ik kan er niets aan doen: het floept eruit voordat ik het goed en wel besef. Maar god, Simone, jij bent niet de enige. 'Hij was mijn vader.'

Haar tranen zijn gedroogd. Ze veegt haar gezwollen ogen af met een punt van haar deken en kijkt naar me als een hertogin naar een handelsreiziger. 'O, kom op,' zegt ze. 'Je hield niet van hem. Jullie hielden geen van allen van hem. Ik was de enige die echt van hem hield. En hij hield van mij.'

Er borrelt weer een *wauw* op, maar ik klem mijn kiezen op elkaar om ook alles wat ik verder nog wil zeggen binnen te houden. Zoals: *Is het je niet opgevallen hoe hij aan zijn eind is gekomen, Simone? Lijkt dat erg op liefde?*

'Hij was de allerbeste man,' vervolgt ze. 'En dat konden jullie geen van allen zien. Ik herinner me nog wel hoe je tegen hem praatte, Camilla, denk maar niet dat ik het niet meer weet. Hij was sterk en moedig en royaal, en hij deed alles voor jullie, maar het enige wat jullie konden, was hatelijk doen.'

Niet doen. Niet doen. 'Het spijt me dat je dat zo voelt, Simone,' zeg ik. 'Ik denk dat het iets ingewikkelder was.'

'Niet echt. Arme Sean. Ik kan alleen maar blij zijn dat hij de liefde kreeg die hij verdiende, uiteindelijk.'

'Ik ook,' zeg ik, want ja, obsessieve bezitterigheid en het ontkennen van elke pijnlijke waarheid kan heel goed precies het soort liefde zijn dat Sean verdiende, uiteindelijk. Het was het soort liefde waarin hij gespecialiseerd was, tenslotte.

'Het is hier ijskoud,' probeer ik. 'Kunnen we niet beter naar binnen gaan?'

'Nee,' zegt ze. Dan ploegt ze door. 'Hij was de enige die ooit van me heeft gehouden. Hij zei dat hij het jammer vond dat hij niet al die jaren had gewacht, weet je. Hij zei dat het voelde alsof zijn hele leven pas begon toen hij mij leerde kennen.'

Ik weet zeker dat ik dat vaker heb gehoord. Waar? Van Claire? Ja, misschien van Claire.

'Jij weet niet wat liefde is,' zegt ze. 'Zelfs pappie en Maria begrijpen niet echt hoe groot het was, wat wij hadden. En zij zouden alles voor me doen, zoals ik ook alles voor hem had gedaan. Alles. En dat heb ik ook gedaan. Ik deed alles voor Sean. Alles. Niets van voor mijn tijd doet er iets toe. Begrijp je dat?'

En hoe moet dit me helpen mijn grafrede te schrijven? Misschien doe je het liever zelf? Iedereen wil vast graag over jullie grote romance horen. 'O, Simone,' zeg ik. 'Ik vind het zo erg voor je.'

'Ja hoor,' zegt ze. 'Maar goed. We doen allemaal wat er van ons wordt verwacht, hè? Jij kunt doen alsof het je iets uitmaakte en ik kan doen alsof ik je geloof en als de begrafenis eenmaal achter de rug is, kunnen jullie allemaal verder met je kleine leventjes en Emma en mij met rust laten. We willen jullie hier niet, weet je. We waren gelukkig met zijn drietjes en Emma en ik zullen blij zijn als jullie weg zijn.'

38

2004 | zondag | Ruby

'Waar is Coco?'

Peetmoeder Maria maakt een sprongetje in de lucht, zo schrikt ze van haar stem. 'O, hallo, lieverd!' zegt ze met haar hand op haar borst. 'Dus je bent wakker?'

'Ik heb overgegeven,' zegt Ruby trots.

'Alweer?'

'Nee. Toen iedereen sliep. Mammie heeft me onder de douche gezet.'

'O, dus dát is er met dat laken gebeurd.' Ze werpt een blik op de wasmachine, die stilletjes onder het aanrecht de droogcyclus afwerkt. 'Arme jij.'

'Waar is Coco?'

'Die is naar het strand met Simone en mevrouw Clutterbuck en mevrouw Innes en de andere kinderen. Maar Joaquin is in de tuin.'

'O,' zegt Ruby. Ze houdt van het strand en ze houdt niet zo van Joaquin. Hij is te groot en te rumoerig.

'We wilden je niet wakker maken,' zegt Maria. 'Je sliep zo lekker na je nare avond.'

'O,' zegt Ruby weer. 'Maar ik ben nu beter.'

Peetmoeder Maria zakt door haar knieën en streelt met een vinger het haar van haar voorhoofd. De grote mensen aaien altijd over haar hoofd, of ze kloppen erop alsof ze een hond is. Ruby ergert zich eraan. Ze kan niet wachten tot ze groot genoeg is om het terug te doen.

'Weet je wat zo gek is?' vraagt ze. 'Ik had kunnen zweren dat jij het was.'

Ruby giechelt. Dat mensen hen niet uit elkaar kunnen houden, is een van hun lievelingsspelletjes geworden. Ze hebben een aantal keer van kleren en armbandje geruild en gedaan alsof ze de ander waren om te zien of iemand het zou merken. Mammie merkt het altijd, ook als ze volhouden dat ze elkaars naam hebben, maar pappie trapt er vaak in. Dan noemt hij hen zijn Kleine Criminele Genieën. Dat vindt ze leuk. Ze weet niet wat het betekent, maar het klinkt beter dan Kleine Dronkenlappen, zijn andere naam voor hen. En veel beter dan Ga Weg Pappie Heeft Het Druk.

'Ze doet het spelletje,' zegt ze trots. 'Gefopt!'

Peetmoeder Maria richt zich op, met grote ogen. 'Nee maar, slimmerikjes! Hoe lang doen jullie dat al?'

'Een eeuwigheid!'

'Mijn hemel, wat een stouterds! Maar ze had haar armbandje om deze hand' – ze houdt Ruby's rechterarm in de lucht om het haar te laten zien – 'en peetvader Robert en ik hebben ze speciaal voor jullie gekocht om jullie uit elkaar te kunnen houden.'

Ruby giechelt en laat zien dat ze de armband over haar hand kan schuiven.

'Nee maar!' roept Maria, die onder de indruk is. 'Jullie kunnen ze nog steeds af krijgen! Ik dacht dat je al veel te groot was om dat te kunnen!'

'Nee, we zijn nog klein,' zegt Ruby. 'Wij zijn de kleinsten van allemaal.'

'Nou, niet helemaal. Inigo is kleiner dan jullie, denk ik.'

'Ja,' zegt Ruby ongeduldig. 'We zijn groter dan sómmige kinderen, maar wij zijn de kleinste Jácksons. Mijn grote zussen zijn al volwassen.'

'Bijna volwassen,' zegt Maria met haar mooie warme glimlach. 'Weet je wat, zullen wij het spelletje ook doen? Het zou jammer zijn als Coco het alleen speelde.'

'Pappie ziet het wel,' zegt ze gedecideerd, hoewel ze weet dat het waarschijnlijk niet waar is.

Maria schuift de armband van haar rechterpols en klikt hem om de linker- vast. 'Nou, daar komen we wel achter, hè?'

'Oké,' zegt Ruby, en ze lacht verrukt. Er heeft nog niet eerder een volwassene meegedaan aan het spelletje. Nou ja, alleen mammie, maar soms denkt ze dat mammie het alleen doet om pappie te plagen. Als hij doorheeft dat hij erin is gelopen, zegt ze altijd: 'Zie je nou wel?', op Die Toon.

Peetmoeder Maria pakt haar kam uit haar tas en kamt haar scheiding naar de andere kant. Ze leunt achterover om het resultaat te bekijken en glimlacht.

'Coco!' roept ze uit. 'Daar ben je! Ik dacht dat je naar het strand was gegaan!'

Ruby giechelt verrukt.

Als zij haar sap zit te drinken, komt Joaquin binnen in zijn zwembroek. Hij heeft nat haar en hij heeft die eeuwige stok bij zich om dingen mee te slaan.

'O, god, Joaquin,' zegt peetmoeder Maria, 'je bent toch niet in het zwembad geweest? Zeg dat je niet in het zwembad bent geweest.'

'Het is warm,' protesteert hij.

'O, god, waarom luister je dan nóóit naar wat we zeggen? Je wéét dat het niet veilig is om in je eentje in het zwembad te gaan. Ik zou het niet verdragen als we...'

Ze breekt haar zin af en trekt opeens wit weg.

'Chill, opoe,' zegt Joaquin. 'Ik ben al een grote jongen. En trouwens, oom Jimmy ligt bij het zwembad te zonnen.'

'Daar zou je wat aan hebben als je in de problemen kwam,' zegt ze laatdunkend.

Joaquin rolt met zijn ogen en slaat met zijn stok tegen de deurpost.

'En weg met dat rotding,' commandeert ze. 'Geen stokken in huis. Je kent de regels.'

Hij rolt weer met zijn ogen, maar hij slingert de stok het zonlicht in.

'God behoede me voor ongehoorzame kinderen,' zegt ze. 'Je zus was totaal anders.'

'Jaja, Simone is perfect, ik weet het. Nou, als ik hier niets leuks mag doen, mag ik dan naar het strand?'

'Alsjeblíéft,' zegt ze. 'En nee. Ik heb geen tijd om je te brengen. En Coco voelt zich niet lekker. Het is te ver voor haar.'

'Godallemachtig,' zegt Joaquin, 'het is het strand maar. Hoe oud denk je dat ik ben? Vijf?'

'Zeven. En ze zijn naar het strand aan de andere kant. Ik zou waarschijnlijk in de boeien worden geslagen als ik een kind van zeven in zijn eentje met de pont liet gaan. En niet vloeken, Joaquin.'

'Dat is geen vloeken.'

'Het is Gods naam ijdel gebruiken, wat op hetzelfde neerkomt.'

'O! Moet je jou horen! Waarom zit je niet in de kérk, opoe?'

Maria slaakt een diepe zucht. Ruby kijkt gefascineerd toe vanaf haar barkruk terwijl ze een voor een stukjes mango in haar mond stopt. Mango's zijn lekker. Ze denkt dat het haar lievelingsfruit is. Maar grote jongens begrijpt ze niet. Joaquin maakt haar niet echt bang, maar Coco en zij zorgen dat ze niet met hem alleen hoeven te zijn. Ze weten nooit wat ze aan hem hebben.

Joaquin gromt van frustratie.

'Weet je wat?' zegt Maria. 'Als Coco klaar is met ontbijten, gaan we een ijsje halen.'

'Oooo-ké.' Hij klinkt enigszins tevredengesteld. Dan: 'Is dat Coco? Ik dacht dat het Ruby was.'

Ruby straalt van triomf. 'Ik ben Coco, suffie!' kraait ze, en ze steekt haar linkerpols op.

Er staan veel auto's op de weg achter het hek, allemaal op een rij, net als toen ze aankwamen. Ze heeft medelijden met alle kinderen in die auto's. Ze zien er verhit en verveeld uit en hun ouders willen ze niet naar buiten laten, de lekkere zon in. Peetmoeder Maria houdt haar hand vast terwijl ze over de stoep lopen en Joaquin draaft voor hen uit en slaat met zijn stok tegen struiken. Milly en India noemen hem de Beuker, wat ze heel grappig vindt.

'Hoe voel je je vandaag?' vraagt Maria. 'Toch niet meer ziek, hè?'

'Nee. Ik geloof dat ik het allemaal heb uitgespuugd vannacht.'

'Mooi zo. Je mag Neptune's Kingdom niet missen vanmiddag.'

'Wat is Neptune's Kingdom?'

'Een groot zwemparadijs.'

'Wat is een zwemparadijs?'

'Je vindt het vast heel leuk. Glijbanen en attracties en grote zwembaden om in te peddelen.'

Ze voelt dat ze gloeit van voorpret. Ruby houdt veel meer van water dan Coco. Ze kan al bijna zwemmen, opspringend aan de ondiepe kant van het zwembad met haar bandje om, maaiend met haar armen, terwijl Coco op de treden zit, met haar voeten amper in het water, en telkens in elkaar krimpt wanneer er een druppeltje van Ruby's gespetter haar kant op komt. 'Oooo,' zegt ze.

'Goed, laten we maar eens zien of je je ijsje verdraagt,' zegt Maria. 'Waar heb je zin in?'

'Chocola.'

'Zou Coco dat nemen? Want jij bent Coco, weet je nog?'

Ze denkt er onwillig over na. Ze is gek op chocola. Chocola en frietjes, al krijgt ze het allebei maar zelden.

'Ik wil wedden dat Coco chocola neemt, als zij jou is.'

'Ja,' zegt ze verdrietig, 'doe dan maar roze.' Ze begrijpt dat je een leugen helemaal moet doorzetten.

Joaquin galoppeert terug over de stoep. 'Mag ik patat in plaats van ijs?' vraagt hij.

'O,' zegt Ruby, weer verdrietig. Ze had geen idee dat er ook patat te krijgen was. Zo vroeg op de dag heeft ze liever een puntzak met warm, zout, knapperig krachtvoer dan een klef aardbeienijsje. 'Ik wil ook graag patatjes,' zegt ze dapper.

'Weet je wat?' zegt Maria. 'Als jullie het tegen niemand zeggen, mogen jullie samen een zak patat delen. Wat denken jullie daarvan?'

Ruby laat haar hand los en klapt opgetogen in haar eigen handen.

'Ik verwen jullie te veel,' zegt Maria, 'eerlijk waar.'

Ze voelt zich heel volwassen, op een terras zonder haar zusje of haar ouders. Ze heeft zich nog niet eens afgevraagd waar haar moeder is, of haar vader. 'Waar is mammie?' vraagt ze over haar ijscoupe heen. Het ijs is zo roze dat het bijna de kleur heeft van de blote rug van de dikke man die aan het buurtafeltje bier zit te drinken.

'O,' zegt Maria gladjes, 'die moest terug naar Londen, liefje. Ze bedacht dat ze nog iets moest doen wat ze vergeten was, maar pappie is er nog wel. Hij brengt jullie morgen allebei terug.'

Ruby knikt. Ze is een rustig kind, niet snel in paniek. Als haar moeder is weggegaan, krijgt ze haar wel weer te zien. Het idee van een permanent verlies is nog nooit in haar opgekomen.

Joaquin heeft een gifgroen muntijsje met brokjes chocola genomen en knijpt ketchup op het deksel van een open bakje friet. 'Niet allemaal in je eentje opeten, hoor,' zegt Maria. 'Jullie delen, weet je nog?'

Hij rolt weer met zijn ogen en dan pakt hij een patatje, steekt zijn hand uit en doopt het in Ruby's ijs.

'Hé!' protesteert ze.

'Hé!' zegt Maria. 'Dat moet je eerst vragen.'

Joaquin stopt het patatje met ijs in zijn mond. 'Sorry, Coco. Mag ik mijn patat in jouw ijs dopen, alsjeblieft?'

'Bah,' zegt ze.

'Eerst proberen voordat je het afkraakt, sprinkhaan.'

'Ik ben geen sprinkhaan.'

Hij doopt nog een patatje in haar ijs. Stopt het zichtbaar genietend in zijn mond. Probeert het met zijn eigen ijs en trekt een 'mwêh'-gezicht. 'Beslist lekkerder met aardbei.'

'Nou ja, waar leer je zulke dingen?' vraagt Maria.

'Iedereen weet van patat met ijs.'

'Nou, ik niet.'

'Sorry,' zegt hij. 'Iedereen die geen miljóén jaar oud is.'

Ruby giechelt. Ze heeft nog nooit een kind zo brutaal tegen zijn moeder horen doen als Joaquin, maar Maria lijkt het zich niet aan te trekken. Zijn grote, slungelige lijf en luide stem maken haar nog steeds nerveus, maar ze bewondert hem nu ook. Joaquin is een waaghals. Hij kent geen angst. Ze pakt een frietje uit het bakje en schept er een klodder ijs mee op. Kijkt er wantrouwig naar – grote mensen zeggen altijd tegen haar dat ze iets lekker zal vinden, zoals spinazie, paprika en broccoli, maar dan is het vies – en raapt haar moed bij elkaar om indruk te maken op de grote jongen. Ze stopt het in haar mond... en een hele wereld aan culinair avontuur explodeert op haar tong. Tot nu toe lag alles wat ze heeft geproefd zorgvuldig van elkaar gescheiden op haar bord. Ze heeft nooit geweten dat je die dingen, die smaken en texturen, kón combineren, laat staan dat zacht krokant lekkerder kan maken, dat zout zo goed samengaat met zoet, dat warm en koud samen de kosmos kunnen laten uitzetten. Het is afschuwelijk en prachtig, verkeerd en helemaal goed, en dat alles in één vluchtige hap.

'O,' zegt ze.

'Lekker?' vraagt Joaquin.

'O,' zegt ze.

'Ga me nou niet vertellen dat jij het óók lekker vindt,' zegt Maria. 'God, kinderen. Kan ik jullie simpele erwtjes met boter laten eten? Natuurlijk kan ik dat niet.'

Ze nipt van haar zwarte koffie en kijkt gekweld naar de twee kinderen, die hun afgrijselijke snackgedrag voortzetten.

‘Ik heb vannacht zo bizar gedroomd,’ vertelt Joaquin. ‘Ik droomde dat jullie grote mensen allemaal binnenkwamen en een hele toestand maakten. En er huilde iemand. En toen ik vanochtend wakker werd, lag ik bij jullie op de kamer en toen dacht ik even dat ik ontvoerd was.’

‘O, ja,’ zegt Maria, ‘er ging iets mis met de leidingen in de aanbouw en de wc stroomde over. Toen pappie bij jullie kwam kijken, stond alles blank. We moesten jullie evacueren, anders waren jullie tegen de ochtend allemaal naar China gedreven.’

Joaquin barst in lachen uit. ‘Nee, gekkie. We waren eerst op het Isle of Wight aangespoeld. Werd ik niet wakker?’

Maria lacht hard. Het klinkt Ruby vreemd in de oren, alsof ze niet echt lacht, maar schreeuwt. Maar dan is het weer voorbij en lacht ze nog een keer. ‘Wanneer ben jij ooit wakker geworden, Joaquin Gavila? Ik kan een bom bij je oor laten ontploffen en dan draai je je gewoon op je andere zij. Nee, we hebben jullie allemaal een voor een naar het huis gedragen en Simone heeft de halve nacht lopen dweilen en jullie zijn allemaal door alles heen geslapen.’

‘Wat raar!’

‘Het was heel laat.’

‘Maar wie huilde er dan?’

‘O, dat was oom Sean,’ zegt ze. ‘Toen hij besefte dat hij het huis pas te koop zou kunnen zetten als hij het had gerepareerd. Hij is heel gevoelig als het op geld aankomt, oom Sean.’

‘Huilebalk,’ zegt Joaquin, en hij kakelt minachtend.

‘Kom op, jullie. Eet die walgelijke smurrie op. Coco’s pappie zal zich wel afvragen waar jullie blijven,’ zegt Maria.

39

Winterochtenden als deze maken dat hij blij is dat hij leeft. Als er nog maar een paar toeristen zijn en het strand leeg is, als er een miljoen schakeringen rood door de wolken van de afgelopen nacht sijpelen en de zee nog buldert aan zijn linkerkant. Iedereen heeft hem keer op keer gewaarschuwd dat de kust anders was buiten het seizoen, dat hij het ruig zou vinden, maar het is die ruigheid die hem aantrok, altijd al. John is nooit het type van emmertje-schepje geweest. Het woeste water spreekt zijn Keltische ziel aan zoals ligstoelen en palmen dat nooit hebben gekund.

Chip en Canasta rennen voor hem uit over het zand, elkaar uitdagend de dag te vieren. Zij zijn ook dol op de winter, met hun dikke collievacht en het strand vol wrakhout. Geen kinderen die vallen en de schuld op zijn honden schuiven, geen familiepicknicks en keffende schoothondjes, de vissersboten allemaal op zee tot het vloed wordt, of op blokken aan de werf voor hun jaarlijkse onderhoud, zodat ze het glooiende zand met alle getijdenpoelen en geheimen voor zich alleen hebben. Een meeuw duikt op een zwarte hoop, een grote struik zeewier die is losgetrokken en door het tij mee de riviermonding in is genomen, een achteloos van de achterkant van een trawler gegooid net, en de honden versnellen hun pas en rennen er blaffend heen tot de meeuw met een ontstemd gekrijs opvliegt. Hij neemt niet de moeite ze te roepen. Ze zijn wel zo verstandig om zich in deze tijd van het jaar niet in het water te wagen en ze hebben het rijk alleen.

Er staat nog een straffe wind. Hij heeft zich dik ingepakt in zijn oliejas, met een pet op zijn dunner wordende haar en twee paar handschoenen om te zorgen dat zijn handen er niet af vriezen, maar zijn oren beginnen pijn te doen. Ze zijn nooit meer de oude geworden na die ontsteking twintig jaar geleden: het zakken van de temperatuur, de druk in een vliegtuigcabine en achtergrondmuziek zijn allemaal hinderlijk geworden en hij heeft altijd neusspray bij zich, maar het restje van zijn kerstverkoudheid maakt dat zijn oren actief opspelen. Hij blijft staan, wikkelt zijn sjaal van zijn nek en bindt hem over zijn hoofd, met pet en al, en bindt hem stevig vast onder zijn kin. Ik zal er wel uitzien als een baboesjka op de steppe, denkt hij. Is het niet verbazingwekkend hoe ouderdom en de behoefte aan comfort uiteindelijk zelfs de diepst gewortelde ijdelheid laten slijten?

Na acht jaar hier kan hij nog steeds moeilijk geloven dat zijn leven zó is veranderd. Ik voelde me zo oud in Vauxhall, denkt hij. Ik probeerde te doen alsof ik genoot terwijl de mensen om me heen jonger en jonger werden en mijn lichaam de stimulerende middelen die nodig waren om ze bij te benen niet meer kon verdragen. En hier ben ik nu, geen sportschoollijf meer, geen walks of shame meer. Als twintiger zou ik steil achterover zijn geslagen bij het idee dat ik nog eens in mijn eentje in een gehucht terecht zou komen, met Chip en Canasta als mijn grote liefdes, maar ik ben nog nooit zo gelukkig geweest. Appledore is een roddelgemeenschap en je tussen de toeristen door werken is balen in het seizoen, maar het is geweldig om 's ochtends naar buiten te stappen en door je buren begroet te worden, en ik geniet van de blijdschap op de gezichten van de mensen als ze de perfécte ketting van zeeglas in de winkel vinden, een práchtig door de zee gebleekt stuk hout, een béëldige verroeste koppeling, en wat boeit het of ze zich weer thuis in Basingstoke afvragen wat hen in godsnaam bezielde?

Het nachtelijke loeien van de wind en het roffelen van de regen in de dakgoot klinken hem altijd als muziek in de oren, want die geluiden betekenen dat het tij de volgende ochtend meer van zijn levensonderhoud op het zand zal hebben gegooid. Hij is begonnen met het verkopen van opzichtige glazen snuisterijen en windorgels en flonkerende watervalmobiles voor achter het raam, en die verkoopt hij nog steeds, maar de ontdekking dat de riviermonding een schatkist voor de jutter is, dat het verschuivende zand na elke storm weer iets onthult wat honderd, tweehonderd jaar begraven heeft gelegen, was een moment van pure verrukking. Het is hier zelfs nog beter dan bij Westward Ho!, misschien omdat het strand daar zelden verlaten is. Mensen zijn dol op een aandenken aan de ramp van een ander. De Titanic-handel lijkt bij elk petinsigne dat die onderzeeërs opduiken enthousiaster te worden. Ze vergooien hun vakantiegeld als dronken matrozen wanneer je er een paar zilte zeemansverhalen bij kunt vertellen als ze aan een groen uitgeslagen koperen lier of bot geworden harpoen beginnen te voelen, en als de woeste Atlantische kust iets te bieden heeft, zijn het wel sterke verhalen over massaverdrinkingen en wonderbaarlijke reddingen.

De honden voelen de ochtend. Van de vele geschenken die ze hem hebben gebracht is het grootste wel het vergeten van de jaren. Hier op het zand kunnen zij drieën de voortschrijdende ouderdom afleggen, de pijntjes en het verdriet opzijzetten, het feit dat er minder tijd voor hen ligt dan achter hen, en domweg bestaan. De zachtmoedige Chip en de pittige Canasta die om het hardst rennen in een soort denkbeeldige jacht en over hun eigen poten struikelen in de haast om de eerste te zijn. Alleen zij drieën en een containerschip dat in de verte op de open zee deint. John haalt diep adem, genietend van de zilte zeelucht.

Met zijn beschermde hoofd ploetert hij door naar de waterkant. Hij is wel zo wijs niet lang stil te blijven staan; hoewel het zand grotendeels stevig is, zijn er plekken die je naar beneden zuigen, en de kustwacht heeft genoeg onoplettende mensen moeten bevrijden die tot aan hun borst in het water kwamen te staan. Hij zoekt een stok, gewoon een stok, niet wit uitgebeten, zoals de toeristen ze graag zien, en gooit hem bovenhands naar Chip, die terug is gedraafd om te zien wat hij doet. De honden rennen achter de stok aan. Even wordt hij door angst overmand bij de gedachte dat hij te hard heeft gegooid, dat ze de snelstromende rivier in zullen duiken, maar de stok landt op een paar passen van de waterkant. Canasta, die kwieker en gedrevener is dan de zachtmoedige Chip, werkt zich langs haar broer heen en bijt naar de stok met haar harde witte tanden. Ze mist. Hond en stok buitelen in een waas van zwart en wit en stuivend zand naar het water en John wacht met ingehouden adem tot ze neerkomen,

Ze heeft de stok, maakt een schuiver en plonst in het water. 'Canasta!' roept hij vergeefs boven de wind uit. Dat had ik eerder moeten doen, denkt hij. Niet nu. Niet nu ze me niet meer kan horen. Al had ze toch niet geluisterd. Rothond. Ze gaat zo in zichzelf op dat ze niets hoort, en nu word ik zo'n verhaal in de krant over iemand die verdronken is toen hij in het water sprong om zijn hond te redden...

De golven trekken zich terug en Canasta komt als een kurk boven, grijnzend met de stok tussen haar tanden. Ze worstelt tegen de stroom op en dan ziet hij haar poten in het drijfzand krabbelen, greep krijgen en haar het zand op trekken. Ze maakt een paar sprongen in de richting van het land en blijft dan staan om zich uit te schudden. Nou is het welletjes, denkt hij, zo is het wel genoeg voor vandaag. Mijn bloeddruk kan niet meer hebben.

'Kom op, stomme teef!' roept hij. Hij gebruikt altijd het gepaste woord als ze al te roekeloos wordt. 'Weg daar!'

Chip is uit zichzelf teruggekomen en zit aan zijn voeten. Hij leunt met zijn massieve lijf tegen zijn been en grijnst met vriendelijke, rollende ogen naar hem op. John krauwt hem achter zijn oor, bukt zich en drukt een kus op zijn lieve witte voorhoofd. Hoe twee honden uit hetzelfde nest zo verschillend kunnen zijn, zal hij nooit begrijpen: Chip zacht en beminnelijk en liefdevol, Canasta een en al drukte en geblaf.

Het meisje komt en hij pakt de stok uit haar bek terwijl zij grauwt en dreigt, zoals ze altijd doet. Hij slingert hem weer door de lucht, terug naar de kustlijn, en zij rent erachteraan. Zoute druppels spatten van haar af. Chip volgt op een kalm drafje. De stok komt neer bij de hoop wier die hij eerder heeft opgemerkt en ze pakt hem op, laat hem vallen en zet het op een blaffen. Kijk! blaft ze. Kijk eens wat ik heb gevonden? Kom gauw kijken!

Chip maakt een geluid tussen een zucht en een kerm in en volgt John, die doet wat hem wordt gezegd, snuivend. De dingen waar Canasta over blaft zijn soms echt de moeite waard. Chip, die zijn gestage drafje saai vindt, rent voor hem uit naar zijn zus – en blaft dan mee.

O, god, denkt John, en hij zet de vaart erin. Hij bereikt de honden en voelt een koude tinteling rond zijn oren, in weerwil van de sjaal. Wat eruitzag als iets wat de zee had afgedankt, is iets heel anders. Het is een man, zijn gelige huid gezwollen door de onderdompeling in het water, in een lange, zwarte leren jas die een grote bijdrage moet hebben geleverd aan de snelheid waarmee zijn voeten in het zand zijn weggezakt. Hij zit tot aan zijn dijen vast, zijn ogen en mond wijd open van afgrijzen om de nadering van de vloed die hem heeft overspoeld. En zelfs in de dood omklemt hij de hals van een halflege fles wodka.

40

2004 | zondag | Janusz Bieda

'Kijk uit, baas! Gezeik.'

Janusz volgt Tomasz' wijzende vinger met zijn blik en ziet de buurman aan de voet van de oprit staan. 'Godverdomme!' schreeuwt hij boven het gebulder van de kraan uit. 'Wat nou weer?'

'Hoe laat is het?'

'Kwart over twaalf. Als hij wil klagen, krijgt hij dit in zijn leidingwerk.' Hij zwaait met de enorme moersleutel waarmee hij de flexibele afvoerbuizen van het zwembad aan het filtersysteem koppelt, en de mannen lachen luid. De sfeer op de bouwplaats is vrolijk vandaag, ondanks de hitte. Na tien dagen waarin het grootste deel van de ploeg zich steeds ellendiger van heimwee ging voelen naarmate het vooruitzicht van het weerzien dichterbij kwam, werkt het feit dat dit de laatste loodjes zijn als een oppepper voor iedereen. Ze maken grappen terwijl ze puin in kruiwagens scheppen om de extra halve meter te vullen die ze hebben uitgegraven voor het zwembad, en de dagarbeiders die hij heeft laten komen willen graag een goede indruk maken zodat ze bij het volgende project misschien een vast contract kunnen krijgen. Tot een minuut geleden zag het ernaar uit dat ze hun verlate deadline met gemak zouden halen, maar ze kunnen zich geen oponthoud meer permitteren, als dat is wat die man komt brengen.

De man heeft een van zijn tweelingdochtertjes bij zich. Ze staan naast de voren van de graafmachine te kijken naar de kuip van het zwembad, die boven de kuil in de lucht hangt terwijl een leger werklieden hem voorzichtig in positie brengt. Janusz gebaart naar Gabriel, die de kraan bedient, en hoort de rem erop gaan en de motor afslaan. Een teleurgesteld gekreun stijgt op uit de ploeg. Hij loopt naar de helling om het tweetal te begroeten en schakelt intussen om naar zijn Engelssprekende brein. Hij is nu bijna tweetalig, na negen maanden al, maar hij moet zich nog concentreren als hij van de ene taal op de andere overstapt.

'Het is middag,' zegt hij bij wijze van begroeting. Hij wil meteen duidelijk maken dat hij geen klachten meer pikt. Ze hebben zich aan hun kant van de afspraak gehouden, maar meer zit er niet in.

'Nee, nee,' zegt de man met een glimlach die hem vluchtig aan vampiers doet denken. Voor een vakantieganger ziet hij er uitgeput uit, zijn rijkeluisbruin gebleekt in het felle zonlicht. 'Ik kom geen stennis schoppen.'

'Oké,' zegt Janusz achterdochtig, en hij loopt de helling af. Zet zijn helm af en glimlacht aarzelend naar het meisje. Ze kijkt hem even aan en glimlacht dan terug. Kleine witte tandjes en kuiltjes in haar wangen, en het soort babyblonde haar dat muizig zal zijn tegen de tijd dat ze acht wordt. 'Goedemiddag,' zegt hij plechtig tegen haar. Ze zet grote ogen op en stapt opzij, achter de benen van haar vader. Opeens mist hij zijn eigen dochter van vier, Danuta, zo hevig dat het voelt alsof zijn hart overbelast is. Zij doet hetzelfde als ze vreemde volwassenen tegenover zich ziet. Nog vierentwintig uur, dan zie ik ze weer, denkt hij, en dan hebben we een hele maand vol heerlijke herfstdagen aan de oever van de Vistula.

'We kwamen u alleen even bedanken,' zegt de man. 'We hebben zo'n heerlijke dag gehad gisteren, en vanochtend hebben we zalig kunnen uitslapen, en we stellen het zeer op prijs.'

'Oké,' zegt Janusz weer. Zijn opdrachtgevers hebben niets gezegd, zoals de mannen al hadden voorspeld, en het ziet ernaar uit dat Karol, Tomasz, Gabriel en hij met een leuke belastingvrije bonus naar huis zullen gaan. 'Graag gedaan.'

'Coco heeft een cadeautje voor u,' zegt de man. 'Vooruit, lieverd. Kom eens tevoorschijn!' Het meisje komt onwillig achter haar vader vandaan, die bukt en een kartonnen doos in haar handen legt. 'Toe maar, lieverd. Geef het hem maar.'

De doos is zo groot en zwaar dat ze hem met beide handen stevig vast moet houden, want haar vingers kunnen de hoeken niet omvatten. Ze stapt naar voren. Ze draagt een mooi roze jurkje en plastic sandalen met witte sokken. Hij glimlacht als hij het ziet. Alleen een man, denkt hij, zou een kind met witte sokken aan meenemen naar een bouwplaats. Er zitten al een paar bruine vlekken op van toen ze in een plas is gestapt. 'Dank u wel,' zegt ze verlegen, duidelijk een gerepeteerde toespraak opdreunend, 'dat u pappie een fijne verjaardag hebt gegund.'

Hij bukt en neemt de doos aan voordat ze hem laat vallen. Het is whisky, in een geschenkdoos.

'Knockando,' zegt Sean, '1973. Een single malt van een goed jaar. Ik dacht dat u een aandenken aan Engeland wel leuk zou vinden.'

'Dank u,' zegt Janusz, hoewel hij er vrij zeker van is dat de whisky uit Schotland komt. Hij knikt plechtig naar het meisje. 'Dank je, Coco, heel vriendelijk van je. Waar is je zusje?'

'Ze zijn zonder mij naar het strand gegaan,' zegt ze treurig, maar dan fleurt ze op. 'Maar ik heb patat gehad.'

'Mooi zo,' zegt Janusz. 'Mijn kleine meid houdt ook van patat. Met mayonaise. Wat vind jij lekker op je patat?'

'IJs,' zegt ze gedecideerd. Janusz lacht en de vader maakt een soort rommelend geluid dat wel zal betekenen dat hij het ook leuk vindt. 'Samen?'

'Ja,' zegt ze resoluut. 'Het liefst aardbeienijs.' Hij lacht weer.

'Zo, hoe gaat het?' vraagt de man, die vandaag een stuk vriendelijker is. Het arrogante air dat hij te midden van zijn weldoorvoede vrienden had, verdwijnt in de aanwezigheid van het kind. 'Gaan jullie de deadline halen?'

Janusz knikt. 'Ik denk het wel. Het zwembad zit er bijna in en we hebben de mortel al aangemaakt, dus we zouden het moeten redden.'

'Nou, bedankt voor het uitstel. Het wordt zeer gewaardeerd. Wanneer gaat jullie boot ook alweer?'

'De laatste. Half twaalf vanuit Portsmouth.'

'En jullie hebben al gepakt?'

'Ja. Alles ligt al in het busje, dus we kunnen zo weg.'

'Magnifiek,' zegt hij, en hij herhaalt het nog eens. 'Is het een lange rit? Waar gaan jullie heen?'

'Krakau. We komen allemaal uit Krakau.'

'Aha. Leuk.'

'Bent u er geweest?'

Hij wordt een beetje rood. Dit is Janusz opgevallen aan Engelsen: dat ze nooit gewoon kunnen toegeven dat ze ergens niets van weten. 'Nee, maar ik hoop er nog eens naartoe te gaan.'

Ja, vast, denkt Janusz, en hij laat de doos van zijn ene hand in de andere vallen. 'Nou,' zegt hij, 'dank u wel hiervoor, maar als we voor het donker klaar willen zijn, moeten we nu door.'

'Oké. Goed. Luister: jullie lijken hier goed werk te hebben geleverd. En jullie zijn duidelijk flexibel. Hebt u een kaartje voor me? Ik heb namelijk vaak bouwvakkers nodig en eerlijk gezegd ben ik niet wild van de ploeg die ik nu heb.'

'Een kaartje? Nee, sorry. Maar ik heb wel een mobiele telefoon.'

'Super!' Hij pakt zijn eigen toestel, een BlackBerry, het soort telefoon voor mensen die veel zakendoen. 'Laten we nummers uitwisselen. Wanneer komen jullie terug?'

Janusz geeft zijn nummer en Sean toetst het in. 'Over een maand, hoop ik.'

'Mooi. Laten we elkaar dan spreken. Hoe heet u, trouwens?'

'Janusz Bieda.'

Hij steekt zijn hand uit. Beter laat dan nooit. 'Sean Jackson. En dit is Coco.'

Hij geeft Coco ook een hand. Zijn grote hand komt tot halverwege haar elleboog. 'Fijne dag, Coco.'

'Ik ga naar Neptune's Kingdom,' vertrouwt ze hem toe. 'Daar hebben ze glijbanen.'

'O, leuk,' zegt hij, en hij neemt zich voor met Danuta naar Park Wodny te gaan als hij weer thuis is. Als dit kleintje oud genoeg is voor waterglijbanen, moet zij het ook zijn.

Hij loopt met zijn onrechtmatig verkregen buit de helling weer op en gebaart naar Gabriel dat hij door kan gaan. Hij stopt de fles in zijn werktas. Hij kan hem aanbreken als ze op de veerboot zitten; het verdrijft de tijd en spaart geld tijdens de vier uur durende oversteek naar Le Havre. Gek, denkt hij. Je kunt nooit op je eerste indruk afgaan. Als je me gisteren had gevraagd hoe Sean Jackson was, had ik gezegd dat hij een verwaande rukker was. Hij zal wel gestrest geweest zijn. Iedereen lijkt tegenwoordig gestrest. Vooral in dit land. Je zou denken dat al dat geld ze relaxter maakt, maar daar lijkt het niet op.

De mannen nemen hun positie in en de kuip wordt behoedzaam naar zijn laatste rustplaats geloodst.

41

Twee plechtige politiemannen. Robuuste plattelandspolitiemannen met hun pet onder de arm, op de elegante stoep als ik opendoe, met die 'ik ben niet onder de indruk'-uitdrukking op hun gezicht.

'Mevrouw Jackson?'

'Ik ben haar stiefdochter.'

'O.' Hij kijkt naar Ruby, die achter me aan door de gang is gedrenteld, en rekent uit dat als ik een stiefdochter ben, zij zeker geen echtgenote kan zijn. 'Is meneer Jackson aanwezig?'

Gek. Op de een of andere manier denk je dat iedereen zulke dingen weet. 'Hij is dood,' zeg ik. 'Hij is drie weken geleden overleden.'

Een zichtbare rimpeling van gêne en verwarring. Ook al zijn ze nog zo niet-geïmponeerd door hun omgeving, politiemensen verwachten niet dat mensen in zulke huizen ook rampen meemaken. 'O,' zegt hij. 'Gecondoleerd.'

'Dank u. Kan ik iets voor u doen?' vraag ik. Ik weet niet waar de anderen zijn. Ik heb me de hele ochtend in mijn kamer verborgen gehouden om Simone te ontwijken. Als het kon, was ik weggegaan. Ze heeft er niet bepaald een geheim van gemaakt dat ze dat graag wil. Maar dat doe je niet.

Ik ben mijn hele leven een wegloper geweest, een vluchter, net als mijn vader, en ik moet dit uitzitten. Ik ben bang dat ik op mijn zevenentwintigste eindelijk een volwassene begin te worden.

'Is mevrouw Jackson aanwezig?'

'We zijn ons aan het voorbereiden op de uitvaart. Ik weet niet waar ze is.'

'O,' zegt hij weer. 'Hebt u enig idee wanneer ze thuiskomt? We moeten haar een paar vragen stellen.'

'Als ik enig idee had waar ze was, zou ik waarschijnlijk ook een beter idee hebben wanneer ze thuiskomt. Kan ik iets voor u doen?'

Simones stem schalt door de hal. 'Het is al goed, Milly. Dank je.'

Ik kijk om en zie dat Sociale Simone met het ochtendgloren is weergekeerd. Toen ik haar gisteravond in het donker achterliet, zag ze eruit als een geest in een Japanse horrorfilm. Nu is ze opgemaakt en gekapt en gekleed in zo'n Marokkaans aandoend geval met gedrapeerde lagen dat honderden ponden kost in Sloane Street, ook al is het van viscose. Haar haar glanst en is opgestoken met een paar eetstokjes erin en haar smalle lippen contrasteren chic scharlakenrood met haar bleke huid.

Ze tikt door de gang op pumps met puntige naaldhakken. Ze mag dan net zo oud zijn als ik, ze is op-en-top een stiefmoeder. 'Kom binnen, heren,' zegt ze met een efficiënte glimlach. Geen spoor van de radeloosheid van gisteren op haar gezicht, of van de wanhoop die haar omgang met de openbaarheid kenmerkte tijdens dat afgrijselijke diner de eerste avond. Mijn god, denk ik. Ze is een doorgewinterde kleine toneelspeelster, hè? Ik vraag me af welk van die gezichten echt is. 'Wat kan ik voor u doen?'

De politieman kijkt confuus van stiefmoeder naar stiefdochter en weer terug, alsof het hem duizelt, en vindt dan zijn manieren terug. 'Mevrouw Jackson?'

'Ja.' Ze glimlacht weer.

'Ik ben rechercheur Rice. Dit is agent Summers. Kunnen we ergens rustig praten, mevrouw Jackson? We moeten u spreken.'

'Maar natuurlijk! Kom maar mee naar de keuken! Neem me niet kwalijk. Ik had u een kop thee moeten aanbieden!'

'Nee, dank u,' zegt de oudste van de twee, en we lopen allemaal achter Simone aan door de gang.

Maria zit aan de keukentafel brood te smeren terwijl Robert met een reusachtig koksmes vliesdunne plakjes tomaat snijdt die hij in een aardewerken slabak schraapt. Als ze het bezoek zien, springen ze overeind. 'O!' zegt Maria. 'Sorry. Ik was broodjes aan het smeren voor de lunch. Zal ik jullie met rust laten?'

'Welnee, Maria,' zegt Simone opgewekt. 'Heren, u hebt toch niets te zeggen wat mijn stiefmoeder niet mag horen?'

'Ik ben de vader van mevrouw Jackson,' zegt Robert.

Blikken schieten heen en weer. Die rijkelui ook, zeggen ze. Ze zullen wel danig in de war raken van al die rondzwervende stiefmoeders.

Ze leggen hun petten netjes naast elkaar op de tafel. 'Ik vrees dat we u een paar vragen moeten stellen, mevrouw Jackson,' zegt de rechercheur. Agent Summers kijkt om zich heen naar de roestvrijstalen apparatuur en de stapels fijn porselein. Ik vraag me af of hij straks zal vragen of hij naar de wc mag, zoals in politieseries. Hij lijkt niet ouder dan negentien en hij heeft flaporen, maar buiten Londen worden ze minder snel oud.

'Brand maar los,' zegt Simone. 'Thee.'

'Nee, dank u. Net gehad. Mevrouw Jackson, het spijt me, maar er heeft een incident plaatsgevonden bij Appledore. Er is een lichaam gevonden, beklemd in de modder in het estuarium.'

'O, god,' zegt Maria met een bezorgd gezicht. 'Wat vreselijk.'

'Zo te zien is hij door de vloed verrast. We weten niet wat hij op de slikken deed, maar er is daar drijfzand en je moet weten wat je doet, zeker in het donker. Het was vannacht rond middernacht vloed, dus ik neem aan dat hij er een paar uur daarvoor naartoe moet zijn gegaan.'

'O, god,' zegt Maria, die weer op haar stoel zakt. 'Die arme man. Wat een verschrikkelijke manier om te sterven.'

Robert zegt niets, maar legt zijn enorme mes in de spoelbak, houdt zijn handen onder de kraan en droogt ze zorgvuldig aan een theedoek. Ik weet waar ze naartoe willen. Jimmy voert nu de krabben, dat moet wel.

De rechercheur vervolgt: 'We troffen identiteitspapieren op hem aan, en volgens die papieren was hij een dokter James Orizio?'

'O, god,' zegt Maria weer, en ze begint prompt te huilen.

'U kende hem dus, mag ik aannemen?'

'Ja,' zegt ze. 'Hij logeerde bij ons. Tot gisteren. Maar dat wist u zeker al, anders zou u hier niet zijn, immers?'

'En u hebt hem niet gemist, gisteravond?'

'Nee. Hij is gisterochtend vertrokken. We wisten niet waar hij naartoe was gegaan. O, god. O, arme Jimmy. O, arme man.' Ze schuift haar stoel naar achteren, scheurt een stuk keukenpapier af en snuit haar neus. Ze bet de huid onder haar ogen behoedzaam en gooit het papier weg. Dus dat is het rouwbeklag dat Jimmy Orizio aan het eind van zijn leven krijgt. Dertig seconden tranen van de goedhartigste persoon die hij kende.

Simone toont geen enkele emotie. 'Wij hadden hem 's middags gezien,' zegt Ruby ongevraagd. 'Mijn zus en ik. In Appledore. We gingen na onze wandeling naar de Smuggler's Arms en daar was hij. Aan het drinken.'

'Ja,' zegt rechercheur Rice. 'Dat hadden we al begrepen.'

'Mijn man is hem 's avonds gaan zoeken,' zegt Maria.

De mannen kijken naar Robert, die zijn keel schraapt. 'Ik kon hem niet vinden,' zegt hij. 'We werden ongerust toen Milly en Ruby bij thuiskomst zeiden dat ze hem hadden gezien, dus ging ik hem zoeken, maar hij was nergens te bekennen. Ik vond dat ik het moest proberen, ziet u?'

'En hoe laat was dat ongeveer?'

'Een uur of zeven, acht? Ik heb er niet op gelet. Maar het was voor het eten.'

Ik probeer me te herinneren wanneer hij terugkwam. Ik weet het niet. Maar ik heb natuurlijk het grootste deel van de avond op mijn kamer gezeten, en daarna was ik in de tuin met de Medusa.

'Ik heb een tijdje gezocht,' zegt Robert. 'Ik ben alle cafés in Appledore af geweest, voor zover ik weet. Ik dacht dat hij naar Bideford gegaan kon zijn, maar dat is zo groot dat er geen beginnen aan is, eigenlijk. Ik heb zijn auto niet gezien.'

'Had hij een auto?' Rechercheur Rice pakt zijn aantekenboekje en noteert het. 'U weet het kenteken zeker niet?'

We schudden allemaal van nee. 'Het is een Ford Fiesta,' zeg ik. 'Oud, een soort groenig blauw, met een deuk in de voorbumper.'

Hij noteert weer. 'Juist. En hebt u in uw eentje gezocht?'

Robert schudt zijn hoofd. 'Nee. Ik had nog een vriend van de familie bij me. Charles Clutterbuck. Het voormalige parlementslid. Hij logeert in het Grand in Ilfracombe, als u het wilt natrekken.'

'Hij was een dronkenlap, ziet u,' zegt Simone. 'Iedereen deed wat hij kon, maar uiteindelijk...'

'Ja.' Hij neemt ons allemaal taxerend op. Nog een die het weet, denk ik. Ze hebben hem opgezocht in hun computers en het verband gelegd. 'Ik zal het meenemen.'

'Hij was een oude vriend van mijn schoonzoon,' zegt Maria. 'Hij zou het heel erg hebben gevonden.'

'Het spijt me voor u,' zegt rechercheur Rice. 'U hebt al zo veel op uw bord, en dan dit ook nog.'

'Ja,' zegt ze. 'Wat een tragedie. O, arme Jimmy. Ik vrees dat we allemaal wel half en half verwachtten een keer te horen dat hij dood was, maar niet op deze manier. O, hemel.'

'Dus,' zegt Rice. 'Hoe laat ging hij hier weg?'

We kijken elkaar allemaal aan. 'Halverwege de ochtend, denk ik?' zeg ik. 'In elk geval voor de lunch.'

'Om een speciale reden?'

De vraag klinkt onschuldig, maar ik weet dat hij dat in feite niet is. Maria knippert wat met haar ogen en zegt dan: 'Mijn schuld, moet ik bekennen. Ik had de wijnkelder afgesloten en dat stond hem niet aan.'

'Terry van de Smuggler's zegt dat hij nogal akelige dingen over jullie zei,' zegt Rice. 'Sorry. Ik moet het zeggen.'

Maria kijkt hem aan. 'Rechercheur Rice, hebt u veel ervaring met mensen met een verslavingsproblematiek? Ik zou denken van wel. U komt ze zeker vaak tegen in het kader van uw werk?'

Hij glimlacht wrang naar haar. 'Het komt voor, ja.'

'Nou dan,' zegt ze.

'Natuurlijk,' zegt hij.

'Mijn schoonzoon heeft een duizelingwekkend aantal duizenden ponden uitgegeven aan ontwenningsklinieken voor Jimmy,' zegt ze. 'Verscheidene malen. Hij was een goed mens. Loyaal ten opzichte van zijn vrienden. Maar weet u... soms... En alcoholisten kunnen ongelooflijk vals zijn om hun gewoonten te beschermen. Dat weet u vast ook wel.'

'Ja,' zegt rechercheur Rice.

Een stilte.

'Dus...' zegt Maria, opeens zakelijk. 'Bedankt dat u het ons hebt laten weten.'

'Nog iets,' zegt hij. 'Heeft hij naaste verwanten, voor zover u weet?'

En zo gaat het door. Tiggy, Inigo en Fred. Meer tieners die aan de wereld worden overgeleverd. 'Hij heeft drie kinderen,' zeg ik. 'Ze wonen bij hun grootouders. Hun moeder is een paar jaar terug overleden en tja... Ik denk niet dat hij een gevecht om de voogdij had gewonnen, snapt u?' Ik haal mijn schouders op. Wat kun je verder nog zeggen? De Jackson-kliek is gereduceerd tot vijf man. Een vrij hoog verloop, zelfs voor mensen die zo intens hebben geleefd als zij.

We lopen alle vijf mee naar de voordeur. De Gavila's werpen al hun charmes in de strijd terwijl ze praten over de plannen voor de uitvaart, beloven het te laten weten als ons nog iets te binnen schiet en bespreken hoe ze contact zullen opnemen met de kinderen Orizio wanneer hun eigen beproevingen achter de rug zijn. Zo triest, vinden ze allemaal. Zo zonde. Ik volg in hun kielzog, vol bewondering voor hun charme, hun beheersing, hun schitterende samenwerking. Wat jammer, denk ik als we in een rij op de treden staan, Simone en Maria arm in arm, om de surveillancewagen uit te zwaaien, wat jammer dat mijn eigen familie nog geen twintig procent van de eensgezindheid van de Gavila's heeft. Stel je voor hoeveel makkelijker het leven was geweest: gewoon domweg lief van elkaar houden, net als zij.

Dan verdwijnt de auto om de hoek van de oprijlaan en draait Simone zich om en geeft Maria een klap in haar gezicht.

42

2004 | zondag | Maria

Maria heeft een fotografisch geheugen als het op lijstjes aankomt. Als ze eenmaal zijn opgesteld, kan ze ze al doende in haar hoofd afvinken. Ze heeft het origineel bij de mannen achtergelaten, die het zonder dit talent moeten stellen, maar toch is ze dingen aan het afvinken terwijl ze de buitenwijken van Bournemouth voorbij ziet kruipen; ze ziet haar handschrift voor haar geestesoog, doorgestreept met zwarte balpen. Flessen (o, god, wat een flessen) naar de glasbak, check. Jimmy's dokterstas naar de Gin O'Clock, want hij weigert er afstand van te doen, check. Aanbouw schoongemaakt, geboend, met bleek bewerkt, gedroogd, opgepoetst en vol spullen van Simone en Joaquin gegooid, alsof ze er het hele weekend zijn geweest, check. De mannen hebben de taak het slot van de schuifdeuren naar de keuken te forceren, ervoor te zorgen dat het gat in de schutting groot genoeg is om een man door te laten, niet alleen een tienermeisje, en alle oppervlakken, gootjes, hoekjes en gaatjes te schrobben om te zorgen dat er niets op te vinden is; ik vink het af als ik zie dat het is gebeurd. Internetgeschiedenis wissen, check. O, god, ik moet nagaan wat ze allemaal online hebben uitgespookt en zorgen dat ze hun eigen geschiedenis ook wissen. Je bent maar zo sterk als je zwakste schakel, en er zijn zo veel schakels om me zorgen over te maken.

Ze wendt zich tot Linda, die naast haar op de achterbank van de zevenzitter van de Clutterbucks zit. Natuurlijk hebben ze een zevenzitter, al zitten er zelden meer dan twee mensen in. De grote parlementariër doet het niet voor minder dan een Chelsea-tractor. Zij is de zwakste schakel van allemaal, denkt ze. Zij is degene die ik bij me moet houden, degene die we allemaal in de gaten moeten houden. Ruby en Fred zitten aan haar andere kant een peuterspelletje te doen: ze slaan op elkaars handen en gillen, en ze gaan erin op zoals alleen peuters dat kunnen. Simone zit voorin naast Imogen, die rijdt, en Joaquin, Inigo en Tiggy zitten op een rijtje voor haar te zingen, vals, en god sta ons bij als de politie wil zien hoeveel veiligheidsgordels we in gebruik hebben.

'Hoe gaat het?' vraagt ze zacht, al denkt ze niet dat er kleine potjes meeluisteren.

Bij daglicht ziet Linda's gebronsde huid er vlekkerig uit. Ze is zo'n vrouw die het elke dag bijwerkt, die de oude huidlaag met zout scrubt onder de douche en onsmakelijke restjes achterlaat die anderen mogen opruimen, maar vandaag is ze gebaad noch ingesmeerd, en de lijn rond haar kaak doet een beetje aan een clownsmasker denken.

'Verschrikkelijk,' zegt ze. 'Ik voel me verschrikkelijk.'

Ja, ik weet het. Je bent gevoeliger dan de rest van ons. Dat zijn alle narcisten. Alleen jij kunt de echte gruwel zien, terwijl wij maar wat rondzwemmen in onze troebele soep van onbenul.

'Wij allemaal, Linda.'

Ze beeldt zich in dat iedereen haar op de een of andere manier vrijuit zal laten gaan omdat ze zo bijzonder is. Zij is degene die ik moet bewerken. De anderen begrijpen hoe diep ze allemaal afzonderlijk in de problemen zitten. Linda is zo'n domme gans dat ze denkt dat de problemen allemaal niet voor haar gelden. Ik heb Sean misschien nodig om haar in het gareel te houden, denkt ze. Ik weet dat hij er snel genoeg van heeft, van die vrouwen, maar Linda zal misschien een tijdje moeten blijven. Misschien moet hij zelfs met een trouwring op de proppen komen, in aanmerking genomen dat echtelieden niet tegen elkaar hoeven te getuigen en alles. Een tijdje maar. We verzinnen wel iets voor op de langere termijn.

'Jullie lijken geen van allen te beseffen,' zegt Linda, 'hoe ernstig dit is.'

Zij is weer de uitzondering. Maria is getraind in de omgang met narcisten. In haar branche zijn het er dertien in een dozijn. Maar je kunt iedereen alles laten doen zolang je hem maar geeft wat hij nodig heeft. Imogen moet horen hoe briljant haar man is, dat elk offer dat ze brengt voor het grotere goed is. Simone hoort graag wat ze moet doen. Jimmy hoeft alleen maar te weten dat hij niet zonder verdovende middelen zal komen te zitten. Iemand als Linda? Prijs haar om hoe speciaal ze is en bedreig haar in die status. Eitje.

Ze laat de tranen in haar ogen opwellen. Een handigheidje dat ze al jong heeft geleerd. Niets is vleiender voor een narcist dan de empathie krijgen die zijzelf nooit zal kunnen opbrengen. 'Je hebt helemaal gelijk,' zegt ze. 'Jij snapt altijd wat verder niemand snapt, hè?' Je kunt het er niet dik genoeg op leggen, als het om narcisten gaat. Linda's schouders worden breed van voldoening. Maria legt een hand op haar arm. Geeft er een kneepje in. 'Wat ben je sterk,' zegt ze.

'Zo voel ik me nu niet.'

'We hebben je kracht allemaal nodig.'

Ze laat het even bezinken. Dan vraagt ze: 'Heb je er al over nagedacht? Wat je met de kinderen gaat doen?'

Linda knippert verbaasd met haar ogen. 'Met ze doen?'

'Als je naar de gevangenis moet. Zouden je ouders ze permanent kunnen opnemen? Alleen zijn ze niet zo jong meer, hè? Zouden ze het aankunnen, denk je?'

'Waar heb je het over?'

'Nou,' zegt Maria, 'als dit niet lukt. Als het uitkomt. Dan ziet het er niet goed uit. Weet je hoe het eruit zal zien, voor andere mensen?'

Wijs narcisten er altijd op hoe andere mensen hen zullen zien. Dat is waar ze het allermeest mee bezig zijn.

Linda trekt wit weg. 'Maar ik heb niets gedáán.'

'Ze zouden erachter kunnen komen,' gaat ze door. 'Dat begrijp je toch wel, hè? Als iemand indiscreet is, als iemand erover praat. Jimmy? Kan hij zijn mond houden, denk je?'

'O, Jimmy,' zegt Linda, en ze begint aan haar telefoon te prutsen. 'Jezus, nee.'

'En jij?'

'Hoezo ik?'

'We zitten allemaal in hetzelfde schuitje, Linda,' zegt Maria. 'We kunnen Coco nu niet meer terughalen. We moeten dit volhouden. Eén front vormen. Want niemand zal geloven dat jij er niet bij betrokken was. Dat weet je toch wel, hè?'

'O, god. Wat is dít oneerlijk.'

Maria zegt niets; ze laat haar woorden bezinken. Kijkt naar buiten en werkt verder aan het lijstje. Alles wat met het kind in contact is geweest, is op de boot. Zelfs die lakens die door de wasmachine zijn gehaald, die jurk die Ruby heeft ondergespuugd en die sporen zou kunnen dragen. Die kan het water in voordat we bij Brighton zijn. Zelfs lijkhonden kunnen de dood niet meer ruiken aan iets wat een paar dagen in zee heeft gelegen. Robert pakt onze spullen in zodat we weg kunnen zodra we terug zijn van Neptune's Kingdom. Moet ik Linda hier laten? Kan ze zich aan het plan houden? Ik zal haar moeten vertrouwen. We zullen elkaar allemaal moeten vertrouwen. In veel opzichten heb ik nog nooit met zo'n makkelijk stel gewerkt. De enige die oprechte tranen om dat arme meisje zal plengen is haar moeder.

Er zijn hele horden mensen naar Neptune's Kingdom gekomen, maar Gina van kantoor heeft haar werk gedaan en hun vipkaartjes wachten bij de ingang, samen met de assistent van de pr-manager en een fotograaf. De belofte van een fotoshoot met een boyband in het voorjaar, wie de boyband tegen die tijd ook mag zijn, opent vele deuren. De vrouwen, die zwijgend en gespannen in de auto zaten, vallen in hun rol zodra ze uitstappen: Imogen heeft wel duizend blunders van haar man overleefd en Linda lijkt eindelijk te beseffen dat haar presentatie belangrijk is. Simone is net een zelfvoldaan katje, zoals ze met aan elke hand een kind huppelt en ze de lucht in hijst zoals de mensen die ze het leven hebben geschonken al tien jaar niet meer kunnen. Maria voelt trots opwellen om hoe goed ze haar heeft gedresseerd. Ze is in alle opzichten onze dochter, denkt ze. Goddank was zij erbij, niet de meisjes Jackson. Stel je voor dat je Milly ervan zou moeten overtuigen dat ze dit geheim moet houden.

Ze loopt naar de pr-vrouw toe, met haar mooiste beroepsmatige glimlach op haar gezicht. 'Wat is dit aardig van jullie,' zegt ze.

'Welnee,' zegt de pr-vrouw, al moet ze ernaar snakken om weer naar huis te gaan en verder te gaan met barbecueën of wat je ook maar doet om je tijdens een lang weekend te vermaken in Bournemouth. 'Het is ons een genoegen!'

Ze deelt hun speciale goudkleurige polsbandjes uit. Doet ze om ieders linkerpols, tot ze bij Ruby aankomt. 'O!' zegt ze. 'Jij hebt al een bandje!'

Maria lacht uitbundig. 'Ja! Ze heeft een tweelingzusje dat zo'n bandje om haar rechterpols draagt. Ze hebben ze van mij gekregen, zodat we ze uit elkaar kunnen houden. Ja toch, Coco?'

Ruby zwaait met haar opgestoken arm. 'Ik ben Cóco!' roept ze. Ze geniet van het spelletje. Het is leuker met Coco erbij, maar ze is er verrukt van hoeveel mensen ze voor de gek kan houden. Ze is nog niet oud genoeg om te beseffen dat niet iedereen weet dat ze een tweelingzusje heeft.

'Nou, welkom, Coco!' zegt de pr-vrouw, en ze schuift het bandje om haar andere pols. 'Ik hoop dat je een heel fijne dag hebt!'

Ze poseren voor een snel rondje foto's en gaan dan naar binnen. Ze trekken hun zwemkleren aan en de kleintjes mogen allemaal een nieuw zwembandje uitzoeken bij de kraam naast het golfslagbad, zelfs Tiggy, die officieel nog zwemvleugels om moet. Ze kiest een roze pony met een lange glitterstaart. Fred en Inigo willen allebei Ninja Turtles om. Ruby aarzelt lang terwijl de verkoopster, een tiener, ongeduldig wacht. Ze voelt aan een blauwe dolfijn met ogen zo groot als schoteltjes en kiest dan schoorvoetend net zo'n roze pony als Tiggy.

'Weet je het zeker, Coco?' vraagt Maria luid, zodat de verkoopster de naam kan horen.

'Ja,' zegt Ruby. 'Blauw is Ruby's kleur.'

'O, dat vindt ze vast niet erg. Zullen we er ook een voor haar kopen? We zouden haar een cadeautje moeten geven omdat ze ziek is geweest.'

Ruby fleurt op. 'Yay!' juicht ze, en ze grist haar dolfijn weg.

'Oké, mensen,' roept Maria, die haar zwarte creditcard bij de kassa overhandigt en de bewakingscamera op haar breedste, vrolijkste glimlach vergast, 'wie het laatst in het water is, is een kwal!'

Om drie uur belt Robert. Maria is afgepeigerd. Ze zijn allemaal afgepeigerd. Imogen heeft een dubbele espresso gehaald voor alle vrouwen, die om beurten hun ogen even dicht mochten doen op het betonnen, met zand bestrooide 'strand', wat hun uitputting amper heeft verholpen. Simone gaat met Joaquin en Tiggy naar de glijbanen en Fred krijgt een driftbui omdat hij niet mee mag. Linda, in haar goudkleurige doorkijkbikini, pakt hem zo hard bij zijn arm dat Maria ervan overtuigd is dat er later blauwe vingerafdrukken te zien zullen zijn. 'Kop dicht!' schreeuwt ze in zijn vierjarige gezichtje. 'Ik wil het niet horen!'

Een paar degelijke huisvrouwen die een stukje verderop zitten, werpen vuile blikken hun kant op. Linda merkt het, snauwt 'Wat?' in hun richting, en ze krimpen in elkaar. Jezus, denkt Maria, waarschijnlijk is het maar goed dat die kinderen zo vaak bij hun oma zitten.

'Mammie is vreselijk moe, lieverd,' zegt ze gladjes tegen Fred, en ze glimlacht naar het object van Linda's toorn en trekt haar wenkbrauwen op in een meelevend 'geef me kracht'-gebaar. 'Waarom ga je niet met Coco spelen? Daar is ze. Zo te zien gaat ze op het Zeemonster spelen.'

Fred dribbelt weg, maar al te blij dat hij aan de ziedende heks die voor zijn moeder moet doorgaan kan ontsnappen. 'Coco!' roept hij over het volle strand. 'Coco, wacht op mij!'

Maria kan eindelijk opnemen. 'Schat?'

'Hoe gaat het?'

'Goed,' zegt ze luid, zich ervan bewust dat de degelijke huisvrouwen nog steeds kijken en luisteren of ze Linda wel een standje zal geven. 'We hebben het reuze naar onze zin. Hoe is het met Ruby?'

'Sean huilt,' zegt hij. 'Ik weet me geen raad.'

'O, arm schatje. Maar zo doen ze als ze zich niet lekker voelen. Als je haar nou eens iets te drinken gaf en haar even naar bed stuurde? Die arme Linda heeft ook al zo'n hoofdpijn.'

'O, shit,' zegt hij als het tot hem doordringt dat ze de geheimtaal gebruikt die ze lang geleden hebben uitgedacht om te kunnen praten waar onbekenden bij zijn. 'Kun je haar onder controle krijgen?'

'Ja,' zegt ze. 'Als ze wat heeft gezwommen en erover na heeft gedacht, voelt ze zich vast beter.'

'Oké. Nou, laat het maar horen als ik met haar moet praten, goed?'

'Later misschien. Misschien als Sean...'

'Claire heeft een paar keer gebeld.'

O, shit.

'Ik heb gezegd dat je met de meisjes naar het zwemparadijs was en ze leek het goed op te vatten.'

'Oké, schat,' zegt ze. 'Tja, we zullen haar later moeten bellen. Ze klonk niet alsof ze terug wilde komen, zeker?'

'Nee. Eerlijk gezegd klonk ze alsof ze dinsdag een advocaat zou kunnen bellen.'

'O,' zegt Maria. 'Ik durf te wedden dat ze tegen die tijd wel iets belangrijkers aan haar hoofd heeft.'

43

Maria's hand vliegt naar de wang waarop de klap is neergekomen en ze kijkt naar haar stiefdochter als iemand die een poesje zat te aaien en net heeft gehoord dat het een poema is.

Uit niets blijkt dat Simone zich haar daad aantrekt. Ze glimlacht zelfs; het is die enge monalisaglimlach die ik me van vroeger herinner. Ze buigt haar hoofd en kijkt door haar haar naar haar stiefmoeder, zoals zij dat kan.

'Simone,' zegt Robert met een stem vol vertwijfeling.

'Hou je kop.' Simones stem klinkt kalm, alsof ze de werkster commandeert.

Pas als Ruby naast me uitademt, besef ik dat ik mijn eigen adem ook heb ingehouden. Ik zucht en adem hoorbaar weer in. Simones ogen draaien mijn kant op, maar ze beweegt haar gezicht niet.

'Waag het niet ooit nog namens mij te spreken,' zegt ze tegen Maria.

Maria staat met haar hand op haar wang en haar mond halfopen.

'Simone.' Roberts stem is een laag gekreun.

'Dit is mijn huis,' zegt Simone. 'Jullie hebben hier niets te zeggen. Jullie hoeven het woord niet voor me te doen. Ik zou het op prijs stellen als jullie je plek kenden.'

'Het spijt me,' zegt Maria nederig. 'Simone, we wilden alleen maar helpen.'

Haar stem wordt honend. 'Alsof ik op jullie hulp zit te wachten.'

'Simone...' probeert Robert, maar ze steekt een hand op om hem tot zwijgen te brengen. Heb je ooit een cobra gezien die op het punt staat toe te slaan? Iets aan haar doet me daaraan denken. Robert slikt en doet er het zwijgen toe. Hij is bang voor haar, denk ik. Mijn god, deze familie is één vat vol geheimen. Was pap bang voor haar?

'Ik heb jullie hulp nooit nodig gehad,' zegt ze. 'Jullie bemoeiden je overal mee, maar ik nooit. Hij was mijn man, en dit is mijn huis. Hij zou altijd de mijne worden. Jullie hoefden je er niet mee te bemoeien, jezelf wijs te maken dat jullie hem op de een of andere manier aan me hadden gegéven terwijl hij altijd al de mijne zou worden. Jullie hoefden helemaal níéts te doen. Is dat duidelijk? Jullie denken dat jullie zo... uitgekookt zijn, maar dat zijn jullie niet. Jullie hebben nooit ook maar íéts gestuurd. Ik heb het allemaal gedaan. Helemaal alleen. Jullie zijn maar' – ze krult haar bovenlip op alsof ze een open riool ruikt – 'jullie zijn maar figuranten.'

Ruby fronst niet-begrijpend haar wenkbrauwen en haar ogen flitsen van de een naar de ander. De deur van de salon gaat open en Joe komt binnen, ziet ons allemaal op de veranda staan als een vroegrealistisch Amerikaans schilderij en verstijft. Hij zegt niets, hij kijkt alleen maar.

'Het spijt me, Simone,' zegt Maria weer. 'We wilden alleen maar voor je zorgen. Je vader...'

'Hou op, hou óp!'

Ruby legt in een kinderlijke poging tot volwassenheid haar hoofd op het hakblok. 'Gaat het, Simone?'

Simone draait zich als door een wesp gestoken om en ontbloot haar giftanden naar mijn zus. 'Wat kom jij hier eigenlijk dóén? Je verdient het niet hier te zijn.'

Ruby krimpt in elkaar, wordt rood. 'Ik... Sorry... Ik...'

'Jezus,' zegt Simone. 'Stom grietje. Hij wilde je niet. Hij kon niet eens met je in één kamer zijn. Je verdient het niet eens om te léven.'

Ruby snakt naar adem. Draait zich op de hak van haar Doc Martens-werkschoen om en rent de hal in.

'Godver!' zeg ik. Ik wil achter haar aan rennen, maar Simone steekt razendsnel een hand uit en grijpt mijn pols. Ze is verbazend sterk; ze trekt me terug en ik voel iets in mijn schouder knappen. Ze klauwt met haar knokige vingers diep in de huid rond de armband.

'Ik ga wel,' zegt Joe, en hij draaft naar de trap terwijl Ruby al naar boven stuift. O, god. O, mijn gód. O, mijn kleine zusje. Ik wil achter haar aan naar boven hollen, me op haar storten, haar overladen met liefde, tegen haar liegen dat het allemaal wel goed komt. Wie zegt er nou zoiets? Was ze altijd al zo kwaadaardig?

En dan is het mijn beurt. Daar is de glimlach weer. Ze ziet eruit – god, ze lijkt in haar nopjes te zijn, alsof ze een fantastische troefkaart heeft die ze nu gaat uitspelen.

Ze doet het. Ze stroopt mijn mouw op en tilt mijn pols op zodat Robert en Maria de armband kunnen zien. 'Ik zie dat je hem hebt gevonden,' zegt ze, en ze werpt me een zo kille, poeslieve glimlach toe dat ik een huivering niet kan onderdrukken. 'Pappie, Maria... Hebben jullie gezien dat Milly Coco's armband heeft gevonden? Waarom zou ze er niets over hebben gezegd? Wat zou dat betékenen, denken jullie?'

Stilte. Ik krijg het verschrikkelijke, verontrustende gevoel dat ze alle drie zo oud zijn als de tijd, dat ik word gadegeslagen door draken, dat er berekeningen worden gemaakt en kansen afgewogen. Het huis en het terrein voelen opeens afschuwelijk ver weg van de bewoonde wereld. Ik sta te wankelen op mijn benen.

Dan barst Maria in tranen uit. Legt een hand op de deurstijl alsof ze houvast zoekt en wendt haar gezicht naar de lucht. 'O, god, Simone,' snikt ze, 'hoe kon je? Hoe kón je?'

Simone lacht, een hatelijke, triomfantelijke lach, en loopt weg. Haar hakken tikken door haar kille, levenloze gang, maar niemand maakt aanstalten om achter haar aan te lopen.

'Schat,' zegt Robert, die zijn vrouw wil troosten. Hij legt een hand op haar schouder en sluit haar dan in zijn armen. Dat zou ik ook moeten doen, met Ruby. En opeens word ik overweldigd door een gevoel van gemis omdat er niemand is die mij troost, nooit geweest ook, omdat ik nooit heb geleerd hoe ik zelf iemand moet troosten. Hun dochter mag dan een verwrongen krankzinnige zijn, de Gavila's zelf zijn sterk en vormen een front. En dat benijd en bewonder ik in gelijke mate.

En ik voel me verscheurd. Ik wil mijn zusje geven wat haar toekomt, zorgzaam leren zijn, maar ik sta nu op het punt erachter te komen wat Robert en Maria weten. En het is duidelijk dat ze echt meer dan een beetje weten. Een lok haar raakt los uit Maria's elegante wrong en valt op haar vuurrode wang. Robert strijkt hem voorzichtig met de rug van zijn hand achter haar oor. Wat een teder gebaar. Ze kijken elkaar in de ogen en hij knikt. Twee keer maar; langzaam en spijtig. Dan kijken ze allebei naar mij en neemt hij het woord.

'Het spijt me,' zegt hij. 'We zijn niet eerlijk tegen je geweest.'

Ik loop met ze mee naar de salon en hij sluit de deur achter ons. 'Ga zitten, Milly,' zegt hij.

'Mila,' zeg ik in een zwakke poging weer iets van de regie in handen te krijgen.

Maria gaat op het puntje van een bank zitten, trekt de speld uit haar wrong en legt hem op de salontafel. Ze schudt haar haar los, een glanzende kastanjebruine waterval. 'Mila,' zegt ze. Haar stem is zacht en laag en draagt de last van eeuwen. 'Ja, het spijt me. We hebben niet naar je geluisterd, hè? Geen wonder dat je iemand anders wilt zijn. God weet dat we dat allemaal wel willen. Niemand van ons zou niet terug willen naar het begin van dat weekend en het allemaal anders doen.'

Ik wacht. Ze gaan me duidelijk iets vertellen wat mijn hart zal breken.

'Je zult wel begrepen hebben dat wat er met Coco is gebeurd, niet overeenkomt met het verhaal in de media,' zegt Robert.

Ik knik. Maria ademt diep in en slaat haar handen voor haar gezicht. 'O, god. O, god, Mila. We bedoelden het niet kwaad. Het was niet onze bedoeling dat het zo zou uitpakken. Dat moet je begrijpen. Alles wat we hebben gedaan, was in haar belang. We moesten haar beschermen. Ze was nog zo klein.'

Haar beschermen? Dat is dan niet echt gelukt, hè?

'En het was stom,' zegt Robert. 'Een ondoordachte paniekbeslissing, en we hebben er allemaal nog elke dag spijt van, maar toen het eenmaal was gebeurd, was er niets meer aan te doen.'

'Wat?' roep ik uit. 'Alsjeblieft! Wat is er gebeurd? Wat wil je zeggen?'

Robert gaat naast zijn vrouw zitten. Ik blijf staan, vasthoudend aan de dominante positie terwijl zij naar me opkijken als smekelingen die vergiffenis vragen voor hun zonden. Ik blijf bij de deur, afstand tussen hen en mij, de vluchtroute zo nodig vlakbij. Ik voel me niet meer veilig in dit huis, niet dat ik me hier ooit echt veilig heb gevoeld. Zelfs als je de verdenking koestert dat je bent voorgelogen, staat je hele wereld op zijn kop als je verdenking wordt bevestigd.

'Haar hele leven zou geruïneerd zijn,' zegt Maria, en met de woorden ontsnapt er weer een snik. 'Ze wist niet wat ze deed. Claire zou het haar nooit hebben vergeven. Ze had er nooit mee kunnen leven; het zou haar *hele leven* hebben verwoest.'

Ze kunnen het niet over Coco hebben. Ze klinken als fundamentalisten die uitleggen waarom ze hun bezoedelde dochter in haar bed hebben verbrand. 'Wie? Over wie hebben jullie het?!'

Ze schudt het haar uit haar gezicht en kijkt me recht aan. 'Ruby! Ik heb het over Ruby!'

Ik kom met een schok tot stilstand. 'Ruby?'

'Het kan niet... O, god, Mila. Het was het ergste moment van mijn leven. Erger dan... dan wát ook.'

Mijn benen begeven het. Ik zak op een van de harde ebbenhouten tronen aan weerszijden van de deur. 'Wat is er gebeurd?'

'Het was geen opzet,' zegt Robert. 'God, natuurlijk deed ze het niet met opzet. Ze was drie. Ze zal niet eens hebben geweten wat verdrinken was, in wezen. Ze dacht gewoon... Tja, ik kan niet zeggen wat ze dacht. Ze was nog maar klein.'

'Ze sliepen beneden,' zegt Maria. 'Het was er snikheet. We hadden een ventilator moeten kopen. Al die dingen waar je achteraf pas aan denkt. Hadden we maar een ventilator gekocht, hadden we de sloten maar gecontroleerd, waarom deed de babyfoon het niet? Maar ik blijf denken: als ze een ventilator hadden gehad... Ik weet het niet. Ik stikte van de hitte. Ik werd 's nachts om vier uur wakker en het was stil in huis en ik kon niet meer slapen omdat het gewoon te héét was. Ik ging dus naar beneden en ik dacht... als ik nou even ga zwemmen om af te koelen... Het kwam niet eens in me op om bij ze te gaan kijken. De deur was halfopen, dat weet ik nog, maar ik dacht, je weet wel, dat Sean hem open had gelaten om ze wat lucht te geven. En dat verdomde slot. Ik denk niet dat iemand van ons besefte dat het niet werkte. De sleutel draaide gewoon, zie je. Dus ik denk, nou ja... Iedereen die erdoor liep dat weekend dacht dat iemand anders de deur open had gelaten. Ik stond er niet eens bij stil. Ik dacht gewoon: o, jee, iemand is vergeten die deur op slot te doen, ik moet erom denken dat ik hem op slot draai als ik weer naar binnen ga.'

Ik kijk naar hen beiden. Ze zien er gebroken uit. Robert lijkt verschrompeld in zijn grotemannenpak en Maria's gezicht zit vol strepen doorgelopen mascara en eyeliner, ondanks haar pogingen ze onopvallend weg te vegen. Het is een ijzingwekkend tafereel: zij allebei naakt tegenover me, geruïneerd.

'... en ze was bij het zwembad,' zegt ze. 'Ze zat op een ligstoel, in een handdoek gewikkeld, en Coco... O, gód.'

Ze barst weer in snikken uit. Ik word koud. Dan warm, dan weer koud. O, god. 'Wat was er gebeurd?'

'Weet je nog hoe dol ze was op water?' vraagt Robert.

Ik knik. Ik moest haar bij de zee wegloodsen die dag in Poole Harbour, telkens weer; Coco bleef altijd tevreden in het zand zitten, maar Ruby wilde altijd naar het water, net iets dieper pootjebaden, waden, de golfjes van de boten tegen haar borst voelen klotsen, en er was altijd het gevaar dat ze te diep zou gaan. Ik herinner me nog dat ik dacht dat ze binnen een paar weken zou kunnen zwemmen. Een waterratje.

'Ze wilde gewoon zwemmen,' zegt Maria. 'Ze deed het niet expres, maar Coco wilde het water niet in. Dus gaf ze haar een duw. Geen zwembandje, geen vleugels, niets om haar drijvend te houden. Ze wist niet eens wat ze had gedaan toen ik haar vond. Ze dacht dat Coco onder water had leren zwemmen, dat ze op de bodem van het zwembad lag omdat... *O*...'

Robert slaat een arm om haar heen. 'En we hadden het hart niet,' zegt hij. 'We konden het gewoon niet. Je vader was er kapot van. En we dachten, nou ja... de schuldvraag. Het ging niet alleen om haar, maar ook om hem. Waarschijnlijk hadden ze hem vervolgd, al was het allemaal niet... opzettelijk. En we keken naar Ruby en we dachten: o, arm kind, arm, arm kind, ze is nog zo klein. Stel je voor dat je die last de rest van je leven met je mee moet dragen. Het kind dat haar zusje heeft vermoord. En Claire. Hoe kon zij leven met wat er was gebeurd? Leven met de dochter die haar andere dochter had gedood? Je hebt haar gezien. Ze is zó al broos genoeg...'

'Het was stom van ons,' neemt Maria het van hem over. 'Maar we wisten ons geen raad. Iedereen huilde, en al die zorgen... om de andere kinderen, hoe we het moesten uitleggen. En Ruby. Ze zat daar maar glunderend te denken dat ze iets slims had gedaan. Ze wilde het zwembad weer in. Toen haar vader beneden kwam. En hij kon niet eens naar haar kíjken.'

'Dus toen hebben jullie...'

Ik zie ze nog voor me. Stomme, kleine jonkies, nog maar half ontpopt. O, god, die arme kleine Coco. Ik droom soms dat ik verdrink. De adem, die laatste adem, die groter en heter wordt in mijn longen in de strijd om zich naar buiten te werken, de worsteling naar het wateroppervlak. Zou het minder erg zijn als je niet wist wat er gebeurde? Als je niet echt begreep wat doodgaan is?

Ik merk dat de tranen over mijn gezicht stromen. Ik denk aan Ruby die boven ligt te huilen; het is al erg genoeg om de overlevende te zijn. Ik kan dit niet. Ik kan haar dit niet vertellen.

'Het gebeurde allemaal in een roes,' zegt Robert. 'We konden geen van allen logisch denken.'

'Zeg je nou dat jullie... het lichaam hebben weggewerkt?' Het klinkt smerig. Alsof er een proces-verbaal wordt voorgelezen in het journaal. Iets wat boeven doen, of verkrachters, of mannen die geen zin hebben in de kosten en de rompslomp van een scheiding. Wij niet. Niet mensen zoals wij.

Ze zwijgen allebei. Ze denken allebei aan de dingen die ze hebben gedaan, hoe het er voor de buitenwereld uit moet zien.

'Ja,' zegt Robert uiteindelijk.

Ik wil het niet weten. Ik wil niet weten hoe ze het hebben gedaan, wat ze hebben gedaan. Ik denk terug aan hen allemaal, dat weekend: die chique, aantrekkelijke, zelfbewuste mensen, zo zeker van hun plek in de wereld, met het rotsvaste vertrouwen dat hun geld en status hen tegen alles hadden gewapend.

'Het was stom,' zegt Maria. 'Ik weet dat je denkt dat het stom was. Maar we moesten de knoop doorhakken voordat de andere kinderen wakker werden. Ik denk dat het dat was, voor een deel. De gedachte alleen al dat de andere kinderen, al die kleintjes, bij het ontwaken zouden ontdekken wat de dood is. Ik weet het. We waren buiten zinnen en we deden wat ons het beste leek. We wilden niet dat dat arme meisje zo zou moeten opgroeien.'

Ik ben nog in shock. Alsof mijn gedachten niet van mij zijn. 'En dit leek jullie... beter?' zeg ik langzaam.

'Destijds wel, denk ik,' zegt Robert. 'En toen, toen het eenmaal was gebeurd, en de hele zoektocht escaleerde en iedereen naar haar zocht en de hele wereld toekeek, was het te laat om terug te krabbelen. Wat hadden we in vredesnaam kunnen zeggen dat er niet toe had geleid dat wij de bak in draaiden en Ruby voorgoed het etiket van een moordenaar kreeg opgeplakt, voor het oog van de hele wereld?'

Ik schud mijn hoofd. Gestoord. Het is gestoord. 'Maar ze wílde niet...'

'Weet ik. Weet ik. Ik heb toch gezegd dat we niet logisch konden denken. En het was hetzelfde geweest, voor Claire. Telkens wanneer ze naar haar keek, zou ze dat hebben gezien, en wat is dat nou voor manier om op te groeien?'

'Ik weet niet wat ik moet doen,' zeg ik. 'Ik weet niet wat ik moet denken.'

Ik voel dat ze allebei naar me kijken, dat ze iets van me verwachten. 'Dus Simone weet het?'

'Simone was erbij.'

'En hebben jullie... Heeft ze geholpen?'

Maria's ogen schieten weer vol tranen. 'Mila, we hebben allemáál geholpen. Toen het eenmaal was besloten, toen het allemaal in gang was gezet, hielpen we allemaal mee.'

'En niemand die er iets tegen in probeerde te brengen. Helemaal niemand?'

'Ik weet dat het moeilijk te geloven is,' zegt Robert, 'maar je was er niet bij. En weet je, als je in een groep bent, doe je gewoon...'

'Wie had het bedacht?'

'Je vader,' zeggen ze in koor, als uit één mond.

'Hij was er kapot van,' zegt Robert, 'maar het enige waar hij aan kon denken, was wat het met Ruby zou doen.'

'En met India en jou,' zegt Maria. 'Jullie waren nog zo jong. Hij was zo dol op jullie allemaal.'

Ik denk na. Wat hééft het eigenlijk met me gedaan? Is het erger nu ik de waarheid ken? Nu ik Ruby ken als een bijna-volwassene, nu ik me verantwoordelijk voor haar voel, nu ik op haar gesteld ben geraakt? Nu ze geen amorfe vlek meer is die voor mijn grieven staat, maar een compleet menselijk wezen dat om andere mensen huilt en zich er met grappen doorheen slaat? Kan ik alles wat ze van zichzelf weet verwoesten, alleen maar om de waarheid te dienen? Alles wat Claire weet? Als ik iets weet, is het wel dat die twee ondanks hun problemen van elkaar houden en hun liefde uiten met een gemak dat niemand van mijn kant van de familie ooit heeft kunnen opbrengen. Mag ik dat echt kapotmaken?

En pap. Mijn hele volwassen leven de schuld van alles. Met een geheim dat hem elke dag moet hebben verscheurd. In gedachten heb ik hem voor psychopaat uitgemaakt, voor narcist, voor borderliner, en dat staat nu allemaal op zijn kop. Het emotieloze affect, de obsessie met zijn werk, het niet-aflatende streven naar controle, die reusachtige, gierende lach die op de een of andere manier altijd een beetje hol leek... die dingen zijn nu allemaal anders, open voor interpretatie. Alles aan hem is anders nu ik hem door het prisma van zijn vertwijfeling bekijk.

'Ik weet niet wat ik moet doen,' zeg ik nog een keer.

'Je moet doen wat jou het beste lijkt,' zegt Maria. 'Ik vind het heel erg voor je dat Simone je hiermee heeft belast. Als je het over je hart kunt verkrijgen om het haar te vergeven... Ze denkt niet goed na, Mila. Het gaat zo slecht met haar.'

'Ik moet haar gaan zoeken,' zegt Robert.

Ze legt een hand op zijn onderarm, streelt hem met haar duim. Kijkt vol aanbidding naar hem op. Meer mensen die van elkaar houden, wier leven ik kan verwoesten.

'Natuurlijk,' zeg ik. 'En ik moet Ruby gaan zoeken. Ik begrijp dat het niet goed gaat met Simone, maar Ruby is vreselijk van streek.'

Ik weet niet wat ik moet doen. Ik weet werkelijk niet wat ik moet doen.

44

2004 | zondag | Sean

De Gavila's vertrekken om half zes. Ze zouden hoe dan ook die middag weggaan, en hoewel het een paar uur later is geworden dan ze van plan waren, hopen ze toch de honderdtwintig kilometer naar Brighton voor het donker af te leggen. Als ze Cowes eenmaal voorbij zijn, haalt de Gin O'Clock met gemak dertig knopen, en hoewel de avonden korter worden, blijft het toch nog lang schemerig. De rest van de groep slaakt een zucht van verlichting als ze hun koffers over de weg naar de haven rollen. Joaquin is zonder enige twijfel de zwakste schakel in het plan. Het is een feit dat jongens niet zo opmerkzaam zijn als meisjes, maar uiteindelijk zou het zelfs hem waarschijnlijk wel zijn opgevallen dat er maar één helft van de tweeling was.

Het toneelspel heeft de vrouwen van hun laatste restje kracht beroofd. Het avondeten van de kinderen verloopt in stilte, met broodjes ham, het restje met water aangelengd sinaasappelsap en een handje druiven per kind. De koelkast is zo goed als leeg, maar er heeft toch niemand trek. Ruby is weer Ruby en Coco ligt al in bed. Je kunt kinderen makkelijk iets op de mouw spelden. Ze stellen de hele tijd vragen, maar eigenlijk zijn ze niet geïnteresseerd in de wereld buiten hen om; ze nemen doorgaans genoegen met de simpelste antwoorden en afleidingsmanoeuvres. Een beetje zoals veel miljonairs, denkt hij.

'Dus,' zegt Imogen als het laatste korstje van een kwart sandwich is afgescheurd en naar de rand van het bord geschoven. 'Weten jullie wat? Omdat het de laatste avond van de vakantie is en jullie allemaal de hele middag hebben gezwommen, denk ik dat we het bad vanavond wel kunnen overslaan.'

Er steekt een gejammer op. Niet in bad betekent vroeg naar bed; zo veel hebben ze allemaal wel begrepen. En ook al kunnen ze niet meer op hun benen staan, kinderen willen niet dat er een eind komt aan de dag. Imogen wuift met haar hand in de lucht. Sean is ervan onder de indruk hoe beheerst ze vandaag is geweest, hoe efficiënt, toen ze eenmaal begreep wat er moest gebeuren. Ze heeft bijna twintig jaar politieke bijeenkomsten gerund en haar man geholpen zijn ambities te verwezenlijken, en die standvastigheid komt nu boven, neemt hij aan. 'Als we nou eens allemaal op de banken gingen zitten,' zegt ze, 'en dan lees ik een verhaaltje voor? Wat vinden jullie daarvan?'

'Wat voor verhaaltje?' vraagt Tiggy argwanend.

Imogen houdt een boek op en ze kijken er allemaal naar. Tiggy is de enige van het stel die kan lezen, en zij komt niet veel verder dan katten die op matten zitten. Er zit geen wonderkind tussen, denkt Sean, god zij gedankt. Mijn Coco was ook geen wonderkind. Ze had als volwassene nooit de wereld gered, of geregeerd.

Hij voelt even geen grond onder zijn voeten en wacht tot het overgaat. Coco begint nu al iets uit het verleden te worden, een tragedie die zich heeft voorgedaan. Zijn herstelvermogen is altijd op het randje van wonderbaarlijk geweest, en dat waardeert hij in zichzelf. Andere mensen huilen en jammeren weken, maanden, jaren, maar Sean heeft altijd naar de toekomst gekeken. Het zal moeilijk worden, de komende paar maanden, denkt hij, maar ik kom er wel overheen. En Claire: Claire weet niet eens wat haar te wachten staat. Zij denkt nog dat het ergste wat er in haar leven is gebeurd, het verlies van haar man is.

'Simone heeft het voor jullie achtergelaten,' zegt Imogen, en ze laat de dramatische omslagtekening zien. 'Kijk! De nieuwe Harry Potter!'

Er gaat een *oooh* op. Ze kunnen geen van allen bekend zijn met Harry Potter, denkt hij. Het is massahysterie, dit. Ze willen hem allemaal omdat ze zien dat de oudere kinderen er wild van zijn. Ze zullen zich kapotvervelen, want het gaat ze boven de pet, maar dat zullen ze nooit, nooit toegeven, tot een ander het doet. 'En dan krijgen we warme chocolademelk,' zegt Imogen. 'Hebben jullie daar zin in?'

Nog een *oooh.* Warme chocolademelk, hartje zomer: ze hebben nog nooit zoiets gehoord. 'Toe maar,' zegt Imogen. 'Ga allemaal je pyjamaatje aantrekken, en tegen de tijd dat jullie dat hebben gedaan, staat de warme chocola klaar. De groten zorgen voor de kleintjes, ja? Voorzichtig op de trap!'

'Krijgen we onze vitamientjes vanavond?' vraagt Inigo Orizio.

'Nee,' zegt Linda. Ze heeft amper een woord gezegd sinds ze binnen zijn gekomen; ze loopt als een robot van de spoelbak naar de koelkast naar de afwasmachine naar het werkblad naar de tafel, met gezwollen ogen en een verbeten trek om haar mond. Maar ze is over haar bezwaren van de kleine uurtjes heen; ze lijkt te beseffen dat het nu te laat is en dat ze geen andere keus heeft dan zich te schikken. 'Jullie zijn helemaal beter. Jullie hebben ze niet meer nodig. Alleen een kleintje voor Ruby, omdat ze vannacht heeft gespuugd, maar verder hoeven jullie niets. Toe maar. Wegwezen. Jij blijft hier, Ruby. Ik zal je pyjama halen. We willen Coco niet wakker maken. De eerste die terug is, krijgt een extra marshmallow in zijn chocolademelk!'

De kinderen rennen weg. Alleen Ruby blijft aan tafel zitten.

'Imogen, moet dat nou?' vraagt Sean.

'Ja,' zegt ze. 'Ze moet slapen. Sorry.'

'Maar kunnen we niet...'

'Jezus,' zegt Jimmy vanaf de bank waarop hij zwijgend in de lege schouw heeft zitten staren. 'Het is een kruidentablet. Niet hetzelfde. Denk je dat ik helemaal van de pot gerukt ben?'

Sean zegt niets terug. Je zei dat het een veilige dosis was, denkt hij. Gisteravond lachte je Claire nog uit om haar twijfels. Maar hij is vreemd passief geworden, vanavond, alsof het leiderschap uit hem is gezogen. De pil staat op Maria's lijstje en dus moet hij geslikt worden.

'Je moet daar weg, Jimmy,' zegt Imogen. 'Om plaats te maken voor de kleintjes.'

Jimmy draait zijn hoofd, en zijn gezicht lijkt een paar seconden later pas te volgen. Hij is van de ene dag op de andere oud geworden, met een grauwe huid en slap vlees. Sean durft te zweren dat er meer grijs in die onverzorgde stoppels is gekomen. 'Waar moet ik heen?'

Imogen schudt vermoeid haar hoofd. 'Zie maar,' zegt ze. 'Ik geloof dat Charlie in het prieel zit. Waarom ga je daar niet heen? Trouwens, alle mannen zouden eigenlijk beter weg kunnen gaan. Dan kunnen wij de kinderen rustig zien te krijgen.'

Jimmy hijst zich van de bank en deint even heen en weer. Hij beweegt zich zelfs als een oud mannetje, denkt Sean. Heeft hij dan niet iets van die drugs voor zichzelf achtergehouden toen hij de tas aan de Gavila's overdroeg? Hij beweegt zich alsof hij spit heeft. Hij loopt achter Jimmy aan door de deuren de vroege avond in. Het belooft weer een prachtige avond te worden. De lucht is bijna helemaal helder, op een paar rozige wolkensliertjes hoog boven hun hoofden na. Net als gisteren, denkt hij, maar niet heus. Gisteren om deze tijd waren we al halverwege de tweede fles prik en strekte zich een heerlijke avond van genieten voor ons uit. Gisteren om deze tijd ging ik naar boven om te zien hoe Claire ons wilde teisteren met haar kleding. Gisteren om deze tijd was ik de baas van de wereld.

Zijn telefoon gaat. Hij kijkt naar het schermpje en ziet dat het zijn vrouw is. Ik kan het niet, denkt hij. Ik weet dat Maria heeft gezegd dat het moet, maar dit red ik niet. Zodra ze mijn stem hoort, zal ze weten dat er iets is. En morgen zal ze me niet geloven. Hij drukt het gesprek weg. Ze heeft al zes keer gebeld vandaag. Om ruzie te maken of de meisjes te spreken. Je had ze met je mee moeten nemen, denkt hij. Als je ze met je mee had genomen, was dit nooit gebeurd. Hij heeft al verdrongen dat tegen de tijd dat Claire wegging, Coco hoogstwaarschijnlijk al niet meer te redden was. Het is een wonder hoe de menselijke geest het ego beschermt.

Charlie zit op een bank in het prieel in het niets te staren, ongeveer zoals Jimmy binnen. Hij kijkt op als ze aan komen lopen, en zijn blik zegt duidelijk dat hij niet blij is met hun komst. Ze hebben elkaar de hele dag gemeden tijdens momenten dat er niets te doen was; ze posteerden zich waar de anderen niet waren en vulden hun hoofd met redenen waarom zij persoonlijk niet verantwoordelijk waren.

Sean en Jimmy gaan zitten, elk op hun eigen afzonderlijke bank. Op een normale dag zou Sean in zijn zak naar zijn sigaren reiken en zich aan het verwarmen, knippen en ritueel opsteken wijden, maar deze avond kan niets hem bekoren. Ik ben dood vanbinnen, denkt hij. Zelfs genot kan me niet helpen. Hij zit en trommelt met zijn vingers op de armleuning. Kijkt naar het glazen tafelblad, fris gesopt, afgenomen en opgewreven. Uit niets blijkt dat hier iets is gebeurd, denkt hij. Uit niets blijkt hoeveel lol we hebben gehad.

'Er moet iets met haar geweest zijn,' zegt Charlie. Hij praat in de lucht, alsof hij het orakel raadpleegt. 'Ze moet een aandoening hebben gehad of zo.'

'Ja,' zegt Jimmy, die wazig uit zijn ogen kijkt. 'Ze heeft hetzelfde gekregen als al de anderen. Het had goed moeten gaan.'

'Was ze maar niet zo paranoïde,' zegt Sean. 'Als ze geen ruzie had gemaakt met Emilia, hadden we een oppas gehad.'

'Ik heb al het mogelijke gedaan,' zegt Jimmy. 'Jullie hebben het gezien. Ja toch? De adrenaline hielp niet.'

'We zijn niet bepaald de enigen,' zegt Charlie. 'Mensen veroordelen je altijd zo graag, maar we zijn niet bepaald de enigen, toch?'

'Nee,' zegt Jimmy. 'Artsen doen het zo vaak. Het is volkomen veilig.'

'Normaal gesproken,' zegt Sean. 'Hoe had ik het moeten weten? Jij bent dokter. Jij zei dat het veilig was. Het is mijn schuld niet.'

'Het was ook veilig,' zegt Jimmy. 'Het had niet mogen gebeuren. Ze moet iets gemankeerd hebben.'

Ze blijven over hun pech zitten peinzen terwijl het langzaam donker wordt. Binnen lezen Imogen en Linda de kinderen in slaap, dragen ze naar bed en stoppen ze in, klaar voor de ochtend.

45

'O, nee,' zegt India. 'O, nee, o, nee. O, die arme meisjes. O, nee, Milly.'

Ik ben met de telefoon de tuin van het hotel in gelopen terwijl Ruby een douche neemt in onze minuscule badkamer. Ik ben moe tot op het bot. Ruby ook. Hoewel zij op een gegeven moment wel moest slapen, dankzij al haar tranen, heb ik zwijgend in het donker liggen staren.

'Ik kan het haar niet vertellen, hè?'

Ik vraag niet echt om raad. Ik weet al dat ik het niet kan.

'Nee,' zegt India. 'Ik zie niet in wat je daarmee zou kunnen bereiken.'

India had gelijk, wat de waarheid betreft. Sommige waarheden verbrijzelen werelden. Sommige geheimen kunnen beter bewaard blijven, ook al kan het bewaren aan je vreten. Ruby is een schat van een jonge vrouw die toch al een zware last moet torsen. Hoe zou het aan scherven slaan van haar leven iets anders kunnen opleveren dan een klungelige roddelbladinterpretatie van gerechtigheid?

Ik denk aan Coco, haar gebleekte botten op de zeebodem, en het verdriet is overweldigend. Niets kan haar terugbrengen. Ze is er door een overhaaste beslissing terechtgekomen, maar niemand heeft haar vermoord. Er is geen boosaardigheid aan te pas gekomen. Een kapot slot, nieuwsgierige geesten, een avontuur dat op een ramp uitliep en de idiote beslissingen van oververhitte breinen. En niets kan haar terugbrengen. Ze is voorgoed weg.

India huilt aan de andere kant van de lijn. Ik heb haar niet meer zien huilen sinds ze dertien was. Ze huilt niet. Wij huilen niet. Jacksons zijn geen huilers, maar o, de droefenis. 'Ik had moeten komen,' zegt ze. 'Ik geloof niet dat ik dacht dat het oké was om niet te komen, maar ik... O, god, waarom hebben ze het ons niet verteld? Ik heb hem al die tijd veracht en ik heb hem nooit echt gekend. En Claire. O, die arme Claire.'

'En die arme Ruby.'

'Ze mag het niet te weten komen, Milly. Claire en zij, ze mogen het niet weten.'

'Nee,' zeg ik. 'Nee, dat mag niet. Hij heeft de juiste beslissing genomen.'

'Ja,' zegt ze. 'O, Milly. Is het al te laat voor me om nog iets te doen? Bloemen sturen? Iets?'

'Ik zal bloemen namens jou meebrengen,' zeg ik. 'Als er nog iets van hem is, zal hij het weten.'

Zwarte panty, zwarte onderjurk, zwarte jurk. Zwarte schoenen voor ons allebei, plat vanwege de oneffen grond op Engelse kerkhoven. Er is een vreemde kalmte over me neergedaald. Ik had half en half verwacht dat ik vanochtend in tranen wakker zou worden, maar nee. In plaats daarvan ben ik in het donker opgestaan en heb ik zittend op de badkamervloer mijn grafrede geschreven terwijl Ruby sliep, want nu weet ik wie hij was. Hij was niet het monster waarin ik was gaan geloven. Egocentrisch en onattent, maar uiteindelijk was alles wat hij sinds Coco heeft gedaan goedbedoeld. Claire en Ruby zijn niet de enigen die haar die dag zijn kwijtgeraakt: wij ook. Ik heb haar nooit gekend, en dat is mijn eigen schuld. Ik kan in elk geval zorgen dat ik één zusje in mijn leven heb.

Ruby heeft een vlecht in haar haar gemaakt die dik over haar rug rolt. Haar jurk heeft een simpel bovenstukje van zwarte crêpe en een plooirok tot op haar knieën. Ze heeft gehoor gegeven aan de aansporingen van haar moeder en draagt een kanten panty waarvan de enige gaten ingeweven zijn. Ik besef nog maar net dat ze bijziend is, want ze heeft een bril met een zwaar montuur opgezet omdat ze bang is haar lenzen uit haar ogen te huilen. En na mijn nacht van niet-slapen in het hotel waar we gisteravond een goed heenkomen hebben gezocht na Simones uitbarsting ben ik vervuld met die griezelige kalmte die me drie weken geleden de dag door heeft geholpen toen ik zijn lichaam ging identificeren. Is dat echt nog maar drie weken geleden? Het voelt als jaren.

Een half uur voor de dienst begint de kerk vol te lopen: een stoet van dure auto's staat bumper aan bumper langs de weg door het hele dorp, chauffeurs verzamelen zich onder de poort van het kerkhof in hun donkere jassen, hun handen in zwartleren handschoenen tegen elkaar slaand en wachtend tot hun werkgevers naar binnen zijn gegaan voordat ze beginnen te roken. De moderne piëteiten: tabak is verboden onder het oog van miljonairs, maar niemand zit ermee om te roken onder het oog van God.

Simone staat als een sirene op de treden te glimlachen, geflankeerd door haar ouders. *Dank u wel dat u bent gekomen. Wat fijn u te zien. Heel vriendelijk dat u bent gekomen.* De schandalen – zowel het oude als dat rond zijn dood – zijn duidelijk niet genoeg om de kliek van bankiers, wapenhandelaars, politici en hun jongere vrouwen ervan te weerhouden naar het feest te komen. Ze zetten een ernstig gezicht op bij het passeren van de persfotografen bij de ingang, maar glimlachen stralend als ze elkaar tussen de graven herkennen. Ik zie de Clutterbucks handjes schudden met mannen die nog van pas zouden kunnen komen, aan hun kwaliteitspakken te zien. Als je maar oud genoeg bent, als je het maar vaak genoeg hebt meegemaakt, zullen de meeste begrafenissen wel sociale aangelegenheden worden, neem ik aan. Plekken om mensen te ontmoeten die je in geen jaren hebt gezien. En omdat ze meestal korter duren dan een bruiloft, zijn ze een stuk leuker.

Ruby, Joe en ik drentelen verlegen tussen de zerken door, programmaboekjes uitdelend en zwakjes glimlachend naar al die mensen die niet weten wie we zijn. Het is Simones dag; dat accepteren we. Wij zijn in wezen figuranten, en we mogen blij zijn dat we wat tekst hebben gekregen. Emma laat zich gewillig doorgeven van moeder naar grootouders wanneer hun armen moe worden, gekleed in het lichtblauw en bewonderend gekir losmakend bij passanten. Ik voel Ruby naast me beven. Ik weet niet wat ze had verwacht. Ik weet dat sommige mensen een sterfgeval in de familie als een kans zien om aandacht te krijgen, maar ik denk dat wij geen van beiden zo zijn.

En dan gaan we naar binnen. Die vertrouwde geur van boenwas en kaarsvet, van snijbloemen die beginnen te verflenzen doordat ze met hun stelen in stokoude oasis staan, het *doedeloede* van een orgelimprovisatie terwijl iedereen zijn plaats zoekt. Wij lopen naar voren, en ik voel dat sommige mensen opleven. *Dus dat zijn de andere kinderen. Hoeveel waren er? Zijn dat ze allemaal? Is dat het tweelingzusje?* En dan zitten wij rechts en Simone en haar familie links, met niets tussen ons en mijn vader, die veilig in zijn kist met lijstwerk is verpakt. Ze maken ze tegenwoordig van bananenblad, van karton en zelfs van wol, maar voor Sean zou het altijd rustiek eiken worden. Er ligt een enkel bloemstuk op: een klein wit boeket. Alles is verzorgd door Maria, efficiënte Maria die de verantwoordelijkheid neemt zodat niemand anders het hoeft te doen, Simone en Emma alleen en waardig in hun rouw latend.

En dan verandert de muziek en zingen we 'Guide Me O Thou Great Redeemer' en mijn hand beeft want ik herinner me hoe belangrijk het rugby voor hem was, dat hij een box nam en met zijn vrienden ging om lekker te zingen, en dat was ik tot dit moment vergeten. Zo veel dingen die ik me niet herinner, die ik me niet meer zal herinneren omdat de triggers er nooit meer zullen zijn. Ruby herinnert zich helemaal niets. Ze zingt dapper door, onder haar brillenglazen bettend met een van de tissues die ik in haar zak heb gestopt voordat we uit het hotel weggingen, maar voor haar is het gewoon een gezang. En dan dondert Charlie een gedicht van Christina Rossetti en een dominee die ik nog nooit heb gezien praat over mijn pa en dat hij in de schoot van Christus is teruggekeerd terwijl God weet dat hij waarschijnlijk de andere kant op is gegaan, en dan loop ik door het gangpad naar de katheder en al mijn concentratie zit in het bundeltje papier dat ik in mijn hand heb, en in niet naar de gezichten kijken, in het helder en vast houden van mijn stem en, bovenal, in het klinken als een compleet, echt mens die over de man vertelt. Ik denk aan alle dingen die ik gisteren dacht te gaan zeggen, en de aardverschuiving die in me gaande is en dat alle woede die ik al die jaren met me mee heb gesleept zinloos is, nutteloos, in het aangezicht van dit verlies. En ik spreek.

'Ik heb de afgelopen dagen veel over mijn vader nagedacht,' zeg ik. 'Dat hij kanten had die alleen ik kende, en kanten die alleen een ander kende, dat niemand een ander helemaal kan kennen. Maar dit weet ik wel: Sean George Jackson hield van ons, op zijn eigen onbehouwen, levenslustige manier, en dat maakt ons allemaal gezegend.'

Taal is iets vreemds. Ik hoor mijn stem terwijl ik spreek, en ik hoor de reacties, het lachen, het zuchten en de ingehouden adem, maar in mijn eigen hoofd klinken die woorden die ik heb opgeschreven nergens naar; ze betekenen net zo veel voor me als het blaffen van een vos in het bos. Ik hoor lettergrepen, medeklinkers en welluidende alliteraties, maar de betekenis is hem gesmeerd. En dan kom ik bij het eind en mijn gezicht gloeit opeens als het publiek weer scherp in beeld komt, en ik snak ernaar om hier weg te komen, weg van al die ogen. Ik dwing mezelf de papieren op te vouwen, langzaam naar beneden te stappen, een liefdevol buiginkje naar wat er over is van pap te maken en terug te lopen naar Ruby. Ik ga zitten en zij geeft me de Britse troostende armwrijving, en dan komen de tranen, brullend vanuit waar ik ze ook maar had opgesloten, me overspoelend als een golf, en ik verdrink. Het orgel begint weer te spelen, de gemeente gaat staan en Ruby en ik blijven op onze bank zitten, samen naar voren gebogen, wiegend. 'Dear Lord and Father of Mankind', zingen ze, en ik huil en huil en huil.

46

2004 | maandag | Claire

Ze wordt pas om tien uur wakker; het is voor het eerst sinds de geboorte van de tweeling dat ze zo lang, of tot zo laat, heeft doorgeslapen. Wanneer ze op de wekker kijkt, is ze even panisch omdat ze zich heeft verslapen, maar dan weet ze het weer. Ze ontspant haar gespannen spieren onder haar lakens van Egyptische katoen en kruipt naar de koele kant van het grote bed waar hij tegenwoordig nog maar zelden ligt. Bij de herinnering aan wat haar hier in haar eentje heeft gebracht, verstrakt ze weer van woede en verdriet. Wat is er met mijn leven gebeurd? Is het mijn schuld? Heb ik dit over mezelf afgeroepen?

Natuurlijk is het mijn schuld, denkt ze. Toen ik hem leerde kennen, was ik oud genoeg om geen excuus te hebben voor wat ik deed. Ik weet dat mensen zoals wij graag met van die afgezaagde bewoordingen schermen. *We konden er niets aan doen. Het was groter dan wij. Je moet je hart volgen.* Maar er is altijd, áltijd, minimaal één keuzemoment.

Ik wist vanaf onze eerste ontmoeting dat hij getrouwd was. Goeie god, Heather was er zelfs bij, opgejaagd en met pluizig haar, maar daar liet ik me niet door weerhouden. Ik gaf hem gewoon gedwee mijn kaartje in het volledige besef van wat dat inhield. Ik had ermee kunnen ophouden voordat het goed en wel was begonnen, maar dat deed ik niet. Ik nam een besluit ten koste van een ander, en daar moet ik nu voor boeten. Het is mijn verdiende loon. En óf het mijn verdiende loon is. Ik weet nog dat verschillende mensen het zeiden, me waarschuwden: *Claire, als hij het zijn huidige vrouw kan aandoen, kan hij het jou ook aandoen*, maar ik ontdeed me gewoon van mijn vrienden om de echtbreekster niet in hun ogen weerspiegeld te hoeven zien.

Ze checkt haar telefoon om te zien of hij haar heeft teruggebeld, hoewel ze het toestel de hele nacht bij zich heeft gehad en al wist dat hij niet zou reageren toen hij de eerste oproep niet beantwoordde. Sean straft graag met onverschilligheid. Als hij zich veronachtzaamd voelt, trekt hij een muur van stilte rond zichzelf op die ondoordringbaar blijft tot hij besluit dat het zo goed is. Het is gekmakend, frustrerend; het vervult haar met razernij en een gevoel van onmacht.

Wacht even. Ze schiet overeind. Waar slaat dat nou op, *als hij zich veronachtzaamd voelt*? Heeft hij me echt zo grondig gedresseerd dat ik vergeet dat híj degene is die fout zit?

Ik moet een lijstje maken, denkt ze. Maria's voorbeeld volgen en ordelijk worden. Een lijst maken van alle dingen die ik moet doen zodra dit ellendige lange weekend erop zit. Geld overboeken naar mijn eigen bankrekening zodat ik niet zonder kom te zitten. Een advocaat zoeken. Die stomme sloten vervangen. Zodra hij de meisjes heeft thuisgebracht, kan hij opdonderen. Laat hij maar in een van zijn luxeappartementen gaan zitten. Daar heeft hij er meer dan genoeg van.

Ze staat op, maakt een kop koffie en gaat ermee naar de badkamer. Het is heerlijk stil in huis; alleen het gonzen van het verkeer in King's Road wijst haar erop dat er zelfs maar andere mensen bestaan. Ik kan dit niet doorzetten, natuurlijk, denkt ze. Voorlopig niet, niet tot ze zo oud zijn dat ik ze alleen kan laten en de deur achter me dicht kan trekken. Ik wil wedden dat als het oorlog wordt, ik zonder hulp van personeel voor het huis en de kinderen zal moeten zorgen. Nou, en wat dan nog? Dat doen wel meer mensen. Ik ben niet bepaald in dit soort weelde opgegroeid. Ik kan stofzuigen, koken, een auto repareren. Nog maar een jaar, dan gaan ze naar school en kan ik een baan zoeken. Gaan leven. Zien of de mensen van vroeger me nog willen kennen. God, wat ben ik stom geweest, me zo van hem afhankelijk te maken, me door hem te laten afsnijden van de mensen die ik kende, een voor een voor een. In feite is hij een psychopaat, denk ik. Als je vrienden stuk voor stuk uit je leven verdwijnen omdat hij ze niet mag, of omdat ze hem hebben beledigd, of doordat je te onbetrouwbaar bent geworden omdat je je moet schikken naar al zijn grillen, dat is een klassieke mishandelaarstactiek. Hij heeft me dan misschien nooit geslagen, maar mishandeling heeft meer verschijningsvormen dan als boksbal gebruikt worden.

Ze wil ze zo graag spreken. Haar kleintjes. Ze heeft er spijt van dat ze 's nachts is vertrokken zonder de tijd te nemen ze mee te grissen, maar ze was zo overstuur dat ze alleen nog maar weg wilde. Weg van die mensen en hun stiekeme hoonlachjes. Vernedering kan net zo goed je dood worden als verdriet, denkt ze. Maar ik pik het niet meer. Vandaag is de dag dat ik mijn leven weer oppak.

Ze glijdt onder het wateroppervlak en houdt haar adem in.

Om elf uur loopt ze met haar haar in een handdoek en haar lichaam in haar bovenmaatse zijden ochtendjas gewikkeld naar beneden voor nog een kop koffie. Haar eetlust is ze kwijtgeraakt, het afgelopen etmaal. De vorige avond om tien uur heeft ze wat in een kom pasta geroerd en het uiteindelijk weggegooid. Wat op zich beter bij me past, denkt ze. Ik heb mezelf de afgelopen paar jaar getroost met eten, maar in een crisis wil ik altijd vasten. Geen wonder dat ik de zwangerschapskilo's niet kwijt kon raken met dat drup, drup, drup van vergulde hopeloosheid in mijn nek.

Ze kijkt om zich heen in haar keuken. Seans keuken. Ze zou hem zelf nooit hebben uitgezocht. Hij heeft hem helemaal wit uitgevoerd, afgezien van de werkbladen van zwart graniet, die nog moeilijker schoon te houden zijn dan de kastdeuren. Nergens handvatten. Drukken en glijden, drukken en glijden, een mannenfantasie van het leven in een ruimteschip. En de tuin die ze door de kamerbrede ramen ziet: van voor naar achter geplaveid om op wieden te besparen, een spuuglelijke, vormeloze nep-Henry Moore in een grindvijver in het midden, de enige begroeiing een paar palmen in gigantische tinnen potten. Palmen, godlof. We zitten midden in Londen. We moeten een zwembadje hebben, en een zandbak waar de katten in kunnen poepen en perken waarin de meisjes tomaten kunnen leren kweken, geen godverdomde *palmen*.

Ze belt nog eens. Er wordt niet opgenomen. Mijn man is een zak, denkt ze. Waarschijnlijk heeft hij Linda met de kinderen opgescheept om zelf van zijn laatste dag te kunnen genieten. Nou, ik hoop dat ze zich vermaakt. Het is de laatste keer dat ze ze te zien krijgt.

De koffie is lekker, en sterk; filterkoffie, zoals zij het graag drinkt, niet dat eindeloze gepruts en sproeiende stoom van het veel te grote, veel te ingewikkelde espressoapparaat dat nadrukkelijk op het werkblad staat te wachten om het maalsel te verbranden. Ze heeft een nagel beschadigd in de haast om haar bagage uit de auto te halen. Claire kijkt ernaar, steekt haar hand uit om de schade te bewonderen. Ze glimlacht. En het is afgelopen met die rottige manicures, denkt ze. Ik ga straks het nagelschaartje zoeken en dan knip ik ze kort.

Ze gaat naar zijn werkkamer, zijn gewijde plek, die ze met een klein, maar diepgaand genoegen binnendringt, en diept een notitieblok op uit de onderste la van zijn bureau. Stel niet uit tot morgen wat je vandaag kunt doen, denkt ze. Ik begin nu aan mijn lijst, in de zon in de tuin. Als de meisjes terugkomen, wordt het te rumoerig om me te concentreren. Ze schenkt zich nog een kop koffie in en maakt de deur open.

Tot de lunch gaat ze op in haar gedachten. Ze maakt plannen, droomt en denkt aan al het goede dat haar wacht. Ik kan het huis verkopen, denkt ze. Of hij zou me kunnen uitkopen. Het leek ooit zo'n droom die werkelijkheid was geworden, in Chelsea wonen, elke avond buiten de deur eten, van de ene winkel naar de andere lopen. Gek, hoe je je prioriteiten bijstelt wanneer je in de gaten krijgt wat die sneue consumentendromen in het echt kosten. Een huisje ergens is voldoende. In de provincie, waar de scholen goed zijn en je je buren kent. In het zuiden, aan de kust. Maar niet in de buurt van Brighton.

Ze gaat er zo in op dat ze de bel niet hoort. Sean heeft uiteraard een zachte, gelikte elektronische zoemer geïnstalleerd die zijn rust en vrede niet verstoort, want er moet altijd iemand anders opendoen. Pas als de bel weer gaat, dringt het tot haar door dat ze hem de eerste keer ook heeft gehoord. Ze gaat staan en knoopt haar ochtendjas beter dicht. Hij kan het niet zijn, denkt ze. Hij kan ze met geen mogelijkheid op tijd hebben aangekleed en ingepakt om om één uur terug in Londen te zijn. Een bezorger is het ook niet, niet op een vrije dag. Wie dan?

Ze loopt op haar gemak de trap op; ergens hoopt ze dat wie het ook is er genoeg van heeft gekregen en weg is gegaan. Dan kijkt ze door de deurspion en ziet twee politiemensen, een man en een vrouw, met hun pet in de hand en ernstige gezichten, en stort haar wereld voorgoed in.

47

We gaan meteen erna weg. We hebben onze bagage de vorige avond ingepakt en in de auto gezet voordat we naar de begrafenis gingen, en we nemen niet eens de moeite onze burgerkleren weer aan te trekken; we springen gewoon voorin en rijden weg in onze rouwkledij. Ergens in een hotel aan zee in Ilfracombe, eentje dat van zijn eigenheid is ontdaan, Seansgewijs, om bij de Damien Hirsts te passen, proesten gezette mannen taartkruimels van het lachen om de Goede Tijden van Weleer en de Goede Tijden die nog Komen, en Simone staat in het midden in haar zwartsatijnen kaftan, die glimlach van haar glimlachend tot haar gezicht verstijft. Ik weet niet of ik haar ooit nog zal zien. Of Emma. Ik moet het proberen. Later. Over een poosje, als de schok is gezakt en de waanzin van haar verlies misschien, heel misschien, is afgenomen. Ik ben al één zusje kwijt, heb amper contact met het tweede en had het derde bijna nooit ontdekt. Familiezaken, dat begrijp ik nu. En god weet dat Emma mijn hulp nog eens nodig zal hebben, als Simone niet beter wordt.

We praten amper tot we bijna terug zijn in Arundel, maar het is een ander soort niet-praten dan op de heenweg. We hebben voorlopig al onze tranen geplengd en er is een vreemde rust neergedaald. Of misschien is het net zo goed uitputting als rust. Ik heb gemerkt dat huilen – echt hard, woest huilen – je een soort kick kan geven. Endorfine, denk ik. Of een grapje van God.

Maar we zijn veranderd. In een bestek van vier dagen is mijn hele leven anders geworden. Door te sterven, door de controle te verliezen die hij uitoefende over zijn diepste geheim, heeft mijn vader mijn leven hernieuwd en me een zusje gegeven. Het ware verhaal van Coco's lot heeft niets veranderd aan wat ik voor Ruby ben gaan voelen. Het heeft me alleen maar vastbesloten gemaakt haar ervoor te behoeden.

We proberen naar muziek te luisteren, maar ten westen van de M25 lijkt mijn radio nooit iets anders op te pikken dan Radio Two en luisteraars die bellen om over incest te praten. Als we merken dat drie zenders achter elkaar Simply Red draaien, zet ik de radio uit en Ruby protesteert niet. Ze leunt gewoon achterover, slaat haar armen over elkaar en lijkt op slag in slaap te vallen, met haar hoofd tegen het raam. Haar beugel glinstert in het licht van de ondergaande zon. Ruby, mijn kleine zusje. Ik beloof dat ik op je zal passen. Voor je zal zorgen en je zal beschermen. Dankzij jou word ik een beter mens.

En een moe mens. Een afgepeigerd, door de mangel gehaald, vaderloos kind. Mijn leven zal nooit meer hetzelfde zijn. En hoewel ik weet dat ik bitter spijt zal hebben van mijn oordeel over hem, van alle verloren tijd en verspeelde kansen, ben ik dankbaar dat hij me door te sterven tenminste de kans heeft geboden van hem te houden. Het leven is een vreemde collage van schakeringen grijs. Geen wonder dat ik het zo moeilijk vond om het te waarderen, zolang ik alleen zwart en wit wilde zien.

Op vijftien kilometer van Arundel wordt ze wakker, rekt zich uit, zet grote ogen op en zegt: 'McDonald's.' Ze verstrengelt haar vingers in de gebedshouding en kijkt me aan als een uitgehongerd jong hondje.

'Mijn god,' zeg ik. 'Ben jij helderziend of zo?'

'Mijn laatste Big Mac tot het nieuwe semester begint.'

'Semester?'

'O, kom op. Je denkt toch niet dat ze me kan dwingen meer lesuren te maken dan andere tieners?'

Ze wacht. Ziet het bord van McDonald's komen en drukt haar knokkels tegen haar kin. 'Aaaaah,' zegt ze. 'Alsjeblíéft?'

'Jezus.' Ik doe mijn knipperlicht aan en neem de afslag naar de gouden bogen. Ik zweer dat ik er niet eens meer bij in de buurt wil komen na deze ene laatste keer. Er moet kleuterheroïne in die friet zitten.

We gaan om beurten naar de wc om onze gewone kleren aan te trekken terwijl de ander in de rij staat, en als ik aan de beurt ben, geef ik haar mijn portemonnee. Als ik terugkom in een jeans en een hemdje zit zij al aan een tafel met het deksel van haar milkshake. 'Ik heb chocola genomen, deze keer,' zegt ze. 'Je zou het ook eens moeten proberen.'

'Nooit,' zeg ik. 'In geen miljoen jaar.'

Ruby haalt haar schouders op en grinnikt. 'Wacht maar af. Een dezer dagen, als je er totaal niet op bedacht bent.'

'Hou op. Kun je nu opeens hypnotiseren?'

Ze haalt haar schouders weer op en legt zich toe op het frietdopen.

'Heb je zin om je moeder weer te zien?'

Ze knikt, en eet.

'Ze zal je wel gemist hebben.'

'Natuurlijk.' Ze wiebelt met haar hoofd. Het is zo wonderlijk, hoe een vijftienjarige het ene moment in de twintig kan lijken en het andere acht. 'Ze houdt van me.'

'Zou je graag naar school willen, Rubes?'

'O, god, of ik dat wil? Ik begin de dorpsgek te worden.'

'Nou, zó ver zou ik niet willen gaan.'

'Ja, maar toch,' zegt ze.

'Dit weekend moet helpen,' zeg ik. 'Je hebt het zo geweldig gedaan. Als ze je had gezien, had ze met geen mogelijkheid meer kunnen denken dat je je niet zou redden.'

'Ja, maar ze heeft me niet gezien, hè?'

Ik trek mijn neus op. 'Ik zal het tegen haar zeggen,' zeg ik. Ik blijf in Downside slapen. Ik ben zo moe dat het me gevaarlijk lijkt om vanavond nog naar Londen te rijden.

Ze bromt iets en eet nog een frietje. 'Mila?'

'Ja?'

'Kom je nog een keer? Bij me op bezoek?'

'Wil je dat?'

Haar hand verstilt. 'Als jij het ook wilt, ja.'

'Goed dan,' zeg ik. 'Ik zal proberen zo nu en dan een gaatje te vinden in mijn overvolle agenda.'

'Sodemieter op,' zegt ze. Op een leuke manier.

En zo rijden we naar huis. Door het donker en de regen, die flikkert in het licht van de koplampen. Mills Barton is al gesloten voor de nacht. Het licht valt zo lieflijk door de ruitpaneeltjes dat ik wil stoppen om er een baksteen doorheen te keilen. Ruby leunt nu naar voren, vol gespannen verwachting, en ze tuurt door de voorruit alsof de bomen sneller voorbij zullen schieten als ze ze telt. 'Zou ze zich wel hebben gered?' vraagt ze.

'Ze zal vast blij zijn je te zien,' antwoord ik. Ik bedoel, hoe moet ik het weten? Ik heb dit weekend genoeg krankzinnigheid gezien om niets meer te willen voorspellen. Maar... opeens lijkt Claire de minst labiele van het hele stel. Ik verheug me er zelfs op haar te zien. Wie had dat kunnen denken?

Ik stop bij het hek en zij springt de auto uit om het open te maken. Het stortregent inmiddels en ze heeft haar jas over haar hoofd getrokken. Ze zwaait het hek weer dicht als ik erdoor ben en rent dan lachend naar de auto. 'Welkom aan zee!' zegt ze. 'We hebben hier de mooiste stormen.'

En we kruipen door het bos, komen er aan de andere kant weer uit en als het licht van de koplampen het huis raakt, gaat de deur open en valt het licht in de plassen op de oprit. Roughage stormt naar buiten, draait rondjes en danst in het licht; grote witte tanden flitsen en hij laat zijn tong uit zijn bek hangen om de regen te vangen. Ruby gooit haar portier open en plotseling is de auto vol natte hond en ze huilt van blijdschap en smoort zijn snuit met zoenen terwijl hij mijn bekleding vol modder smeert. En dan staat Claire op de veranda naar ons te kijken, met haar grote vest strak om haar lichaam getrokken, en ze glimlacht.

Epiloog

2004 | zaterdag | Simone

Ik ben een wondertje. Hij heeft het gezegd; hij noemde me een wondertje. Ik verbeeld het me niet. Hij zíét me.

Ze zweeft over de havenweg. Dit is de mooiste avond van mijn leven, denkt ze. Dit zal me altijd bijblijven. Het heerlijke eten, en me optutten, en hij wilde dat ik naast hem kwam zitten omdat ik speciaal ben. Hij ziet het nog niet, denkt nog dat ik te jong ben, maar daaronder, daar waar je het wéét, heeft hij het al door. Hij zei dat ik knap was. Hij zei dat ik slim was. Hij zei dat ik een wondertje was...

De avondbries streelt de blote huid van haar armen en ze huivert van genot. Alles is volmaakt. Alles. Ik weet nu zeker dat hij niet van haar houdt. Zij belichaamt alles wat er verkeerd is aan zijn leven. Die fantastische Sean Jackson, in de klauwen van een vampier die alle vreugde uit hem zuigt, alleen maar omdat ze haar gelijk wil halen.

Met toegenomen zelfvertrouwen doet ze wat ze het liefst doet als ze alleen is: uitproberen hoe haar naam gecombineerd met de zijne klinkt. Simone Jackson. Mevrouw Jackson. Mevrouw Jackson-Gavila. Ik weet dat ik te jong ben, nog wel, maar het is niet alleen maar een droom. Hij ziet me. Echt. Hij zíét me.

Het is stil in Harbour View, maar de lichten overal in huis branden volop om de schijn te wekken dat er mensen zijn. Simone maakt een tussenstop bij de spiegel in de badkamer beneden, kamt haar haar uit en werkt er nog een druppel glansserum door om het te laten glanzen. Linda heeft een bruinroze lippenstift op de wastafel laten liggen; Chanel, ziet ze op het etiketje. Ze maakt hem open, vindt de kleur mooi, smeert iets op haar lippen en ziet ze voller worden, donkerder, en is er blij mee. Ze oefent haar poses nog even. Laat haar gezicht iets zakken, zodat het haar voor haar ogen valt, kijkt erdoor omhoog, krult haar mondhoeken koket op. Hij zal me zien, denkt ze. Hij heeft me nu gezien, en als zij weg is, zal hij me weer zien. Steeds meer, tot hij zich niet meer herinnert wat er voor me kwam. Ze denken dat een groot leeftijdsverschil niet goed is, maar ze weten er niets van. Het is niet mijn schuld dat ik zo laat ben geboren, en niet zijn schuld dat hij zo vroeg is gebeuren. Liefde is liefde is liefde, en mijn liefde zal alles overwinnen.

Tijd om bij de kinderen te kijken. Ze glimlacht een laatste keer naar zichzelf en laat de lippenstift in haar avondtasje vallen. Linda heeft hem niet nodig. Hij staat haar niet zoals hij mij staat. Dan gaat ze naar de keuken en trekt de la open. De tabletten die Linda vanavond heeft gebruikt liggen nog in de doordrukstrip in het vorkenvak. Ze drukt er een paar uit, voor de zekerheid, en tilt dan de bestekbak op. Ja, daar liggen de pillen die ze eronder heeft verstopt. Kleine, witte, puntige ovaaltjes in een doordrukstrip.

Simone loopt ermee naar de waterkoker, pakt een kom, wipt ze er een voor een in en verpulvert ze met een vork. Ze doet er zes lepels suiker bij en laat het mengsel oplossen in wat kokend water. Ze proeft. De suiker heeft een sterke smaak, maar dat is juist goed. Die maskeert het bitter van de pillen. Ze verdunt de siroop tot vloeistof in een glaasje, spoelt de kom en de vork om en neemt het werkblad af. Ze stopt de doordrukstrip bij de lippenstift in het tasje. Voor het huis staat een afvalbak waar ze hem in kan gooien op de terugweg naar het restaurant.

De aanbouw is warm van de slapende lijfjes. Simone loopt op haar tenen naar binnen en knielt bij de Jackson-tweeling. Ze liggen teen aan kruin op hun rug te slapen. Ze schudt aan Ruby's arm, en nog een keer. Haar ogen rollen en ze beweegt. Haar haar plakt aan haar gloeiende voorhoofd. Geeft niet, denkt Simone. Daar hoef ik me nu geen zorgen om te maken.

'Dag schatje,' fluistert ze. 'Mammie wil dat ik je je medicijn geef.'

Ruby kreunt en probeert haar weg te duwen. Ze tilt het meisje in zittende houding en houdt haar overeind. 'Niets aan de hand,' zegt ze sussend. 'Kom op nou, lieverd, een klein slokje maar.'

Ruby doet haar ogen niet eens open als het glas haar lippen raakt; ze laat de vloeistof gewoon in haar mond stromen en slikt tot de helft weg is. Ze krult zich meteen weer op en op hetzelfde moment slaapt ze weer.

Ze kruipt naar de andere kant van het luchtbed en maakt Coco wakker. Het spijt me, zegt ze in gedachten. Het spijt me, kleine meisjes, maar jullie maken hem zo ontzettend ongelukkig. Jullie merken het niet eens. Je glijdt gewoon weg en wordt niet meer wakker, en dan is hij vrij. Dan is er niets meer wat hem aan haar bindt. Hij heeft het zelf gezegd. Als jullie er niet waren...

Coco is makkelijker. Ze stribbelt niet eens tegen; ze knijpt haar ogen alleen steviger dicht als ze het drankje in haar mond neemt. Simone laat haar weer liggen en kijkt nog even. Aait teder over haar wang.

'Welterusten,' fluistert ze. 'Slaap lekker.'

Dankwoord

Oei, dit was een lastig boek om te schrijven, dus niet alleen ben ik veel mensen dankbaar voor de bijdragen die ze hebben geleverd, die, zoals bij elk boek, veel groter zijn dan de meeste mensen beseffen, maar ook voor het geduld, de tact en de grootmoedigheid waarmee ze mijn gesteun en gekreun hebben doorstaan. Ik voel me zeer gezegend, zowel met het intellect en de creativiteit van het briljante team aan weerszijden van het water dat dit boek tot stand heeft gebracht als met het geweldige team vrienden en familie dat zorgt dat het licht in mijn leven blijft branden.

Ik begin zoals altijd met Laetitia Rutherford, de agent van mijn dromen. God, wat ben je fantastisch.

In het Verenigd Koninkrijk, bij Sphere: Cath Burke, met haar onovertroffen talent voor het orde scheppen in de chaos en het verzinnen van slimme aanpassingen, Thalia Proctor, Hannah Wood, Emma Williams en Kirsteen Astor. En Linda McQueen. Waarschijnlijk hoor je het een auteur niet vaak zeggen, maar ik had nooit eerder correcties op mijn werk gekregen waar ik hardop om kon lachen.

In de Verenigde Staten, bij Penguin: Emily Murdock Baker en Angie Messina, die niet alleen het begeleiden en steunen van een vreemde in het mystieke rijk (met alles wat Amerikanen zou opvallen, maar Britten domweg niet) tot kunst hebben verheven, maar die ook voortreffelijke, getalenteerde en door en door eerlijke lieden zijn.

Erin Mitchell, die in stilte wonderen bewerkstelligt en een bron van vrolijkheid en een geweldige vriendin is.

Mam en Bunny, Will, Cathy, Ali, David, Elinor, Tora, Archie en Geordie, die het licht in mijn leven zijn.

Lauren Milne Henderson alias Rebecca Chance, die me absurd gul haar tijd schonk, alsmede haar vermaarde plotvaardigheden op een punt waarop ik dacht dat ik helemaal vastzat, waarmee ze het hele boek in één klap weer tot leven wekte. Dit is waarom schrijvers andere schrijvers nodig hebben. Ik meen het: als je schrijver bent en nog geen BFF's hebt die ook schrijven, zorg dan dat je ze krijgt, nu meteen.

Er loopt ergens iemand rond die reden heeft om Robert en Maria Gavila te bedanken voor het feit dat hij of zij de winter is doorgekomen dankzij hun gulle schenking aan Authors for Nepal. Ik moet hen ook bedanken voor het feit dat ze mij hun namen hebben geschonken. Het is verbazend moeilijk om aan namen te komen, en de hunne zijn magnifiek.

Enid Shelmerdine, Valerie Laws en Angela Collings voor de verhelderende discussies over je-weet-wel. Ik hoop dat jullie blij zijn met wat ik er uiteindelijk van heb gemaakt!

Patricia Mackesy, een moedige vrouw en een schoolvoorbeeld van koelbloedigheid.

Mijn FL's; god, wat ben ik dol op jullie. Bedankt dat jullie mijn gelijk bewijzen.

The Board. Ik weet dat we er tegenwoordig niet vaak meer zijn, maar jullie hebben me erdoorheen gesleept en zijn altijd in mijn hart.

Mijn vrienden en vriendinnen (in willekeurige volgorde); John Lyttle, Brian Donaghey, Jane Meakin, Charlie Standing, Nickie Schrager, Joyce Buxton, Joe en Janet Camilleri, Antonia Willis voor de Kliffen van Dingli en nog heel veel meer. En o jee, ik ga iemand vergeten, maar ook Merri

Cheyne, John Amaechi, Paul Burston, Alex Hopkins, Jo Johnston Stewart, Venetia Phillips, Diana Pepper, Ariel Lagunas, Helen Smith, Linda Innes (o, *yes*!), Marie Causey, Rowan Coleman, Jayne Rogers, Sarah Hilary, Claudia Clare, Chris Manby, Jenny Colgan, Lisa Jewell, Jojo Moyes, James O'Brien, Lucy MacDonald, Jules Burke... Als je er niet bij staat, denk dan niet dat ik niet van je hou.

Stephen King, die altijd een grote inspiratie is, maar op het persoonlijk vlak onmetelijk veel heeft betekend. Wat een mensch.

Mijn kat Baloo Mackesy, etterbakje en hoogst vermakelijke muze.

En ten slotte mijn schat van een vader, Piers Mackesy, die ik altijd zal blijven missen.